aufbau taschenbuch

AUFBAU VERLAGSGRUPPE

Amy Myers wurde 1938 in Kent geboren. Sie studierte an der Reading University Literatur, arbeitete als Verlagslektorin und war Direktorin eines Londoner Verlags. Heute lebt sie als freischaffende Schriftstellerin in Kent. Amy Myers veröffentlicht auch unter den Namen Harriet Hudson und Laura Daniels.

In ihren ersten Ehejahren arbeitete ihr Mann in Paris, und sie pendelte zwischen London und der französischen Hauptstadt hin und her. Neben vielen anderen Dingen mußte sie lernen, sich auf französischen Märkten und den Speisekarten französischer Restaurants zurechtzufinden. Dabei kam ihr die Idee, einen französischen Meisterkoch zum Helden einer Krimiserie zu machen: Auguste Didier war geboren. 1986 erschien unter dem Titel »Mord im Dienstbotenzimmer« der erste Band der Serie, dem viele folgen sollten.

Es ist schon seltsam für Auguste Didier, nicht als Koch, sondern als frischgebackener Ehemann der russischen Prinzessin Tatjana auf Tabor Hall zu einer Verlobungsfeier geladen zu sein. Lady Priscilla hat allerdings eine befremdliche Sitte in ihrem Haus eingeführt: Um ihre kostbaren Tapisserien nicht zu beschädigen, müssen sich die Gentlemen zum Rauchen in einen Pavillon im Park zurückziehen. Es geht das Gerücht unter den Damen, daß die Herren dort auch recht pikante Gemälde bewundern könnten. Spätnachts stolpern Tatjana und ihr Vetter auf den Stufen des geheimnisvollen Bauwerks beinahe über eine Leiche.

Amy Myers

Mord im Pavillon

Kriminalroman

Aus dem Englischen
von Elga Abramowitz

Aufbau Taschenbuch Verlag

Titel der Originalausgabe
Murder in the Smokehouse

ISBN 978-3-7466-1486-1

Aufbau Taschenbuch ist eine Marke
der Aufbau Verlagsgruppe GmbH

1. Auflage 2007

Published by Arrangement with Amy Myers
Dieses Werk wurde vermittelt durch die Literarische Agentur Thomas Schlück GmbH, 30827 Garbsen
Umschlaggestaltung Dagmar und Torsten Lemme
unter Verwendung eines Motives von getty images
Druck und Binden CPI Moravia Books, Pohorelice
Printed in Czech Republic

www.aufbau-taschenbuch.de

Anmerkung der Autorin

Ich stehe tief in der Schuld bei meinen Freunden Ned und Marion Binks, durch die ich nicht nur Settle und Yorkshire kennen- und liebenlernte, sondern die auch ohne ein Wort der Klage auf der Suche nach einem passenden Ort für Tabor Hall mit mir durch Regen und Schnee trabten. Die Geographie von Malham wurde leicht verändert, um sie den Erfordernissen des Romans anzupassen.

Den Titel dieses Buches verdanke ich einem Besuch in Levens Hall in Lancashire, wo ich den reizenden Raucherpavillon für diejenigen sah, die dem Laster des Tabakgenusses frönen, und ich bedanke mich bei der Nachlaßverwaltung von Levens für die Erlaubnis, dieses Wort verwenden zu dürfen. Levens Hall hat keine Ähnlichkeit mit dem Tabor Hall dieses Romans, und Priscilla Tabors Raucherpavillon sieht dem von Levens Hall auch nicht ähnlich.

Dot Lumley, mein literarischer Agent, und Jane Morphy, meine Redakteurin, waren wie gewöhnlich die Felsen von Sachkenntnis und Urteilsfähigkeit, auf die ich bauen konnte, und ich bin ihnen für ihre Unterstützung außerordentlich dankbar.

Prolog

Die Farbe Schwarz ist ein großer Gleichmacher. Die Gäste unterschieden sich nur durch die sonderbaren Silhouetten, Produkte der gerade in Mode gekommenen, alle vorderen Körperrundungen wegdrückenden Korsetts. Bei genauerem Hinsehen hätte man vielleicht Unterschiede in der Paßform der tiefschwarzen, bei Hof vorgeschriebenen Samtanzüge und der nicht ganz so anspruchsvollen Traueranzüge aus feinem Tuch entdecken können, und zwischen den Crêpe-de-Chine-Kleidern und den etwas bescheideneren Seidenroben der Damen. Aber schließlich war nach dem erlesensten Vierzehn-Gänge-Festmahl, das Küche und Keller von Marlborough House zu bieten vermochten, niemand sehr an einer eingehenderen Prüfung interessiert. Dies hier war schließlich eine Hochzeit.

»Ah, Auguste.«

Wenn Auguste Didier eine Bestätigung dafür gebraucht hätte, daß die aufregende Zeremonie, die gerade hinter ihm lag, kein Traum, sondern Wirklichkeit war, wäre die etwas allzu herzliche Begrüßung Seiner Majestät König Edwards VII. eine gewesen. Es kam nicht jeden Tag vor, daß ein Bürgerlicher, und noch dazu ein Koch, eine wenn auch entfernte Anverwandte der königlichen Familie heiratete.

»Eure Majestät?« Auguste verbeugte sich.

Der König atmete insgeheim auf. Der Bursche wußte gottlob immer noch, wo er hingehörte. Mit einem unbehaglichen Gefühl erinnerte er sich nun, daß er bei ihrem ersten Konflikt einen Kompromiß hatte eingehen müssen. Nachdem er Tatjana großmütig erlaubt hatte, diesen Mann zu heiraten, hatte er natürlich erwartet, daß die beiden ein paar Jahre warten würden, bis die Hoftrauer für Mama vorüber war. Man hatte ihm sehr höflich klargemacht, daß Warten nicht auf der Speisekarte dieses Kochs stand. Auguste hatte sich mit einer Heirat im Juli einverstanden erklärt, kurz bevor die tiefe Trauer von der Halbtrauer abgelöst wurde, ob es Seiner Majestät nun gefiel oder nicht. Natürlich gefiel es ihm nicht. Eine Hochzeit in Schwarz bedeutete, daß nicht getanzt werden durfte, und da das Hochzeitsfrühstück im Marlborough House stattfinden mußte, würde keine Alice Keppel anwesend sein, und er konnte auch mit keiner anderen angenehmen Ablenkung rechnen.

Außerdem mußte sich der Bursche seine königlichen Sporen erst noch verdienen, wenngleich Seine Majestät sich darüber im klaren war, daß dieser Meisterkoch ihm in der Vergangenheit hervorragende Dienste erwiesen hatte, und nicht nur in Form von vorzüglich zubereiteten Hammelkoteletts. Er hatte nicht die Absicht, ihm jetzt schon seine Gnade zu bezeugen. Huldvoll lächelte er seinem neuen entfernten Verwandten zu. »Sehr gute Predigt, nicht wahr?«

Auguste konnte sich kaum mehr auf das besinnen, was im St. James Palace vor sich gegangen war; er wußte nur noch, daß ihm ein mitfühlender Diener, der sein kalkweißes Gesicht sah, im Audienzzimmer die Initialen von Henry VIII. und Anne Boleyn gezeigt hatte, in der Hoffnung, ihn dadurch etwas ablenken zu können. Doch Auguste hatte nur überlegt, ob Annes unglückseliges Geschick nach ihrer Einheirat in die königliche Familie vielleicht auch seins werden könnte, weil er so kühn gewesen war, in eben der Kapelle zu heiraten, in der die verstorbene Königin mit ihrem geliebten Albert getraut worden war. Der Rest war in Nebel untergegangen.

»Ich erinnere mich nicht, Sir«, bekannte er tapfer.

Der König lachte laut. »Sehr begreiflich«, sagte er strahlend, erleichtert darüber, daß Auguste offenbar nicht nur ein exzellenter Koch, sondern auch ein Mensch war.

Kühn geworden, beging Auguste eine Torheit. »Wie ich höre, werden wir uns im September auf Tabor Hall treffen, Sir.«

Seine Majestät runzelte die Stirn. Zu Augustes Pech beschwor Tabor Hall unangenehme Erinnerungen herauf.

»Eine ziemliche Veränderung, nicht wahr? Diesmal werden Sie nicht kochen, und sicher niemals wieder«, bellte er.

Auguste zuckte zusammen. Hatte er richtig gehört?

»Jedenfalls vorläufig nicht«, sagte der König, überrascht, daß er das betonen mußte. »Es wäre nicht gut.«

Auguste hielt dem Blick seines Monarchen tapfer stand. »Das kann ich nicht versprechen, Sir.«

Das Gesicht Seiner Majestät verfinsterte sich. Dann besann er sich, daß dies eine Hochzeit war und Jovialität angezeigt war. Er erblickte den Inspektor von Scotland Yard, den Auguste unbedingt hatte einladen wollen. Und das frischte sein Gedächtnis auf.

»Aber auf jeden Fall keine Morde mehr. Einverstanden?«

In diesem Punkt war Auguste völlig einer Meinung mit ihm. Er nickte. »Aber gewiß, Sir.«

1. Kapitel

Besuche auf Landsitzen haben viele Schattenseiten, überlegte Auguste mißgestimmt, während er vor dem Bahnhof Settle nervös auf und ab ging. Eine dieser Schattenseiten war die Midland-Eisenbahn. Zweimaliges Umsteigen und die Notwendigkeit, auf dreißig Gepäckstücke aufpassen zu müssen, hatten diese ganze Yorkshire-Angelegenheit noch deprimierender gemacht. Es war trübe, kalt und regnerisch, und die grauen Steinwände ringsum trugen auch nicht gerade dazu bei, seine Stimmung zu heben.

Das tat nicht einmal der Anblick von Tatjanas strahlendem Gesicht, als sie, groß und schlank, in dunkelroter, von den Trauervorschriften gnädig gestatteter Zibeline, auf den Kofferberg zuschritt und wie durch ein Wunder Ordnung in das Chaos brachte.

»*Alors*, Auguste, du siehst aus wie der Bräutigam, dessen Wein sich in Wasser verwandelte.«

»Offenbar lebte der in Yorkshire«, erwiderte Auguste, während ein dicker Regentropfen, Hut und Mantelkragen geschickt ausweichend, triumphierend an seinem Hals hinunterlief.

»Du machst dir nichts aus Regen?« fragte Tatjana erstaunt. Interessiert betrachtete sie diese neue Umgebung, die keine Ähnlichkeit mit ihrem heimatlichen Paris hatte.

»Nein. Aber ich mache mir was aus Kochen. Der Status eines Gentleman verbietet mir offenbar, das zu tun, was ich gern tue, und zwingt mich, das zu tun, woran mir nichts liegt.«

»Es ist doch nur für vier Tage«, sagte Tatjana tröstend, als er ihr in die Kutsche der Tabors half. »Vier Tage *hier*.« Ihre Augen strahlten so begeistert wie die des Cortez, als er auf den Stillen Ozean blickte.

Eine Ewigkeit! fand Auguste. Vom Freitag, dem 27. September, bis zum Montag, dem 30. September, würden sie sich auf Tabor Hall aufhalten, das irgendwo in diesen wilden dunklen Bergen lag, die sich drohend gegen einen bewölkten Himmel abzeichneten, um die Verlobung der Ehrenwerten Miss Victoria Tabor mit Tatjanas Cousin Alexander Tully-Rich zu feiern. Tatjana war offenbar mit dem größten Teil des im Gotha aufgeführten Adels verwandt. Als sie ihm zuerst von der Einladung erzählt hatte, war ihm das Ganze völlig harmlos erschienen. Eine böse Vorahnung war ihm erst gekommen, als er erfuhr, daß auch der König anwesend sein würde, denn er war sich bewußt, daß dieser Besuch sehr wohl die Probe dafür sein könnte, ob er der Ehre würdig sei, als Gentleman bezeichnet zu werden. Einem Chefkoch, selbst wenn ihn Monsieur Escoffier in höchsteigener Person ausgebildet hatte, konnte natürlich nicht automatisch Zugang zu einem so gehobenen Status gewährt werden. Jedenfalls nicht in England.

Mit einiger Befriedigung dachte er an seinen Sieg in der Küchenschlacht mit Seiner Majestät zurück – oder, wenn er aufrichtig war, das Unentschieden. Ganz vorsichtig hatte er Seine Majestät an die in Armagnac geschmorten Ortolane erinnert, an die *poularde Derby* und die zahllosen anderen Gourmet-Gerichte, die er in der Vergangenheit für ihn zubereitet hatte. Der König hatte den springenden Punkt sehr scharfsinnig erfaßt. Auguste durfte zu wohltätigen Zwecken kochen, durfte Galadinners in den Häusern von Freunden überwachen, und er *mußte* kochen, wenn der König erscheinen würde. Im Ausland, außerhalb des Reichs Seiner Britischen Majestät, durfte er ohnehin tun, was er wollte. Das war nicht viel, aber es war immerhin etwas.

»Ich könnte sagen, ich will dich bei mir haben«, überlegte

Tatjana hoffnungsvoll, »dann brauchst du nicht mit zur Jagd.«

»Das ist keine Entschuldigung«, sagte Auguste mit dumpfer Stimme. »Kein englischer Gentleman würde lieber bei seiner Frau bleiben, als zur Jagd gehen.«

»Du bist nur zur Hälfte Engländer«, erinnerte ihn Tatjana. »Denk doch an die Wildpasteten, die du zubereiten wirst.«

Auguste zog es vor, nicht daran zu denken. Brillat-Savarin hatte zwar erklärt, der Fasan sei ein Rätsel, dessen Köstlichkeit nur ein wahrhaft geschulter Gaumen zu würdigen vermöge, doch er hatte zu viele Erinnerungen an Stockbery Towers, wo die Speisekammer von abgehangenen Wildvögeln, Fasan *à la financière*, Fasanenpastete, Fasanensuppe, Fasan *à la Marena*, Fasanensülze, Fasanenfilet und allen anderen Fasanengerichten überquoll, bis es in seinen Träumen von hämisch glotzenden Fasanen wimmelte, die in seiner geliebten Küche Amok liefen und sich in seiner Speisekammer vermehrten.

Seine Abneigung, an der unvermeidlichen Jagd auf Tabor Hall teilzunehmen, hatte jedoch andere, weniger edle Gründe. Seine bisherigen Jagderfahrungen beschränkten sich auf einen gelegentlichen Hasen in den Bergen seiner heimatlichen Provence, und das befähigte ihn wohl kaum, es mit den besten Schützen unter Lord Tabors Gästen aufzunehmen. Der plötzlichen glücklichen Erinnerung, daß die Saison für Fasanenjagden ja erst am 1. Oktober begann, folgte sogleich der weniger erfreuliche Gedanke, daß Rebhühner, Hasen, Kaninchen und Wasservögel den Gästen der Tabors als Jagdziele sicher durchaus annehmbar erscheinen würden, während alles dem großen Tag entgegensah.

»Ich könnte ja sagen, daß Mr. Marx etwas gegen die Jagd hatte«, schlug Tatjana vor, der plötzlich diese Erleuchtung kam.

Auguste war nicht so begeistert über ihren Vorschlag. Karl Marx stand für Tatjanas jüngste Exkursion in neue Welten, die ihr als russischer Prinzessin in Paris bisher versperrt geblieben waren.

»Stimmt das?«

»Nein, aber die Tabors wissen das ja nicht.«

Er zwang sich zu einem Lachen. »Ich werde sagen, daß mich die Vorbereitungen für die *cuisine* Seiner Majestät den ganzen Tag in Anspruch nehmen.«

»Und stimmt das?«

»Nein, aber die Tabors wissen das ja nicht.«

Wieder gutgelaunt, verzichtete er darauf, sich wie ein englischer Gentleman zu benehmen, und hielt die Hand seiner Frau in seiner, während die Kutsche schließlich losrollte.

»Das ist ein Abenteuer, nicht wahr, *mon brave*?« sagte Tatjana entzückt, als sie die zum Bahnhof führende Straße hinunterrumpelten und bald darauf die Hauptstraße der Stadt entlangfuhren, in der sich buntgekleidete Einwohner drängten. Auguste erspähte in der Ferne lebhaftes Jahrmarktstreiben, und plötzlich erschien ihm Settle als der reizvollste Ort auf Erden. Aber bald bogen die Pferde auf einen Weg ein, der zwischen den Kalksteinhäusern und Läden von Over Settle steil bergan führte. Er wurde immer schmaler, die Zivilisation blieb hinter ihnen zurück, und das Verhängnis nahm seinen Lauf.

»Es geht alles glatt, George. Wie könnte es anders sein?« versicherte Priscilla, Lady Tabor, im Brustton der Überzeugung. »Ich habe alles für den Besuch Seiner Majestät vorbereitet.« Sie gab damit zu verstehen, und das durchaus zu Recht, daß nur ein tollkühner, böswilliger Gott es wagen könnte, ihre Vorkehrungen zu vereiteln. Ihr dunkelrotes Seidenkleid umrauschte beifallspendend ihre junonische Gestalt.

»Bitte erinnere dich, Mutter, das Ganze war nicht meine Idee«, sagte Victoria lebhaft. Eine Verlobungsfeier, bei der verstaubte Hofetikette herrschte und, was noch schlimmer war, Schwarz getragen werden mußte aus Rücksicht auf die Trauer des Königs um seine Mutter und seine Schwester – übrigens war auch der amerikanische Präsident McKinley kürzlich ermordet worden –, war weit entfernt von dem idyllischen Rosenfest, das sie und Alexander sich erträumt hatten.

Lady Tabor wandte sich an ihre Tochter. »Die meisten jungen Damen wären außer sich vor Glück, wenn Seine Majestät bei ihrer Verlobungsfeier anwesend wäre, Victoria.«

»Wenn Alexander bei mir ist, kümmert mich doch das alles nicht.«

»Deine Mutter hat recht, Victoria«, warf Lord Tabor mit einem Seitenblick auf seine Frau nervös ein.

»Aber George, sei doch nicht so altmodisch.« Georges Mutter Miriam legte es wie gewöhnlich darauf an, ihre Schwiegertochter zu ärgern. »Victoria hat ganz recht. Liebe bedeutet mehr als Kronen.«

Priscilla Tabor erstarrte. Ihr war klar, daß sie sich auf gefährlich glattem Parkett bewegte. Sie war eine der vielen reichen amerikanischen Erbinnen gewesen, die nach England gekommen waren, um dort Liebe zu finden, vorausgesetzt, daß diese Liebe mit einem Titel und, wenn möglich, auch mit Brillanten einherging. Der große Festsaal von Tabor Hall konnte zwar nicht mit der Kuppeldecke und den Wandgemälden von Marlborough House konkurrieren, doch Priscilla Tabor hatte ihr Bestes getan, die fünfhundertjährige Geschichte der Tabors in Wandteppichen, altersdunklen Ölgemälden und Aquarellen solchen Gästen vorzuführen, die ihre belehrenden Ausführungen zu diesem Thema bei Gesprächen bisher überhört hatten.

»Ich habe sehr, sehr schwer gearbeitet, Victoria«, sagte sie vorwurfsvoll zu ihrer Tochter, »um deine gesellschaftliche Stellung mit diesem Triumph zu krönen.«

»Und deine, Mutter.« Alfred, der sich auf einem Chesterfield-Sofa rekelte, war stets geneigt, auf den Wagen der siegreichen

Partei aufzuspringen, vorausgesetzt, er konnte einigermaßen sicher sein, daß dieser nicht plötzlich umstürzte und ihn unter sich begrub.

»Mutter, es hat drei Monate gedauert, den ganzen Westflügel für den Besuch des Königs zu renovieren und neu einzurichten. Und das alles für zwei Nächte«, sagte ihre Tochter ein wenig gereizt. »Was wäre denn gewesen, wenn sich die Königin entschlossen hätte, ebenfalls zu kommen?«

»Dann hätte ich ein blasseres Rosa gewählt«, erwiderte ihre Mutter ernst. Niemand getraute sich zu lachen. Man lachte nicht über Priscilla.

»Schließlich«, bohrte Victoria weiter, »kann der König auch nur in einem Bett schlafen.«

»Das stimmt nicht ganz, meine Liebe«, sagte ihre Großmutter unschuldig. »Auf Bitten Seiner Majestät hat Priscilla Mrs. Janes eingeladen.«

»Wir müssen seine Kammerdiener, seine Lakaien, seine Sekretäre unterbringen«, sagte Priscilla laut, um die Kontrolle zurückzugewinnen. »Und außerdem noch zwei Leibwächter, die hier natürlich überflüssig sind.«

»Aber gottlob nicht sein Küchenpersonal«, warf Victoria ein, die mit Fleiß auf die seidenbestrumpfte Achillesferse ihrer Mutter zielte. »Dafür kommt ja Mr. Didier.«

Auguste war Priscillas gesellschaftliches Hauptproblem. England war schließlich nicht Amerika. Wie benahm man sich einem Verwandten der königlichen Familie gegenüber, der strenggenommen zur dienenden Klasse gehörte? Und der diese Tatsache nicht etwa herunterspielte, sondern sie stolz vor allen herausstellte, indem er, offensichtlich mit dem Segen Seiner Majestät, für den König zu kochen begehrte? »Wir können von Glück sagen, daß Breckles es freundlich aufgenommen hat.«

»Breckles hat nur deshalb gute Miene zum bösen Spiel gemacht, weil er glaubt, er kann mit jedem Koch aus diesem verdammten London fertig werden, wenn es sein muß. Er freut sich schon darauf«, rief Victoria fröhlich.

»Unsinn.« Priscilla weigerte sich entschieden, die Möglichkeit ins Auge zu fassen, es könnte in den unteren Regionen von Tabor Hall Ärger geben, wo doch alle Beteiligten sich für das Wohlergehen der Tabors einzusetzen hatten. »Kein Grund zur Sorge. Meinst du nicht auch, Laura?« Sie erwartete Unterstützung von ihrer Schwägerin, die während des Wortgeplänkels ruhig einen Brief gelesen hatte.

»Sie ist ganz versunken in diesen Schrieb von Rauhbein Robert. Er kommt herbeigeeilt, jetzt, da er in aller Munde ist, um sie um ihre Hand zu bitten. Armer alter Olly, nicht wahr?« sagte Alfred spöttisch.

Hastig legte Laura den Brief beiseite. »Zufällig irrst du dich, Alfred. Der Brief ist nicht von Mr. Mariot. Er ist von Mr. Carstairs, der mir schreibt, daß er nicht erst morgen, sondern schon heute mit Alexander hier eintreffen wird.«

»Aber wirklich, Laura.« Priscilla war empört. »Du könntest etwas Rücksicht auf die Stubenmädchen nehmen.«

»Oliver würde nie wagen, sie unter deinem Dach zu verführen, Priscilla«, versicherte ihr Miriam.

»Mutter!« sagte Laura warnend, als sie sah, wie Priscillas mächtiger Busen schwoll.

»Um die Mädchen brauchst du dir doch keine Sorgen zu machen, wenn Tante Gertie anwesend ist«, warf Alfred provozierend ein.

»Ruhe.« Der Ton seiner Mutter brachte ihn sofort zum Schweigen. Man durfte es mit ihr nicht zu weit treiben, denn sie hatte die Hand auf dem Portemonnaie, und in letzter Zeit brauchte er immer häufiger einen Zuschuß daraus.

»Sie ist verdammt attraktiv«, lautete Georges unvorsichtiges Urteil über die neue Frau seines Bruders.

»Als Revuetänzerin mußte sie das sicherlich auch sein«, sagte

Priscilla. »Aber nun, da es ihr gelungen ist, Cyril zu heiraten, sind andere Eigenschaften gefragt.«

»Welche?« erkundigte sich Victoria.

»Sie hat keine Ahnung von Petit-Point-Stickerei.«

»Bedauerlich«, stimmte Laura ihrer Schwägerin zu.

Priscilla sah sie argwöhnisch an, entdeckte jedoch nichts in Lauras Gesichtsausdruck, worüber sie sich hätte beklagen können. Also fuhr sie ihr schwerstes Geschütz auf. »Außerdem höre ich, daß ihr Cyril das Rauchen erlaubt hat.«

Betretenes Schweigen. Victoria brach es mit der Verwegenheit eines jungen Mädchens, das in Kürze dem elterlichen Nest entflieht. »Dann wird's ja eine Menge Spaß im Raucherpavillon geben. Oder lockerst du etwa die Vorschriften für Seine Majestät, Mama?«

Bevor Priscilla antworten konnte, gab es draußen einen lauten Knall.

»Was, zum Teufel, ist das?« fragte George wütend. »Eine Höllenmaschine?«

Victoria lief zum Fenster und blickte zur Auffahrt hinunter. »Nichts Höllisches, Papa. Es ist das Automobil meines goldigen Alexander. Und der liebe Mr. Carstairs ist bei ihm, Tante Laura.«

Sie stürzte aus dem Zimmer, raste die Treppe hinunter, stieß an der Eingangstür mit dem Butler Richey zusammen, lief vor ihm die Freitreppe hinunter und warf sich ihrem Verlobten in die Arme, der soeben aus dem Wagen gestiegen war.

»Ah, nun geht's los mit dem Spaß«, rief sie.

Zu ihrer großen Überraschung machte sich Alexander sanft von ihr frei. »Liebling, ich muß deine Mutter sprechen. Jetzt gleich.«

Victoria betrachtete ihn schreckerfüllt. Warum jetzt gleich? Was stimmte denn nicht? Er sah viel besorgter aus, als es eine sofortige Unterredung mit ihrer Mutter gerechtfertigt hätte. Offensichtlich mußte der Spaß noch ein bißchen warten.

Das also war Yorkshire. Steile steinige Berge, sanft gewellte Hügelkämme, die unmerklich ineinander übergingen, und überall Gras und Schafe. Der Regen hörte gottlob auf, und die Sonne schien schwach, während die Kutsche der Tabors über das Moorland rumpelte. Schafe wichen unwillig vom Weg zurück, ärgerlich darüber, daß man sie bei ihrer Betrachtung der Ewigkeit störte. Ein Schafhirt blickte lebhaft interessiert auf die Kutsche, bevor er sich dem zuwandte, was im Leben wirklich wichtig war: den Schafen. Auf dem Moorland wuchs Farnkraut in wechselnden Farben, doch als die Kutsche durch die einsame Gegend holperte, überlief Auguste ein Schauder, weil er sich erinnerte, daß sie nicht weit von der Heimat der Brontës entfernt waren. Wie leicht fiel es einem hier, an die elementare Leidenschaft von Catherine und Heathcliff zu glauben. Dies hier war unvorstellbar weit entfernt von der Provence oder von London, eine fremdartige Landschaft, in der Menschen einer anderen Rasse zu leben schienen. Er klammerte sich an den Gedanken, daß er und Tatjana am Montagabend wieder in ihrem neuen Heim in Queen Anne's Gate zurück sein würden, umgeben von der tröstlichen geräuschvollen Geschäftigkeit Londons. Und in Sicherheit.

Sicherheit? Auguste mußte über sich selber lachen. Er würde im Luxus leben in einem Herrenhaus, in dem Seine Majestät der König ebenfalls zu Gast war. Wo konnte man sicherer sein als dort?

Nachdem sie ein kleines Dorf und einen einladenden Gasthof hinter sich gelassen hatten, bogen die Pferde auf einen holperigen Feldweg ein, der ein schmales Flüßchen überquerte. Berge erhoben sich schroff zu beiden Seiten. Vor ihnen, eingezwängt zwischen steilen Hängen, konnte Auguste den grauen Umriß eines großen Hauses erkennen. War es ein Omen, daß die funkelnden Bäche links und rechts von ihnen in die andere Richtung flossen, schnell fort von Tabor Hall?

»*Alors, mon amour*«, rief Tatjana aufgeregt, »die Würfel sind gefallen.«

Ein unglücklich gewählter Ausruf, wie sich später zeigen sollte.

Seine Majestät Edward VII. starrte mißgestimmt aus dem Fenster des königlichen Sonderzugs und versuchte, nicht an die schwere Prüfung Priscilla Tabor zu denken. Es war wirklich schrecklich. Wochen mit Alexandras Eltern in Dänemark, und jetzt, da er frei war für Balmoral, mußte er auf dem Weg dorthin in Yorkshire Halt machen.

Wenn ihn nicht in der Zeit, als er noch Prince of Wales war, der verstorbene Baron Tabor aus einer Liaison befreit hätte, die für die junge Dame interessanter gewesen war als für ihn, ihm also einen wichtigen Dienst erwiesen hätte, wären die Tabors wohl kaum in den letzten fünfundzwanzig Jahren zu der gesellschaftlichen Bedeutung aufgestiegen, deren sie sich jetzt rühmen konnten. Als Kronprinz hatte er sich gut gestanden mit Tabors fünf Jahre älterem Sohn George, dem jetzigen Baron Tabor, und hauptsächlich deshalb, weil der ein ausgezeichneter Schütze war, doch Georges Frau hatte trotz ihres fabelhaften Aussehens nie ähnlich freundschaftliche Gefühle in ihm wachrufen können. Als dem Paar eine Tochter geboren wurde, hatte er sich um der alten Zeiten willen bereit erklärt, Pate des kleinen Mädchens zu werden, ohne vorauszusehen, daß dieses Versprechen seine gelegentliche Teilnahme an Familienfeiern erforderlich machte.

Diesmal würde er vom Freitag bis zum Sonntag bleiben. Alexandra hatte sich rundweg geweigert, mitzukommen, und es vorgezogen, direkt nach Balmoral zu fahren. Nur die Aussicht auf ein Wiedersehen mit Beatrice Janes, die ebenfalls eingeladen war und ihn in Tabor Hall erwartete, heiterte ihn etwas auf. Aber selbst die damit verbundenen Annehmlichkeiten erschienen ihm jetzt nicht mehr so verlockend wie früher. Im ganzen hatte ihm eine *poularde Derby* mehr zu bieten. Ihm fiel ein, daß Auguste Didier auf Tabor Hall für ihn kochen würde, und seine Laune besserte sich erheblich. Schließlich hatte tiefe Trauer keine Auswirkungen auf die Speisenkarte.

»Hätten wir ihn bloß nie eingeladen«, stöhnte Priscilla, die Unannehmlichkeiten voraussah.

»Er ist mit meiner Cousine verheiratet«, sagte Alexander ein wenig vorwurfsvoll, »und da meine Eltern nicht kommen können, wollte ich wenigstens Tatjana dabei haben.«

Priscilla merkte, daß sie einen Fauxpas begangen hatte, doch sie war nicht geneigt, ihn wiedergutzumachen. »Ich möchte keinen Mord auf Tabor Hall.« Sie sah jedes einzelne Familienmitglied scharf an, als seien sie alle mitverantwortlich für diese Schlange in ihrem mit solcher Mühe geschaffenen Arkadien.

»Wir könnten den beiden mitteilen, die ganze Sache sei abgeblasen«, schlug George vor.

»Zu spät! Die Kutschen sind bereits da.« Die Stimme seiner Mutter klang eindeutig erfreut. Mit neunundsiebzig mußte sie zusehen, wie sie zu ihrem Vergnügen kam.

War dies eine von Mr. Wagners Walküren, die sie erwartete, fragte sich Auguste erschreckt, als er Tatjana aus der Kutsche half und sich darauf gefaßt machte, in die Arena getrieben und dort von Salonlöwen in Stücke gerissen zu werden. Vorsichtig ging er neben seiner leichtfüßig dahinschreitenden Frau auf das riesige dreistöckige Herrenhaus mit seiner gewaltigen, von Säulen getragenen Vorhalle zu.

Er hatte recht. Es war tatsächlich eine Walküre, nach dem breitrandigen grauen Hut mit den beiden spiralförmig gedrehten weißen Hörnern zu schließen – er korrigierte sich: es waren natürlich Federn. Den Busen weit vorgestreckt, die

Sitzfläche demonstrativ nach hinten ausladend, wie es die neue Mode vorschrieb, so stand Brünnhilde vor ihm, wenngleich in einer etwas reiferen Ausgabe.

Auguste widerstand der Versuchung, in edler Haltung vorzutreten, sich an die Brust zu schlagen und zu singen: Hier bin ich, Siegfried. Statt dessen verbeugte er sich vor seiner Gastgeberin.

»Willkommen auf Tabor Hall, Eure Hoheit, Mr. Didier. Ich hoffe, es wird Ihnen hier gefallen.« Priscillas huldvolle Liebenswürdigkeit vermochte ihn nicht zu beruhigen.

»Ach bitte, nennen Sie mich nicht Hoheit, ich bin Madame Didier«, sagte Tatjana. »Ich mache mir nichts aus Titeln – jedenfalls nicht aus meinem Titel«, setzte sie hastig hinzu.

Priscilla beschloß, das als russische Exzentrizität zu ignorieren.

»Du bist doch nicht etwa Anarchistin geworden, liebe Cousine?« erkundigte sich Alexander interessiert.

»Nein, Marxistin«, erwiderte Tatjana freundlich.

Sie wurden mit einer verwirrenden Anzahl von Tabors bekannt gemacht, eine Prüfung, die Auguste in guter Haltung dadurch überstand, daß er sich vorstellte, es seien Gäste, die in seinem Restaurant zu speisen wünschten: Der unauffällige Mann mit den blaßblauen Augen und dem schütteren blonden Haar war Lord Tabor, ihr Gastgeber (Senfsauce und gebratene Nierchen); eine Frau in mittleren Jahren in Taubengrau mit einem ruhigen Gesicht und intelligenten Augen war seine unverheiratete Schwester (die allgemein unterschätzte gekochte Seezunge). Der sommersprossige junge Mann mit den Eulenaugen, in einer auffälligen Weste, die gerade noch den Vorschriften der Halbtrauer entsprach, war Alfred, der Sohn und Erbe der Tabors (Kaviar und Waldhuhn), und ein jüngeres und etwas korpulenteres Ebenbild Lord Tabors war sein Bruder Cyril (Fasan und Hase).

Gertie, seine viel jüngere Frau (Champagner und Austern), sah sehr attraktiv aus und war offenbar ebenso nervös wie er, Auguste. Alexander gefiel ihm; er hatte entschiedene Ähnlichkeit mit Tatjana, Familienähnlichkeit. Er und die blonde Victoria, deren heitere Lebhaftigkeit das leblose Lila ihres Kleides wettmachte, einer Farbe, die bei Halbtrauer gerade noch zugelassen war, bildeten ein auffallend schönes Paar (Erdbeeren und Orangen).

»Möchten Sie gern einen Spaziergang nach Willy's Brow machen?« fragte ihn Victoria strahlend. »Wir können gleich losgehen.«

Sein Gastgeber rettete ihn. »Nein! Ich zeige Didier das Waffenzimmer.«

Waffenzimmer? Willy's Brow? Augustes Stimmung sank auf den Nullpunkt. Er hatte immer angenommen, daß Gäste zuerst in ihr Zimmer hinaufgingen, badeten, sich umzogen und dann nach einer Weile unten erschienen und sich dem gesellschaftlichen Leben widmeten.

»Ich komme mit«, erklärte Tatjana rasch.

»Ausgezeichnete Idee, George«, rief Lady Tabor begeistert. Sie ignorierte Tatjanas Angebot. »Danach kann Alfred Mr. Didier die Küche zeigen.«

Auguste war bestürzt. So sehr ihn die Küche interessierte, ein paar Minuten Erholung, sei es auch nur, um den Forderungen der Natur nachzukommen, wäre ihm willkommen gewesen. Jetzt wurde ihm die letzte Rückzugsmöglichkeit abgeschnitten.

»Ich kümmere mich um Prinzes – um Madame Didier.« Lady Tabor betrachtete Tatjana etwa so, wie ein Vampir sein auserwähltes Opfer gemustert hätte.

»Ich würde mir auch gern die Küche ansehen.« Tatjana konnte es vielleicht mit Vampiren aufnehmen, aber nicht mit ihrer Gastgeberin.

»Sie trinken jetzt Tee, denke ich«, verkündete Priscilla mit einem ruhigen Lächeln. »Liebe Mrs. Didier.«

»Nach dem Diner können Sie uns dann von Ihren Morden erzählen«, wandte sich Victoria heiter an Auguste.

»Nun mal stop, Vicky«, sagte Alfred gedehnt.

Bildete er es sich nur ein, fragte sich Auguste, oder wurde Priscilla tatsächlich ganz bleich? Vielleicht war Mord in Anwesenheit des Königs und in Anbetracht des jüngst erfolgten Attentats auf Präsident McKinley für seine Gastgeberin ein ebenso unangenehmes Thema wie für ihn.

Victoria ignorierte die Warnung ihres Bruders. »Aber Sie sind doch berühmt für Mord, Mr. Didier, nicht wahr? Sie müssen uns alles darüber erzählen, oder vielleicht warten Sie lieber bis morgen damit, da Seine Majestät heute abend nicht mit uns diniert? Ich bin sicher, das Thema würde auch ihn sehr interessieren.«

Auguste wußte nur zu gut, daß Seine Majestät höchstwahrscheinlich kein Interesse dafür aufbringen würde, doch er kam gegen Victoria nicht an. *»Enchanté«*, erwiderte er herzlich. Wie konnte er ihr begreiflich machen, daß es, auch wenn er vielleicht über ganz beachtliche detektivische Fähigkeiten verfügte, in Wahrheit seine kulinarische Begabung war, die ihn mit echtem Stolz erfüllte? Er plante bereits ein zehnbändiges Werk, eine Sammlung seiner besten Rezepte. Speisen à la Didier. Das würde sein Vermächtnis an die Welt sein.

»Vielleicht wäre es doch heute abend besser«, sagte Laura leichthin. »Heute abend würden sich alle sehr gut dabei unterhalten.«

Ihre Angehörigen nickten lebhaft. War hier nicht irgend etwas ein bißchen sonderbar? Auguste war nicht übermäßig bescheiden, aber wieso war er für die Tabors derart interessant? Oder glaubten sie, er würde mit dem Familiensilber davonlaufen, wenn sie ihn einen Augenblick allein ließen?

»Unsinn«, sagte er sich und spürte die vertraute Wärme von Tatjanas Arm. Er sah Gespenster, wo es keine gab. Das Problem war, daß er sich zum ersten Mal bei einer Gesellschaft auf dem Lande auf der anderen Seite der mit grünem Boi bespannten Tür befand.

»Natürlich ist es Unsinn«, zischte Tatjana ungehalten, denn er hatte laut gesprochen. »Ich mag keinen Tee. Ich habe Tee satt, sei es nun russischer, chinesischer, Zitronentee oder Lord Greys Heilkräutertee ...«

»Kamille ist gut, auch Minze ...«, sagte Auguste. Doch er sprach ins Leere. Lady Tabor hatte ihre Beute bereits weggeschleppt.

Geduldig ließ er sich das Waffenzimmer vorführen, da er dort das versteckte Kabinett entdeckt hatte, das er so dringend benötigte. Dann geleitete ihn Alfred zur Küche, die eine unwiderstehliche Verlockung für ihn darstellte. Da der König diesen Abend im Zug dinierte, würde er erst morgen für ihn kochen, doch die Küchendüfte einzuatmen, ein neues Königreich zu betreten – seine Lebensgeister erwachten aufs neue, als er nach seinem freiwilligen Exil wieder den ersten Schimmer des Paradieses erblickte.

Er und Alfred wurden, wie es nur recht und billig war, von Mr. Richey, dem Butler, hinuntergeführt, der diese Verletzung der Regeln, die oben von unten trennten, im höchsten Grade mißbilligte. Die Tür zur Küche stand offen. Richey trat zur Seite und ließ Alfred den Vortritt, und Alfred blieb so plötzlich auf der Schwelle stehen, daß Auguste in ihn hineinlief. Er erblickte eine riesige weißgekleidete Gestalt mit Armen wie Hammelknochen, Beinen wie Baumstämmen und einem Gesicht wie Blitz und Donner.

»Nein.« Ihnen wurde der Eintritt verwehrt.

»Aber Breckles«, stieß Alfred hervor.

»Ich sage nein. Morgen.«

Der König der Küche hatte gesprochen, und sie war sein Königreich. Auguste begriff sofort, daß er sich fügen mußte.

»Gewiß, Mr. Breckles«, sagte er rasch, »ich verstehe.«

Mr. Breckles musterte ihn eingehend. Er griente, während er seinen Gegner taxierte. »Morgen«, wiederholte er beinahe liebevoll und schlug ihnen die Tür vor der Nase zu.

Das war ein schlechter Anfang. Oben nicht zum Tee eingeladen, unten als Koch nicht erwünscht. Kein Trost in Reichweite, denn als er schließlich hinter dem gleichgültigen breiten Rücken des Butlers an seinem Zimmer anlangte, war Tatjana nicht da. Es gab keinen Balsam in Gilead.

Seine Frau erschien erst wieder eine halbe Stunde vor dem Diner. Inzwischen sah sich Auguste zwischen Ärger und nervöser Erwartung hin und her gerissen, und er hatte vergessen, ob die Ankunft Seiner Majestät bedeutete, daß man volle Trauer oder Halbtrauer tragen mußte und was bei einem Mann überhaupt der Unterschied zwischen beidem war.

»Wo bist du gewesen?« Er erschrak, als er seine Stimme hörte. Sie klang ziemlich zänkisch.

Zu seinem Erstaunen fegte Tatjana stumm an ihm vorbei. Wo blieben die Küsse, die Erklärungen, die Liebesworte? »Wo ist Katja?« war alles, was aus ihrem Munde kam.

»Du sagtest, Mr. Marx mißbillige Kammerzofen. Du hast sie nicht mitgebracht«, erwiderte Auguste nicht ohne Schadenfreude.

»Vielleicht hat Mr. Marx nie versucht, sich allein das Korsett zu schnüren oder sich selber das Haar zu machen.« Durch die Tür zum Ankleidezimmer sah Auguste fasziniert zu, wie Tatjanas Kleidungsstücke in alle Richtungen flogen, und gehorchte dann dem Befehl, die abwesende Katja zu ersetzen. Zu jedem anderen Zeitpunkt hätte er diese Aufgabe nur zu gern übernommen, doch jetzt wollte er Antwort auf einige Fragen.

»Wo bist du gewesen?«

»Ich habe Tee getrunken«, erwiderte sie, während er sich mit Haken und Ösen abplagte.

»Du sagtest, du machst dir nichts aus Tee.«

»Wir haben über Haarpolster gesprochen.«

»Pardon, chérie?« Seine Finger hielten inne.

Tatjana klopfte zufrieden auf ihr langes, dunkles, lockiges Haar. »Ich brauche so was nicht. Mein Haar ist auch ohne das dick genug. Vielleicht hat Mr. Marx ...«

»Mr. Marx interessiert mich nicht.«

»Wir können viel von ihm lernen«, sagte sie voll ehrlicher Überzeugung. »Das Proletariat hat nichts zu verlieren als seine Ketten.«

»Ich habe keine Ketten, und ich ...«

»Liebesketten, *mon amour*.«

Der letzte Haken ging auf. Sie drehte sich um und schlang die Arme um seinen Nacken, und er vergaß völlig, sie weiter nach dem Grund für ihre lange Abwesenheit zu befragen.

Die Tabors waren in Yorkshire ebenso fest verankert wie die grauen Mauern ihres Landsitzes. Im Mittelalter, als die großen Adeligen des Nordens ihre Feindschaften und Fehden in den Rosenkriegen austrugen, waren die Tabors der Führung ihrer Nachbarn, der berühmten Cliffords von Skipton Castle, gefolgt und so töricht gewesen, einen Verlierer zu unterstützen, Henry VI. aus dem Hause Lancaster. Mit Clifford dem Schlächter war der damalige Lord Tabor nach Towton Field marschiert, doch im Gegensatz zu Clifford war er am Leben geblieben. Die eindringenden Anhänger der Yorks hatten das nicht als großes Unglück angesehen, da er nur der Herr eines vergleichsweise kleinen Lehens war. Während alle Nachbarn sehr schnell den Kopf oder ihren Besitz oder beides verloren, gelang es den Tabors, ihr bescheidenes Lehen zu behalten, doch sie waren auch klug genug, die Anhänger der Yorks nicht so auffällig zu bevorzugen, daß sie die argwöhnischen Blicke Henrys VII. auf sich gezogen hätten, als er den Thron bestieg und die Weiße und die Rote Rose vereinigte. Sie vermieden es auch weiterhin, sich zu sehr in die Politik oder in religiöse Streitigkeiten einzumischen; statt dessen sorgten sie unauffällig für die Ausdehnung und Wertsteigerung ihres Besitzes. Nach angemessener Zeit wurden sie in den untersten Peersrang erhoben, was ihnen durchaus zupaß kam. Das Leben wäre für sie bis ins 20. Jahrhundert ruhig weitergegangen wie bisher, wäre ihre gesellschaftliche Stellung nicht so unerwartet erhöht worden.

Am Samstagmorgen aber entdeckte Auguste, daß die Küche unglücklicherweise diese Aufwärtsentwicklung nicht mitgemacht hatte. Seinem entsetzten Blick schien es, als habe sie sich seit den Tagen des alten mittelalterlichen Gutshauses mit seinem offenen Feuer und seinem Rauchfang im Dach kaum verändert: eiserne Herde, Räucherkammer über dem Feuer, ein mechanischer Spieß … Doch es gab auch ein paar relativ moderne Errungenschaften: zwei neuzeitliche Küchenherde, einen eisernen Dampfkochtopf, ein Rührgerät – und sogar, er strahlte, einen Kühlschrank.

Aber trotz all ihrer Unzulänglichkeiten war diese Küche ein wundervoller Zufluchtsort, erstens von der Jagd und zweitens vom mondänen Leben der oberen Welt. Der Freitagabend war nicht ganz die Nervenprobe gewesen, die Auguste befürchtet hatte, denn der König war erst sehr spät eingetroffen. Seine Majestät hatte nicht über das Moorland holpern müssen, der königliche Sonderzug hatte extra am Dorf Bell Busk gehalten, das nur wenige Meilen entfernt lag. Der Samstag hatte sehr gut begonnen. Tatjana war besonders aufmerksam zu ihrem Gatten gewesen und hatte ihn nicht allein gelassen, bis er Mr. Richeys Obhut anvertraut wurde, der ihn wieder in die Küche geleitete.

Seine Stimmung hob sich ob der vor ihm liegenden Aussichten. Er war ein zum Olymp zurückgekehrter Jupiter, ein seiner Unterwelt wiedergeschenkter Pluto. Unglücklicherweise wurde diese von einem wenig anziehenden Zerberus in Gestalt des bulligen Küchenchefs der Tabors, William Breckles, bewacht.

»Guten Tag«, begrüßte Auguste ihn höflich.

»Wawawawa«, war das einzige, was Auguste deutlich verstehen konnte, und er wußte nicht, was es bedeutete.

»Es ist mir eine Ehre, mit Ihnen zusammenzuarbeiten«, sagte er mit, wie er hoffte, gewinnender Freundlichkeit. Doch er gewann nichts, als er einen Inspektionsgang durch die Küche machte, um die bereits getroffenen Vorkehrungen in Augenschein zu nehmen – eine schwierige Aufgabe, weil die Kochtöpfe von dem Pastetenkoch, dem Fleischkoch, dem Gemüsekoch, dem Saucier und seinen Kollegen so wütend verteidigt wurden wie einst Skipton Castle gegen seine Belagerer.

»Das Hammelkotelett Seiner Majestät?« Augustes geübtes Auge entdeckte, daß es auf dem Tisch fehlte, den man für die Gerichte des Königs beiseite gerückt hatte.

Ein abweisendes Knurren.

Auguste riß die Geduld. *»Messieurs«*, sagte er und nahm Kampfstellung ein, »in Frankreich sind wir höflich zu Besuchern.«

Mr. Breckles' Mannschaft wechselte erstaunte Blicke untereinander, dann hellte sich Mr. Breckles' breites Gesicht auf. Ein zustimmendes Bellen. »Sie kommen aus Frankreich?« sagte er in völlig verständlichem Englisch, wenn auch mit starkem Yorkshire-Akzent. »Wir dachten, Sie wären so ein verdammter arroganter Londoner.«

Breckles führte ihn dann freiwillig durch die Speisekammern, die verschiedene, Auguste bisher unbekannt gewesene Yorkshire-Rituale offenbarten. Hier hingen Hasen, die den Braten für das Essen des Personals lieferten. Für die Tafel der Tabors wurden nur junge einjährige Hasen als gut genug erachtet. Den oberen Klassen entgeht eine ganze Menge durch ihre sturen Vorurteile, dachte Auguste. Richtig zubereitet, waren ausgewachsene Hasen ein Leckerbissen. Das Blut der Schweinehälften wurde aufgefangen und zu Blutwurst verarbeitet. Das war ein Gericht, das er untersuchen mußte. Die Beute erfolgreicher Jagdausflüge, die zu Beginn der Woche stattgefunden hatten, füllte mehrere Speisekammern. Zwischen ihm und Breckles entwickelte sich eine Arbeitsgemeinschaft, und in der Küche herrschte jetzt Eintracht.

»Die Beilage für das Hammelkotelett? *Epinards au fleuron?*«

Breckles sah ihn unsicher an. »Der Gärtner ist schon wieder weg.«

Auguste bewahrte Fassung. Da war nichts zu machen; wenn er den Gärtner, der täglich vorbeikam, verpaßt hatte, mußte eben der Berg zum Propheten oder vielmehr in dessen Garten gehen, denn Spinat mußte er haben.

Er verließ die Küche und ging in die Richtung, die Breckles ihm gewiesen hatte. Er war noch nicht weit gelangt, da sah er zu seinem Erstaunen Lady Tabor auf sich zulaufen. Hatte sie entdeckt, daß er sich vor dem Schießen gedrückt hatte, und war sie gekommen, um ihn mitzunehmen? überlegte er nervös. »Das Kotelett Seiner Majestät«, stammelte er und lächelte angestrengt.

»Wie bitte?« Priscilla starrte ihn verständnislos an, dann besann sie sich auf ihre besten Gastgeberinnenumgangsformen. »Es tut mir sehr leid, Mr. Didier, daß Sie zum Schießen zu spät kommen. Wenn ich gewußt hätte ...«

»Die Küche«, stieß er kraftlos hervor.

»Aber natürlich, Mr. Didier. Ich zeige Ihnen, wo es ist.« Brünnhilde packte ihren Siegfried mit festem Griff und wollte ihn mit sich ziehen.

»Lady Tabor, ich muß zum Gemüsegarten«, sagte Auguste energisch.

»Ich liebe den Gemüsegarten«, erwiderte sie ebenso energisch. »Ich begleite Sie.«

»Aber ...« Entgeistert blickte er auf die zierlichen Glacéleder-Spangenschuhe, die ganz offenkundig nicht beabsichtigt hatten, die mit Teppichen bedeckten Fußböden von Tabor Hall an diesem Morgen zu verlassen. War das hier ein Beweis für seine Attraktivität als Mann? Er hatte natürlich von solchen Frauen gehört, doch er vermochte sich einfach nicht vorzustellen, daß Lady Tabor ihn zwischen den Rosenkohlpflanzen leidenschaftlich umarmen könnte. »Der Boden ist morastig, Lady Tabor.«

Ihr Blick folgte seinem, dann lächelte sie huldvoll. »In diesem Fall, Mr. Didier, dürfen Sie mich zum Frühstückszimmer zurückbegleiten.«

Verwirrt lauschte er einem langen Monolog über den vierten und fünften Baron Tabor, während er neben seiner Gastgeberin zum Gartentor des Herrenhauses schritt. Er kam sich vor wie Alice im Wunderland mit dem Bleigewicht der Herzogin am Arm und war erleichtert, als sie am Haus anlangten. Gleich würde er frei sein. So glaubte er jedenfalls.

In der großen Halle kam Laura gerade die Treppe herunter.

»Ah, Laura«, flötete Lady Tabor, »ich glaube, Mr. Didier hat die Bibliothek noch nicht gesehen.« Lady Tabors Arm wurde durch Lauras ersetzt, und Auguste sah sich gezwungen, die Bibliotheksfeuerprobe zu bestehen; erst dann konnte er erfolgreich vorbringen, daß seine Gegenwart woanders benötigt wurde. Als er wieder mit seinem Arbeitstisch in der Küche vereint war, stieß er einen dankbaren Seufzer aus und beschloß, auf den Spinat zu verzichten. Der König würde auch so nicht darben. *Capon à la Régence,* in Armagnac geschmorte Ortolanen, Kalbbries *à la financière,* Schwarzes Rebhuhn *à la royale, poussin à la Richelieu, gigot de chevreuil, soufflé de cailles,* Kalbsnieren *au Xérès, gratin d'homard,* gebratene Wachteln – und natürlich das Hammelkotelett. Ja, das sollte genügen. Dann die pikanten Beilagen, die Seine Majestät so sehr liebte. Und die Austern für sein privates Souper.

Er legte gerade einen Trüffel an die richtige Stelle, als ein lauter Schrei ertönte. Der Schrei kam von draußen, doch gleich darauf stürzte ein Küchenmädchen durch die Tür herein. Er vergaß den Trüffel und versuchte sie zu beruhigen, wobei sein Arm sich unwillkürlich um sie legte. Dann fiel ihm ein, daß er ein verheirateter Mann war, doch sein Arm blieb dort, wo er war.

»Was ist denn, *chérie?*« fragte er. Das Küchenpersonal scharte sich um sie, während ein Sturzbach von Worten aus ihr hervorsprudelte, die er alle nicht verstand.

»Das ist eine krähende Henne«, erklärte Breckles. Was immer es war, sagte sich Auguste, es war eine Sache, die nur die Leute aus Yorkshire anging und keine Fremden. Er wollte taktvoll verschwinden, aber Breckles packte ihn beim Arm.

»Eine krähende Henne bedeutet Unglück für das Haus.«

2. Kapitel

Das war natürlich alles Aberglauben, sagte sich Auguste. Dennoch erinnerte er sich, wie oft Mère Bouchiers Prophezeiungen unheilvoller Ereignisse in seiner Heimatstadt Cannes in Erfüllung gegangen waren, und hütete sich, über eine Yorkshire-Henne zu spotten. Er schritt durch die mit grünem Boi bespannte Tür, die »sie« von »uns« trennte (was immer er im Augenblick war, »uns« oder »sie«). In diesem Augenblick trat Victoria Tabor forsch aus dem Waffenzimmer und bot ihm an, ihn zu begleiten, wo immer er hingehen wolle. Vielleicht gehörte es zu den Regeln der Gastfreundschaft im Norden, die er noch nicht begriffen hatte, einen Gast nie allein zu lassen, überlegte er, und dieses heftige Interesse an seiner Gesellschaft begann ihm jetzt spürbar auf die Nerven zu gehen. Er lehnte Victorias Angebot dankend ab, verabschiedete sich von ihr und öffnete erleichtert die Tür zu seinem Zimmer. Er hatte erwartet, Tatjana dort vorzufinden, doch er hatte sich geirrt.

Selbst ihr Erscheinen ein paar Minuten später vermochte seine gute Laune nicht wiederherzustellen. Er war überzeugt, daß etwas vorging, an dem er nicht beteiligt war. »Wo bist du gewesen, *ma mie?*« erkundigte er sich und versuchte den Eindruck zu erwecken, als sei die Antwort nicht besonders interessant für ihn.

»Ich habe Tee getrunken«, erwiderte Tatjana rasch. »Jetzt verstehe ich übrigens, warum englische Damen, sogar solche aus Amerika wie Lady Tabor, Tee trinken. Sie tun es deshalb, weil sie da ihre Panzer ablegen und Teekleider tragen können.«

Auguste musterte sie argwöhnisch. Es war Teezeit, das stimmte, aber ganz bestimmt ging es hier um mehr als um Tee und Fischbein. Ein Liebhaber? Bei diesem absurden Gedanken mußte er über sich selber lachen. Er war ein Narr.

»Natürlich sind sie nicht mit mir einverstanden.«

»Wieso denn nicht?« fragte Auguste ernst. »Sie sind die frühere Miss Gertie Gum, die Zierde der Girlparade vom Galaxy-Theater.« Diese Entdeckung hatte er dank Alfred am vergangenen Abend gemacht.

Gertie kicherte. »Sie waren der Chef des Restaurants, nicht wahr? Aber das war vor meiner Zeit.«

Auguste mußte an das Jahr 1894 denken, das nur sieben Jahre zurücklag, aber einem anderen Leben anzugehören schien. Dann sah er Tatjana an und bedauerte keine einzige Veränderung (oder doch nur sehr wenige). Gerties Triumphzeit als Galaxy-Girl war nur kurz gewesen, hatte ihm Alfred erzählt, denn sehr rasch hatte sie den Schmeicheleien des Ehrenwerten Cyril nachgegeben, der es angesichts von Miss Gums schönem und unschuldigem Gesicht nicht fertiggebracht hatte, ihr etwas anderes als die Heirat anzubieten. Ihre Ehe hatte beide Beteiligten bisher übrigens voll zufriedengestellt, wenn auch nicht Priscilla Tabor.

Auguste, den ein Gefühl der Solidarität mit Gertie verband, stand neben ihr unter den funkelnden Kronleuchtern des Salons, während die Gästeschar in Trauerkleidung das Erscheinen Seiner Majestät zum Diner erwartete. Das Diner sollte pünktlich um sieben Uhr beginnen, ungewöhnlich früh für den König, der es liebte, erst um neun zu dinieren, doch in seiner gutmütigen Art Priscilla ihren Willen ließ. Das taten für gewöhnlich alle. Priscilla hatte strenge Ansichten, was den Sonntag betraf, und fand es wünschenswert, daß sich die Gäste abends früh zurückzogen. Das tat selbst Seine Majestät, wenn Mrs. Beatrice Janes nicht in Begleitung ihres Gatten war, aber unglücklicherweise war Harold diesmal mitgekommen. Der König mochte Harold, doch er erwartete von ihm, daß er anständig war und zu Hause blieb. Harold jedoch, das hatte Tatjana Auguste letzte Nacht im Bett anvertraut, lag sehr daran, Seine Majestät im Hinblick auf die nächsten Ordensverleihungen am 1. November an seine Existenz zu erinnern, und verdrängte oder ignorierte andere Faktoren.

»Lady Tabor hat ihnen nebeneinanderliegende Zimmer gegeben«, flüsterte sie, »und hat dafür gesorgt, daß Harold eine Menge zu trinken vorfindet, sonst würde sich der König nicht wohl fühlen.«

Tatjanas Teeparties hatten doch etwas für sich, überlegte Auguste belustigt. Dort erfuhr man den interessantesten Klatsch. Lady Tabor, so vernahm er, hielt ihren Schwager Cyril für allzu empfänglich für weibliche Reize. Nach dem Tod seiner ersten Frau hatte er mehrere Jahre eifrig nach Ersatz für sie gesucht, doch alle seine Liaisons hatten nur kurze Zeit gedauert. Eine dieser Damen hatte Alice geheißen und einen jähzornigen Vater in der indischen Armee gehabt. Es war stets George Tabors Aufgabe gewesen, seinen leicht hereinzulegenden Bruder aus gefährlichen Situationen zu befreien, doch im Fall Gertie hatte er es versäumt, rechtzeitig einzugreifen. Priscilla hatte ihm das nie verziehen.

»In diesem Haus hat nur ein Mensch Zeit für mich, und das ist Ihre Ladyschaft«, vertraute Gertie Auguste an, der es zu schätzen wußte, daß sich ihr reizender, mit schwarzer Spitze bedeckter Busen gegen ihn preßte. Sie hatte kühn die Trauervorschriften durchbrochen und sich eine weiße Rose angesteckt, wo doch nur Perlen erlaubt waren. Alle Achtung, Gertie hatte Mut! Seine Majestät hatte gewiß nichts gegen die Rose, aber Priscilla ...

»Unsere Gastgeberin?« fragte er überrascht, denn er fand, die Walküre habe so gut wie nichts mit Gertie gemein. Er blickte sich nach Tatjana um, für den Fall, daß sie ihn beobachtete, doch sie unterhielt sich gerade mit einem Lakaien, dessen rosiger Teint ihm auffiel. So sehr er das demokratische Benehmen seiner Frau billigte, zweifelte er doch, ob Priscilla Tabor es zu schätzen wußte.

Gertie kicherte. »Nein, Miriam, die Witwe. Sind Sie ihr noch nicht begegnet? Ich stelle Sie ihr vor! Die Mutter von Cyril, Laura und dem braven alten George. Die Geißel in Priscillas Leben! Sie wohnt hier im Nordflügel.«

Die alte Baronin Tabor war winzig klein, doch das erste, was Auguste an ihr auffiel, waren ihre Augen: klar, blau und bemerkenswert munter für ihre Jahre. Bemerkenswert war auch ihr rosiges, von weißem Haar eingerahmtes Gesicht, und sie hatte anmutige schnelle Bewegungen. Priscilla wirkte neben ihr wie ein Kriegsschiff neben einer schlanken Korvette.

»Ah, Mr. Didier, wie reizend, daß wir nun einen Meisterkoch in der Familie haben. Denn wenn Alexander Victoria heiratet, gehören Sie doch zur Familie, nicht wahr? Sie müssen mir von Paris erzählen! Wie klug, sich eine Pariserin zur Frau zu nehmen!«

»Die nur mit einer englischen Rose wie Ihnen verglichen werden kann, Madame.« Auguste verbeugte sich, und seine Befangenheit verflog angesichts ihrer freundlichen Ungezwungenheit.

»Mutter!« Von schwarzem Krepp umhüllt, kam Priscilla mit vollen Segeln auf die alte Dame zugerauscht. »Seine Majestät erscheint.«

Die alte Lady Tabor zwinkerte Auguste zu und folgte ihrer majestätisch davonziehenden Schwiegertochter.

Die Unterhaltung stockte, als König Edward VII., offensichtlich nicht besonders gut gelaunt, an der Tafel erschien. Er war zu dem Schluß gelangt, daß selbst Beatrices Anwesenheit keinen Ausgleich für Priscilla Tabor bildete. Marmorweiße

Schenkel und üppige Busen waren ja ganz in Ordnung, doch sie verloren ihren Reiz, wenn die betreffende Dame sich wie ein allzu wachsamer Schäferhund aufführte.

Auguste war der Platz neben Gertie zugewiesen worden, was ihm sehr recht war, wenngleich sie am unteren Ende der Tafel saßen. Er beglückwünschte sich, daß er, der Proletarier, bisher keinen ernsthaften Fauxpas begangen hatte, wenn man die kleine Ungeschicklichkeit nicht rechnete, daß er gestern abend, als er Mrs. Janes zum Diner die Treppe hinuntergeleitete, dieser redseligen Dame den falschen Arm gereicht hatte und von ihrem ausladenden korsettierten Hinterteil an die Wand gedrückt worden war.

Tatjana saß zu weit entfernt vom König, als daß sie ihn mit provozierenden Bemerkungen über Mr. Karl Marx hätte ärgern können, aber doch noch nahe genug, weil man eine Romanowa, denn das war sie, nicht beleidigen durfte. Seine Majestät thronte am Kopf der Tafel, Beatrice links und Priscilla rechts von ihm. Er sah nicht besonders heiter aus. Nur Victoria und Alexander, die nebeneinander sitzen durften, schwebten selig in ihrem Traum vom Glück.

»Madame wünscht von der Consommé«, wies Auguste den servierenden Diener an und erntete einen dankbaren Blick von Gertie. Im »Romano« hatte sie nie selber etwas auszusuchen brauchen, da alle ihre hingerissenen Verehrer stets nur das Beste für sie bestellt hatten. Schnelles Auf- und Abtragen der Speisen war wichtig an diesem Ende der Tafel, denn sonst bestand die Gefahr, daß Seine Majestät mit einem Gang fertig war, bevor die hier sitzenden Gäste zu essen begonnen hatten. Die Etikette schrieb vor, daß die ganze Gesellschaft die Bestecke sofort niederzulegen habe, wenn es der König tat. Wenn er guter Laune war, aß er langsam. Heute jedoch war es klar, daß man schnell essen mußte, vor allem, da zum Abend zehn weitere Gäste eingeladen waren.

War das Menü zufriedenstellend? fragte sich Auguste noch einmal besorgt. Er hatte darauf verzichten müssen, die *côtelettes de bécassines à la Souvaroff,* die Schnepfenfilets und die Gänseleberpastete mit Madeirasauce auf ihren Silberplatten mit Trüffeln zu garnieren. Das war ihm sehr, sehr schwer gefallen.

Die Consommé *à la princesse* war ein Erfolg, befand er vorsichtig, obwohl man hätte einwenden können, daß weniger Estragon besser gewesen wäre. Er sah zu, wie die Bediensteten des Hauses Tabor die Gerichte feierlich den Lakaien des Königs reichten, die ihm servierten und dann die Schüsseln und Platten zurückgaben. Fast wie mittelalterliche Vorkoster, dachte Auguste, und überlegte, ob es möglich wäre, das Essen des Königs zu vergiften. Er erinnerte sich lebhaft an eine Gelegenheit in der Vergangenheit, wo das ganz leicht gewesen wäre. Schnell wandte er seine Aufmerksamkeit Oliver Carstairs zu, einem hochgewachsenen Mann in den Vierzigern mit lässigem Charme und einem interessanten Gesicht. Er hatte gestern abend nicht mit ihm gesprochen und war sich nicht sicher, welche Rolle Oliver hier spielte. Er beschloß, es herauszufinden.

Zur selben Zeit wandte sich Seine Majestät dankbar von Priscilla ab und Beatrice zu. Die Etikette schrieb vor, daß er mit der Konversation beginnen mußte. »Man sollte den Kerl an den Daumen aufhängen«, sagte er zu ihr. »Er hat einen der Goldfasane in Sandringham abgeschossen.«

Der Ehrenwerte Cyril besann sich auf seine gesellschaftlichen Verpflichtungen und hörte auf, sein hübsches kleines Kätzchen über den Tisch hinweg anzusehen; ein wenig zu spät griff er das Wort »Gold« auf und beschloß, etwas zur Unterhaltung beizutragen.

»Es heißt, der Markt wird allmählich schwierig, Sir.«

»Welcher Markt?« fragte der König verständnislos.

»Der Goldmarkt.«

»Gold verliert nie seinen Wert«, erklärte Harold Janes feierlich. Er war, und das wünschte er allen zur Kenntnis zu bringen, eine Autorität auf diesem Gebiet.

»Aber der Krieg in Südafrika ...« Cyrils Stimme erstarb kläglich.

»Wie ich höre, lassen die Gewerkschaften auch in Colorado ihre Muskeln spielen«, kam ihm Carstairs zu Hilfe.

»Hatte nicht dein Bruder irgendwas mit Gold in Colorado zu tun, Priscilla?« erkundigte sich Miriam unschuldig.

Priscilla warf ihr einen wütenden Blick zu. Oskar war kein Thema, das sie zu erörtern wünschte, und ihre liebe Schwiegermutter wußte das nur zu genau.

»Fasane«, betonte der König laut, verärgert über die Wendung, die das Gespräch genommen hatte. *»Fasane.«*

»War die Ausbeute heute morgen gut, Sir?« fragte Auguste, tapfer bemüht, die Situation zu retten.

»Ausgezeichnet«, sagte der König herzlich mit dröhnender Stimme, erfreut darüber, daß Didier das Leben ernst nahm – doch ohne daß seine Kochkünste darunter litten, vermerkte er beifällig für sich. Das Kotelett hatte ihm hervorragend gemundet, ebenso das *soufflé de cailles,* ganz zu schweigen von verschiedenen anderen Gerichten. »Ein paar Dutzend Enten und Rebhühner.«

In diesem Geist des Wohlwollens allen, selbst Priscilla gegenüber, ging das Diner friedlich zu Ende.

»Wollen wir uns vertagen, meine Herren?« George räusperte sich, während sich die letzten schwarzen Taft- und Seidenkleider kurz vor acht Uhr raschelnd in den Salon zurückzogen. Seltsamerweise, so stellte Auguste fest, vermied George eindeutig den Blick seines Monarchen.

Auguste hatte sich auf den Augenblick gefreut, in dem er sich bequem in einem alten Armsessel niederlassen und anderen Gästen beim Billardspiel zusehen, dabei eine Zigarre rauchen und einen Brandy trinken konnte – gewiß die wesentlichen Freuden eines Gentleman, wenn er auch nicht damit gerechnet hatte, sie so früh am Abend genießen zu können. Zu seiner großen Überraschung wurde er hinter dem König beinahe fortgeschleift, nicht ins Billardzimmer, sondern hinaus in die dunkle kalte Nacht. Lord Tabor und der König stiegen in einen offenen Zweisitzer und ließen ihn, Cyril, Alfred, Alexander, Harold Janes und Oliver Carstairs auf der Freitreppe zurück.

»Monsieur«, erkundigte sich Auguste verblüfft bei Oliver Carstairs, als sie schnellen Schrittes in die Finsternis vorstießen, »wohin gehen wir denn?«

»In den Raucherpavillon«, sagte Oliver fröhlich.

»Aber ist das Rauchzimmer denn nicht da, wo die Billardtische stehen?«

»Lieber Gott, nein«, belehrte ihn Alexander vergnügt. »Doch nicht auf Tabor Hall.« Er weidete sich an Augustes Verwirrung. »Sie gewöhnen sich bestimmt daran«, versicherte er ihm. »Meine verehrte zukünftige Schwiegermutter hat etwas gegen Tabakrauch, verstehen Sie. Sie hat die komische Vorstellung, daß die Möbel, die Wandteppiche, die Gemälde und die Gesundheit darunter leiden. Die Gesundheit ist ihr dabei nicht allzu wichtig, wohl aber alles, was den Tabors gehört.«

»Das gehört doch aber nicht ihr«, zischte Auguste Oliver zu und hoffte, daß Alfred es nicht mitbekommen würde.

»Der Konvertit ist immer am allerfanatischsten. Sie wacht über jeden Farbklecks intensiver als George, Laura, Cyril und Miriam zusammen. Miriam, die war eine Gastgeberin! Ihr war es egal, was im Haus geschah, wenn ihre Gäste nur Spaß hatten, aber bei Priscilla liegen die Dinge anders.«

»Verdammte Hetzjagd«, hörte Auguste den vor ihm laufenden Janes vor sich hin murmeln. »Er hält uns wohl für Bulldoggen.«

»Aber die meisten Gastgeberinnen haben doch einfach ein

Zimmer im Haus zum Rauchkabinett bestimmt. Warum ist das hier nicht so?« Auguste überlief ein kalter Schauder, als sie auf einen von Öllampen erhellten schmalen Pfad einbogen, der zu einem Gehölz führte.

»Dieser Raucherpavillon ist Lady Tabors Erfindung«, sagte Alexander. »Da er so weit vom Herrenhaus entfernt liegt, hält sie es für eine Mutprobe, nach Einbruch der Dunkelheit dorthin zu gehen.«

»Aber bei Seiner Majestät macht sie doch sicher eine Ausnahme«, sagte Auguste, der entsetzt sah, daß sich der Weg noch endlos hinzog.

»Priscilla würde ihre Meinung nicht mal für George Washington ändern, geschweige denn für den König von England.«

Priscillas Schwager sprach nicht ganz so jovial wie sonst. »Sie sehen, für ihn hält sie einen Zweisitzer bereit, aber wir übrigen können laufen. Da ist es.« Er zeigte auf ein Gebäude, das plötzlich am Waldrand vor ihren Augen aufragte.

Durch die halboffene Tür sah Auguste den König und seinen Gastgeber bereits zufrieden ihre Zigarren paffen, doch es war das Äußere des Gebäudes, das seine Aufmerksamkeit erregte. Vielleicht um zu betonen, wie unerwünscht das schädliche Kraut sei, hatte Lady Tabor ein ganz ungewöhnliches Raucherkabinett geschaffen. Aus Neid auf einen Nachbarn, der sich in seinem Garten eines Wehrturms rühmen konnte, hatte ein Tabor im 18. Jahrhundert auf seinem Grund und Boden einen pseudogotischen Bau mit hochragenden Türmen und Burgzinnen errichtet und ihn damit, wie er glaubte, übertroffen.

Bei ihrer Ankunft auf Tabor Hall, erzählte Cyril, hatte Priscilla erklärt, dieses düstere Monstrum würde einen wunderbaren Raucherpavillon abgeben. Sie duldete keine Widerrede, und George erhob auch klugerweise keinen Einspruch. Stattdessen hatte er, da er genau wußte, daß seine prinzipienfeste

Gattin sich nie dadurch kompromittieren würde, daß sie einen Fuß in das Haus setzte, den Innenraum mit Bildern geschmückt, wie sie gewöhnlich nur in den Hinterzimmern von Herrenclubs hingen, und großen Spaß daran gehabt, diese Kollektion von Zeit zu Zeit auf den neuesten Stand zu bringen. So hatte er Alma Tademas »Psyche« über dem Kamin durch eine entschieden erotischere Nackte von Sickert ersetzt, ein Mädchen des Typs, wie sie gewöhnlich nur nach Paris exportiert wurden, und eine Anzahl weniger erlesener Pariser Kunstwerke aufgehängt, bei denen Strumpfbänder und Strümpfe die einzige Konzession an die *haute couture* darstellten.

Angesichts dieser unerwarteten Attraktionen schien der König ein wenig verwirrt zu sein, als Auguste eintrat, doch da er sicherlich annahm, daß man in Paris an solche Pikanterien gewöhnt war, gratulierte er seinem Freund höflich zur glücklichen Wahl seiner Kunstwerke und genehmigte sich einen zweiten Brandy.

Gleichermaßen verblüfft über das, was ihn hier umgab, nahm Auguste eine Zigarre von Alexander an, dessen russische und englische Abstammung in seinem dunklen, romantischen, gutgeschnittenen Gesicht deutlich zutage trat.

»Gefällt Ihnen das?« fragte er Auguste lächelnd. »Victoria findet es wunderbar.«

»Sehr originell.« Auguste räusperte sich und versuchte verzweifelt, sich auf eine höfliche Konversation zu besinnen, obwohl er die Gesichter (und in einigen Fällen die Hinterteile) so vieler sich provozierend zur Schau stellender Damen vor sich hatte.

Da er am Kamin stand, konnte er den Sickert eingehend betrachten; die Zeichnung zeigte eine Dame auf einem Bett, die sich allzu ungeniert von ihrem Korsett befreite. Da er nicht sicher war, was die anderen über dieses Bild dachten, machte er Oliver gegenüber eine Bemerkung über die tote Ente, eine

Holzschnitzerei, die auf dem Kaminsims stand. Oliver kicherte, und Augustes Spannung ließ nach. »Sie sind wohl ein alter Freund der Familie?«

»Nicht gar so alt. Ende vierzig«, sagte Oliver und reichte ihm ein Glas. »Ich komme regelmäßig alle sechs Monate hierher und mache Laura einen Heiratsantrag. Sie lehnt ihn immer ab. Vielleicht zum Glück.«

»Zum Glück?«

»Es hätte sonst negative Auswirkungen auf meine Karriere, Didier.«

»Und welcher Art ist Ihre Karriere?« Auguste faßte wieder Mut, da er jetzt wußte, daß er sich in der Gesellschaft eines Mannes befand, der gleich ihm zur arbeitenden Klasse gehörte.

»Ich bin von Beruf Junggeselle. Man lädt mich zu gesellschaftlichen Veranstaltungen ein, damit ich die Säle fülle und eine amüsante Unterhaltung zustande bringe – und nach Tabor Hall werde ich natürlich eingeladen, um Laura Heiratsanträge zu machen.«

»Und warum lehnt sie immer ab? Liebt sie Sie nicht?«

»Offenbar nicht.«

»Sie wartet darauf, daß dieser Tunichtgut wieder aufkreuzt«, grollte George, der zugehörte hatte. »Der Bursche ist kein Gentleman.«

»Nicht in Ihrem Sinne des Wortes«, stimmte ihm Oliver gutgelaunt zu. »Aber schließlich, als Adam grub und Eva spann, wo war denn da der Edelmann?«

George versuchte das zu verstehen, was ihm nicht gelang. »Es gibt nur einen Sinn des Wortes. Man ist es, oder man ist es nicht.« Sein Blick fiel plötzlich auf Auguste, und ihm wurde zu seinem Entsetzen klar, daß er sich der schlimmsten Unhöflichkeit schuldig gemacht hatte: er hatte dafür gesorgt, daß sich ein Gast unbehaglich fühlte. »Das hier schon gesehen?« fragte er, um seinen Fauxpas wiedergutzumachen. Er zog eine

Wandverkleidung beiseite, hinter der sich die bezaubernde Zeichnung einer im übrigen nackten Dame verbarg, die liebreizend zwischen ihren dicken schwarzbestrumpften Beinen hindurchlugte.

»Oh!« Auguste schluckte. Er überlegte, daß der Panzer, der die künstlerisch weniger anziehenden Teile des weiblichen Körpers umschloß, doch einiges für sich hatte. »Nein, ich hatte noch nicht das Vergnügen.«

Alfred kicherte. »Hat etwas Ähnlichkeit mit unserer Beatrice, nicht wahr?«

Auguste blickte ihn entsetzt an. Der König unterhielt sich gerade angelegentlich mit dem Gatten der eben erwähnten Dame, dessen Körperbau dem des Königs ähnelte, obgleich er zwanzig Jahre jünger war. Harold Janes sah so aufregend wie ein Kürbis aus – und doch, sagte sich Auguste, war der Kürbis ein zu Unrecht geringgeschätztes Gemüse.

»Ich wäre überrascht, wenn unserem alten Bertie die Ähnlichkeit nicht aufgefallen ist«, näselte Alfred mit unschicklicher Vertraulichkeit in bezug auf seinen Monarchen.

»Ist es nicht an der Zeit, daß wir uns wieder den Damen widmen?« Sein Vater hatte entschieden, daß die Unterhaltung weit genug gediehen sei. Alfred war zwar schon einundzwanzig, aber er hatte das Alter der Diskretion noch nicht erreicht. Die jungen Leute von heute waren eindeutig zu vorlaut. »Carstairs, kümmern Sie sich bitte um Didier, ja?«

»Waren Sie in dieser Saison in Ascot, Mr. Didier?«

»Bedauerlicherweise nicht.«

»Aber doch in Goodwood?«

»Wir haben unsere Hochzeitsreise gemacht.«

Das war offenbar keine Entschuldigung. »Henley?«

»Leider auch nicht.«

Die Unterhaltung war zu Ende.

Es war schon eine sonderbare Erfahrung, nicht im Dienstbotenzimmer zu tanzen, gnädig Abwaschmädchen aufzufordern, die Angst hatten, es ihrem Gott, dem Küchenchef, nicht recht zu machen, sondern sich mit der über hundertsechzig Pfund schweren aristokratischen Gastgeberin im Arm im Kreise zu drehen und sich völlig darüber im klaren zu sein, daß man getestet wurde, ob man für die gehobene Gesellschaft überhaupt tragbar war. Die Hinterfront der Dame im festen Korsett gab nicht einen Zentimeter nach. Die Pflicht gebot ihr, mit allen Gästen zu tanzen, sogar mit ehemaligen Köchen.

Ein aufgeregter George hatte Victorias und Alexanders Verlobung zum richtigen Zeitpunkt bekanntgegeben. Seine Majestät hatte dann durchblicken lassen, daß es keinen Verstoß gegen die Hoftrauer bedeutete, wenn man zur Musik der zufällig anwesenden Drei-Mann-Kapelle tanzte, und Priscilla Tabor beglückwünschte sich, daß alles so hervorragend gelaufen war. Sie bedachte Mr. Didier mit einem wohlwollenden Lächeln und fegte davon. Die schwarzen Federn, die ihre Frisur schmückten, spendeten nickend Beifall für ihre barmherzige Tat.

Erleichtert nahm Auguste Tatjana in die Arme. Schwarzer Crèpe de Chine vermochte das Funkeln der Neugier in ihren Augen nicht abzuschwächen.

»Wie sieht denn das Raucherhäuschen aus?« zischte sie.

»Nichts für Prinzessinnen.«

»Ich bin keine Prinzessin mehr, also kann ich dorthin gehen.«

»Das kannst du nicht.«

»Warum nicht?«

»Das Haus ist nichts für Damen.«

»Du meinst, es stehen Nachttöpfe in den Schränken?«

»Nein.«

»Was dann?«

»Die Bilder.«

»Aha. Also muß ich dahin. Ich bin einmal Monsieur Toulouse-Lautrec begegnet. Höchst interessante Zeichnungen.«

»Die hier sind nicht von derselben Qualität.«

»Man muß alles kennenlernen. Wo sonst kann ich denn rauchen?«

Er verlor fast die Balance. *»Quoi?«* fragte er leise.

»Ich wollte herausfinden, was am Rauchen dran ist, also habe ich John um eine Zigarette gebeten. Danach habe ich eine Zigarre probiert.«

Dem Pförtner John mußte er bei seiner Rückkehr nach Queen Anne's Gate ein paar deutliche Worte sagen, beschloß Auguste. Sein Verhältnis zu seinen eigenen Dienstboten in London war bisher nicht ganz unproblematisch gewesen. Schon in der ersten Woche hatte die Köchin gekündigt, weil Mr. Didier sich in Dinge eingemischt hatte, die ihn nichts angingen. Nachdem die dritte Köchin gegangen war, mußte Auguste zugeben, daß es etwas mit ihm zu tun haben könnte. Gekränkt hatte er über die Sache nachgedacht und sie mit Tatjana besprochen. Kein Problem, sie selber würde kochen, erklärte sie ihrem Gatten freundlich. Zum Beispiel Blinis. Und Pelmeni. Ihm schauderte, und er schloß mit der vierten Köchin ein Abkommen, daß er an ihrem freien Tag die Küche übernehmen würde.

»Ach, Mr. Didier, wie romantisch! Es ist wie König Cophetua und das Bettlermädchen, nur anders herum, Sie und die Prinzessin.«

»Ja, nicht wahr?« sagte Auguste kurz und bereute, daß er Beatrice Janes zum Tanzen aufgefordert hatte. Neidisch sah er, wie Carstairs Gertie aufs Parkett führte. Gertie trug nicht mehr die weiße Rose, vermerkte er traurig: die Macht in Gestalt von Priscilla hatte eingegriffen.

Schwindlig nach all dem Wein und den Zigaretten, genervt von Mrs. Janes' schrillem Gekicher, das unweigerlich jedem ihrer Konversationsgeistesblitze folgte, überließ er sie dankbar den Armen ihres wohlbeleibten Gatten. Doch gleich darauf trat die alte Lady Tabor auf ihn zu, die in schwarzer, mit Seide unterlegter Spitze prangte. »Haben Sie Mitleid mit mir, Monsieur Didier. Seit dem Untergang der Zweiten Republik habe ich mit keinem Franzosen mehr getanzt.« Ob nun ein Strauß-Walzer die beste Wahl war, um diese Erfahrung zu erneuern, blieb dahingestellt, doch ihre Energie war offenbar größer als seine.

»Ich freue mich so, daß Sie noch immer bei uns sind, Mr. Didier.«

Er wußte nicht, ob er richtig gehört hatte, und gab eine unverbindliche Antwort.

»Ich fürchtete, Sie könnten jetzt schon tot sein.«

Er *konnte* nicht richtig gehört haben. Ganz bestimmt hatte er einen Brandy zuviel getrunken. »Was haben Sie gesagt?« fragte er leise.

Miriam Tabor lächelte ihn an. »Ich sagte, ich fürchtete, Sie könnten bereits schlafen gegangen sein. Kümmern Sie sich nicht um eine alte Frau wie mich. Ich jedenfalls gehe jetzt zu Bett.«

»Aber der König hat sich noch nicht zurückgezogen, Mylady«, platzte Auguste heraus. Er wußte, was das Protokoll vorschrieb.

»Pah! Er will mich doch bestimmt nicht mitnehmen, nicht wahr?« sagte Miriam und zerstreute damit alle seine Zweifel, ob sie noch ganz richtig im Kopf sei.

Kurz danach zog sich Seine Majestät tatsächlich zurück, entweder, um sich einmal zeitig zur Ruhe zu begeben, oder aber nachdem er eine Verabredung mit Mrs. Janes getroffen hatte. Schwarze Röcke fegten bei tiefen Knicksen über den Fußboden. Kaum war der König außer Hörweite, rief Priscilla Tabor nach den Kutschen derjenigen Gäste, die nicht über Nacht in Tabor Hall blieben.

»Zeit zum Schlafengehen, meine Herren, es ist halb zwölf.«

Oliver stöhnte. »Erstaunlich, daß George ihr so etwas durchgehen läßt. Ich glaube, er hat Angst vor ihr. Wie Wellington.«

»Bœuf Wellington?« fragte Auguste, der immer noch etwas durcheinander war.

Oliver lachte. »Der Eiserne Herzog in Person. Erinnern Sie sich, was er sagte, als die Truppen eintrafen, um auf der Pyrenäenhalbinsel zu kämpfen? ›Ich weiß nicht, wie sie auf den Feind wirken werden, aber, bei Gott, ich habe Angst vor ihnen.‹« Er überlegte einen Augenblick. »Die Sperrstunde gilt nicht für Billard. Sie gilt für das Raucherhaus. Priscilla verschließt um halb zwölf die Türen von Tabor Hall, so daß das Raucherhaus bis spätestens elf Uhr fünfzehn leer sein muß. Fünf Minuten vor halb zwölf werden die Lampen am Weg gelöscht. Priscillas Entschuldigung ist, daß sie sich auf den Sonntag vorbereiten muß.«

»Und alle gehorchen?« fragte Auguste verblüfft.

Oliver sah ihn freundlich an. »Betrachten Sie sie mal genau, Auguste. Würden Sie Priscilla zu widersprechen wagen? Sie zählt alle ihre Gäste durch, Könige, Herzöge und Maharadschahs, und schließt eigenhändig die Vorder- und die Gartentür ab. Auf der Stelle. Glücklicherweise merkt sie gar nicht, daß es Dienstboten gibt und daß diese sich Zu- und Ausgang zu verschaffen wissen. Richey muß schließlich den Raucherpavillon abschließen und das Licht löschen. In die Küche kommt man immer hinein und auch wieder aus ihr heraus.«

Auguste blickte sich nach seiner Frau um, aber er konnte sie nirgends entdecken. Sie mußte sich bereits zurückgezogen haben. Eine schnelle Billardpartie konnte bestimmt nicht schaden, nun, da er ein Gentleman war. Er folgte Oliver ins Billardzimmer, und nur die lauthallenden Schläge der Standuhr erinnerten ihn daran, wie spät es war. Als er ein wenig alkoholisiert zu seinem Zimmer schwankte, war es bereits halb eins.

Er war noch betrunkener, als er dachte, denn ihm fiel nichts

Sonderbares auf; er putzte sich hingebungsvoll mehrmals die Zähne, und erst als er sich dem Bett näherte, merkte er, daß Tatjana nicht darin lag. Er überlegte, was er nun tun sollte, und entschied, daß es nur eine Möglichkeit gab: er würde sich aufrecht ins Bett setzen und auf sie warten. Er war ein wenig gekränkt, sogar in seinem benebelten Zustand. Es war das erste Mal, daß er allein ins Bett ging – so groß war Tatjanas Begeisterung für ihren neuen Status als verheiratete Frau. Er las eine Seite Zola, wobei er das Buch verkehrt herum hielt, und schloß dann die Augen …

»Wach auf! Wach auf!«

Ihm war schlecht. Er wurde hin und her geschüttelt. Saß er denn in einem Boot? Wenn ja, dann segelte er auf einem unbekannten alptraumhaften Meer. Einem Meer, das nicht zur Ruhe kommen wollte.

»Auguste, *chéri,* wach auf«!

Er hob die Lider, und das Zimmer drehte sich um ihn. Langsam wurde das Gesicht seiner Frau deutlich, die sich über ihn beugte; im Licht der Kerze, die sie in der Hand hielt, sah er ihren entsetzten Blick. Er versuchte, richtig wach zu werden. »Was stimmt denn nicht? Und warum …?« Er starrte auf ihr Kleid. Sie war immer noch in ihrer schwarzen Abendrobe, mit einem Cape um die Schultern.

»Im Raucherhaus liegt jemand. Liebling, du mußt mitkommen, bitte.«

Dankbar schloß er wieder die Augen. Eine Sekunde lang glaubte er, sie hätte gesagt …

»Wach auf!« Widerstrebend öffnete er sie von neuem und schaute seine Frau an.

»Jemand? Ein Betrunkener?« Verwirrt durch seine Träume, fiel es ihm nicht ein, seine Frau zu fragen, wie es kam, daß sie nachts betrunkene Herren in Raucherhäusern entdeckte.

»Nein, Auguste. Tot«, sagte sie ruhig. Dies war eine neue Erfahrung, und sie gefiel ihr nicht.

Wäre Tatjana nicht offenbar fest davon überzeugt gewesen, daß er durchaus imstande sei, solche entsetzlichen Dinge wie tote Körper aus Raucherhäusern fortzuschaffen, hätte er noch immer geglaubt, in einem Alptraum befangen zu sein.

»Ein Unfall? Ein Scherz?« erkundigte er sich ohne Hoffnung. Die Chance, es sich unter der einladenden Bettdecke mit einer gleichermaßen einladenden Ehefrau bequem zu machen, schwand rasch dahin.

»Nein, Auguste. Es ist wirklich eine Leiche.«

Endlich glaubte er ihr. »Nein«, rief er laut, »nicht noch mehr Leichen!«

Dann hörte er die echte Angst in ihrer Stimme. »Bitte, *dorogoi,* jemand muß etwas tun, und ich habe Alexander gesagt, daß du es sein mußt.«

Sie zerrte ihn aus dem Bett. Er überlegte, ob er im Schlafanzug durch die Finsternis gehen sollte, um eine Leiche zu untersuchen, und entschied sich dagegen. Er steckte die Öllampe an und stieg in seine Kleider. Sollte er die vorgeschriebene Trauerkleidung tragen? überlegte er, immer noch etwas benebelt. Nein, denn hier lag zweifellos ein Irrtum vor. Männer starben nicht so einfach in Raucherhäusern. Sie betranken sich in Raucherhäusern, es wurde ihnen schlecht in Raucherhäusern, sie schliefen ein in Raucherhäusern, aber sie starben nicht dort.

Fünf Minuten später folgte er Tatjana die Haupttreppe hinunter und zur Küche. Also wußte sie, überlegte er, das hier die einzige Möglichkeit war, hinauszugelangen, nachdem Lady Tabor die Türen abgeschlossen hatte.

In William Breckles' hochgeschätztem Reich hockte Alexander mit hängenden Schultern an einem Tisch, der so sauber gescheuert und leer war, als seien an diesem Tag nicht hundert opulente Gerichte über ihn hinweggegangen. Diesmal aber zeigte Auguste so gut wie kein Interesse an allem, was mit seinem Metier zusammenhing.

»Was tun Sie hier?« fragte er müde, als Alexander aufsprang. »Und warum ...?«

»Bitte. Später, Auguste. Das ist nicht wichtig. Wir müssen gehen. Schnell«, sagte Tatjana und packte ihn am Arm.

Er sah sie an. Er verhärtete sein Herz gegen sie. Wenn er sich eine Leiche ansehen sollte – obwohl er immer noch fast sicher war, es konnte sich nur um eine Falschmeldung, einen Schabernack handeln –, mußte er jetzt vergessen, daß dies seine Frau war.

»Wie hast du es entdeckt? Wann?«

Alexander blickte achselzuckend auf Tatjana.

»Ich wollte rauchen«, sagte sie rasch. »Wegen Priscilla mußten wir ins Raucherhaus gehen.«

»Die Lampen am Weg waren schon aus. Warum diese Anstrengung auf sich nehmen?«

»Es gibt die Hausregeln. Und es gibt Laternen«, sagte sie leicht errötend.

»Es gibt auch eine Hausregel, daß nach halb zwölf Uhr nachts nicht mehr geraucht werden darf.«

Tatjana sah ihn schweigend an.

»Sie verschwenden nur Zeit, Auguste. Gehen wir«, sagte Alexander ruhig. »Ich wollte überhaupt nicht, daß sie Sie zu Hilfe ruft.«

Auguste platzte fast vor Ärger. Warum hatte Alexander ihn nicht rufen wollen? Er war Tatjanas Ehemann, er war Detektiv, und er war *hier.* Außerdem war es halb vier Uhr morgens, eine kalte Septembernacht. Überzeugt, daß hier ein dummer Irrtum vorlag, ergriff er in gerechtem Zorn die Laterne, die neben Alexander stand, und marschierte schweigend hinaus ins Freie. Die beiden folgten ihm in dem trüben Licht zum

Raucherpavillon, bemüht, nicht auf die Schnecken zu treten, die sich in der feuchten Nacht wohl fühlten.

Er stolperte die Stufen hinauf und blieb stehen. Sein Zorn war verflogen, seine Nerven waren zum Zerreißen gespannt – für den Fall, daß sie doch recht hatten und daß hier ein Gewaltverbrechen vorlag.

»War die Tür nicht abgeschlossen, als ihr hier ankamt?«

»Nein«, ertönte Alexanders einsilbige Antwort aus der Dunkelheit.

Auguste riß die Tür zu dem Raum auf, der von einer Öllampe matt erhellt wurde. Er hoffte, daß er nichts weiter finden würde als die ihr Revier bewachenden Damen auf den Gemälden und Zeichnungen.

Die Hoffnung trog. Ein Herr im korrekten Abendanzug lag, das Gesicht nach unten, bäuchlings auf dem Fußboden, einen Revolver neben sich. Der Teppich wies einen großen rötlichbraunen Fleck auf: trocknendes Blut. Der Mann war unzweifelhaft tot.

3. Kapitel

Auguste stand auf und versuchte sich gegen das zu wappnen, was nun kommen mußte. Er hatte alles getan, was er tun konnte, ohne die Leiche zu berühren, aber das war wenig. Tausend Ängste erfüllten ihn, legten sich schwer auf seinen Magen. Er blickte Tatjana und Alexander an, die an der Tür stehengeblieben waren, als wollten sie jede Verantwortung von sich weisen, nun, da Auguste da war.

»Hat einer von euch die Leiche berührt?« fragte er in schärferem Ton, als er beabsichtigt hatte.

»Nein«, erwiderte Alexander gelassen.

»Also wißt ihr auch nicht, wer er ist?«

»Nein«, sagte Tatjana, vielleicht ein wenig zu schnell, oder war seine Phantasie überreizt, sein Verstand durch die Unwirklichkeit dieser Nacht matt gesetzt?

Ein Mann im Abendanzug, mittleren Alters, nach seinem untersetzten Körperbau zu schließen, der Anflug eines dunklen Bartes – Auguste versuchte der Panik Herr zu werden, die ihn immer noch in Wellen überrollte. Es sah nicht so aus, als ob er es war. Aber er war sich nicht sicher.

»Du glaubst, es ist Seine Majestät, Auguste? Aber dann wären seine Leibwächter inzwischen schon hier«, sagte Tatjana praktisch.

Der Mann in ihm verlangte nach solcher Beruhigung, der Detektiv in ihm wußte es besser. »Alexander, bitte holen Sie Lord Tabor und benachrichtigen Sie die Polizei.« Während sich die Schritte ihres Cousins in immer schneller werdendem Tempo entfernten, fragte Tatjana: »Ist es – Selbstmord?«

»Ich weiß es nicht.« Auguste zwang sich, wieder auf den

reglosen Körper zu blicken und auf den Revolver, der neben der ausgestreckten Hand lag. Im »Strand Magazine« sah man solche Bilder so oft, daß man sich kaum vorstellen konnte, es könnte sich auch in Wirklichkeit so zugetragen haben. Bald würde die Polizei eintreffen, vielleicht erschienen auch die beiden Leibwächter des Königs, und damit wäre seine Rolle ausgespielt. Seine Sorge um Tatjana verhinderte, daß er bei diesem Gedanken Erleichterung empfand.

»Tatjana, was hast du hier wirklich getan? Die Polizei findet es ohnehin heraus, und ich muß es zuerst wissen.«

»Das habe ich dir doch schon gesagt.« Ihr zorniges Gesicht erschien blaß im Schatten der Öllampe. Ihre Stimme klang gepreßt, oder war auch das eine Ausgeburt seiner Phantasie? »Ich wollte rauchen.«

»Um drei Uhr nachts?«

»Wir Russen sind Nachteulen. Alexander und ich hatten uns viel zu erzählen.« Ihr Ton wurde lauter. »Glaubst du, daß *ich* ihn erschossen habe? Oder Alexander?«

Tatjana hatte seiner Angst Ausdruck gegeben: Mord. Angenommen, die Polizei war derselben Meinung?

»Natürlich nicht«, schrie er.

»Warum dann diese Fragen?«

»Weil andere sie auch stellen werden.«

Erinnerungen stiegen in ihm auf an die Morde im Plum's Club, auf Stockbery Towers und im Galaxy-Theater. War er überempfindlich gegen Zeugen, die nicht alles sagten, was sie wußten? Und gehörte seine eigene Frau zu ihnen?

Zwanzig Minuten vergingen in beklemmender Stille. Dann hörte man Schritte, und Tatjana öffnete die Tür. Lord Tabor trat ein, zu Augustes Bestürzung gefolgt von Priscilla. Sie verschwendete keine Zeit damit, die künstlerischen Attraktionen des Raucherhauses zu betrachten, sondern trat sofort auf die Leiche zu.

»Wer ist das?« fragte sie.

»Ich weiß es nicht, Eure Ladyschaft«, erwiderte Auguste mit fester Stimme. »Wir dürfen die Leiche nicht anrühren, bevor nicht die Polizei hier ist, und im Augenblick ...« Er zeigte nach unten.

Allem Anschein nach war von dem Gesicht nur eine blutige Masse übriggeblieben.

»Selbstmord«, sagte George angewidert. »Und was für einen Zeitpunkt der sich ausgesucht hat!«

Auguste antwortete nicht; er wußte auch nicht, ob eine Antwort erwartet wurde. Spielte sein Gastgeber lediglich auf die nächtliche Stunde an oder darauf, daß ein solches Ereignis während eines königlichen Besuchs hochgradig unwillkommen war? Und dabei konnte er immer noch nicht sicher sein, daß die Leiche nicht die des Königs war. Vielleicht erfüllte Priscilla die gleiche Furcht, denn sie sagte gebieterisch: »Drehen Sie den Toten um.«

»Unmöglich«, protestierte Auguste erschrocken.

»Drehen Sie ihn um«, befahl Priscilla noch einmal. »Wollen Sie, daß ich es selber tue? George, tu du es.«

»Wir sollten wirklich auf die Polizei warten«, kam Tatjana Auguste zu Hilfe, als sie sein entsetztes Gesicht sah. »Falls es Seine Majestät ist ...«

»Unsinn«, unterbrach Priscilla sie verächtlich. »Seine Majestät würde doch nicht Selbstmord begehen. Jedenfalls nicht hier. Dreh den Toten um, George.«

Nur physische Gewalt hätte das noch verhindern können. Augustes Autorität, die er in solchen Situationen gewöhnlich hatte, versagte bei Priscilla Tabor. Doch zumindest konnte er die ursprüngliche Lage der Leiche durch Zeichen markieren. Er tat es mit den Streichhölzern, die auf dem Kaminsims lagen. Priscilla beobachtete ihn argwöhnisch.

Dann kniete George auf dem Boden nieder und drehte die

Leiche vorsichtig auf den Rücken. Auguste empfand Brechreiz bei dem gräßlichen Anblick, und Tatjana entfuhr ein erstickter Schrei des Entsetzens. Der Mann hatte sich durch das eine Auge geschossen, wobei das halbe Gesicht weggerissen worden war, sein Hemd, seine Weste und seine Krawatte waren von Blut durchtränkt, und blutbesudelt war auch der Teppich. Aber von dem Gesicht war immerhin noch soviel übrig, daß Auguste erleichtert aufatmen konnte. Es war nicht der König. Und es war auch nicht Harold oder Cyril. George beendete das Schweigen. »Wer zum Teufel ist das?«

»Keine Ahnung, George.« Die Stimme seiner Frau klang so unbewegt, als gehörten solche ärgerlichen Vorkommnisse zum Leben in Yorkshire. »Ich habe ihn noch nie gesehen. Er hat nichts mit Tabor Hall zu tun.«

»Aber er trägt doch einen korrekten Abendanzug, eine Weste und sogar eine schwarze Trauerkrawatte«, sagte Auguste verblüfft.

»Ich wiederhole, Mr. Didier«, Priscillas Stimme klang eisig, »es ist ein völlig fremder Mensch, und ich habe keine Ahnung, warum er es für notwendig erachtet hat, hierherzukommen und sich zu erschießen. Ich schlage nun vor, Mrs. Didier, Sie begleiten uns zurück ins Herrenhaus, wo wir vermutlich auf das Erscheinen der Polizei warten müssen – was immer man hier als Polizei bezeichnet. Sie bleiben hier, Mr. Didier.«

Tatjana gehorchte ohne ein Wort der Widerrede.

Unruhig hielt Auguste Wache. Er versuchte angestrengt, Licht in die Ereignisse dieser Nacht zu bringen. Angenommen, die Polizei glaubte, dieser Mann hätte Selbstmord begangen und Tatjana hätte hier ein Rendezvous mit ihm gehabt? Und noch schlimmer – angenommen, es war kein Selbstmord? Die kalte Hand der Angst legte sich wieder einmal schwer auf seine Schulter. Alexander würde natürlich aussagen, daß es keine Verabredung gegeben habe. Aber angenommen, er log?

Warum sollte er? meldete sich die Vernunft. Weil Tatjana ihren Cousin um Hilfe gebeten hatte, sagte ein bohrender Verdacht. Nein, sie würde doch sicher zu ihm, ihrem Gatten, gekommen sein. Oder hatte sie sich vielleicht gefürchtet, das zu tun, weil er etwas mit der Polizei zu tun hatte?

Sollte er versuchen, alle Spuren ihrer Anwesenheit hier zu verwischen? Nein, er wußte nur zu gut, daß das der Weg in die Katastrophe wäre.

Er schaute sich in seiner klaustrophobischen Umgebung um. Die halbnackten Damen schienen höhnisch auf das unappetitliche Ärgernis in ihrer Mitte hinunterzustarren. Seine Augen wanderten in ihre Blickrichtung. Dieser Mann sah aus, als habe er sich viel im Freien aufgehalten; seine Hände waren braungebrannt, als habe er in sonnigeren Gegenden als England gelebt. Sein glattes Haar glänzte von Pomade. Er trug keine Handschuhe; das war sonderbar, wenn er ein Gast war, der am Diner teilgenommen hatte. Auguste schaute sich um. Die Handschuhe lagen auf der Armlehne eines Ledersessels. Warum hatte er sie ausgezogen?

Zu spät merkte er, daß seine Spürhundinstinkte wieder wach geworden waren. Warum gerade ich? schrie eine innere Stimme ihn gekränkt an. Warum wurde ausgerechnet er, Auguste Didier, stets vom Schicksal ausgewählt, sich mit solchen entsetzlichen Dingen herumzuschlagen?

Es gefiel ihm nicht, wie der Revolver dalag. Sah es nicht alles etwas gestellt aus? Er zwang sich, seine Befürchtungen zu analysieren. Angenommen, es war Mord? Angenommen, dieser Fremde (falls die Tabors nicht logen) war hierhergekommen, um sich mit jemand zu treffen. Mit wem?

Es gab nur einen Weg, der Polizei zu beweisen, daß dieser jemand nicht Tatjana war: er selber mußte die Wahrheit herausfinden. Ihn verließ der Mut, doch er zwang sich, methodisch jede Einzelheit im Raum in sich aufzunehmen, jeden Blutfleck, jedes Anzeichen für die Anwesenheit eines Menschen. Nicht zuletzt beunruhigte ihn der Gedanke, was ein gottlob noch lebendiger König morgen beim Frühstück sagen würde, wenn er erfuhr, daß wieder einmal Auguste Didier und eine Leiche auf einem Gelände beisammen waren.

Vierzig Minuten später kam Alexander zurück, diesmal begleitet von drei Beamten der Yorkshire-Polizei und, was wohl unumgänglich war, von George und Priscilla Tabor. Auguste war erleichtert, daß Tatjana und die Leibwächter des Königs nicht mit dabei waren. Offensichtlich hoffte Priscilla, daß alles vor dem Frühstück aufgeklärt werden könnte, während Seine Majestät noch friedlich schlummerte. Auguste bezweifelte das sehr. Einer der Beamten war der Polizist, der den Haupteingang zum Gelände von Tabor Hall bewacht hatte und nun zwischen Ärger und Besorgnis hin und her schwankte – Ärger darüber, daß er bei diesem Fall erst jetzt konsultiert wurde, und Besorgnis, ob man nicht von ihm hätte erwarten können, daß er ihn verhinderte. Der zweite war ein kleiner, drahtiger Inspektor mit intelligenten, flink umherspähenden Augen und der dritte ein schweigsamer großer und bulliger Sergeant, der sich wie zum Schutz hinter seinem Vorgesetzten aufbaute.

Der Polizist trat neben Auguste, offenbar in der Hoffnung, sofort eine Verhaftung vornehmen zu können.

»Das ist Mr. Auguste Didier«, erklärte Alexander. »Ich habe ihn hergeholt, nachdem ich die Leiche entdeckt hatte.« Zu Augustes leichtem Ärger machte das keinen Eindruck auf den drahtigen Inspektor Cobbold. »Er ist Gast im Hause Tabor und ein Detektiv.«

Auguste sah sich hin und her gerissen zwischen bescheidenem Stolz und der Erkenntnis, daß dies kaum eine Trumpfkarte in seiner Hand war, jetzt, da ihm ein unbekannter Berufskriminalist als Konkurrenz gegenüberstand.

»Sonderdezernat?« Cobbolds Stimme klang unverbindlich,

und glücklicherweise sprach er nicht den schweren Yorkshire-Dialekt, den Auguste erwartet hatte, obwohl der Inspektor wie der geriebenste Yorkshire-Mann aussah, dem er jemals begegnet war.

»Nein.« Wie konnte er ihm begreiflich machen, daß er nur ein Amateurdetektiv war, der sich in diesem Fall völlig zurückhalten wollte? »Aber man kennt mich bei Scotland Yard.«

Cobbold blickte ihn an, ohne auf diese Mitteilung einzugehen. »Gehören Sie zum Gefolge Seiner Majestät?«

»Nein. Ich bin durch Heirat entfernt mit ihm verwandt.« Auguste sah eine Mauer zwischen sich und Cobbold aufsteigen, die jede Kommunikation verhinderte.

Der Inspektor erwiderte nichts darauf. Statt dessen fragte er: »Keiner von Ihnen kennt ihn, nicht wahr?« Eine Kopfbewegung in Richtung der Leiche.

»Wir jedenfalls kennen ihn nicht.« Priscilla Tabor wollte ihre Anwesenheit fühlbar machen. »Vielleicht kennt ihn einer unserer Gäste.«

»Seine Majestät eingeschlossen?« fragte Cobbold. Ganz offensichtlich war er keiner, der sich einschüchtern ließ, stellte Auguste anerkennend fest.

»Es ist sehr unwahrscheinlich, daß ein Freund Seiner Majestät hierherkommt, um sich zu erschießen«, verkündete Priscilla mit vernichtender Schärfe.

»*Falls* es ein Selbstmord war«, warf Auguste unvorsichtig ein.

»Gibt es einen Grund, warum es sich nicht um Selbstmord handeln könnte?«

Augustes Achtung vor Inspektor Cobbold stieg gewaltig. Ein Mann, der eine solche Fliege in der Suppe so gelassen hinnahm, hatte seinen Respekt. »Etwas war sonderbar an der Lage des Revolvers, als wir die Leiche zuerst fanden«, sagte er zögernd.

»Zuerst?«

»Die Leiche wurde umgedreht.«

»Warum?«

Priscillas Blick erinnerte an den einer Meduse. »Ich darf Sie daran erinnern, daß Präsident McKinley kürzlich durch ein Attentat umkam. Stellen Sie sich vor, wenn so etwas mit Seiner Majestät geschehen wäre!«

»Sie sind aber nicht auf den Gedanken gekommen, das selber herauszufinden?« Dem Medusenblick war es nicht gelungen, Cobbold zu Stein erstarren zu lassen.

»Nein«, erwiderte Priscilla eisig.

»Und was kam Ihnen so sonderbar vor?« wandte sich Cobbold an Auguste.

»Ich habe mit diesen Streichhölzern die ursprüngliche Lage des Toten markiert. Die Waffe lag zu dicht bei der Leiche; sie kann nicht von selbst so gefallen sein.«

Cobbold überlegte. »Also Mord, meinen Sie? Niemand ist an Konstabler Walters vorbeigegangen. Nicht dieser Mann und auch niemand sonst. Welche anderen Zugänge gibt es denn noch?«

»Einer führt in den Wald und zum Weg nach Malham und Gordale, der andere zum Moorland da hinten.« George faßte sich wieder. »Der Bursche könnte über die Mauer geklettert sein.«

»Aber nicht in diesem Anzug«, sagte Cobbold abweisend.

Augustes Respekt wuchs. Der schwarze Abendanzug zeigte keinerlei Spuren.

»Also muß es jemand aus dem Haus sein.«

»Das ist unerhört«, protestierte Priscilla. »Es ist ein glatter Fall von Selbstmord.«

»Er könnte einer der Gäste sein, die nach dem Diner gegangen sind«, sagte Auguste, Priscilla ignorierend.

»Mr. Didier«, zischte seine Gastgeberin aufgebracht, »ich fürchte, Sie vergessen Ihre Stellung.«

»Die spielt in einem solchen Fall keine Rolle, Lady Tabor«, erwiderte Auguste mit Nachdruck. »Nur die Wahrheit ist wichtig.«

»Sie sind alle weggefahren«, erklärte Walters, von seiner Wichtigkeit durchdrungen. Dann, als sich aller Augen auf ihn richteten, wurde er rot. »Ich habe sie gezählt. Vier Kutschen, zehn Personen. Sie standen alle auf einer Liste, die mir dieser Londoner Detektiv gegeben hatte.«

»Gut gemacht«, sagte Cobbold kurz. »Wahrscheinlich doch Selbstmord.« Der Terrier hatte plötzlich ein Lächeln für Lady Tabor parat. Ein Lächeln ohne Wärme. Er beugte sich hinunter und hob den Revolver vorsichtig auf – am Lauf, wie Auguste interessiert sah. »Erkennen Sie diese Waffe, Sir?«

»Selbstverständlich, mein Lieber«, sagte George Tabor gereizt. »Es ist ein Webley-Dienstrevolver.«

»Besitzen Sie so eine Waffe?«

»Natürlich. Im Waffenzimmer.«

»Befindet sie sich jetzt noch dort?«

»Wie zum Teufel soll ich das wissen?«

Cobbold ließ den Revolver in eine Papiertüte fallen. »Wie ich schon sagte, höchstwahrscheinlich Selbstmord, Sir. Machen Sie sich keine Sorgen.« Auguste sah, daß der Blick des Inspektors nicht dazu angetan war, Lord Tabor zu beruhigen, denn er war auf die Leiche gerichtet. Also glaubte er, es sei Mord, und also würde Tatjanas Rolle beim Entdecken der Leiche untersucht werden. Es gab da ein Geheimnis, daß sie ihm nicht anvertrauen wollte – und die Zeit wurde knapp. Was sollte er tun? Plötzlich wußte er es.

»Dürfte ich vielleicht einen Vorschlag machen«, sagte er scheinbar spontan. »Da Seine Majestät anwesend ist, frage ich mich, ob nicht Inspektor Rose von Scotland Yard hinzugezogen werden sollte. Er ist erfahren im Umgang mit Seiner Majestät und mit Mord ...« Sogar in seiner Aufregung merkte er, wie lächerlich das klang – als sei Seine Majestät in seiner Freizeit ein Jack the Ripper.

Die Antwort war Schweigen. Auguste war noch nicht gewöhnt an die Wortkargheit der Yorkshire-Leute und ihr langsames Nachdenken.

»Also gut«, sagte Cobbold schließlich.

In Highbury hatte Chief Inspector Egbert Rose die Pflichten des Tages schon lange, lange hinter sich, zu denen an diesem Sonnabend Einkaufen mit Edith gehört hatte, zuerst zu Mr. Pinpole, dem Fleischer, dann zur Maypole-Meierei und schließlich zu Gamages, auf der Suche nach ansprechenden Bleisoldaten für den ältesten Sohn von Ediths jüngerer Schwester. In Highbury wurden die Samstage nicht mit Rebhuhnschießen verbracht, allenfalls mit einer gemütlichen Pfeife oder einem Gläschen in einem Lokal im Kietz abgerundet. Außerdem hatte Edith an diesem Abend einen seltenen kulinarischen Triumph zu verzeichnen. Inspiriert durch die Anwesenheit ihrer neuen Nachbarn, die sie zum Essen eingeladen hatte, war ihr eine durchaus akzeptable Imitation von Mrs. Marshalls kreolischen Koteletts gelungen. Bisher hatte Rose immer insgeheim geglaubt, Edith und der Fleischer Mr. Pinpole hätten sich miteinander verschworen, den Gang der englischen Justiz dadurch zu behindern, daß sie ihm lederzähes Fleisch vorsetzten, denn die Magenverstimmung, die unweigerlich die Folge war, legte seine Denkprozesse stets für einige Tage lahm.

Er träumte gerade von Augustes Version desselben Gerichts, das er einmal im Plums Club für Gentlemen mit großem Appetit gegessen hatte, als das schrille Läuten des Telefons ihn aus seinem Traum riß. Wie kam es, daß diese verdammten Telefonfräulein schon um halb sechs Uhr früh so verdammt heiter waren? Seine schlechte Laune besserte sich nur ein ganz klein wenig, als er Augustes etwas stockende Stimme hörte.

»Yorkshire?« knurrte Rose. »Ist nicht mein Revier«, und er wollte wieder auflegen.

»Aber Egbert, der König …«

Für Chief Inspector Rose waren das die schlimmsten beiden Worte in der englischen Sprache. »Du willst doch nicht etwa sagen, daß du ihn wieder in irgendwas hineingezogen hast …«

Ein entrüstetes Protestgeschrei am anderen Ende der Leitung zwang ein widerwilliges Lächeln auf Egberts Gesicht. »Nun mal der Reihe nach. Du hast da eine Leiche. Erschossen. Kein Unfall. Möglicherweise Selbstmord.«

Ein kurzes Schweigen, dann: »Möglicherweise.«

Rose fluchte unhörbar.

»Du kommst doch, Egbert?« fragte Auguste beunruhigt. »Wenn du willst, kannst du mit Inspektor Cobbold sprechen …«

Rose hatte einmal eine Reise nach Scarborough gemacht, und seine damaligen Eindrücke von Yorkshire hatten ihn davon überzeugt, daß London weitaus gemütlicher war. Im oberen Stock lag Edith behaglich zusammengerollt unter einer warmen Bettdecke und tat, als schliefe sie, in Wahrheit aber war sie neugierig, was jetzt los sein mochte. Er wog Yorkshire gegen den Unwillen König Edwards VII. ab, der ihm durch die Herren an der Spitze des Yard übermittelt werden würde. »Ja, ich komme.«

Um neun Uhr stolperte Auguste nach nur zweistündigem Schlaf die reichgeschnitzte geschwungene Treppe hinunter.

Als er nachts in ihr Zimmer zurückgekehrt war, hatte Tatjana allem Anschein nach geschlafen. Als er heute morgen aufwachte – wenn Aufwachen das richtige Wort war –, kleidete sie sich bereits mit Hilfe eines der Stubenmädchen von Tabor Hall an. Er konnte den unwürdigen Verdacht nicht unterdrücken, daß sie das Mädchen gerufen hatte, weil sie jeder Diskussion über die Ereignisse der vergangenen Nacht aus dem Wege gehen wollte.

»Guten Morgen, *dorogoi*«, rief sie.

Dieser vertraute Kosename zerstreute seine Zweifel, und er ging auf sie zu und küßte sie.

»Egbert kommt her«, sagte er erleichtert. Tatjana mochte Egbert, und sie mochte Edith. Edith hatte vor dem Besuch einer echten Prinzessin Angst gehabt und sich den Kopf zerbrochen, was sie ihr zum Essen vorsetzen sollte. Auguste hatte ihr versichert, Tatjana sei ebenso wie er eine große Bewunderin der Rezepte von Mrs. Marshall; und sein Schuldgefühl ob seiner Falschheit war nur dadurch gemildert worden, daß er sah, wie Edith ein Stein vom Herzen fiel. Tatjana hatte im Haus der Roses das Konzentrat all dessen entdeckt, was Mr. Marx gefallen hätte, und hatte Ediths Kochkünste klaglos über sich ergehen lassen. Von da an kamen die beiden prächtig miteinander aus.

Warum also verdüsterte sich Tatjanas Gesicht plötzlich, als sie hörte, daß Egbert hier erscheinen würde?

Langsam ging er zum Frühstückszimmer hinunter. Er hatte das Gefühl, als sei er aus der Seligkeit der Flitterwochen in einen Alptraum verstoßen worden. Wo war die Sicherheit von gestern, wenn sogar Egberts Ankunft von einem Geheimnis überschattet war?

Zu seiner großen Überraschung saßen bereits alle Gäste außer natürlich Seiner Majestät am Frühstückstisch, auch die alte Lady Tabor. Die Geschehnisse der Nacht mußten sich inzwischen herumgesprochen haben. Sogar Beatrice Janes war anwesend, und so war es sehr wahrscheinlich, daß Seine Majestät bereits Bescheid wußte – oder in Kürze wissen würde.

Auguste verbannte diese Gedanken aus seinem Bewußtsein, weil er fand, nur so könne sein Magen einem Sturmangriff von Nierchen oder Kedgeree standhalten (vor allem nicht in Mr.

Breckles' Zubereitung). Andererseits würde ein *café noir* sein Hirn zu lebhafter Tätigkeit anspornen. Es herrschte Stille. Bei seinem Erscheinen war plötzlich Schweigen eingetreten.

»Guten Morgen, Mr. Didier. Ich höre, Sie sind wieder zum Detektiv geworden«, begrüßte ihn Miriam heiter. »Ich hoffe nur, die Ereignisse heute nacht sind nicht durch das inspiriert worden, was Sie uns Freitagabend erzählt haben.«

»Ich bitte dich, Mutter«, sagte Priscilla vorwurfsvoll. »Ich habe dir doch schon erklärt, daß es Selbstmord ist, kein Mord.« Das war ein tapferer Versuch, nach einer unterbrochenen, zermürbenden Nacht die Kontrolle zurückzugewinnen.

»Ich habe gehört, Mr. Didier war fabelhaft, als die Galaxy-Mädchen eine nach der anderen erwürgt wurden. Er stand sehr gut mit allen, wissen Sie«, plapperte Gertie fröhlich und langte nach einem Apfel. Dann fiel ihr ein, daß sie Cyrils Anweisung vergessen hatte, wie sie ihn schälen sollte.

Auguste war keineswegs immun gegen solche Schmeicheleien, besonders wenn sie aus Gerties Munde kamen, und nickte ihr dankbar zu. Da sah er, daß Tatjana eingetreten war und ihn sichtlich amüsiert betrachtete. Ihr Lächeln verschwand, als sie seinen Blick spürte.

»Ach, Prinzessin«, rief Beatrice aufgeregt, begierig zu vernehmen, was eine Augenzeugin zu erzählen hatte, denn wie Auguste jetzt klar wurde, waren bis zu seinem Erscheinen die Ereignisse der Nacht das Unterhaltungsthema gewesen. »Alexander erzählte uns, Sie *wollten* rauchen, und so haben Sie nachts diesen armen Mann entdeckt.« Wenn eine Prinzessin es sich leisten konnte, Zigaretten zu rauchen, sah das zwanzigste Jahrhundert für Frauen vielversprechend aus.

»Ja«, erwiderte Tatjana ernst. »Das Leben ist eine Entdeckungsreise, finden Sie nicht auch, Mrs. Janes?«

»Aber sicher«, sagte Beatrice, obwohl ihre eigenen Entdeckungsreisen sie kaum je weiter als bis zur Bondstreet führten.

»Und sind Sie auch dieser Meinung, Mr. Didier?« fragte sie freundlich.

»Als frischgebackener Ehemann finde ich natürlich alles gut, was meine Frau tut«, versicherte Auguste diplomatisch und fragte sich erstaunt, wieso das Verhalten seiner Gattin zum Gegenstand der Unterhaltung werden konnte, wo nur ein paar Stunden zuvor eine Leiche entdeckt worden war. Oder war sein Erscheinen beim Frühstück das Zeichen gewesen, mit allen Spekulationen über dieses Thema aufzuhören?

»Die Sache ist erledigt. Ich werde nicht mehr rauchen«, erklärte Tatjana abweisend.

»Da fällt mir ein Stein vom Herzen«, sagte Priscilla huldvoll. Anscheinend hatte sich Ihre Ladyschaft von dem Schock über das erholt, was Tatjana ihr in der Nacht gestanden hatte, befand Auguste. Der größere Schock über die aufgefundene Leiche hatte offenbar selbst Tatjanas schwere Verfehlung in den Hintergrund gedrängt.

»Begleiten Sie uns heute, Mr. Didier?« fragte Laura ruhig.

»Zur Kirche?«

»Nein. Um die Leiche zu besichtigen«, belehrte ihn Oliver gutgelaunt. »Mit Rücksicht auf die Anwesenheit Seiner Majestät hier und auf Verlangen seiner Detektive ist sie in die Leichenhalle des Krankenhauses von Settle geschafft worden. Diejenigen von uns, die bei den Vorgängen in der Nacht nicht mit dabei waren, wurden aufgefordert, dorthin zu kommen, für den Fall, daß wir den Toten identifizieren können.«

»Es ist unerhört«, stieß Priscilla hervor. »Es ist schon ein Unglück, daß dieser irregeleitete Mensch unseren Raucherpavillon für seine verächtliche Tat ausgewählt hat, und nun werden auch noch unsere Gäste mit der Sache belästigt.«

»Alle Ihre Gäste, Lady Tabor?« erkundigte sich Auguste taktvoll.

»Seine Majestät natürlich nicht«, erwiderte Priscilla schockiert.

»Aber er wäre doch das wahrscheinlichste Ziel eines Mordanschlags«, sagte Victoria und nahm sich ein zweites mit Butter bestrichenes Muffin.

Ein kleiner Aufschrei von Beatrice. »Oh, Miss Tabor, der bloße Gedanke ist schon schrecklich. Glauben Sie denn, er kommt zurück?«

»Wer?« fragte ihr Gatte.

»Der Mann, der Seine Majestät ermorden will.«

»Mrs. Janes!« ertönte Priscillas Stimme laut und durchdringend. »Ich fürchte, Sie haben etwas mißverstanden.«

Cyril überhörte den warnenden Ton seiner Schwägerin. »War es etwa einer dieser Kerle vom Sonderdezernat, der die tödlichen Schüsse abgegeben hat?«

»Cyril!« rief Priscilla außer sich. »Du vergißt wohl ganz, daß es Selbstmord war.«

»Warum sollte der Mann, der den König ermorden wollte, Selbstmord begehen?« fragte Gertie verwirrt, ungeachtet der Gewitterwolken ringsum, denn an diese war sie gewöhnt.

»Hat er ja auch nicht, Kätzchen«, versicherte ihr Cyril.

»Du meinst, es war Mord?« fragte Miriam munter.

»Es war kein Mord, es war Selbstmord!« schrie Lady Priscilla und erhob sich. »Bitte nehmt das alle zur Kenntnis! Es war Selbstmord!«

Wie konnte sie das so genau wissen, fragte sich Auguste.

Seine Majestät saß in seinem Salon an einem kleinen Schreibtisch, als Auguste und Tatjana zu ihm hineingeführt wurden. Auguste verbeugte sich tief. Im Augenblick herrschte keine Übereinstimmung zwischen den Eheleuten. Die Luft knisterte, so groß war die Spannung in dem ehelichen Niemandsland. Ein Lakai war zu ihnen geschickt worden, um sie zu holen, und Auguste begrüßte es, daß ihm Gelegenheit geboten wurde, Seiner Majestät die Ereignisse in der richtigen Perspektive darzustellen. Es würde nicht leicht sein. Niemand hoffte inbrünstiger als er, daß Priscilla Tabor mit ihrer Ansicht recht hatte, doch es gab zu viele unerklärliche lose Fäden in dem Gewebe, als daß er ihre Meinung hätte teilen können. Und einer dieser losen Fäden war Tatjana.

»Ah, Tati«, begrüßte der König seine Verwandte freundschaftlich und erhob sich, um sie zu küssen, bevor er seine Aufmerksamkeit ihrem Gatten zuwandte. »Nun, Didier, wie verhält sich das mit diesem Selbstmord?«

»Es ist außerordentlich bedauerlich, Eure Majestät, aber ...«

»Ich weiß. Wer ist er?«

»Bisher ist er von niemand identifiziert worden, Sir.«

Der König runzelte die Stirn. »Das ist ungewöhnlich, nicht wahr? Ich nehme doch an, er war angekleidet?«

»Jawohl, Sir.« Auguste interpretierte das richtig und beglückwünschte sich, denn dies war ein Anzeichen dafür, daß er nicht völlig aus dem Umkreis der königlichen Familie verbannt worden war.

»Kein Verdacht, es könnte etwas anderes als Selbstmord sein?« bellte der König.

Auguste wappnete sich für die Antwort. »Das liegt nicht außerhalb des Möglichen, Sir.«

Der König betrachtete ihn argwöhnisch. »Laß nicht zu, daß er daraus einen Mord macht, Tati.«

»Ich fürchte, er hat schon Chief Inspector Rose hierherzitiert, Bertie«, sagte Tatjana. Ich fürchte? Diese Worte erfüllten Auguste mit einiger Unruhe.

»In diesem Fall reise ich ab.« Seine Majestät war ein Mann schneller Entschlüsse.

»Aber es ist möglich, daß der Mann ein potentieller Attentäter war, Sir«, sagte Auguste alarmiert. »Und daß er nur deshalb einen Abendanzug trug, um jeden Verdacht von sich abzulenken, falls ihn jemand sah.«

»Wenn das stimmt«, erklärte der König pragmatisch, »hat er sich's offenbar anders überlegt. Aber«, auch er erwies sich jetzt als kriminalistisch begabt, »wenn es Mord war, ist es nur ein Zufall, daß er selber umgebracht wurde, bevor er mich aufs Korn nehmen konnte. Meine Leibwächter beteuern, sie seien ihm nie begegnet, also habe ich nichts mit der Sache zu tun.«

»Vielleicht nicht, Sir.«

Der König sah ihn an. Er erwartete mehr Hilfsbereitschaft von Didier. »Ich reise ab«, wiederholte Seine Britannische Majestät. »Und zwar gleich.« Sogar die reizende Beatrice bedeutete keine ausreichende Versuchung, wenn ein Skandal zu befürchten war.

Die reizende kleine Beatrice entsprach in diesem Augenblick keineswegs dem idealisierten Bild, das sich ihr Liebhaber von ihr machte. Sie war schlecht gelaunt und zog einen Flunsch.

»Ich will aber nicht mitkommen.«

»Du mußt«, befahl ihr Gatte barsch. »Sonst sähe es sehr komisch aus.«

»*Er* braucht mich.«

»*Er* wird auch ohne dich zurechtkommen. Außerdem bin ich ganz sicher, daß du vergangene Nacht bei ihm warst.«

»Harold!« Beatrice traute ihren Ohren nicht. Eine derartige Unhöflichkeit von ihrem eigenen Ehemann! »Bist du nicht ganz richtig im Kopf?« Das mußte der Fall sein, denn solche Anspielungen wurden in der feinen Gesellschaft nicht gemacht.

»Um ein Uhr nachts warst du nicht in deinem Zimmer.«

»Doch.«

»Nein.«

»Woher weißt du das?«

»Weil ich nachgesehen habe.«

»Und wohin bist du dann gegangen?« Ihre süße Stimme klang jetzt essigsauer. »Doch wohl nicht ins Raucherhaus?«

Harold starrte sie an und änderte seine Strategie. »Ich mache mir keine Gedanken wegen Seiner Majestät«, sagte er gewichtig. »Schließlich gehört er zu meinen Freunden. Es geht mir um die andern.«

»Die andern?« fragte Beatrice langsam. Das hier entwickelte sich viel schlimmer, als sie befürchtet hatte.

»Dieser Bursche im Raucherhaus«, sagte Harold flehend, »er war doch keiner von den andern, oder?«

Entsetzen erfüllte Beatrice, um so größeres Entsetzen, weil es so unerwartet kam. »Wie sah er denn aus?« flüsterte sie.

»Älter als ich. Bart. Dunkles Haar ...« Er stockte, als sie ihn entgeistert ansah.

»Wie kannst du das wissen, Harold? O Katerchen, was hast du getan?«

»Es waren die Tabors«, stotterte er. »Die Tabors haben es mir gesagt. Das ist die Wahrheit, Mausi.«

»Wohin willst du, Auguste?« fragte Tatjana überrascht, als sie sah, daß sich ihr Ehemann seinen Ulster anzog.

»Nach Settle.«

»Aber du hast doch die Leiche schon gesehen.«

»Ich muß mit dabei sein.« Er konnte ihr nicht erklären, daß er sich unbedingt über den letzten Stand der Dinge informieren wollte, da sie ihm versichert hatte, er brauche sich keine Sorgen zu machen. Falls Cobbold die Leiche zufällig bereits identifiziert haben sollte, wurde er vielleicht den quälenden Verdacht los, daß Tatjana mehr über die Ereignisse in der Nacht wußte, als sie zuzugeben bereit war.

»Ich fahre mit dir in der Kutsche.«

»Dieses Verlangen nach meiner Gesellschaft hat dich letzte Nacht nicht davon abgehalten, aus unserem gemeinsamen Bett zu verschwinden«, brach es ganz gegen seinen Willen aus ihm hervor.

»Du hast also etwas dagegen, daß ich mit meinem Cousin zusammen bin? Bist du eifersüchtig auf Alexander? Willst du mich wie einen armen kleinen Vogel in einen Käfig einsperren?«

Sie sah ganz und gar nicht wie ein armer kleiner Vogel aus, eher wie eine Tigerin in freier Wildbahn.

Zwei Menschen, die in der Nacht fast keinen Schlaf gefunden hatten, konnten die Nerven schon einmal durchgehen.

»Wenn du wie ein Zimmermädchen herumschleichst«, brüllte Auguste.

»Ha! Du weißt Bescheid mit herumschleichenden Zimmermädchen, nicht wahr? Die sich in dein Bett schleichen.«

»Das ist nicht wahr!« Er war empört.

»Ach, Mr. Auguste«, flötete sie, »Sie sind so attraktiv, so klug.«

»Und stimmt das etwa nicht?« erwiderte er und stockte dann entsetzt. »Tatjana, wir streiten uns.« Niemals, niemals hätte er sich so etwas vorstellen können.

Ihre Augen sprühten Funken. »Natürlich. Wir sind ja verheiratet.«

Er fand keine Worte mehr. Stumm und würdevoll verließ er das Zimmer, und sie folgte ihm, wenn auch ohne jedes Anzeichen von Zerknirschung. Die Atmosphäre zwischen ihnen war eisig, als sie bei den Kutschen anlangten. Er wollte sie zu einer Kutsche führen, doch dann merkte er, daß sie hingerissen auf Alexander starrte. Einen Augenblick lang war er kurz vor einem Wutausbruch, doch dann sah er, daß ihre Aufmerksamkeit nicht Alexander galt, sondern dessen Automobil.

Ihr Vater hatte ihr stets verboten, in solchen verrückten Dingern zu fahren, und infolgedessen fühlte sie sich zu ihnen ebenso hingezogen wie zu Mr. Marx, und zu diesem Gefährt offenbar ganz besonders.

Alexander sah ihren gedankenverlorenen Gesichtsausdruck und begrüßte sie mit einer tiefen Verbeugung: »Wärst du gewillt, mich zu begleiten, liebste Cousine? Victoria hat Anweisung, in der Familienkutsche mitzufahren.«

»Aber gern.« Sie hatte nichts mehr von einer Tigerin, als sie bereitwillig in den zweifellos sehr schnittigen grünen Zweisitzer stieg. Er erwachte knatternd zum Leben und ratterte die Auffahrt zum Herrenhaus der Tabors hinunter. Augustes Kutsche, die er mit Mr. Richey, dem Butler, einem Lakaien und dem Adjutanten des Königs teilte – die beiden ersteren waren von Cobbold angefordert worden in der Hoffnung, daß sie in dem Toten einen Besucher erkennen würden –, fuhr hinterher. Richey hatte ganz kurz gegrient, als Auguste einstieg, als habe er seine Meinung bestätigt gefunden. Zähneknirschend stellte Auguste einige Fragen über die Besucher von Tabor Hall. Sie *mußten* ihm antworten. Er war ein Gast und, ob es ihnen nun gefiel oder nicht, ein Gentleman.

Als ihre Kutsche sich hinter dem Dorf Kirkby Malham anschickte, den Berg hochzufahren, sah er befriedigt ein Auto am Wegrand stehen. Dem De Dion Bouton war die Steigung offenbar zu steil; er würde die tiefer gelegene, aber viel längere Straße fahren müssen. Auguste winkte Tatjana nicht zu.

In Settle begrüßte sie ihn mit Begeisterung, als bedeuteten Autos Öl auf die tobenden Wogen.

»Stell dir vor«, sagte sie, »die Vorderachse ist nicht mit der Antriebswelle verbunden. Ist das nicht aufregend?«

»Und was bedeutet das?«

»Ich weiß es nicht«, gestand sie, und Auguste lachte spöttisch. »Aber ich kriege es heraus«, flüsterte sie, als er davoneilte, um vor der Leichenhalle von Settle Inspektor Cobbold zu begrüßen.

»Ist es wirklich notwendig, daß sich die Damen dieser unangenehmen Prozedur unterziehen?« fragte Harold Janes mißbilligend den Inspektor.

»Ja, Sir. Wir wissen immer noch nicht, wer er ist.«

»Es ist wirklich unerhört.« Was Harold tatsächlich unerhört fand, argwöhnte Auguste, war Beatrices Klage darüber, daß sie sich lieber mit Seiner Majestät im Hintergrund gehalten hätte.

Auguste beobachtete die unterschiedlichen Reaktionen der einzelnen, als sie die Leiche betrachteten, auf die nach dem Eintreffen von Chief Inspector Rose die amtliche Leichenschau wartete. Laura zeigte nicht die geringste Bewegung; ihre Mutter Miriam, die darauf bestanden hatte mitzufahren, sah nur neugierig aus. Victoria war sichtlich am meisten bewegt; sie umklammerte Alexanders Hand, als suche sie bei ihm moralische Unterstützung. Harold Janes ließ Ärger erkennen, Oliver wirkte mitgenommen, Gertie weigerte sich hinzusehen und verbarg das Gesicht an Cyrils Schulter. Cyril kümmerte sich mehr um sein Kätzchen als um die Leiche.

»Tut mir sehr leid, Inspektor«, wandte sich Miriam huldvoll an Cobbold. »Ich wünschte, wir hätten den Toten für Sie identifizieren können. Aber ich fürchte, keiner von uns weiß, wer er ist.«

Zur selben Zeit, als König Edward VII. im königlichen Sonderzug ein herzhaftes Mittagessen einnahm, das aus Austern, getrüffelten Hammelkoteletts und *soufflé de chocolat* bestand, und sich dabei zu seiner geglückten Flucht gratulierte – der Sonderzug hatte auf seiner Fahrt nach Schottland bereits die grandiosen Viadukte der Ribblesdale-Valley-Strecke überquert –, widmete sich Chief Inspector Egbert Rose im Zug der Great Northern nach Leeds einem sehr viel weniger opulenten Mahl, das aus Kutteln und Zwiebeln bestand. Der Zug rumpelte pflichtgemäß vorwärts, keine Rede von elegantem Dahingleiten. Der Koch mußte mit Edith bekannt sein, dachte Rose verdrossen und ungewöhnlich illoyal; er kaute sich durch die Kutteln hindurch mit der Entschlossenheit eines Stanley auf der Suche nach Livingstone.

Doch selbst das Essen in Tabor Hall, das sich mit Roses Kaldaunen natürlich nicht vergleichen ließ, blieb ohne Zweifel hinter dem zurück, dem Seine Majestät gerade zusprach. *Haute cuisine* war nicht Mr. Breckles' Stärke, entschied Auguste. Dieses Ragout hätte eigentlich verschiedene Aromen delikat miteinander vereinigen sollen, glich aber eher einem geschmacklosen englischen Pudding. Und dennoch besaß Breckles alle Eigenschaften eines guten Kochs, überlegte er. Vielleicht würde er um die Ehre ersuchen, auch weiterhin zur Küche seines Gastgebers zugelassen zu werden. Schließlich, sagte er sich resigniert, würden sie wohl doch länger auf Tabor Hall bleiben müssen, als sie beabsichtigt hatten. Queen Anne's Gate lag in deprimierend weiter Ferne. Ja, er würde versuchen, Mr. Breckles' Repertoire beträchtlich zu erweitern. Und letztendlich, wenn es feststand, daß tatsächlich Mord, kein Selbstmord vorlag, wo konnte man besser genaue Informationen über die Bewohner von Tabor Hall erhalten als in der Region des Dienstpersonals?

Er fuhr zusammen, als sein Gastgeber ihn ansprach. »Der arme Bursche wollte offensichtlich irgendwo anders hier in der Gegend einen Besuch machen und erwischte das falsche Haus.«

»Könnte er nicht hergekommen sein, um einen Ihrer Dienstboten zu besuchen oder sonst irgendwen, der hier auf Ihrem Terrain wohnt?« fragte Auguste.

»Er war ein Gentleman, Mr. Didier«, sagte Priscilla, und ihr Ton deutete an, daß kein Gentleman eine solche Frage gestellt hätte.

George blickte von seiner *blanquette* hoch. »Das ist es, bei

Gott! Er wollte jemand anderen besuchen. Den Pförtner oder den Wildhüter.«

»Unsinn«, protestierte seine Mutter. »Sein Anzug war viel zu gut.«

Ihre Schwiegertochter verwarf ihr Argument. »Ich glaube, George hat recht. Ich bin sicher, Sie werden in dieser Richtung ermitteln, Mr. Didier.«

»Mutter hat den wesentlichen Punkt erfaßt«, meldete sich Cyril plötzlich zu Wort. »Seine Hosen waren recht gut geschnitten. Ein ganz klein wenig altmodisch, aber er war ja auch kein junger Dandy mehr, nicht wahr? Vielleicht war es der abgelegte Anzug von jemand anderem«, sagte er ohne Überzeugung in die entstandene Stille hinein. Die Aufforderung, sich den schrecklichen Anblick der Leiche wieder ins Gedächtnis zu rufen, hatte zur Folge, daß verschiedene Bestecke hastig niedergelegt wurden.

»Bitte, fangt doch nicht schon wieder mit diesem armen Kerl an«, bat Victoria. »So ein schauriges Fest hatten wir noch nie. Alexander und ich haben unsere Verlobung in tiefer Trauer gefeiert, und nun kommt gleich der Tod hinterher.«

Beatrice kicherte, und Priscilla beging, was selten vorkam, einen schweren Fauxpas. »Ich sehe nichts Komisches an den unangebrachten Bemerkungen meiner Tochter, Mrs. Janes.«

Das fröhliche Kichern hörte abrupt auf, sobald Beatrice klar wurde, daß man sie, die vertraute Freundin Seiner Majestät, zurechtgewiesen hatte. Große Tränen traten in ihre Augen, und sie erhob sich ohne ein Wort. »Wir reisen ab«, teilte ihr Gatte, der die unausgesprochene Botschaft sehr wohl verstanden hatte, der Festgesellschaft hastig mit. »Wir sind hier nicht willkommen.« Nach einem bedauernden Blick auf den Stilton-Käse zog er den Stuhl seiner Frau zurück, um ihr einen schwungvollen Abgang zu ermöglichen.

Tatjana hatte Mitleid mit Priscilla. Ein öffentlicher Rückzug war für sie unmöglich, doch viel schlimmer, das gesellschaftliche Aus starrte ihr ins Gesicht: nicht nur war der König vorzeitig abgereist, jetzt drohte auch noch seine Favoritin seinem Beispiel zu folgen.

»Bitte, bleiben Sie, Mrs. Janes. Ich habe mich doch darauf verlassen, daß Sie mir alles über die Londoner Gesellschaft erzählen – und über die neuesten Moden. Ich hatte gehofft, Sie als eine der führenden Damen der Londoner Gesellschaft könnten mir Ratschläge geben.«

Nicht zum ersten Mal bewunderte Auguste die Geistesgegenwart seiner Frau in heiklen Situationen. Tatjana interessierte sich nicht im geringsten für die neuesten Moden.

Beatrice blieb stehen, drehte sich um und nahm huldvoll wieder auf ihrem Stuhl Platz. Schließlich war Tatjana eine Verwandte (wenn auch eine ganz entfernte) Seiner Majestät. Und eine Prinzessin, wenn auch eine ziemlich ungewöhnliche, die mitten in der Nacht in einen Raucherpavillon ging.

Tatjana löste ihr Versprechen ein und zog Beatrice, sich fest bei ihr einhakend, nach dem Essen mit sich fort. Sie unterschieden sich sehr voneinander, fand Auguste: Tatjana groß, schlank, mit elastischem Gang, Beatrice klein, rundlich und entschieden schwerfüßig. Er beschloß, sich bis zu Egberts Eintreffen die Zeit in der Bibliothek zu vertreiben.

»Ah, Didier!« Auguste fuhr zusammen. Gönnte man ihm immer noch keine Ruhe zum Nachdenken? »Wie wär's mit einer Partie Billard?« Sein Gastgeber kam erfreut auf ihn zu.

»Wissen Sie, ich ...«

»Gut, gut«, sagte George herzlich und trieb Auguste ins Billardzimmer. Wahrscheinlich wußte er überhaupt nicht, wo sich die Bibliothek befand, dachte Auguste verärgert. »Was halten Sie von dieser sonderbaren Geschichte?« fragte ihn George neugierig und drückte ihm ein Queue in die Hand, als wolle er seine Flucht verhindern. »Sehen Sie da schon durch?«

»Noch nicht, Sir.«

»George«, sagte sein Gastgeber emphatisch. »Nennen Sie mich George.«

»Sehr verbunden.«

»Das ist doch wirklich äußerst komisch, diese Leiche in unserem Raucherpavillon. Der Mann sah etwas fremdartig aus, fanden Sie nicht auch?«

»Er war nur braungebrannt. Und nicht aus Yorkshire.«

George lachte übertrieben laut über diesen schwachen Witz. »Wissen Sie, was ich zuerst dachte?« sagte er ein wenig nervös. »Ich dachte, es wäre dieser Mariot.«

»Was?«

»Lauras Freund. Er kann es natürlich nicht sein. Sie hätte ihn erkannt, obwohl er über zwanzig Jahre fort ist. War nur so ein dummer Gedanke von mir.«

»Sie sagten: fort ...«, begann Auguste.

»Er wollte sie heiraten. Priscilla prophezeite damals, als nächstes würde sie den Koch heiraten wollen.«

»Manche Frauen heiraten Köche«, sagte Auguste trocken.

Zu spät erkannte George seinen Fauxpas. »Damals waren andere Zeiten«, erklärte er hastig. »Heute sind die Leute großzügiger.«

Auguste war das noch nicht aufgefallen.

»Jedenfalls«, fuhr George schnell fort, »machte ihr Priscilla klar, daß das nicht anginge. Ihm zur Ehre sei gesagt, er sah es selber ein. Er hatte kein Geld. Keine Aussichten. Er war so eine Art gelehrter Ausgräber. Archäologen nennt man die wohl.«

»Meinen Sie etwa Robert Mariot?« fragte Auguste verblüfft. »Den Mariot von den späteren Ausgrabungen bei Troja? Und jetzt Babylon?«

»Sie haben von ihm gehört?«

»Ja«, sagte Auguste nüchtern. »Wie wohl die meisten Leute.« Er dachte rasch nach. Es würde nicht allzu kompliziert sein, sich eine Photographie von Robert Mariot zu beschaffen. Nur um sicher zu gehen …

Unter dem Vorwand, er müsse Tatjana etwas mitteilen, kam er nach einigen Schwierigkeiten aus dem Billardzimmer frei.

George, so schien es, war ganz erpicht darauf, ihn in den Salon zu begleiten. Offenbar wollte er etwas mit Beatrice besprechen. Beatrice saß allein im Blauen Salon, vertieft in die »Illustrated London News« – den Modeteil.

»Die Prinzessin ist ins Dorf gegangen. Zu Fuß«, sagte sie, ein wenig verblüfft über diese ungewöhnliche Aktivität. »Sie wollte, daß ich mitgehe, aber meine Schuhe …« Sie blickte auf ihre weißen Seidenschühchen. Auguste entwischte, doch er hörte seinen Gastgeber gerade noch sagen: »Vielleicht gehe ich mit …«

Wenigstens war er jetzt allein. Aber nur für ein paar Augenblicke. Alfred Tabor eilte hinter ihm die Treppe hinunter.

»Ah, Didier.«

Auguste drehte sich um. »Alfred«, sagte er ziemlich kühl, »wenn Sie mich begleiten wollen, bitte machen Sie sich nicht die Mühe. Ich finde meinen Weg auch allein.«

»Es ist keine Mühe«, verkündete Alfred fröhlich. »*Noblesse oblige* und so weiter.«

»Nun gut. Wir gehen hier lang.« Tückisch schlug Auguste denjenigen Weg nach Malham ein, der mit Sicherheit morastig und voller Pfützen war, doch Alfred ließ sich nicht abschrecken.

»Wie groß ist Ihrer Meinung nach die Wahrscheinlichkeit, daß ein Mord vorliegt, Didier?« begann er gespannt.

»Ihre Mutter ist überzeugt, daß es ein Selbstmord ist«, erinnerte ihn Auguste.

»Das muß sie auch sein, nicht wahr?«

Einen Augenblick lang war Auguste zutiefst erschrocken.

Wollte Alfred etwa andeuten, seine Mutter sei so tief gesunken, daß sie einen Mord begangen hatte?

»Sie fürchtet, es könnte sich um ihre Leiche im Keller handeln.«

»Leiche?« fragte Auguste mit unverhohlener Neugier.

»Onkel Oscar, ihr Bruder. Seit dem Goldfieber in Cripple Creak in Colorado haben wir nichts mehr von ihm gehört. Mutter und ihre Familie stammen aus Philadelphia, Oscar kam auf die schiefe Bahn. Großvater hat ihn ohne einen einzigen Penny aus dem Haus geworfen, also machte er sich auf die Jagd nach ein paar Dollars. Es ist etwa zwölf Jahre her, da tauchte er hier auf und wollte schnorren. Vater fürchtete, er wolle hierbleiben, aber eines Tages war er verschwunden, und wir hörten, er habe sich nach Cripple Creak aufgemacht. Er schickte uns eine Photographie. Sie können einen Blick darauf werfen. Sie hängt an der Wand im hinteren Korridor, der zu den Dienstbotenzimmern führt. Oscar hält einen Gesteinsbrocken hoch und grient wie eine Katze, die Sahne geschleckt hat.«

»Er ist also dort zu Geld gekommen?«

»Selbst wenn er ein Vermögen gewonnen und es im Fort Knox aufbewahrt hätte, wäre es ihm längst zwischen den Fingern zerronnen. Eines Tages wird er zurückkommen, sagt Vater immer wieder.«

»Aber Ihre Eltern hätten ihn doch wohl erkannt?«

»Wer behauptet denn, daß sie ihn nicht erkannt haben?« sagte Alfred augenzwinkernd.

»Warum heftet sich dauernd jemand an meine Fersen? Kannst du mir das sagen?« fragte Auguste seine Frau, die sich über die Brüstung der kleinen Steinbrücke in Malham beugte und den rasch dahinfließenden Bach bewunderte. Seine Stimme wurde scharf und laut, zum höchsten Interesse zweier Knirpse, die mit einem eisernen Reifen spielten, und verschiedener würdiger Einwohner von Malham auf ihrem Weg ins Wirtshaus. Erst als Tatjana in Sicht gekommen war, hatte er den lästigen Alfred abschütteln können.

»Sie mögen dich, Auguste. Und warum auch nicht? Ich mag dich ja auch«, sagte seine Frau und legte liebevoll den Arm um ihn.

Er ließ sich nicht so leicht herumkriegen. Schließlich hatte sie am Vormittag keine besondere Zuneigung zu ihm bekundet. »Es steckt mehr dahinter. Ich glaube, es hängt mit deinem Besuch im Raucherhaus zusammen.«

Sie seufzte. »*Chéri,* glaubst du wirklich, daß ich eine Mörderin bin?«

»Non.«

»Glaubst du, daß ich einen Liebhaber habe?«

»Non.«

»Dann laß uns diesen ganzen Unsinn vergessen.«

»Ich kann es nicht«, sagte er bedrückt.

»Du mußt einfach Detektiv spielen, nicht wahr? Es liegt dir im Blut. Du hörst das Jagdhorn, und dann mußt du bei der Jagd mitmachen.«

Stimmte das? Kochen lag ihm im Blut, aber Kriminalistik? Kochen bedeutete die majestätische Erforschung unerforschter Meere; Zutaten, von einem Künstler zusammengestellt, ergaben ein Gericht in höchster Vollendung. Verhielt es sich mit der Kriminalistik nicht aber genauso? Auch hier wurden die Zutaten sorgfältig aus allen möglichen Bereichen ausgewählt; würden sie zusammenpassen oder würden sie sich hartnäckig weigern, ein harmonisches Ganzes zu ergeben, wie Tomaten in Risotto, Salbei mit Lammfleisch? Doch wenn die detektivischen Aromen sich miteinander verbanden, wenn sein Instinkt ihm sagte, daß auch der letzte kleine Teil des Puzzles paßte, dann war das wie Kochen. Und in seinem Hinterkopf lebte die Erinnerung an einen Artikel, den er gelesen hatte …

»Vielleicht ist da etwas dran«, gab er besiegt zu.

»Glaubst du, der Mann wurde ermordet?«

»Ich fürchte, die Möglichkeit besteht. Noch einmal, *chérie*: hast du die Leiche angerührt? Ich muß das wissen, bevor ich mit Egbert spreche.«

»Alexander hat es getan. Ich war damit einverstanden.«

»Du hast mich belogen.« Sein Herz machte einen Sprung.

»Es war notwendig.«

»Warum?«

»Ich kann dir nur versichern, daß es mit dem armen Menschen im Raucherhaus nichts zu tun hatte.«

»Du hast den Toten nie vorher gesehen?«

»Nein.«

Ein Stein fiel ihm vom Herzen. »Und haben die Lampen am Weg gebrannt, als du in der Nacht dorthin gingst?«

»Nein.«

»Und im Raucherhaus?«

»Auch nicht. Wir haben sie angezündet.«

»War die Tür verschlossen?«

»Nein. Obwohl wir uns natürlich den zweiten Schlüssel aus der Küche geholt hatten. Sie haben dort einen, damit sie die Weinvorräte auffüllen und für Erfrischungen sorgen können«, erklärte sie.

Hatte sie ganz kurz gezögert, bevor sie antwortete? Klang die Erklärung nicht ein wenig zu einleuchtend? Natürlich nicht. Er fühlte sich erleichtert, und er sagte ihr das.

»Gut. Und jetzt möchte ich marinierte Forellen essen. Man hat mir gesagt, die sind hier ausgezeichnet. Und sie sind nützlich. Mr. Marx sagt, nichts lohnt die Mühe, das nicht nützlich ist.«

»Ich freue mich, daß Mr. Marx Essen für nützlich hält«, sagte Auguste lachend.

»Er wäre aber sicher nicht mit den Trüffeln einverstanden,

die du uns am Samstagabend mit den Hammelkoteletts vorgesetzt hast.«

Auguste stieg in diesen philosophischen Diskurs ein, vielleicht um zu vergessen, daß die Wolken zwischen ihm und Tatjana sich noch nicht gänzlich aufgelöst hatten. Mit der Ehe hatte er sich auf eine Schiffsreise in unbekannte Gefilde begeben, bei der verborgene Felsenriffe den Boden des Schiffs tückisch aufreißen konnten.

Allmählich kannte er diesen Weg bereits recht gut, sagte sich Auguste später am Nachmittag, als die Kutsche über das Scosthrop-Moor holperte, an Bergen vorbei, auf denen in prähistorischen Zeiten Bären und Rhinozerosse geweidet hatten, und dann wieder hinunter nach Settle rollte. Während der Fahrt hatte er genug Muße zu eingehender Überlegung. Warum zum Beispiel beharrte Priscilla Tabor so hartnäckig darauf, es müsse sich um einen Selbstmord handeln? Er spielte mit dem Gedanken, daß einer der Tabors ein Mörder sein könnte, und ließ ihn wieder fallen – nach einigem Zögern, was Priscilla betraf. Kein Tabor, der bei Trost war, würde an dem Tag, an dem der König zu Besuch kam, einen Mord begehen. Also einer der Gäste. Angenommen, Priscilla verdächtigte einen von ihnen? Sie würde alles tun, um einen Skandal unter den Tisch zu kehren … Doch der wachhabende Polizist am Tor hatte alle Kutschen und ihre Insassen durchgezählt, bevor das Tor bei Einbruch der Nacht zugeschlossen worden war.

Als er beim Polizeirevier in der New Street ankam, das bequemerweise neben dem Gericht lag, stand Egbert Rose bereits auf gutem Fuß mit Cobbold. Das war vielleicht nicht überraschend, sagte sich Auguste. Etwas war ihren Gesichtern gemeinsam, wenn auch Rose eher einem Bluthund als einem Terrier ähnelte, aber ihre Augen hatten denselben flinken, wachsamen Blick.

»Ha«, sagte Rose erfreut, als er ihn erblickte, und trat auf ihn zu, um ihn zu begrüßen. »Nie hätte ich mir vorgestellt, dich als Landedelmann zu sehen.«

Roses Blick war auf Augustes auf Hochglanz polierte braune Stiefel gerichtet, an denen Erde klebte. »Heute war eine ganze Menge los«, erklärte Auguste.

»Ihr habt sicherlich Seine Majestät verabschiedet?« fragte Rose enttäuscht.

Auguste nickte. Es war nicht das erste Mal, daß sich Seine Majestät mit artistischer Geschicklichkeit aus einer unglücklichen Situation befreit hatte.

»Na gut. Ich bin bereit für Tabor Hall«, sagte Rose.

Auguste beantwortete die unausgesprochene Frage. »Du wirst dort untergebracht.«

»Das ist nett von ihnen.«

»Sie haben ihren Grund dafür«, erwiderte Auguste ehrlich. »Ich nehme an, das ist ihnen lieber, als wenn du dich in einem der Gasthöfe in Malham einquartierst und dadurch Anlaß zu Klatsch gibst.«

»Dann schlafe ich vermutlich mit dem Lampenputzer zusammen?«

»Keineswegs. Ich habe Lady Tabor klargemacht, daß die Gemächer des Königs für dich sehr geeignet wären, da sie ja nun leer stehen.«

»Ich soll im Bett des Königs schlafen?« fragte Rose amüsiert.

»Nein. In dem seines zweiten Kammerdieners.«

Rose knurrte. »Um auf unser Problem zurückzukommen – warum sollte ein Fremder in diesen Raucherpavillon gehen und sich gerade dort erschießen?«

Auguste hatte die gleiche Frage heute schon zu oft gehört. »Ich glaube, er hat sich nicht dort erschossen.« Er warf einen Blick auf Cobbold, der anscheinend etwas gegen seine Anwesenheit hatte.

»Warten wir ab, ob der Leichenbeschauer sich deiner Meinung anschließt. Cobbold tut es.«

»Keine Schmauchspuren. Das läßt darauf schließen, daß der Mann aus mehr als vier Meter Entfernung erschossen wurde«, sagte Cobbold.

Er mußte, überlegte Auguste, also im Raucherhaus Untersuchungen angestellt haben und war nicht gewillt, ihm deren Ergebnisse mitzuteilen.

»Und das war in seinen Taschen«, sagte Cobbold zu Rose und entleerte den Inhalt eines Umschlags auf den Tisch. Ein Taschentuch, ohne Monogramm. Eine Schachtel Streichhölzer, ein Schlüssel.

»Kein Geld«, sagte Auguste.

»Nicht ungewöhnlich bei Hausgästen«, konterte Rose.

»Aber er war kein Hausgast. Also mußte er irgendwie nach Tabor Hall gelangen. Dazu brauchte er doch wahrscheinlich Geld.«

»Er muß Flügel gehabt haben«, sagte Cobbold. »Wir haben dreizehn Polizisten hier, und keiner hat etwas herausgefunden. Weder der ›Goldene Löwe‹ noch das Hotel Ashfield hat einen Gast gehabt, auf den die Beschreibung zutrifft. Auch nicht das ›Victoria‹ in Kirkby Malham oder das ›Buck‹ oder das ›Wappen von Lister‹ in Malham. Und die Temperenzlerhotels auch nicht. Er ist offenbar weder mit dem Zug noch im Autobus und auch nicht mit einem Fuhrmann gekommen. Wenn er auf einem gestohlenen Pferd hergeritten wäre, hätten wir das Pferd gefunden. Ich werde meine Ermittlungen in den Tälern fortsetzen, aber bis jetzt sieht es so aus, als ob er nur in einem Koffer gekommen sein kann. Fremde fallen hier so ins Auge wie Korinthen in einem Yorkshire-Pudding.«

»Seine Majestät war hier«, sagte Auguste zögernd. »Es könnte sich um ein Attentat handeln.«

»Sobald unsere Photographien entwickelt sind, schicke ich

einen meiner Leute nach Balmoral. Vielleicht kann der König oder jemand aus seinem Gefolge unsere Leiche identifizieren«, sagte Cobbold finster. »Dieser Adjutant, den er hier zurückgelassen hat, nützt uns absolut nichts.«

»Soweit ich Seine Majestät kenne«, sagte Rose, »wird jede verdammte Hofschranze bis hinauf zum Lord Great Chamberlain vom Yard wissen wollen, ob dieser Fall schon aufgeklärt ist.«

»Dann finden wir also heraus, wer der Tote ist – und das schnell«, sagte Cobbold, der ein praktischer Mensch war. Er wandte sich jetzt den Sachen zu, die der Unbekannte getragen hatte. »Sehr noble Handschuhe – wenn sie ihm gehörten. Gesellschaftsanzug, Herstelleretikett in der Tasche, blutverschmiert, weil das Blut durchgesickert ist. Pariser Schneider. Liest sich wie Noire oder Poire.«

»Mir unbekannt«, sagte Auguste, der nun endlich auch etwas beitragen konnte. »Aber gute Qualität, wenn auch getragen.« Er entdeckte eine glänzende Stelle an einem Ellbogen und rümpfte ein wenig die Nase. »Jemand hat versucht, das mit Ammoniak zu behandeln – sehen Sie hier, wo der Stoff braun verfärbt ist?«

»Schwarze Krawatte und Weste. Beide voller Blutflecken. Kein Etikett zu finden, aber die Krawatte ist aus erstklassiger Seide, meinen Sie nicht auch?«

Cobbold gestattete sich ein Grienen. »Wir sind in Yorkshire, Inspektor Rose. Hier gibt's nur erstklassige Wolle.«

»Pikéefrackhemd mit hohem Kragen. Auch erstklassige Qualität. Etikett – Amelia Pegg, New York. Kein Wäschezeichen. Unser Mann ist offenbar ganz schön in der Welt herumgekommen«, sagte Rose. »Was noch?«

»Unterwäsche aus weißer Wolle. Nichts Ungewöhnliches bei einem Mann seines Alters. Kein Korsett«, fuhr Cobbold fort. »Seidene Hosenträger, Sockenhalter, Socken und altmodische schwarze Stiefel. Kein Firmenetikett – die Schuhe sind oft getragen worden. Das paßt eigentlich nicht zu dem übrigen.«

»Unser Mann kauft gute Sachen und trägt sie lange, egal, wie sich die Mode ändert«, sagte Auguste nachdenklich.

»Vielleicht ist er erst vor kurzem aus dem Ausland zurückgekommen«, gab Rose zu bedenken.

»Zurück?« erwiderte Auguste, dem seine Unterhaltungen mit George über Robert Mariot und mit Alfred über Onkel Oscar einfielen. »Aber wir wissen doch nicht, ob er aus Yorkshire stammt. Er könnte ja auch ein Fremder sein.«

Cobbold verzog das Gesicht. Es war schon schlimm genug, in Yorkshire die Leiche eines Unbekannten identifizieren zu müssen. Die Ermittlungen nun noch auf andere Länder ausdehnen zu müssen, das war zuviel.

»Die Waffe ist britisch«, sagte Rose nach einem Blick auf den Revolver. »Ein Webley.«

»Er stammt aus dem Waffenzimmer von Lord Tabor, sagte mir Seine Lordschaft«, erwiderte Cobbold.

»Und wo befindet sich dieses Waffenzimmer?«

»Im Herrenhaus, nicht weit vom Gartentor.«

»Das spricht natürlich gegen Selbstmord. Wurde die Waffe von jemand angefaßt?« fragte Rose wie beiläufig.

»Nur von der Hand, die auf den Abzug drückte«, sagte Cobbold, »und vielleicht von jemand, der vor mir auf dem Schauplatz erschienen ist.« Eine Pause. »Sie denken an dieses neue Verfahren zur Feststellung von Fingerabdrücken?«

Auguste erstarrte vor Schreck, nicht weil er befürchtete, selber in Verdacht zu geraten, sondern weil ihm sofort der Gedanke kam: Hatte Tatjana die Waffe berührt?

Rose nickte. »Die Abteilung zur Überprüfung von Fingerabdrücken. Ich sorge dafür, daß sie etwas Praxis kriegt. Ich fordere einen Mann mit der nötigen Ausrüstung an.«

»Ich habe bereits einen angefordert, Chief Inspector.«

Rose nickte ihm freundlich zu. »Gut. Lassen Sie den Webley untersuchen und ebenso alles andere im Raucherhaus.«

»Eins verstehe ich nicht«, sagte Cobbold, zu Rose gewandt. »Was tut der Beauftragte des Königs hier?«

Auguste erstarrte. War er gemeint?

»Monsieur Didier?« fragte Rose amüsiert. »Er ist ein Koch, nicht wahr, Auguste?«

»Ich hatte die Ehre, Inspektor Rose gelegentlich bei einigen seiner Fälle behilflich zu sein.« Auguste warf Egbert einen wütenden Blick zu. »Ein paar von diesen Fällen hatten auch mit dem König zu tun, mit dem meine Frau weitläufig verwandt ist. Eine Cousine um drei Ecken.«

»Und jetzt hast du mit dem zu tun, der den Besitzer dieser Sachen zur Strecke gebracht hat.« Rose packte die Kleidungsstücke wieder zusammen.

Unbeeindruckt blickte Egbert Rose während der Fahrt nach Tabor Hall auf die Moorflächen und Kalksteinfelsen. Er war, wie Auguste wußte, ein Stadtmensch. Egbert mochte Menschen, Gebäude, Alleen, all die zahllosen Geheimnisse der Menschen; er machte sich wenig aus sprudelnden Wildbächen, Steinbrech, mit Farnkraut bewachsenen Hügeln und gelangweilt aussehenden Schafen. Roses Nase, die im Yard berühmt war, arbeitete auf dem Lande nicht so schnell – sie fühlte sich lediglich kalt an. Aber der Raucherpavillon erregte sogar sein Interesse, als er die Türme und Zinnen erblickte, die sich gegen den grauen Spätnachmittagshimmel abzeichneten. Er bestand darauf, hineinzugehen, bevor er das Herrenhaus betrat. »Du willst mir doch nicht erzählen, daß jeder, der eine Zigarette oder eine Pfeife rauchen will, vom Herrenhaus bis hierher trotten muß?«

»Sogar der König«, versicherte ihm Auguste. »Es ist Lady Tabors strengste Vorschrift.«

»Ich glaube, ich würde nicht gern am Busen dieser Familie ruhen«, sagte Rose mürrisch. Er rauchte gern ab und an eine Pfeife.

»Warte, bis du Priscilla Tabors Busen siehst.«

Im Pavillon hatte Rose mit genug Busen zu tun. »Sicher nicht Lady Tabors Auswahl«, sagte er mißbilligend. Er versuchte ein respektloses Bild von Edith mit schwarzen, rosenverzierten Strumpfbändern und nichts weiter an aus seinem Kopf zu verbannen.

»Nein, letzte Nacht oder vielmehr heute morgen war sie zum ersten Mal hier im Raucherhaus ...«, sagte Auguste, der sich zu spät an seine Überraschung über ihre mangelnde Neugier hinsichtlich des Kunstgeschmacks ihres Mannes erinnerte.

Rose studierte seine Umgebung. »Du weißt, Auguste, vieles verändert sich in meiner Welt. Nicht im Yard oder in England, aber auf dem Kontinent sind sie uns Meilen voraus. Gerichtsmedizin lehrt man dort auf den Universitäten, hier ist es ein Schimpfwort. Aber wir werden das übernehmen, ebenso wie das Verfahren zur Untersuchung von Fingerabdrücken, jetzt, da Edward Henry den Yard leitet. Ich habe dir doch erzählt, daß er im Juli diese Abteilung für Fingerabdrücke eingerichtet hat? Früher oder später wird es dahin kommen, daß uns dieser Raum hier das ganze Verbrechen erzählt. Auch wer der Täter war. Haare, Stoffäden, Fingerabdrücke, Blutflecken ...«

Blut – das war's, erinnerte sich Auguste erleichtert. »Ich habe einen Artikel darüber gelesen, wie die Analyse von Blutflecken bei Untersuchungen in Mordfällen helfen kann.«

»Das stimmt. In Deutschland. Der Fall des verrückten Zimmermanns auf Rügen. Hast du davon gehört? Sie hoffen, sie können seine Geschichte widerlegen. Er behauptet, das Blut, das an seinen Sachen klebte, stammte von einem Tier, nicht von einem Menschen. Und das ist erst der Anfang.«

»Wie gut der Herd auch immer ist, Egbert, der Koch ist wichtiger.«

»Bring das mal dem Yard bei«, sagte Rose finster. »Also, wo hat der Tote gelegen – und wo die Waffe?«

Auguste, der gegen eine zunehmende Übelkeit ankämpfte, zeigte auf die Markierungen, die er mit abgebrannten Streichhölzern angebracht hatte, und auf die, welche die Polizei hinzugefügt hatte.

»Leg dich hin und zeig mir, wie er gelegen hat.« Auguste schluckte und legte sich gehorsam hin.

»Und du warst der erste, der die Leiche gesehen hat? Wie kam das?«

Der Augenblick, den er gefürchtet hatte. Egbert mußte es schließlich von Cobbold erfahren haben. »Nein. Ich wurde hergeholt.«

»Von wem?«

»Von Alexander Tully-Rich, dem Verlobten der Tochter von George Tabor, und von ...«, er wagte es, «von Tatjana.«

»Du sagst, du warst um halb vier Uhr morgens hier. Hat Tatjana von eurem Zimmerfenster aus ein Licht gesehen?«

»Nein. Sie war mit Alexander hier.«

»Warum?« fragte die unerbittliche Stimme weiter.

»Sie wollten rauchen«, rief Auguste, in die Enge getrieben, rot im Gesicht.

Rose sagte nichts weiter. Ob Auguste wollte oder nicht, jener erste Anblick der Leiche auf dem Fußboden ließ sich nicht aus seiner Erinnerung löschen. Auf dem Bauch liegend und den Revolver neben der rechten Hand – eine Waffe, die, wie er glaubte, hingelegt, nicht hingefallen war. Und eine Leiche, von der er jetzt wußte, daß sie bewegt worden war, bevor er im Raucherhaus anlangte. Wie würde Egbert darauf reagieren? Seine Erregung ebbte ab, als Rose das Thema wechselte. »Der Arzt nimmt an, daß er zwischen elf Uhr dreißig und zwei

Uhr gestorben ist. Später werden wir mehr wissen. Wart ihr denn alle zu der Zeit noch auf?«

»Ich habe mit Oliver Carstairs bis halb eins Billard gespielt«, sagte Auguste steif. »Ich glaube, die meisten Leute waren schon schlafen gegangen. Das nahm ich auch von Tatjana an, doch ich hatte mich geirrt. Sie war mit ihrem Cousin zusammen.« Er tat so, als sei das für eine jungverheiratete Frau das Natürlichste von der Welt. »Ich habe nichts gehört, aber das Raucherhaus liegt ja auch ein ganzes Stück vom Herrenhaus entfernt.«

»Ein Revolverschuß ist in einer stillen Nacht ziemlich weit zu hören.«

»Die Turmuhr ebenso«, sagte Auguste, glücklich, daß er sich wieder auf neutralem Boden befand. »Und als sie Mitternacht schlug, kann das den Schuß übertönt haben.«

»Glück für den Mörder.«

»Oder es war so geplant.«

»Einem Selbstmörder wäre das egal gewesen.«

Sie wechselten einen Blick, zufrieden über das vertraute Zusammenspiel ihrer Gedanken.

»Ist er gewaltsam hier eingedrungen?«

»Die Tür war nicht verschlossen.«

»An dem Abend hat es doch geregnet, nicht wahr?«

»Nein, aber am Tag davor. Warum?«

Rose betrachtete die Sohlen seiner braunen Schnürschuhe. »Die Schuhe des Toten waren ganz sauber.«

Eine Pause. Auguste dachte nach, konnte aber keine Erklärung finden.

Rose erhob sich aus seinem Sessel. »Kein Hut. Kein Überzieher. Keine Erde an den Schuhen. Cobbold sagte, er muß in einem Koffer hergekommen sein. Sieht so aus, als hätte er recht.«

Wie lächerlich war doch die Etikette, dachte Auguste verärgert. Der berühmte Chief Inspector Rose von Scotland Yard schlief im Zimmer eines Dienstboten, wenn auch eines gehobenen. Er, Auguste Didier, ein Koch (wenn auch ein Meisterkoch), schlief in einem hochfeudalen Gästezimmer, weil er jetzt als Gentleman angesehen wurde – nicht wegen irgend etwas, was er geleistet hatte, sondern weil er mit Tatjana verheiratet war. Heute abend jedoch, beschloß er, würde er rebellieren.

Da nach der Abreise des Königs kein Anlaß mehr bestand, tiefe Trauer zu tragen, war Tatjana zu Halbtrauer übergegangen. Als er sie gefragt hatte, ob Mr. Marx solch sklavisches Festhalten an feudalistischen Konventionen billigte, hatte sie erwidert, Mr. Marx habe nicht unbedingt immer recht. Ein hoffnungsvolles Zeichen. In dem weißen Kleid sah sie reizend aus, und der lila Muff und lila Hut standen ihr gut, doch er spürte, daß immer noch eine Barriere zwischen ihnen war.

Heute abend wollte Tatjana zusammen mit der Familie Tabor und Gästen in die Kirche St. Michael in Kirkby Malham gehen. Er, Auguste, hatte andere Pläne. Mit dem angenehmen Gefühl, etwas Verbotenes zu tun, schlich er sich in die Küche hinunter. Er hatte gehört, daß es Breckles' freier Abend sei und es infolgedessen nur ein langweiliges kaltes Abendessen geben werde. Er, Auguste Didier, würde die Situation entscheidend verbessern. Unglücklicherweise hatte man ihn falsch informiert.

Als er wie zufällig die Küchentür öffnete, lief er direkt in Mr. Breckles hinein, der einen unglücklichen Küchenjungen am Kragen gepackt hielt und ihn beschuldigte, er habe das Blut für die Blutwurst irgendwohin gestellt, so daß es jetzt nicht zu finden sei. Das Verbrechen wog schwer, denn Blutwurst konnte man nur aus dem Blut eines bei abnehmendem Mond geschlachteten Schweins machen. Mr. Breckles ließ den Jungen los und begrüßte Auguste triumphierend. »Hab ich Ihnen nicht gesagt, eine krähende Henne bedeutet Unglück?«

Seine Freundlichkeit deutete jedoch darauf hin, daß die Küche alle Komplimente aus den oberen Regionen für sich in Anspruch nahm und, wie es so zu gehen pflegt, nicht nur ihre frühere Feindschaft gegen Auguste vergessen hatte, sondern ebenso auch Augustes eventuellen Anteil an ihrem Ruhm.

Nein, keine Mühe wäre ihnen zuviel, hieß es, als Auguste sagte, er wolle nur eine kleine Mahlzeit für Chief Inspector Rose zubereiten. Er dachte an eine leichte Lachsforelle mit Mandeln und danach Rebhuhnpüree und *crème brûlée*. Der hilfsbereite Breckles hatte andere Vorschläge in petto. Er wollte dem Polizisten zeigen (der, obwohl er aus London stammte, ganz in Ordnung sein mußte, wenn Auguste sich so für ihn einsetzte), daß auch Yorkshire etwas von feiner Küche verstand. An was er denke, erkundigte sich Auguste zweifelnd und gestattete sich den Hinweis, daß Roastbeef und Yorkshire-Pudding auch südlich von Doncaster nicht ganz unbekannt seien.

»Sahnekaramelpudding«, verkündete Breckles.

Ein Pudding dieses Namens war sicherlich nicht ganz das Richtige für Roses empfindlichen Magen, aber Auguste beschloß, das jetzt nicht zu erörtern. Eine schwielige Hand schlug ihm beifällig auf den Rücken, als er sagte, Sahnekaramelpudding sei bestimmt eine Delikatesse für Inspector Rose, und er selber werde kaum der Versuchung widerstehen können, davon zu kosten.

Ein zweiter Schlag auf den Rücken; fast wäre er in den Topf mit der Consommé gefallen. »Die Herrschaften essen kein Gericht, das in Yorkshire üblich ist.«

»Schade«, sagte Auguste diplomatisch. »Die lokale Küche ist oft sehr interessant. Ich muß sie kennenlernen. Aber zuerst«, sagte er, »brauche ich Thymian für das Rebhuhn. Gibt es hier einen Kräutergarten?«

Breckles bejahte das stolz, und Auguste machte sich auf den

Weg zu dem von einer Mauer umgebenen Gemüsegarten, von dem der Kräutergarten ein Teil war, erfreut über die erneute Gelegenheit, den Norden mit dem Süden zu vergleichen. Der Gemüsegarten lag ein paar hundert Meter entfernt zwischen der Hauptzufahrt, dem Gordale-Bach und unfruchtbarem bergigem Moorland, das sich weit in die Dämmerung erstreckte. In London, dachte er voller Sehnsucht, herrschte jetzt bereits Dunkelheit, die Straßen des West End waren in Licht getaucht, voller Kutschen, Automobile, Omnibusse, juwelengeschmückter Frauen und Herren mit modischen Pellerinen; im East End drängten sich die Leute in Kneipen und Music Halls, und überall war Wärme und Leben. Hier dagegen gab es nur Einsamkeit und eine tiefe angsterregende Stille.

Er öffnete die Pforte, die in den Garten führte, und erblickte die geheimnisvollen Umrisse der Apfelbäume, vom Wind verkrüppelt trotz der schützenden Mauer. Ihn umgab der vertraute wohltuende Geruch von reifendem Gemüse. Im Halbdunkel suchte er nach dem Thymian. Schließlich hatte er ihn gefunden, bückte sich und pflückte ein Büschel davon. Er richtete sich auf und wollte zur Küche zurückkehren, da sah er – war das nicht Petersilie? Die war auch gut …

Schnell bückte er sich wieder, da hörte er einen Gewehrschuß, und im selben Augenblick fühlte er einen stechenden Schmerz. Er fuhr herum und hörte das Gartentor zufallen. Ganz automatisch preßte er eine Hand an sein Ohr und war darauf gefaßt, Blut aus seiner Brust sickern zu sehen. Es kam keins – doch der Schmerz hielt an. Er konnte nicht feststellen, woher er rührte. Bestürzung kämpfte mit irrationalem Zorn und zwang ihn zu handeln. Er stürzte zum Ausgang und rannte dann nach links, wo sein Angreifer durch das hohe Farnkraut preschte. Offensichtlich lief er zum Wald und zum Moor dahinter.

Es war ziemlich töricht, einem Mann mit Gewehr hinterherzueilen, der nichts Gutes gegen ihn im Schilde führte, doch das kam Auguste nicht in den Sinn. Der pochende Schmerz und das Zwielicht zwangen ihn, sein Tempo zu verlangsamen, während der Angreifer anscheinend immer schneller wurde. In einiger Entfernung sah er eine dunkelgraue Gestalt zwischen den Bäumen hervorkommen und rasch einen steilen Berghang emporklettern. Einen Augenblick lang zeichnete sie sich auf dem Moorland gegen den Himmel ab; sie starrte zu ihm hinunter. Dann lief sie trotz Umhang und Hut leichtfüßig davon und verschwand hinter dem Bergrand.

Er träumte. Es *mußte* ein Traum sein. Wer sollte *ihn* erschießen wollen, ihn, Auguste Didier? Aber als er auf seine Hand blickte, sah er, daß sie blutig war. Er faßte nach seinem Ohr. Es fühlte sich klebrig an. Das Blut war kein Traum. Und auch die schattenhafte Gestalt war keiner, die jetzt wieder sichtbar wurde und weit entfernt auf einem Pfad durchs Moor schlenderte. In der Dämmerung konnte er nur noch sehen, wie sie sich zu ihm umdrehte und ihm spöttisch zuwinkte.

4. Kapitel

William Breckles war ein Mann, der nicht viele Worte machte. Nach einem Blick auf Auguste geleitete er ihn durch das Souterrain in das Refugium, das Auguste von seiner Zeit auf Stockbery Towers gut kannte – das Zimmer der Hausbesorgerin. Mrs. Breckles' rundes Gesicht spiegelte Bestürzung, als sie das Blut sah.

»Mr. Alfred hat Sie für eine Ente gehalten, wie?« sagte sie verächtlich, während sie die Wunde untersuchte. »Aber es ist nur ein Streifschuß. Sie sind so stark wie eine Zwiebel.«

Doch Auguste legte keinen großen Wert auf Mitgefühl. Als könnte sie seine Gedanken lesen, winkte sie ihm, und ihr Bombasinkleid raschelte dabei: »Kommen Sie mit, mein Herr.« Er folgte ihr in ein Nebenzimmer, und dort wurde das schmerzende Ohr verbunden. Eine Arznei unbestimmten Ursprungs, von der es hieß, sie schütze vor Hexenzauber, linderte den Schmerz.

»Haben Sie die Kugel mitgebracht?« fragte sie. »Meine Großmutter sagte immer, wenn man die Kugel bespricht, ist der Schmerz gleich vorbei.«

»Deine Großmutter war auch so eine Art Hexe«, knurrte Breckles. »Der Herr hier kommt aus Frankreich. Über den Kanal.«

»Hexen kommen überallhin«, sagte seine Frau, »und wenn du klug bist, William, dann erweist du ihnen den gebührenden Respekt.«

Auguste war durchaus bereit, sie zu respektieren. Er kannte sich aus mit den Zaubereien, Heilkräutern und Wundermitteln der weisen Frauen der Provence. Man ignorierte sie auf eigene

Gefahr. In seiner Aufregung hatte er die Kugel vergessen, aber er würde zurückgehen und nach ihr suchen. Doch er würde sie nicht Mr. Breckles übergeben.

»Es war kein Gewehr Seiner Lordschaft, wie? Heute ist Sonntag«, sagte Breckles.

»Nein. Aber auch nicht das Gewehr eines Wilderers.«

»Und kein Mann aus Malham, da bin ich sicher. Ein Fremder, das wird sich herausstellen«, orakelte Mrs. Breckles. Mit »Fremder« meinte sie jemand, der nicht aus Yorkshire stammte.

»Haben Sie denn irgendwelche Fremden hier bemerkt?« fragte Auguste eindringlich. Wahrscheinlich würde er auf dieser Seite der mit grünem Boi bespannten Tür mehr gesunden Menschenverstand antreffen als auf der anderen.

»Der Sergeant hat uns dasselbe gefragt«, sagte Mrs. Breckles. »Sie denken an diesen armen Mann im Raucherhaus. Aber da waren nur die üblichen Wanderarbeiter und Landstreicher. Es ist Erntezeit. Für die, die was von Schafen verstehen, gibt's eine Menge Arbeit, und jetzt kurz vor der Fasanensaison braucht man Treiber. Aber es waren keine feinen Herren hier. Mr. Richey wüßte Bescheid, wenn feine Herren die Familie hätten besuchen wollen.«

Natürlich mußte Richey Bescheid wissen. Der Butler bildete die Spitze der hierarchischen Dienstbotenpyramide, er war die allmächtige Instanz, die Verbindung zwischen der oberen und der unteren Welt. Aber Auguste hatte bereits von Richey erfahren, daß sowohl am Freitag wie am Sonnabend keine Fremden der Familie ihre Aufwartung gemacht hatten. Wie konnten sie auch, wo Polizei jedes Gefährt und jeden Menschen registrierte, der zu Fuß durch die Tore hinein wollte? Aber wenn es sich tatsächlich um Mord handelte, war die Leiche eines Gentleman nicht unbedingt ein Beweis dafür, daß sein Mörder ebenfalls ein Gentleman war. Außerdem, ob nun ein Gentleman oder ein Landstreicher geschossen hatte, sein Ohr tat höllisch weh.

Er überprüfte eine frühere Theorie. Konnte der Tote vielleicht ein Anarchist gewesen sein, der das Terrain ausspionierte, um den König zu töten? Vielleicht hatte er sich im Raucherpavillon versteckt, um sein Attentat auszuführen, und war überrascht worden, bevor er zuschlagen konnte? Vielleicht war er von jemand aus dem Gefolge des Königs erschossen worden? Auguste stolperte wieder über dasselbe Hindernis. Es gab keinen Grund für die Detektive, es nicht zuzugeben, wenn es sich so abgespielt hatte.

»Das macht alles die krähende Henne«, sagte Breckles düster.

»Vielleicht kräht sie noch einmal, mein Freund«, warnte ihn Auguste.

Auge blickte in Auge. »Das ist möglich.«

Egbert Rose saß in seinem Zimmer vor dem Kamin und döste zufrieden vor sich hin. Er schaute kaum auf, als Auguste eintrat.

Auguste hatte mit den »gehobenen« Dienstboten zu Mittag gegessen, teils um alle Informationen einzusammeln, die er bekommen konnte, teils um den Tabors und ihren Gästen aus dem Wege zu gehen, bis er Gelegenheit gehabt hatte, mit Egbert zu sprechen. Zu seiner Überraschung hatte er festgestellt, daß diese Leute aus Yorkshire die schweigsamsten Engländer waren, die ihm je vorgekommen waren. Und jetzt schien es, als habe selbst Egbert Schwierigkeiten, die Augen offenzuhalten. Daran war sicherlich die lange Bahnfahrt schuld, dachte Auguste mitfühlend. Dann sah er, daß die Puddingschüssel leer war und ebenso das Sahnekännchen.

»Der Pudding hat fabelhaft geschmeckt, Auguste.« Rose gab sich einen Ruck und wurde ganz wach. »Das war das Allerbeste.«

»Vier Eier, eine Menge Sahne, noch mehr Zucker – sehr gehaltvoll«, sagte Auguste tückisch. Hatte er sich deshalb mit einer Forelle, Rebhuhnpüree und *crème brûlée* abgerackert, nur um von einem Sahnekaramelpudding geschlagen zu werden?

Rose, der bei dem gefürchteten Wort »gehaltvoll« völlig wach geworden war, bemerkte jetzt den Verband. »Was ist das?« fragte er scharf.

»Es sieht so aus, als sei unsere Leiche tatsächlich ermordet worden und als sei der Mörder noch ganz in der Nähe. Er wollte mehr als nur mein Ohr streifen.«

»Im Haus?«

»Nein. Im Gemüsegarten. Er ist über das Moor geflüchtet, deshalb weiß ich nicht, ob er aus dem Haus gekommen ist oder nicht.«

»Ich werde Cobbold Bescheid sagen«, rief Rose ergrimmt.

»Inzwischen ist er vielleicht schon Meilen entfernt. Oder er wartet auf eine günstige Gelegenheit, zum Haus zurückzukehren.« Das war ein erschreckender Gedanke. Alexander? Alfred? Oliver? Harold? Sein Gastgeber? Augustes Phantasie lief Amok. Der Gemüsegarten ... Lady Tabor ...

»Bist du sicher, daß er es auf dich abgesehen hatte?«

Auguste versuchte, jede Emotion beiseite zuschieben – Angst, Wut, Verwirrung, die Unwirklichkeit jener Jagd in der Dämmerung – und die Vernunft zu Hilfe zu nehmen. »Es wurde schon dunkel, und ich sammelte Küchenkräuter. Beim ersten Mal kann er sich geirrt haben, beim zweiten Mal nicht – es sei denn, er hätte einen der Dienstboten als Ziel auserkoren. Höchstwahrscheinlich wußte er, daß ich es war, denn es wäre doch seltsam, wenn *zwei* Mörder, die nichts miteinander zu tun haben, hier auf dem Grund und Boden der Tabors herumspazierten«, folgerte Auguste finster.

»Dann muß er glauben, daß du etwas weißt, Auguste. Gibt es etwas, was du mir nicht erzählt hast?«

»Nein«, erwiderte Auguste schnell. Zu schnell.

»Du warst einige Zeit allein in diesem Raucherhaus. Ist dir dort nichts Ungewöhnliches aufgefallen?«

»Nein.« Auguste versuchte überrascht zu tun. Vergebens.

»Tatjana und ihr Cousin haben die Leiche als erste entdeckt. Haben sie sie angefaßt?« bohrte Rose.

»Lord Tabor hat sie angefaßt.«

»Aha. Das hat mir Cobbold berichtet.« Rose schien Augustes rotes Gesicht zu übersehen. »Und du hast das zugelassen?«

»Ich konnte ihn nicht daran hindern. Lady Tabor bestand darauf.«

»So.«

»Es hätte der König sein können«, schrie Auguste gepeinigt.

»Natürlich. Der König.«

»Du hast Lady Tabor kennengelernt.« Die Begegnung zwischen Egbert und Priscilla war nur kurz gewesen, es war kein näherer Kontakt entstanden. »Dann verstehst du, warum ich nichts tun konnte.«

»Oh, ich verstehe eine ganze Menge.« Rose schloß wieder friedlich die Augen. Der Freund war entlassen.

Diesmal war Auguste froh, daß Tatjana nicht da war, als er in ihr Zimmer zurückkehrte. Er ging ins Ankleidezimmer und betrachtete sein verbundenes Ohr im Spiegel. Hatte der Schütze ihn mit jemand anderem verwechselt? Und wenn ja, mit wem? Kritisch musterte er sein Spiegelbild. Er war immer noch schlank für sein Alter, hatte es immer noch nicht nötig, Dr. Greys Schlankheitspillen einzunehmen. Er hatte sich kaum verändert, seit er mit dreißig nach England gekommen war, um die Küche von Stockbery Towers entscheidend zu verbessern und vom Küchenpersonal vergöttert zu werden. Er dachte an die liebe Ethel ... Da hörte er Lachen hinter sich. »Don Giovanni, nehme ich doch an.« Unwillig drehte er sich um, und Tatjana sah den Verband. Noch ehe sie fragen konnte, sagte er würdevoll: »Man hat auf mich geschossen.«

»Geschossen?« Ihr Gesicht war sehr bleich.

»Im Gemüsegarten«, erklärte er und merkte, wie albern sich das anhörte. Tatjana lachte nicht mehr.

»Wer war es?« fragte sie.

»Ein Mann, aber ich konnte ihn nicht erkennen.«

»Das muß aufhören«, sagte sie entschlossen und trat ans Fenster, als könnte der mordlustige Feind wartend unten stehen. »Laß mich das machen.«

»Dich?« wiederholte er erstaunt. »Ich lasse nicht zu, daß du da mit hineingezogen wirst.«

»Aber ich will es so.« Gebieterisch blitzende dunkle Augen erinnerten Auguste daran, daß er eine Romanowa geheiratet hatte, wenn auch nur eine aus einer Seitenlinie.

»Ich kläre diesen Fall auf«, sagte er mit Nachdruck. »Der Schlüssel muß bei mir liegen, denn warum hätte man mich sonst angegriffen?«

»Wenn das so einfach wäre …«, murmelte sie vor sich hin und starrte hinaus aufs Moor.

»Liebling, es muß doch schrecklich für dich gewesen sein, diesen armen Mann tot daliegen zu sehen«, sagte Victoria und streichelte Alexanders wohlgeformte Stirn. Er lag bequem auf einer Chaisolongue im Goldenen Salon, den Kopf in ihren Schoß gebettet.

»Angenehm war's nicht«, pflichtete er ihr träge bei.

»Und mitten in der Nacht. Das ist doch *unsere* Zeit.«

»Wir haben noch viel Zeit vor uns.«

»Aber nicht *solche* Zeit«, rief Victoria theatralisch. »Wir stehen auf der Schwelle zum Paradies.«

»Ich hoffe, das Tor zum Paradies ist nicht breit genug für deine Mutter.«

Seine Verlobte kicherte, dann wurde sie ernst. »Alexander, es ist doch bestimmt nur ein Zufall, nicht wahr?« fragte sie.

»Was?«

»Daß du so spät noch ins Raucherhaus gegangen bist und dort die Leiche entdeckt hast.«

»Glaubst du vielleicht, ich war's?« fragte Alexander mit ausdrucksloser Stimme. Dann setzte er leichthin hinzu: »Für wen hältst du mich denn? Für Edwin Booth?«

»Vielleicht habt ihr, du und Tatjana, den Mann für jemand anderen gehalten.«

Alexander setzte sich auf. »Victoria, das hier ist eine ernste Sache. Du wirst deine intelligente Theorie doch nicht der Polizei mitteilen, nicht wahr?«

»Natürlich nicht.« Sie sah sehr erschrocken aus.

»Vicky, du hast den Toten wirklich nie zuvor gesehen?«

»Nein.« Sie errötete. »Ich habe in dieser gräßlichen Leichenhalle ja nur einen kurzen Blick auf ihn geworfen, aber ich bin ganz sicher, daß ich ihn nicht kenne.«

Er seufzte. »Ich wollte es nicht erwähnen, weil ich genau weiß, daß du keiner Fliege was zuleide tun kannst, aber im Raucherhaus habe ich das hier gefunden.« Er griff in seine Jackentasche und zog einen kleinen silbernen Stielkamm heraus, in den ein Monogramm eingeprägt war.

»Jemand muß ihn aus Versehen dorthin mitgenommen haben. Ein alter Kamm, den ich weggeworfen habe«, sagte Victoria unbeeindruckt. Und dann etwas weniger gelassen: »Jedenfalls war es Selbstmord. Du weißt das.«

»Eben glaubtest du noch, Tatjana und ich hätten ihn erschossen«, sagte Alexander langsam.

»Das stimmt überhaupt nicht. Niemals habe ich so was geglaubt. Du bist *dumm*.«

Zum ersten Mal kam Alexander der Gedanke, daß Victoria in dreißig Jahren genau wie ihre Mutter aussehen würde.

»Laura, du machst dir doch wegen irgend etwas Sorgen, nicht wahr?« Oliver hatte Laura in der Bibliothek aufgespürt. Sie tat so, als suche sie eine Bettlektüre, aber tatsächlich starrte sie blicklos vor sich hin.

»Wie kommst du darauf, Oliver?«

»Es ist Mariot, stimmt's?«

»Unsinn.«

»Du hast doch seinen Besuch erwartet, nicht wahr?« bohrte Oliver. »Er wollte herkommen und dir wieder einen Heiratsantrag machen.«

»Wer hat dir das erzählt? Das ist doch Unsinn.« Laura dachte nach. »Und wenn es so wäre, ginge es dich nichts an.«

»Merkwürdigerweise geht es mich aber etwas an.«

»Du darfst dein professionelles Junggesellendasein nicht aufs Spiel setzen.«

»Sarkasmus steht dir nicht, Laura«, erwiderte er ernst. »Aber wenn der Tote nicht Mariot ist, warum bist du dann so besorgt?«

»Weil ...« Sie sprach nicht weiter.

Er starrte sie an. »Du glaubst doch nicht etwa, *ich* hätte es getan, wie?« fragte er entrüstet. »Ich bin kein eifersüchtiger Liebhaber. Das ist nicht mein Stil.«

»Da gab es nichts zu *tun*«, sagte sie ruhig. »Es war Selbstmord, nicht wahr, Oliver?«

Cobbold war offensichtlich schon am frühen Montagmorgen auf Tabor Hall eingetroffen. Erfrischt durch einen elfstündigen Schlaf, ein leichtes Frühstück – Nierchen und Pilze auf Toast – und danach einem Abstecher in den Gemüsegarten, saß Egbert Rose über einer silbernen Tasse mit Tabor-Hall-Kaffee mit Cobbold im Gespräch vertieft, als Auguste eintrat. Dieses friedliche Bild ließ nicht auf intensive Suche nach dem Mann schließen, der auf Auguste Didier geschossen hatte.

»Ah, Auguste. Was macht das Ohr?«

»Ich habe es zum Glück noch, danke.« Sein Freund schien den schroffen Ton zu überhören. »Hast du schon etwas herausgefunden?«

»Die Ermittlungen gehen weiter«, sagte Cobbold wenig mitteilsam.

Die Ermittlungen gehen weiter! Diese Phrase benutzte Rose immer, wenn er glaubte, daß alle Nachforschungen im Sande verlaufen würden. Auguste schäumte. Wenn er am Leben bleiben wollte, mußte er wohl seine eigenen kriminalistischen Fähigkeiten einsetzen. Für seine gastronomischen Talente schien es offenbar wenig Bedarf zu geben, wenigstens nicht von seiten Egberts.

»Der Tote im Raucherhaus ist ermordet worden, Auguste. Da gibt es kaum mehr Zweifel. Sieh dir das an.« Rose zeigte ihm zwei Bogen Papier mit schwarzen Flecken darauf und, was wichtiger war, den Abdrücken von zehn Fingerkuppen.

Das war so interessant, daß Auguste seinen Groll vergaß. Er wußte, daß es leicht war, Fingerabdrücke von toten oder lebenden Menschen zu nehmen. Viel schwieriger war es, und da befand man sich immer noch in der experimentellen Phase, Fingerabdrücke an Gegenständen zu untersuchen.

»Erwarte nicht zuviel, Auguste. Diese zehn Abdrücke stammen von dem Toten. Sie sind nicht auf dem Revolver zu finden. Auf dem haben wir nur einen Daumenabdruck entdeckt, und es ist nicht der des Toten. Das hilft uns nicht viel weiter. Aber zumindest ist nun klar, daß es sich nicht um Selbstmord handelt.«

»Und sonst gibt es keine Beweise für Mord?« Auguste bemühte sich, gelassen und vernünftig zu erscheinen. Wenn Tatjana die Waffe angefaßt hatte, wer würde glauben, daß sie sie nicht auch benutzt hatte? Nein, er sah Gespenster. »Ein Ermordeter kann nicht zurückkommen, um mich zu erschießen, aber reichen eure Beweise aus?«

»Wir wissen doch gar nicht, ob diese Schüsse, die auf Sie abgegeben wurden, etwas mit der Leiche zu tun haben«, sagte Cobbold.

»Ich habe nicht genug Zeit gehabt, Inspektor Cobbold, die Leute in Yorkshire so gegen mich aufzubringen, daß sie den Wunsch haben könnten, mich zu ermorden.«

Cobbold erwiderte nichts darauf, und Auguste erschrak plötzlich. Vielleicht glaubte Cobbold nicht, daß auf ihn geschossen worden war, und er stand selber unter Mordverdacht? Wenn das der Fall war, mußte er Cobbold jetzt eine herbe Enttäuschung bereiten. »Schauen Sie sich bitte das hier an«, sagte er höflich. Es war die Kugel, die er nach einer Stunde intensiven Suchens in dem grinsenden Rübengesicht einer Vogelscheuche gefunden hatte. Cobbold nickte nur.

Als sei er sich seines Mangels an Mitgefühl bewußt, sagte Rose: »Das hilft uns nicht viel weiter. Wir wissen, es kann nicht der Webley gewesen sein, und selbst wenn unsere Kriminaltechniker das Waffenzimmer Seiner Lordschaft untersuchen und uns sagen könnten, es sei aus dem dritten Gewehr von rechts geschossen worden, wohin würde uns das führen? Sieh dir mal das hier an.« Und er gab Auguste den Bericht des Leichenbeschauers.

Auguste war immer empfindlich gewesen, was physische Details betraf, und da er selber nur knapp dem Schicksal entgangen war, Gegenstand eines solchen Berichts zu werden, war er es jetzt doppelt. »Eintritt des Todes zwischen dreiundzwanzig Uhr fünfundvierzig und ein Uhr ... Mann in den späten Fünfzigern«, las er und überflog den Bericht, so schnell er konnte. »Gute Konstitution, gewöhnt an Leben im Freien.«

»Sonderbar, nicht wahr? Und wirf noch einmal einen Blick auf diese Fingerabdrücke«, sagte Rose. »Siehst du, wie deutlich diese Linien sind? Diese Finger haben schwer gearbeitet. Du findest dieselben Linien bei Bauern.«

»Vielleicht war unser Mann ein Jäger.«

Rose, der genau wußte, worauf Auguste aus war, griente. »Du hast recht. Ich habe schon immer gesagt, du bist ein Wunder. Aber sieh mal hier.« Er zeigte auf eine Stelle, wo die Papillaren verschwunden waren. »Weißt du, woher das kommt?«

Auguste schüttelte den Kopf.

»Schwielen. Über den Papillaren hat sich Hornhaut gebildet. Nein, ich würde sagen, unser Freund verstand, mit einem Spaten umzugehen.«

»Das paßt zu seinem sonnengebräunten Gesicht.« Auguste überschlug rasch die Möglichkeiten, die sich nun ergaben. »Die Gäste, auch meine Frau und ich, wollen heute abreisen«, sagte er provozierend, hin und her gerissen zwischen der Hoffnung, seine Londoner Wohnung wiederzusehen, dem Wunsch, seinen kriminalistischen Instinkten folgen und seine Spürnase einsetzen zu können, und der bohrenden Gewißheit, daß in bezug auf Tatjana etwas Rätselhaftes unaufgeklärt blieb.

»Vor der gerichtlichen Leichenschau am Freitag reist niemand ab«, sagte Rose und ließ ein paar Sekunden verstreichen. »Und außerdem würde ich es begrüßen, wenn du uns mit Rat und Tat zur Seite stündest. Das könnte sehr hilfreich sein, wie schon früher so oft. Du hast Zugang zu oben und unten, was wir nicht haben.«

Auguste strahlte, obwohl er sah, daß Rose einen Blick mit Cobbold wechselte, als sei dies die Bestätigung für etwas, was sie vorher besprochen hatten. Sein gesellschaftlicher Aufstieg und Egberts Beförderung hatten ihr Verhältnis zueinander nicht verändert. Es war dumm von ihm gewesen, etwas anderes zu glauben. Daß Rose die Worte »Rat und Tat« und nicht »Hilfe« gewählt hatte, fiel dem gegenüber nicht ins Gewicht.

»Jetzt erzähl mir mehr über diese Tabors und über die Gäste. Zum Beispiel über Mr. und Mrs. Harold Janes.«

»Mr. Janes ist ein reicher Börsenmakler in der Londoner City und ein enger Freund des Königs.« Auguste machte eine Pause. »Es heißt, daß Seine Majestät mit Mrs. Janes noch enger befreundet ist.«

Roses Gesicht spiegelte milde Mißbilligung. Er hatte sich nie wirklich an den Gedanken gewöhnen können, daß es im Privatleben der königlichen Familie und der Aristokratie anders zuging, als es die »Illustrated London News« darstellten. »Was ist mit Oliver Carstairs?«

»Ein Mann in den Vierzigern und ein Freund der Ehrenwerten Laura Tabor, Lord Tabors Schwester. Junggeselle. Er hat am Samstagabend bis halb ein Uhr nachts mit mir Billard gespielt.«

»Hast du ihn zu Bett gebracht?«

»Egbert!« Auguste war empört, doch dann begriff er, worauf Egbert hinauswollte. »Nein, aber ...«

»Dann hätte er also ganz leicht in den Raucherpavillon gehen können.«

»Ja, aber ...«

»Dann gibt es noch dich und deine liebe Frau«, Rose fegte alle Einwände beiseite, »und damit wären die Gäste vollständig.«

»Ja und nein – der Ehrenwerte Cyril Tabor und seine Frau sind auch hier zu Besuch. Cyril ist Lord Tabors jüngerer Bruder. Er lebt in Harrowgate. Gertrud ist seine zweite Frau; sie war früher Revuegirl im Galaxy-Theater.« Auguste holte Atem. »Sie ist so lecker wie ein Pfefferling.«

»Und du unterhältst dich sicher oft mit ihr über die alten Zeiten, nicht wahr?« fragte Rose trocken.

»Nicht die ganz alten Zeiten«, erwiderte Auguste abweisend. Da Gertie mit Tatjana befreundet war, hatte er keine Lust, sich über die Einzelheiten seiner einstigen Tätigkeit im Galaxy-Theater zu verbreiten. »Und Mr. Tully-Rich ist ebenfalls Gast«, fuhr er hastig fort. »Der Cousin meiner Frau.«

»Ah ja, mit diesem jungen Mann muß ich mich auch noch unterhalten.«

Auguste überlegte beunruhigt, was das zu bedeuten haben mochte.

»Miss Laura ist acht- oder neunundvierzig, die jüngste der drei Geschwister. Sie war früher einmal, und ist es vielleicht noch, in den Archäologen Robert Mariot verliebt, doch die Familie befand, er sei ihrer nicht würdig. Es gibt Anzeichen dafür, daß er zurückkommen und sie um ihre Hand bitten könnte.«

»Und damit hätte Mr. Carstairs ein Motiv, wenn er ebenfalls die Absicht hätte, Miss Tabor zu heiraten.«

»Er macht ihr nur deshalb immerfort Anträge, weil er genau weiß, daß sie stets ablehnt.«

Rose lachte. »Das würde sich in einem Prozeß wegen Bruchs des Heiratsversprechens gut anhören. Wen gibt es dann noch?«

»Victoria Tabor, eine reizende, lebhafte junge Dame.«

»Kommt nach ihrer Mutter?«

»Bisher nicht«, sagte Auguste schaudernd.

»Und die verwitwete Lady Tabor?«

»Ist die Mutter Seiner Lordschaft. Charmant und munter, obwohl sie fast achtzig ist.«

»Und Alfred?«

»Noch damit beschäftigt, erwachsen zu werden«, sagte Auguste so freundlich, wie er konnte. »Er meint, der Tote könnte Lady Tabors Bruder Oscar sein, das schwarze Schaf der Familie.«

»Und warum sollte Onkel Oscar als Mordopfer im Raucherpavillon auf der Bildfläche erscheinen?«

»Ich glaube, Alfred war sich darin mit der Familie einig, daß Selbstmord vorliegt, und ließ durchblicken, seine Mutter wolle Oscar vielleicht absichtlich nicht erkennen, wegen der Schande. Das wäre natürlich die Erklärung dafür, daß Lady

Tabor eisern den Standpunkt vertritt, es handle sich um Selbstmord. Es gibt eine Photographie von Oscar im Haus. Ich habe sie mir angesehen, aber da er auf dem Bild einen großen Hut, einen Bart und einen Schnurrbart trägt, bin ich mir nicht sicher. Er könnte der Tote gewesen sein.«

»Ich kümmere mich um die Photographie. Was ist mit Lord Tabor?«

Auguste überlegte. »Wer sieht schon den, der im Schatten der Großen Pyramide steht?« zitierte er. Wie war George Tabor? Anscheinend weich und nachgiebig, jedenfalls gegenüber seiner Frau, aber ein vorzüglicher Schütze und ein Freund des Königs. Der König nahm Freundschaft ernst, und diese hier bedeutete offenbar so viel für ihn, daß er selbst Priscilla für zwei Tage zu ertragen bereit war. An George Tabor mußte mehr dran sein, als es den Anschein hatte.

»Am Mittag ist kein Schatten. Vielleicht ist es bei Mord genauso«, überlegte Rose.

»Und so kommen wir jetzt zur Baronesse Laura Tabor«, sagte Auguste.

Kommentar überflüssig. Sie hatten sie alle kennengelernt. »Was meinst du, ist sie fähig, einen Mord zu begehen?«

»Wenn ihre Familie oder ihre gesellschaftliche Stellung bedroht ist, vielleicht«, sagte Auguste zweifelnd.

»Das könnte man von vielen Leuten sagen. Hattest du den Eindruck, daß es ein ganz normales Fest war, bevor das geschah?«

Auguste zögerte. Wie konnte er das bejahen, solange er nicht genau anzugeben vermochte, was ihm bei seiner Ankunft sonderbar vorgekommen war? »Ich glaube schon«, sagte er vorsichtig.

»Aber dann wird zufällig eine Leiche gefunden, und danach beschließt jemand, auf dich zu schießen – als Ergebnis dessen, was du im Raucherpavillon gesehen hast.«

»Ja – nein ...«

»Das ist doch nicht normal, oder?«

Auguste machte sich auf die Suche nach Tatjana. Er wollte ihr mitteilen, daß Egbert in Kürze die gesamte Familie Tabor und alle Gäste im Großen Salon zu sehen wünschte. In der Eingangshalle stieß er jedoch auf ein Hindernis. Harold und Beatrice Janes waren offenbar im Begriff abzureisen, nach den vielen Hutschachteln zu schließen, die Lakaien und Kammerzofen an ihm vorbeitrugen. Beatrice überwachte den Transport. Hüte, die die Bewunderung des Königs erregen sollten, mußten mit Sorgfalt und Respekt behandelt werden, denn er erinnerte sich immer genau an das, was er schon bei früheren Gelegenheiten gesehen hatte, und zögerte niemals, die Schuldige zur Rede zu stellen, die in seiner Gegenwart zweimal dasselbe getragen hatte. Einmal hatte sogar Beatrice die Todsünde begangen, ihr apfelgrünes, mit crèmefarbener Spitze abgesetztes Kleid ein zweites Mal anzuziehen. Es hatte ihres ganzen Charmes bedurft, diesen Fauxpas wiedergutzumachen. Heute aber wirkte sie bedrückt, und die Hüte interessierten sie offenbar nicht besonders. Tatjanas wohltätiger Einfluß machte sich nicht mehr bemerkbar. Der Gastgeber und die Gastgeberin, die sich ebenfalls in der Halle eingefunden hatten, sahen auch nicht gerade glücklich aus. Auguste, der sich so willkommen fühlte wie ein Stück Muschelschale in einem Krabbensoufflée, ging auf sie zu. »Ich erfahre soeben, Scotland Yard legt Wert darauf, daß wir alle bis nach der gerichtlichen Leichenschau hierbleiben«, sagte er und versuchte ein bekümmertes Gesicht zu machen. »Natürlich mit Ihrer Erlaubnis, Lady Tabor«, setzte er ein wenig verspätet hinzu.

Beatrice packte den Arm ihres Mannes und stieß einen schrillen Schrei aus.

»Unsinn«, fuhr Mr. Janes Auguste an. »Wir haben nichts mit diesem unglückseligen Vorfall zu tun. Das habe ich auch diesem Inspektor Cobbold gesagt. Wir reisen ab.«

»Vollkommen richtig«, erklärte George Tabor und merkte zu spät, daß das nicht sehr gastfreundlich war. »Natürlich sehr schade, daß wir nicht mehr zusammen auf die Jagd gehen können. Schließlich beginnt morgen die Fasanensaison. Ich wollte den Herzog von Devonshire fragen, ob wir bei ihm mitmachen können. Dann wäre da auch noch Ingleborough Hall. Ausgezeichnetes Jagdgebiet.«

»Nein«, kreischte Beatrice. »Ich muß abreisen. Wirklich, ich muß.«

Lady Tabor betrachtete sie abschätzend. Es war ihrer Aufmerksamkeit nicht entgangen, daß Beatrices dreiviertellanger weißer Pelzmantel über einem dunkelgrauen Rock durchaus als Halbtrauer gelten konnte. Also beabsichtigte Beatrice vielleicht einen schnellen Abstecher nach Schottland in die Gegend von Balmoral. Sie wünschte nicht, daß Seine Majestät erfuhr, die königlichen Gemächer seien nun von Scotland Yard mit Beschlag belegt worden. »Ich finde«, sagte sie zu Beatrice und beugte sich zu ihr, um ihren Worten Nachdruck zu verleihen, »wir müssen ein Beispiel geben und der Polizei helfen. Das erwartet Seine Majestät doch wohl von uns, nicht wahr?«

Beatrice war das neu, doch Priscilla Tabors deutliche Mißbilligung ihrer Flucht und die Diskussion ihres Gatten mit Lord Tabor, wie viele Fasane sich wohl in den Wäldern des Herzogs von Devonshire verborgen hielten, waren zuviel für sie. Harold hatte ihr vorhin unter vier Augen gesagt, sie sollten bleiben und sich zur Verfügung halten, sonst würde es nicht gut für ihn aussehen. Zögernd machte sie kehrt, und die lange Reihe der Lakaien und Kammerzofen mit ihren Koffern und Hutschachteln machte ebenfalls kehrt.

»Du mußt sofort mit Cyril sprechen«, drängte Priscilla, die ihrem Mann in sein Arbeitszimmer gefolgt war, wohin er sich zurückgezogen hatte, um die »Sporting Times« zu lesen.

»Aber Priscilla, ist das klug? Gehst du nicht ein bißchen zu weit?«

»Natürlich ist es klug. Jetzt muß die Familie zusammenhalten. Cyril gehört zur Familie. Er muß erfahren, was wir wissen.«

»Aber nicht Gertie!«

»Gertrude ist ein einfältiges Kind. Man kann ihr nicht trauen. Aber Cyril ist dein Bruder, George. Besprich die Sache mit ihm, und dann werde ich dafür sorgen, daß ihm nichts geschieht.«

»Wahrscheinlich hast du recht.«

»Natürlich habe ich recht«, erwiderte Priscilla im Brustton der Überzeugung, überrascht, daß es daran irgendeinen Zweifel geben könnte. »Und tu's jetzt, bevor dieser Mensch von Scotland Yard erscheint. Er will doch sicher mit uns über den *Selbstmord* reden.« Sie wechselte einen Blick mit ihrem Gatten. »Sprich mit Cyril.« Es war ein Befehl.

Egbert Rose sah aus wie ein Jäger, der seine Fasanen ins Auge faßte. Welches Ziel würde er als erstes wählen? fragte sich Auguste. Zunächst aber schien Rose in dem unbequemen Louis-Quince-Walnußsessel, den man ihm im Großen Salon von Tabor Hall zugewiesen hatte, selber das Ziel zu sein.

»Mord?« fragte Priscilla Tabor mit schneidender Stimme. Ihr königsblaues Kostüm zeigte an, daß die Zeit der Trauer vorüber war. »Es ist doch klar, daß der unglückselige Mensch Selbstmord begangen hat.«

»Seine Arme waren nicht lang genug, um sich aus einer Entfernung von drei oder vier Fuß zu erschießen, Lady Tabor«, erwiderte Rose ernst. Ein Titan maß sich mit dem anderen. »Er hätte sich dann auch wohl kaum die Mühe gemacht, seine Handschuhe auszuziehen.«

»Wenn Sie nicht gerade anwesend waren, Inspektor, weiß ich

nicht, wieso Sie in diesem Punkt so sicher sein können. Man hat mir gesagt, daß Mr. Conan Doyle solche Rätsel sehr scharfsinnig löst.«

»Mr. Richey sagte mir, er habe den Raucherpavillon an jenem Abend wie gewöhnlich abgeschlossen, Lady Tabor, doch die Tür war unverschlossen, als die Leiche entdeckt wurde. Er sagte mir ferner, Sie hätten einen Schlüssel und er hätte einen, und ein dritter Schlüssel hinge neben der Küchentür.«

Natürlich. Wie hatte er das übersehen können? fragte sich Auguste. War er derart mit Tatjana beschäftigt, daß sein Verstand nicht mit voller Kraft arbeitete?

»Worauf wollen Sie hinaus, Chief Inspector? Der Tote mußte ja schließlich irgendwie hineinkommen.«

»Aber wenn es Selbstmord war, Lady Tabor, was ist dann mit dem Schlüssel geschehen? Er steckte weder in der Tür, noch wurde er im Pavillon gefunden.«

Totenstille. Sie wurde beendet durch Miriam, die sichtlich hocherfreut war, ihre Schwiegertochter besiegt zu sehen. »Ganz sicher haben Sie recht, Inspektor. Hier ist eine fabelhafte Gegend für Morde. Nehmen Sie doch Richard II., den Armen, der bei Pontefract zu Tode kam. Und Lady Elfrida Tabor, die 1632 ihre Gesellschafterin in einem Wutanfall umbrachte. So was würde ich dir nie antun, Savage.« Sie lächelte ihrer Gesellschafterin, die gleichzeitig die Pflichten einer Kammerzofe erfüllte, huldvoll zu. Savage war eine ältere Frau, die schützend neben ihr saß und in ihrem schwarzen Kleid, ihrer täglichen Uniform, die nichts mit Trauer zu tun hatte, etwas aus dem Rahmen zu fallen schien. »Und dann der Sattler von Bantry, der gehängt wurde, weil er sein Glas Bier nicht getrunken hatte. Obwohl ich jetzt der Meinung bin, er war nur ein Räuber. Vielleicht trifft das auch auf Ihren Toten zu, Chief Inspector.«

Rose hustete, um nicht lachen zu müssen. »Möglich, Eure Ladyschaft.«

Priscilla nahm den Kampf wieder auf. »Ich möchte vorschlagen, Chief Inspector, daß Sie sich darauf konzentrieren, herauszufinden, wer dieser Unglückliche war, anstatt Ihre Aufmerksamkeit auf die ausschweifenden Phantasien meiner Schwiegermutter zu richten.«

»Da können Sie ganz beruhigt sein, Lady Tabor, das werde ich«, konterte Rose sofort. »Denn jemand auf Tabor Hall weiß, wer der Tote ist.«

»Haben Sie einen Beweis für diese empörende Behauptung?« fragte Priscilla eisig.

»Unser Mann hatte keinen Hut, keinen Mantel, keine Reisetasche, nichts. Entweder der Mörder hat das alles mitgenommen, oder das Opfer hielt sich ganz in der Nähe auf. Bisher haben wir nicht feststellen können, wo. Nicht auf Tabor Hall, nicht bei Ihren nächsten Nachbarn. Auch Ihr Pförtner und Ihr Wildhüter haben ihn nicht erkannt, und ebensowenig jemand von Ihrem Hauspersonal. Der Schluß liegt also nahe, daß es eine bewußt herbeigeführte Begegnung war und ein sorgfältig geplanter Mord. Deshalb möchte ich mir jetzt ein genaues Bild davon machen, was sich hier im Haus abspielte, nachdem sich Seine Majestät zurückgezogen hatte. Das war, wie ich höre, um Viertel nach elf.«

»Gleich darauf wurden die Kutschen für diejenigen Gäste gerufen, die nicht über Nacht hierblieben«, sagte Priscilla. »Nachdem die Hausgäste den Ballsaal verlassen hatten, das war gegen Viertel vor zwölf, zogen mein Mann und ich uns zurück.«

»Ich habe mich gegen halb zwölf verabschiedet, aber ich bin noch kurz zu meiner Mutter gegangen«, sagte Laura.

»Wirklich, Liebes?« fragte Miriam zerstreut. »Ich erinnere mich nicht.«

Laura seufzte. »Du weißt doch genau, daß ich gekommen bin, Mutter.«

»Ja, Miss Laura, Sie waren da«, bestätigte Savage sachlich mit ihrer tiefen, rauhen Stimme.

»Dann ging ich schlafen. Meine Kammerzofe hatte ich schon vorher weggeschickt.« Laura lächelte ein wenig. »Verdächtigen Sie mich nun, zum Raucherhaus geschlichen zu sein, um diesen armen Mann zu ermorden?«

»Wann genau sind Sie von Lady Tabor fortgegangen, Miss?« fragte Rose ruhig.

»Gegen zwanzig vor zwölf«, antwortete Savage für sie. »Ich weiß das, weil es spät war für Ihre Ladyschaft«, sagte sie mißbilligend. »Ihre Ladyschaft« war für Savage immer nur ihre Arbeitgeberin, nicht »diese Frau«, wie sie, das wußte man, Priscilla gelegentlich nannte. Priscilla war eine Fremde auf Tabor Hall und würde es immer bleiben. »Ich kriege Ihre Ladyschaft nie pünktlich ins Bett.«

»Und warum sind Sie zu Ihrem Bruder gegangen, Miss Victoria?«

»Ich war wütend auf Alexander«, sagte Victoria entwaffnend. Der Blick, mit dem sie ihn bedachte, ließ darauf schließen, daß sie es immer noch war. »Wir saßen etwa bis Mitternacht in der Bibliothek, und dann gähnte Alexander und sagte, er gehe jetzt schlafen. Es war schließlich unsere Verlobungsfeier, und er wollte mir nicht mal einen Gutenachtkuß geben. Können Sie sich das vorstellen, Inspektor?«

»Erscheint mir sehr sonderbar, Miss. Und warum haben Sie sich so verhalten?« fragte Rose den störrischen Bräutigam.

Alexander sah Victoria hoffnungsfroh an. »Vielleicht kommt Ihnen das komisch vor, Inspektor, aber meine Verlobte ist so hübsch, daß man viel Kraft braucht, um sie *nicht* zu küssen. Kurz gesagt, in Anbetracht der späten Stunde hatte ich Angst, ich könnte sie unwiderstehlich finden.«

»Oh!« Victoria war geschmeichelt. »Dann vergebe ich dir.«

»Und wie kam es, daß Sie drei Stunden später mit Mrs. Didier im Raucherhaus waren?« fragte Rose unbeeindruckt.

Auguste fuhr zusammen.

Alexander antwortete prompt. »Ich wollte gerade in mein Zimmer gehen, da begegnete ich meiner Cousine. Wir fingen an, uns über Rußland zu unterhalten, so wie es Russen immer tun, und gingen in den Blauen Salon und unterhielten uns dort weiter. Dann sagte Tatjana, sie hätte großen Appetit auf« – er zögerte, aber Tatjana nickte zustimmend –«auf eine Zigarette, und da es mir genauso ging, griffen wir uns eine Laterne, gingen zusammen durch den Kücheneingang hinaus und spazierten zum Raucherhaus, um uns dort unserm Laster hinzugeben. Wir öffneten die Tür zum Pavillon und fanden – nun, Sie wissen, was wir fanden.«

Auguste warf einen beunruhigten Blick auf Egbert, dessen Gesicht nicht verriet, was er dachte. Ob er diese Erklärung sonderbar fand? Eine jungverheiratete Frau sollte doch wohl das Zusammensein mit ihrem Gatten einer Unterhaltung mit einem Cousin vorziehen!

»In den frühen Morgenstunden wird man müde, wenn man so viel geredet hat, nicht wahr?« war alles, was Rose von Tatjana wissen wollte. Auguste atmete erleichtert auf.

»Nein«, erwiderte sie wie aus der Pistole geschossen.

»Wir Russen, sogar Halbrussen wie ich, sind nie müde«, versicherte Alexander.

»Fabelhaft«, warf seine Verlobte heiter ein. »Das verspricht Gutes für die Zukunft der Familie Tully-Rich.«

Ein zufriedenes Kichern von der alten Lady Tabor. »Victoria kommt nach mir, Priscilla.«

»Ich hoffe nicht, Mutter«, erwiderte Priscilla bissig.

»Ihre Ladyschaft und ich haben uns kurz vor zwölf zurückgezogen«, warf George Tabor rasch ein, um keinen Streit zwischen den Damen aufkommen zu lassen. »Was ist mit dir, Cyril?«

»Gertie und ich lagen schon vor zwölf im Bett, nicht wahr, mein Kätzchen?« Der Blick, mit dem er Gertie ansah, ließ keinen Zweifel an dem Grund dafür aufkommen. Das Kätzchen kicherte nervös.

»Mr. Carstairs, Mr. Didier hat Sie kurz vor halb eins verlassen, behauptet er.«

»Das ist richtig. Ich hatte also noch genügend Zeit, aus einem Fenster zu springen, im Dunkeln zum Raucherpavillon zu laufen und den Burschen zu erschießen. Aber dasselbe gilt für Mr. Didier«, sagte Oliver heiter.

»Theoretisch trifft das zu«, erwiderte Auguste rasch. »Und ich hätte mir auch selber ins Ohr schießen können.«

Außer Tatjana war offenbar niemand an seinem Ohr interessiert. »Und Mr. und Mrs. Janes?« fragte Rose weiter.

Harold Janes' Gesicht war plötzlich so weiß wie Camenbert. »Meine Frau und ich schlafen in nebeneinanderliegenden Zimmern«, sagte er hoheitsvoll, »wie es üblich ist, wenn man nach Tabor Hall kommt.«

Üblich vielleicht im Fall der Janes', dachte Auguste belustigt. Gottlob war diese Vorschrift, falls es sie überhaupt gab, in seinem Fall außer Kraft gesetzt worden, und nach Gerties Gesichtsausdruck zu schließen, auch bei ihr. Sie errötete, als bedeute es eine Verletzung der Etikette, das Bett mit seinem Gatten zu teilen. »Wir haben das Fest kurz nach Seiner Majestät verlassen. Ich habe noch einen Whisky getrunken und bin dann zu Bett gegangen«, erklärte Harold. »Mein Kammerdiener kann das bezeugen.«

Beatrice Janes kam ihm zu Hilfe. »Mein Mann schnarcht leider sehr laut«, teilte sie den Anwesenden mit schriller Stimme mit. »Aber ich bin noch einmal zu ihm ins Zimmer gegangen, um ihm einen Gutenachtkuß zu geben. Ich bin eine Weile geblieben. Ich glaube, die ganze Nacht, oder, Liebling?«

Liebling, immer noch aschfahl, murmelte, das stimme.

»Dankeschön, Ma'am«, sagte Rose gleichmütig. Insgeheim fragte er sich, ob er und Edith je gezwungen sein würden, zwischen Zimmern hin und her zu schleichen, und entschied sich, kein Wort von dem zu glauben, was Beatrice Janes gesagt hatte.

»Danke, meine Herren und meine Damen.« Er sah die Erleichterung auf den Gesichtern seiner Zuhörer und beschloß, sie zu enttäuschen. »Ich werde mich jetzt mit jedem einzelnen von Ihnen unterhalten, und wir brauchen Ihre Fingerabdrücke.«

Es dauerte nicht lange, bis sie begriffen hatten. Priscilla Tabor erhob sich majestätisch.

»Verstehe ich Sie richtig, Chief Inspector: Wenn Sie behaupten, jemand auf Tabor Hall muß wissen, wer dieser Mann ist, meinen Sie nicht die Dienstboten, sondern uns?«

»Es geht um Mord, Eure Ladyschaft.«

»Aber keiner von uns hat doch etwas damit zu tun«, stieß George empört hervor.

»Es ist erstaunlich, Sir, wie oft ich in diesem Stadium der Ermittlungen zu dem Schluß kommen muß, daß sich der Tote selber umgebracht hat.«

Gab es einen friedlicheren Platz auf Erden als einen von einer Mauer umgebenen Gemüsegarten? fragte sich Auguste – außer natürlich, wenn jemand auf einen schoß! Aber für gewöhnlich herrschte hier, wo es verheißungsvoll nach Reife duftete, der Frieden, den er brauchte, um seine Gedanken zu ordnen wie die Zutaten zu einem Gericht. Wichtige Probleme mußten gelöst werden: wer war der Tote, warum hatte der Mörder danach auf ihn, Auguste, geschossen, und wessen Leiche hatte Tatjana zu sehen erwartet? Er dachte darüber nach und ließ den Gedanken fallen, daß Tatjana befürchtet hatte, er selber könnte der Tote sein. Er war weder so alt noch so korpulent. Außerdem trug er keinen Bart.

Es stellte sich auch noch eine andere Frage: Warum war die Familie Tabor in mancher Hinsicht so auskunftsfreudig und in anderer so wenig mitteilsam ? Es konnte nur eine Antwort geben: sie wußte, wer der Tote war, aber sie wollte nicht, daß die Polizei es erfuhr. Er wendete diese Idee in seinem Kopf hin und her und fand, daß sie etwas für sich hatte. Er dachte weiter über Onkel Oscar und Robert Mariot nach.

Egbert hatte gesagt, er sei in der glücklichen Lage, herausfinden zu können, was das Personal dachte. Bisher hatte er nur mit Breckles gesprochen. Er würde ein paar Küchenkräuter pflücken und damit in die Küche ziehen unter dem Vorwand, er wolle Breckles erklären, wie man ein *bœuf provençale* zubereitete, für das der Koch einiges Interesse bekundet hatte. Sonderbar, aber hier in Yorkshire mochte er nicht so viele Küchenkräuter in seinem Essen. Außerdem hatte Egbert, als ihn Mrs. Breckles heute morgen gefragt hatte, was er am Abend zu speisen wünsche, sich verräterischerweise für Breckles' gekochtes Rindfleisch in Bier entschieden, nicht für die delikaten Gerichte seines Freundes, und für Sahnekaramelpudding anstatt seiner *îles flottantes,* die er früher sehr gern gemocht hatte. Yorkshire war tatsächlich eine seltsame Gegend – der kulinarische Geschmack änderte sich hier anscheinend sehr rasch.

Oder lag es an ihm? War Breckles ein Meister der Yorkshire-Küche und nicht ein Stümper, was die Londoner Küche betraf? Er beschleunigte seinen Schritt. Er hatte jetzt zwei Ziele für den Vormittag: Forschungen über die Küche von Yorkshire und das Sammeln aufschlußreichen Klatsches vom Küchenpersonal.

Aber beides wurde vereitelt. Tatjana kam auf ihn zugeeilt, und ihre Röcke fegten an Kohlköpfen und Porree vorbei.

»Du solltest nicht allein hier herumgehen, *mon chéri.* Es ist zu gefährlich.«

»Niemand würde es doch wagen, am hellen Tag auf mich zu schießen«, sagte Auguste beunruhigt und wurde sich plötzlich bewußt, daß hinter ihm eine menschenleere Hügellandschaft lag. »Unser Mörder ist ein Nachtvogel.«

»Du verstehst nicht«, sagte Tatjana angstvoll. »Du mußt dich vorsehen. Du willst doch nicht, daß ich so schnell Witwe werde?«

Das wollte er gewiß nicht – um ihrer beider willen nicht.

»Bitte versprich mir, daß du nirgendwohin allein gehst, bis wir abreisen.«

Ihre Besorgnis rührte ihn. »Abgemacht«, sagte er. »Ich verspreche es.«

Sein Besuch in der Küche begann nicht sehr verheißungsvoll. Er fragte Breckles, ob er mit den Dienstboten zu Mittag essen könne und ob er zusehen dürfe, wie Breckles eine Yorkshire-Spezialität verfertigte, den Yorkshire-Weihnachtspudding.

Breckles brüllte vor Lachen. »Sie ahnungsloser Engel«, sagte er herzlich. »Wissen Sie, was Sie da verlangen?«

»Nein«, erwiderte Auguste bescheiden und merkte, daß er irgendwie einen Fehler begangen hatte.

»Der Pudding dauert nämlich eine Ewigkeit. Wir brauchen dazu Gänse, Rebhuhn, Tauben und Truthahn. Alles gut gewürzt und aufeinandergeschichtet. Sie müßten einen Monat lang Tag und Nacht hier sein.«

Er beobachtete, wie Auguste diese Information aufnahm, und versetzte ihm dann einen freundschaftlichen Rippenstoß. »Natürlich können Sie sehr gern mit dem Personal hier zu Mittag essen, aber damit sind Sie noch nicht da, wo Sie hinwollen. Sie wollen doch vor allem mit ihnen reden.«

»Und aus gutem Grund«, erklärte Auguste mit Nachdruck. »Vielleicht erzählen sie mir Dinge, die sie der Polizei nicht erzählen würden.«

»Sie haben nichts zu erzählen. Keiner der einfachen Dienstboten hat etwas mit der Herrschaft zu tun.«

»Aber ich möchte gern wissen, was sie für einen Eindruck von der Familie haben. Ich erinnere mich, als ich in Ihrer Position war ...«

Breckles räusperte sich. »Das ist ja gerade der springende Punkt. Sie sind nicht mehr in meiner Position, nicht wahr?«

Auguste war bestürzt. Konnte er sich denn nicht mehr in beiden Welten bewegen, zumindest ein gerngesehener Besucher in der anderen Welt sein, auch wenn er nicht mehr wirklich dazugehörte? Er überlegte und sah ein, daß es nicht möglich war. »Dann bitten Sie sie, Mr. Breckles, gründlich nachzudenken – zu überlegen, ob sie nicht irgend etwas Ungewöhnliches gesehen oder gehört haben«, sagte er begütigend.

»Nachdenken in Yorkshire ist wie der Weihnachtspudding: er braucht lange, bis er fertig ist, aber dafür schmeckt er dann um so besser.«

Und damit mußte sich Auguste zufriedengeben. Die Ehre, mit den Dienstboten essen zu dürfen, war ihm verwehrt worden, und die Mahlzeit mit den Tabors einzunehmen, hatte er keine Lust. Also würde er mit Egbert essen und so der Entscheidung enthoben sein, ob er nun ein Gentleman war, der einen Imbiß einnahm, oder ein Dienstbote, der zu Mittag aß.

Inzwischen machte sich Chief Inspector Egbert Rose mit finsterer Entschlossenheit an die Aufgabe, die Tabors zu verhören. Er begann mit den am wenigsten Widerspenstigen. Doch selbst die Ehrenwerte Laura Tabor erwies sich als schwieriger, als er vermutet hatte.

»Ich nehme an, Chief Inspector, man hat Ihnen erzählt, die Leiche könnte die von Mr. Mariot sein, meinem früheren Freund.«

»Früherem?« fragte Rose höflich.

»Wir korrespondieren immer noch miteinander«, sagte Laura gelassen, »und es ist auch richtig, daß er mich hat wissen lassen, er wolle mich besuchen. Er ist unlängst wieder nach Europa zurückgekehrt, nachdem er dem Archäologen Koldewey bei seinen Ausgrabungen in Nebukadnezars Babylon assistiert hat. Es stimmt auch, daß ich glaubte, er könnte es sein, als mein Bruder sagte, der Tote sei braungebrannt. Ein schrecklicher Zufall – es wäre ja möglich gewesen. Aber Mariot war es gottlob nicht.«

»Dessen sind Sie sich sicher?«

»Völlig sicher.« Sie zögerte kurz, dann zog sie eine Photographie aus ihrer Handtasche. »Diese Aufnahme von ihm wurde vor anderthalb Jahren in Babylon gemacht.« Sie schob sie Rose hin.

»Sehr freundlich von Ihnen, sie mir zu zeigen, Ma'am.« In Roses Stimme war keine Spur von Sarkasmus.

»Aber nicht doch, Chief Inspector. Sie wissen genau, daß es nicht freundlich von mir ist. Bestimmt sind doch in diesem Augenblick viel bessere Aufnahmen unterwegs zu Ihnen.«

Rose griente. Dann verschwand das Grienen. »Und was ist, wenn andere Freunde von Ihnen dachten, es sei Mr. Mariot?«

Sie erbleichte. »Das ist nicht möglich«, sagte sie ruhig. »Welchen Grund sollten diese Freunde denn für diese Vermutung haben?«

»Angenommen, jemand hat es ihnen erzählt, Ma'am.«

»Das ist Unsinn. Wollen Sie meine Fingerabdrücke nehmen, Chief Inspektor?« fragte sie eisig und ließ sich schweigend die Fingerkuppen in den Graphitstaub drücken.

»Nur noch eins, Ma'am«, sagte Rose, als sie das Zimmer verlassen wollte.

Sie drehte sich widerstrebend um.

»Wenn Ihnen nicht der Gedanke kam, einer Ihrer Freunde könnte Mr. Mariot ermordet haben, warum nahmen Sie dann an, es könnte Mr. Mariots Leiche sein? Hatte er einen Grund, Selbstmord zu begehen?«

»Nein – ja. Ich konnte nicht klar denken«, stieß sie schließlich hervor, und er setzte ihr nicht weiter zu. Laß sie schmoren, dachte er. Wenn sie log, um sich oder Carstairs zu schützen, würde sie sicher bald weich werden. Dennoch würde er Ermittlungen über Mariots jetzigen Aufenthaltsort anstellen lassen.

»Was ist denn mit dir los, Laura?« fragte Oliver ungeduldig, als er sie zum Mittagessen die Treppe hinunterführte. Er hatte sie noch nie so niedergeschlagen gesehen.

»Ich bin gerade von Chief Inspector Rose verhört worden, Oliver«, sagte sie.

»Und?« fragte er scharf.

»Er hat mich wegen Robert ausgefragt. Robert wollte mich ja besuchen. Ich sagte ihm, daß ich einen Augenblick lang glaubte, der Tote könnte Robert sein.« Sie sah ihn nicht an dabei.

Er stöhnte. »Jetzt denkt er sicher, es hätte um Mitternacht zwischen mir und dem Toten ein Pistolenduell gegeben. Vielen Dank, Laura.«

»Ich hatte keine Wahl.«

»Du hättest ihm sagen können, daß du Mariot nicht liebst und daß ich deshalb keinen Grund gehabt hätte, ihn umzubringen. Das stimmt doch, nicht wahr?«

Sie sah ihn schweigend an.

»Nicht wahr?« fragte er noch einmal.

»Das möchtest du wohl gerne hören, Oliver.«

»Natürlich. Und ich habe das auch immer gedacht.« Er zog sie so herum, daß sie jetzt vor ihm stand. »Habe ich nicht recht?«

»Ob du nun recht hast oder nicht, ich habe dem Inspektor nichts über meine Gefühle für Robert erzählt.«

»Aber warum denn nicht? Nun glaubt er doch, ich hätte Robert aus Eifersucht erschossen.«

Auguste, der auf dem Weg zu Egbert gerade durch die Eingangshalle kam, blieb wie angewurzelt stehen. Laura warf einen

Blick auf ihn, rief aber trotzdem laut: »Du hast ihn doch nicht umgebracht, nicht wahr, Oliver?«

»Was?« Oliver wollte sie am Handgelenk festhalten, doch sie riß sich los und schritt mit geröteten Wangen auf die Bibliothek zu.

»Frauen!« knurrte Oliver und ging rasch an Auguste vorbei in die entgegengesetzte Richtung. Er glich in nichts mehr dem heiter gelassenen professionellen Junggesellen, als der er sich immer gab.

Nach Laura unterzogen sich weitere vier Tabors und zwei Gäste der Zeremonie des Fingerabdrucknehmens. Der alten Lady Tabor machte das Ganze großen Spaß.

»Was geschieht denn nun mit diesen Abdrücken?« erkundigte sie sich mit vergnügt funkelnden Augen. »Kommen sie in Ihr Verbrechermuseum, lieber Chief Inspector?«

»Nein, Ma'am, viel weniger aufregend. Sie werden nur so lange aufbewahrt, bis ...«

»... das Geheimnis dieses armen Mannes aufgeklärt ist.« Ihr Blick wurde ernst. »Hoffentlich geschieht das bald. Tabor Hall liegt mir am Herzen – es ist das Heim meines verstorbenen Gatten, und er liebte es. Ich kann es nicht ertragen, es mit Blut besudelt zu sehen. Sie werden den Mörder doch hoffentlich rasch finden?«

»Ich tue mein Bestes, Ma'am«, erwiderte Rose freundlich. »Wer immer der Mörder sein mag.«

Als die alte Dame den Raum verlassen wollte, stieß sie in der Tür fast mit Auguste zusammen. »Ah, Mr. Didier«, rief sie, »ich bin ganz glücklich über Ihr armes Ohr.«

»Glücklich, Lady Tabor?« wiederholte Auguste begriffsstutzig.

»Aber natürlich. Dank dieses Ohrs sind Sie noch am Leben.« Sie trippelte davon, den Korridor entlang, an dessen Wänden die Tabors vergangener Zeiten hingen, von ihrer Schwiegertochter eigens dort aufgehängt, um Seiner Majestät mit dem Stammbaum der Familie zu imponieren.

»Wir müssen noch unsere Priscilla vernehmen«, sagte Egbert zu Auguste. Er schien sich auf diesen Kampf zu freuen. »Ganz zu schweigen von dem reizenden Mr. Alfred.« Doch als nächste erschien nicht Priscilla, sondern Beatrice Janes.

»Es macht mir natürlich nichts aus, in Gegenwart des lieben Auguste zu sprechen«, sagte sie und blickte Rose unschuldig an, der wissen wollte, ob sie irgend etwas gegen Augustes Anwesenheit einzuwenden hätte. »Er ist doch jetzt verwandt mit Seiner Majestät.«

Auguste gestattete sich einen kurzen Augenblick des Stolzes. Vom Kochlehrling in Cannes zum Verwandten des englischen Königs, das war wirklich eine Karriere. Auguste Escoffier, sein Lehrmeister, der jetzt das Carlton Hotel in der Pall Mall regierte, war tief beeindruckt gewesen. Auguste hoffte sehr, der *maître* werde ein Gericht für Tatjana kreieren, wie er es für die Dame Nellie Melba getan hatte.

»Ich glaube, Chief Inspector«, sagte Beatrice, »ich sollte meine frühere Aussage korrigieren. Ich war Sonnabendnacht nicht mit meinem Mann zusammen. Natürlich mußte ich sagen, ich war's, weil es auch beinahe der Fall war«, erklärte sie mit Verschwörermiene. »Verstehen Sie?«

Rose verstand offensichtlich nicht.

»Ich war mit einem andern Herrn zusammen«, bekannte sie gereizt.

»Und mit wem, bitte?«

»Ach, Inspektor! Muß ich das aussprechen? Sie enttäuschen mich wirklich sehr«, sagte sie hoheitsvoll. Ihre Finger zerrten nervös an dem blaßblauen *bébé*-Band ihrer Bluse.

»Ich glaube, Mrs. Janes möchte darauf hinweisen, daß sie mit Seiner Majestät zusammen war«, intervenierte Auguste taktvoll.

»Seine Majestät würde bestätigen, daß Sie die ganze Nacht bei ihm waren?« fragte Rose unbeeindruckt, da Auguste ihm schon vor langer Zeit von dieser Beziehung erzählt hatte.

»Oh, aber …« Sie zögerte.

»Keine Sorge, Ma'am. Ich scheue mich nicht, ihn danach zu fragen. Und was ist mit Ihrem Gatten?«

Was war wirklich mit ihm, überlegte sie rasch. Wenn Harold nach einem seiner Eifersuchtsanfälle losgestürmt war und etwas Idiotisches angestellt hatte, wollte sie nichts damit zu tun haben. Das Leben war so herrlich, denn ihr lag nicht nur Bertie zu Füßen oder war vielmehr mit anderen intimeren Teilen ihres Körpers beschäftigt, sondern es gab da auch noch andere Verehrer, die schworen, daß sie ihr bis ans Ende der Welt folgen würden. Ob einer von ihnen Yorkshire als das Ende der Welt betrachtet hatte? Diese grauenhafte Leiche hatte zwar niemand ähnlich gesehen, den sie kannte, aber vielleicht hatte Harold einen falschen Eindruck bekommen …

»Ihm ist das gleichgültig«, antwortete sie honigsüß. Das war es nicht, was der Inspektor hatte wissen wollen, und sie wußte es. Es gelang ihr, den Eindruck zu erwecken, als wären ihr bei ihrer zarten Konstitution keine weiteren Fragen mehr zuzumuten.

Auguste sah amüsiert zu, wie Rose die rundlichen, rosigen Finger fest in den Graphitstaub drückte. Offensichtlich machte er sich nicht das geringste aus Mrs. Janes.

Lady Tabors Busen schob sich vor ihrem übrigen Körper ins Zimmer, und über ihm wehte wie eine Regimentsfahne eine große purpurrote Feder, die ihre kunstvolle Frisur krönte. Nur Priscilla brachte es fertig, so einzutreten, wie die Etikette es vorschrieb, dachte Auguste halb bewundernd, halb abgestoßen.

»Waren Sie die ganze Zeit mit Ihrem Gatten zusammen,

nachdem im Haus alles zur Ruhe gegangen war, Eure Ladyschaft?« erkundigte sich Rose höflich.

»Selbstverständlich«, erwiderte Priscilla hochmütig. »Mit wem sonst sollte ich denn Ihrer Meinung nach zusammen gewesen sein?« Es war eine rein rhetorische Frage, auf die keine Antwort erwartet wurde.

»Ihr Bruder Oscar, Eure Ladyschaft.« Rose zog die Photographie hervor, auf die ihn Auguste hingewiesen hatte.

Priscilla blickte Auguste wütend an, überzeugt, einen Verräter vor sich zu haben. »Das ist eine Familienangelegenheit.«

»Bei der Untersuchung eines Mordfalls ist das gleichgültig«, wurde sie von Rose belehrt.

»Aha. Dann erklären Sie mir doch bitte, warum der arme Oscar mit dieser sogenannten Untersuchung eines Mordfalls in Zusammenhang gebracht wird, obwohl keiner von uns die Leiche als die meines Bruders erkannt hat.« Sie betrachtete die vor Rose liegende Photographie.

»Wann haben Sie zum letzten Mal von Ihrem Bruder gehört?«

»Kurz nachdem er von hier fort ist. Das war 1889.«

»Wie alt wäre er jetzt?«

»Siebenundfünfzig, meine ich. Er war älter als ich.«

»Könnte er hergekommen sein, um Geld zu fordern?«

»Möglich, aber er hat es nicht getan. Wir haben kein Lebenszeichen von ihm, und Sie haben keinen Beweis für das Gegenteil. Diese Photographie ist so undeutlich, daß man mit ihr überhaupt nichts beweisen kann.«

»Trotzdem hätte ich gern seine letzte bekannte Adresse.«

»Ich habe keine. Sie können Richey nach der Adresse meiner Eltern fragen.« Sie überlegte einen Augenblick und setzte dann hinzu: »Wäre es tatsächlich Oscar, was höchst unwahrscheinlich ist, dann gibt es eine viel näherliegende Erklärung als die, die Sie offenbar im Sinn haben. Ich hoffe, das hier bleibt unter uns?« Sie warf Auguste einen drohenden Blick zu. »Als

Oscar uns 1889 besuchte, gab es ein paar unglückliche Vorkommnisse. Eins betraf ein Hausmädchen, das andere einen Treiber, der versehentlich erschossen wurde. Oscar lieh sich damals Geld von meiner Schwiegermutter und von George – ich wußte nichts davon –, und mit diesem Betrag machte er sich auf nach Cripple Creek und schürfte Gold.«

»Erfolgreich?«

»Sehr erfolgreich. Er ist jetzt steinreich, soviel ich weiß. Bedauerlicherweise kam er durch zweifelhafte Methoden zu seinem Reichtum. Anstatt nach Goldklumpen zu graben, salzte er Minen.«

»Er tat was?«

»Das geht so: man kauft ein wertloses Stück Schürfland, vergräbt ein paar hochkarätige Goldklumpen nicht zu tief, um Vertrauen zu erwecken, und verkauft das Land dann an den ersten Dummkopf, der sich dafür interessiert. Leider war Oscar noch nie ein guter Menschenkenner und machte das einmal zu oft. Sein Opfer schwor Rache, und Oscar tauchte unter. Ich habe aber erfahren, daß sein Verfolger noch immer hinter ihm her ist. Es ist möglich, daß er anstelle von Oscar mich heimsuchen und nach seinem verlorenen Vermögen fahnden wollte.«

»Das Oberhemd der Leiche stammte aus New York«, warf Auguste ein.

»Wer hat ihn dann erschossen und warum?« fragte Rose unbeeindruckt.

»Keine Ahnung«, sagte Lady Tabor. »Das herauszufinden ist Ihre Aufgabe, Chief Inspector, nicht meine.«

»Und auch das hier ist unglücklicherweise meine, Eure Ladyschaft«, sagte er und unterzog die indignierte Dame der geheimnisvollen Zeremonie des Fingerabdrucknehmens.

Als nächster erschien ihr Sohn, angetan mit einer auffälligen doppelreihigen gepunkteten Weste, unter der rote Hosenträger sichtbar wurden, und geradezu leuchtend vor aufgeregter Bosheit. »Ma sagt, sie hat Ihnen alles über den lieben Onkel Oscar erzählt. Sie steht natürlich immer noch in Verbindung mit ihm. Ma ist schlau, sie weiß, wie sie ihre Karten ausspielen muß.«

Nicht schlau genug, dachte Auguste unehrbietig und sah den Walkürenbusen vor sich.

»Ich persönlich glaube immer noch, daß der Tote Onkel Oscar ist. Sie müssen Ma dazu bringen, ein Geständnis abzulegen.«

»Daß sie den Mord begangen hat?« fragte Auguste entsetzt.

»Großer Gott, nein«, sagte Alfred schockiert. »Aber wenn es tatsächlich Oscar ist, dann könnte der Mörder sehr wohl unser alter Harold sein. Es würde ihm absolut nicht ins Konzept passen, daß der Goldmarkt gerade jetzt, wo die Vereinigten Staaten ihren Einfluß in Colorado geltend machen, durch einen neuen Skandal wegen gesalzener Minen erschüttert wird. Das südafrikanische Gold ist wegen des Krieges immer noch ziemlich unsicher, und deshalb ist Colorado von größtem Interesse. Also muß man Oscar beseitigen. Ganz einfach. Was halten Sie von meiner Theorie?«

»Hervorragend ausgedacht, Mr. Alfred«, sagte Rose freundlich. »Erfreulich, daß ihr jungen Leute der Polizei so bereitwillig helft.«

»Das ist doch nicht der Rede wert.« Alfred nahm Roses Worte huldvoll für bare Münze. »Mir wäre es lieber, Harold hätte es getan und nicht der brave alte Cyril.«

Rose betrachtete ihn nachdenklich. »Ihr Onkel? Welchen Grund sollte er haben, Ihren Onkel Oscar zu ermorden?«

»Keinen. Aber Cyril hat vielleicht versucht, den alten Simpson aufs Korn zu nehmen.«

»Wen?«

»Colonel Simpson«, sagte Alfred unschuldig. »Hat ihn noch niemand erwähnt? Wie Ma immer sagt – Onkel Cyril ist ein Bursche mit betrüblich frivolen Neigungen. Vor der schönen

Gertie hatte er eine Affäre mit der berückenden Alice, der Tochter von Colonel Cuthbert Simpson von der Britischen Armee in Indien. Cyril war hingerissen von ihr und Alice offensichtlich von ihm, denn sie hatte es ein bißchen zu eilig, wenn Sie verstehen, was ich meine, und hatte plötzlich einen kleinen Cyril im Bauch. Inzwischen hatte Cyril Gertie kennengelernt, also ließ er die arme Alice einfach sitzen. Der tapfere Colonel spuckte Gift und Galle – und was für die Tabors noch schlimmer war, er drohte damit, die Sache an die große Glocke zu hängen. Er lebt in Skipton, Fell Hall.«

»Und Sie glauben, Ihr Onkel hat ihn umgebracht?«

Alfred sah ihn entsetzt an. »Lieber Gott, nein. Cyril würde so was nie tun, es sei denn unabsichtlich, durch einen unglücklichen Zufall. Wenn es der Colonel ist, könnte er hierhergekommen sein, um nach Cyril Ausschau zu halten – aber was den Mord betrifft, so setze ich auf Carstairs.« Rose erwiderte nichts darauf, sondern schob ihm nur die Platte mit dem Graphitstaub hin.

»Alle geben sich Mühe, der Polizei zu helfen«, sagte er sarkastisch, als sich die Tür hinter Alfred geschlossen hatte. »Zu viele Köche, könnte man sagen. Wo versteckt man einen Strohhalm am besten, Auguste?«

»In einem Heuschober, Egbert.«

Rose aß ein vorzügliches Hammelfleischstew und eine Blaubeerpastete zu Mittag, und danach verkündete er ganz beiläufig, daß er sich am Nachmittag nicht nur mit Cyril Tabor, sondern auch mit Tatjana und Alexander unterhalten wolle. Ob es Auguste etwas ausmachen würde, nach Skipton zu fahren und herauszufinden, ob Cyrils tapferer Colonel wirklich existierte? Auguste erklärte sich zögernd einverstanden, da ihm kein plausibler Grund einfiel, warum er auf seiner Anwesenheit hätte bestehen können, wenn Egbert Tatjana verhörte.

Sein Vorhaben verzögerte sich jedoch infolge eines unverwechselbaren Geräuschs: jemand weinte im Blauen Salon. Vorsichtig öffnete er die Tür, in der Hoffnung, es sei nicht Beatrice Janes. Sie war es nicht, es war Gertie. Sie sprang auf, als sie ihn erblickte, und schlang ihre Arme um seinen Nacken. Am Fenster stand etwas betreten Cyril.

»Er hat mir gerade gesagt, daß er in eine andere verliebt war«, schluchzte sie. »Er hat sie auch noch besucht, nachdem wir verheiratet waren. Er hatte sie heiraten wollen.«

»Aber ich habe *dich* geheiratet«, brüllte Cyril, rot vor Ärger.

Sie hob vorsichtig den Blick und sank dann wieder an Augustes Brust. »Er hat sie geliebt! Sie hat ihm gesagt, sie sei schwanger, das weiß ich von Priscilla. Wie konnte er so etwas tun?«

Augustes Jackett wurde spürbar feucht, und er befreite sich sanft aus Gerties Armen.

»Sie war nicht schwanger, und ich liebte sie nicht«, schrie Cyril noch lauter und wütender.

»Das beweist doch nur, daß du ein ganz mieser Kerl bist. Warum hast du dich mit ihr verlobt, wenn du sie nicht heiraten wolltest? Und jetzt bist du wahrscheinlich ein Mörder. Was ist mit deiner ersten Frau passiert?«

Cyril versuchte sich zu beherrschen. »Sie ist an Masern gestorben, das habe ich dir doch erzählt. Ich begreife nicht, wie du so etwas denken kannst, Gertie. Du bist nicht mehr das sanfte kleine Kätzchen, das ich geheiratet habe.« Und vergeblich bemüht, die Reste seiner Würde zu wahren, schritt er ins Nebenzimmer.

Mit einem Aufschrei ließ sich Gertie genüßlich wieder in Augustes Arme fallen. In diesem Augenblick trat Tatjana ein und sah die rührende Szene.

»Stubenmädchen«, lautete ihr geheimnisvoller Kommentar, und schon war sie wieder verschwunden.

Auguste schob Gertie beiseite, so schnell er es höflicherweise tun konnte, und stürzte seiner Frau nach. Er fühlte sich mißverstanden. Es war so leicht zu erklären, warum Gertie in seinen Armen gelegen hatte. Er eilte hinter Tatjana die Freitreppe von Tabor Hall hinunter. Es bereitete ihm immer noch kindliches Vergnügen, Vorschriften zu übertreten, die früher, als er noch ein einfacher Koch war, für ihn gegolten hatten. Nun galten sie nicht mehr, aber sie waren durch andere und fühlbar strengere Regeln ersetzt worden.

Zu seiner Bestürzung sah er, wie Tatjana in Alexanders De Dion Bouton sprang und sich ans Steuerrad setzte. »Wirf den Motor an«, rief sie ihm zu.

»Aber ...« Sein Protest kam nur als Krächzen heraus.

»Keine Sorge.« Sie zog die Augenbrauen hoch. »Alexander hat mir das Fahren beigebracht. Du hast doch nicht etwa Angst um mich, du tapferer Beschützer aller hübschen Damen?«

»Du verstehst nicht. Egbert möchte dich sprechen.«

»*Non, mon amour,* du bist es, der nicht versteht«, flüsterte sie geheimnisvoll und drückte ihm ein Stück Eisen in die Hand.

Er starrte begriffsstutzig darauf, dann wurde ihm klar, daß es die Kurbel war.

»Wirf den Motor an«, befahl sie.

»Ich kann nicht. Egbert will dich sprechen.«

»Ich bin bald wieder zurück«, schrie sie ihm zu.

»Dann fahre ich mit.«

Es war zwecklos, sie darauf hinzuweisen, daß eine Lektion von Alexander vielleicht nicht genügte, um einer Dame alles beizubringen, was für die Beherrschung einer Maschine von 4,5 Pferdestärken notwendig war. Unglücklicherweise war Kurbeln nicht so einfach, wie es den Anschein hatte.

»Schneller«, befahl Tatjana gebieterisch, während er sich abrackerte. »Langsamer.« Aber die Funken zündeten nicht – was immer das bedeutete. Ein vernichtender Blick auf ihren Ehemann, ein gemurmeltes russisches Kosewort zu dem Wagen hin, ein schneller Ruck, und der Motor sprang an. Tatjana stieg rasch wieder ein, und das Automobil fuhr los, bevor Auguste dazusteigen konnte. Ein Schlingern warf ihn vom Trittbrett. Er konnte es nicht glauben. Als er das Gleichgewicht wiedergewonnen hatte, rannte er wütend hinter dem Wagen her, und diesmal gelang es ihm, hineinzuklettern, sehr zum Mißvergnügen seiner Frau. Schafe wichen mit ungewohnter Behendigkeit zur Seite, als Tatjana von einem Straßenrand zum anderen schlingerte. Der De Dion Bouton war einem Unfall gefährlich nahe, als er Anstalten machte, den Fluß Aire zu durchqueren, offenbar in der Annahme, es handle sich um eine Furt. Erst im letzten Augenblick riß Tatjana das Lenkrad herum und fuhr auf die schmale Brücke.

»Warum bist du gekommen?« fragte sie unwirsch.

»Weil du heute morgen gesagt hast, ich sollte nicht allein gelassen werden«, erwiderte Auguste.

Sie atmete tief ein. »Ich möchte dich heute nachmittag nicht bei mir haben.«

»Warum nicht?« Er hatte gar nicht die Absicht gehabt, bei ihr zu bleiben, doch jetzt ging er in Kampfstellung. Er atmete auf, als das Auto die Straße nach Tabor Hall verließ und auf die Straße nach Kirkby Malham einbog.

»Siehst du«, rief sie, das Thema wechselnd, »ich kann ein Auto fahren.«

Auguste war nicht dieser Meinung. Der De Dion nahm eine Biegung nicht scharf genug und rollte auf einen Graben zu, aber ein wütender Ruck am Lenkrad, der ihn fast hinausgeschleudert hätte, bewirkte, daß der Wagen auf der Straße blieb.

»Ich liebe das«, brüllte Tatjana über den Motorlärm hinweg, und der Wind pfiff an ihren Gesichtern vorbei. Sie hatte einen großen weißen Schleier über einen breitrandigen leuchtend roten Hut gezogen, und mit Alexanders Autobrille bot sie einen seltsamen Anblick. Sie sah, was ihr Ehemann für ein Gesicht machte. »Was ist los?«

Das war los: ihnen entgegen kam eine Karawane von Lokomobilen, die ihren Dampf keuchend in die Herbstluft ausstießen. Der Jahrmarkt verließ die Stadt. Tatjana beugte sich über das Lenkrad; einer solchen Herausforderung mußte mit höchster Geschwindigkeit begegnet werden. Auguste hielt sich die Augen zu, als sie auf eine riesige Maschine zurasten. Er wurde mit aller Kraft nach rechts geschleudert, dann nach links, als der De Dion in einem sonderbaren Winkel über die Straße schlingerte. Über ihm, auf dem Wagen, riefen fremde Stimmen Tatjana etwas Ermutigendes zu. Sie brauchte keine Ermutigung, dachte er erbittert, Opfer wie er brauchten etwas Hoffnung auf Überleben. Er nahm die Hände von den Augen und stellte fest, daß sie wunderbarerweise wieder auf der Straße geradeaus fuhren.

»Voilà!« Tatjana war mit ihrer Heldentat zufrieden.

Als sie schließlich in Settle ankamen, beglückwünschte Auguste sie aus vollem Herzen, zutiefst dankbar dafür, daß er noch unter den Lebenden weilte. Einen Augenblick lang vergaß er, welche Kluft sie augenblicklich voneinander trennte. Er sprang auf die terra firma im Hof des »Goldenen Löwen«. »Kommst du mit?« fragte er. Er hatte nicht die Absicht, sie hier allein zu lassen.

»Ja«, sagte Tatjana nach einer beleidigend langen Pause und nahm als aufmerksame Ehefrau ein paar dunkle Haare von seinem Ulster. »Du hast recht, ich sollte bei dir bleiben. Dann verlierst du keine Haare mehr, und ich fahre ganz vorsichtig zurück.«

Das Extrazimmer des »Goldenen Löwen« war behaglich und einladend. Im Kamin brannte ein helles Feuer. Tatjana wäre gern in die Gaststätte gegangen und hätte dort ein Theakston-Bier getrunken, weil, wie sie sagte, das für sie etwas Neues war, aber er blieb eisern. Es gab nun mal Dinge, die unter vier Augen besprochen werden mußten.

»Tatjana, gehst du Egbert aus dem Weg?«

»Ich? Natürlich nicht. Ich wollte mit dem Auto fahren und mir Strümpfe kaufen. Das interessiert dich doch überhaupt nicht.«

»Ich möchte dich begleiten.«

»Warum? Glaubst du, ich habe ein Rendezvous? Nein, mein Freund, auf diesem Gebiet bist eher du der Experte.«

Er überhörte das. »Du mußt mir und Egbert erzählen, was das Geheimnis des Raucherpavillons ist«, sagte er ernst.

Sie riß die Augen weit auf. »Du denkst, ich habe einen Liebhaber.« Sie sprang auf. »Ich, Tatjana Manjowskaja Romanowa!«

»Du bist Mrs. Auguste Didier.«

»Idi k tschjortu!«*

Sein Russisch reichte nicht so weit, aber was dieser Fluch bedeutete, wurde sofort klar, als sie wütend aus dem Raum fegte. Die Tür öffnete sich wieder, doch es war nur der Wirt mit einem Tablett, auf dem Tee, Brötchen und Marmelade standen. Niemals war Auguste etwas Eßbares weniger appetitanregend erschienen. Draußen hörte er das Tuckern eines Automobils, dann sah er etwas Grünes am Fenster vorbeisausen. Er riß das Fenster auf. Der De Dion Bouton war ohne ihn abgefahren, und nicht in die Richtung Tabor Hall.

»Wo warst du? Die Tabors haben dich zum Diner erwartet.« Egbert Rose blickte, anscheinend nicht sehr gut gelaunt, von seinem Abendessen auf. Auch Auguste war mißgestimmt. Er war durchgefroren, hungrig, und seine Füße taten ihm weh.

»Nachforschungen für dich anstellen«, erwiderte er gereizt.

Egberts Blick wurde freundlicher. »Erzähl.«

* (russ.) Scher dich zum Teufel.

»Ich bin mit der Eisenbahn nach Skipton gefahren, wie du es wolltest. Es ist eine sehr hübsche Stadt. Ich habe viel Interessantes über den Ort erfahren, aber nichts über unseren Toten.« Er hatte auch nicht damit gerechnet, da Cobbolds Männer bereits alle Hotels in der Umgegend durchgekämmt hatten.

»Was ist mit dem Colonel?«

»Ich bin nach Fell Hall gefahren, aber das Haus ist verschlossen. Der Colonel ist vergangenen Freitag nach Indien abgereist, sagte mir seine Haushälterin, die im Gartenhaus wohnt.«

»Und die Tochter?«

»Ist vor einem Jahr an der Auszehrung gestorben, erzählte die Haushälterin.«

Egbert seufzte. »Ich glaube, wir setzen jetzt doch alle Räder in Bewegung.«

Auguste erschauerte. Er wollte lieber nicht an Räder denken nach seiner Wahnsinnsfahrt nach Settle. In Skipton hatte er keine Droschke bekommen, und deshalb hatte er auf einer Nebenstrecke nach Bell Busk fahren müssen, wo ebenfalls keine Droschken zu finden waren. Zwei Meilen in der Abenddämmerung zu Fuß zu laufen, wo jedes Schaf wie ein Ungeheuer aussah und jeder Baum wie eine böse Hexe, die dafür sorgte, daß unvorsichtige Füße in Erdlöcher hineinstolperten, war nicht sehr lustig.

»Nimm dir etwas von dem Yorkshire-Pudding und dem Rindfleisch, Auguste.« Egbert sah, daß jetzt Mitgefühl erforderlich war.

»Dieser *salade niçoise* ist nicht gerade exquisit«, sagte Auguste, keineswegs besänftigt.

»Tabor Hall ist auch nicht Cannes, Auguste.«

»Und das Rindfleisch schmeckt sicher wie Pferdefleisch«, gab Auguste streitsüchtig zurück. Er tat sich etwas auf und entdeckte, daß er sich geirrt hatte. Stumm entschuldigte er sich bei Breckles.

»Ich habe heute nachmittag vergebens auf deine Frau gewartet, Auguste.«

Auguste errötet.

»Erzähl mir, was los ist.« Das war ein Befehl. Egbert war die Polizei, und er, Auguste, wurde verhört, war nicht länger der Freund, dem man alles anvertraute.

»Das kann ich nicht.«

»Wenn Edith in so was verwickelt wäre, würde ich mich genauso verhalten.«

Augustes erste Reaktion war Erleichterung, seine zweite Angst um Tatjana. Fast im selben Augenblick, als diese Angst ihn durchzuckte, erschien seine Frau in der Tür, und er und Egbert standen auf.

»Sie wollten mich sprechen?« Tatjanas Blick war auf Egbert gerichtet, nicht auf Auguste.

»Ja, Mrs. Didier. Bitte nehmen Sie Platz.«

»Danke, Chief Inspector Rose. Wenn ich alles erklärt habe, darf ich Sie hoffentlich wieder Egbert nennen.« Sie schritt anmutig zu einem Sessel und ließ sich darin nieder. »Ich wollte auf jeden Fall mit Ihnen reden.«

»Um mir mitzuteilen, daß Sie und Mr. Tully-Rich die Leiche bewegt haben?«

»Noch mehr als das. Ich möchte Ihnen sagen, warum wir das taten.«

Auguste saß wie erstarrt da. Halb fürchtete er, halb begrüßte er das, was jetzt kommen würde.

»Ich bin Russin, Chief Inspector, und die meisten Leute, die zur russischen Kolonie in Paris gehören, sind viel russischer als die Russen in ihrem eigenen Land. Sie wachen eifersüchtig über die Reinheit des russischen Blutes – und ihre Treue zum Zaren ist unwandelbar, obwohl viele von ihnen vor dem

Zorn dieses oder jenes Selbstherrschers nach Paris geflüchtet sind.

Mein Vater gehörte zu diesen autoritären Typen, und deshalb konnte ich Auguste so lange nicht heiraten. Auguste ist ein Bürgerlicher, und ich bin eine Prinzessin, und für meinen Vater war deshalb eine Ehe zwischen uns undenkbar. Ich teile diese Ansichten über gottgegebene Unterschiede zwischen Menschen nicht, Chief Inspector. Mr. Marx würde sagen, da ich von königlichem Blut bin, bin ich für die Gesellschaft wertlos, aber dem kann ich auch nicht ganz beipflichten.

Jedenfalls, als mein Vater starb, übernahm ein Mitglied der russischen Kolonie seine Rolle: mein Onkel. Der Zar hat seine Geheimpolizei, die Ochrana, und mein Onkel ist einer der Führer der Ochrana außerhalb Rußlands. Nur weil er sich gerade am Hof des deutschen Kaisers aufhielt, konnte ich Paris verlassen und Auguste heiraten.

Ich hoffte, daß wir fern von Paris unter dem Schutz Seiner Majestät König Edwards VII. sicher sein würden. Offenbar ist das nicht der Fall. Als wir hier auf Tabor Hall ankamen, hatte mein Cousin Alexander schlechte Nachrichten für mich. Seine Majestät war, wie Sie wissen, gerade von einem Besuch in Dänemark zurückgekehrt. Ursprünglich hatte er sich nur zwei Wochen dort aufhalten wollen, aber da gleichzeitig der Zar und die Zarin einen Staatsbesuch in Kopenhagen machten, blieb er noch eine Woche länger. Die beiden Herrscher hatten eine Unterredung, und eines der Themen, die zur Sprache kamen, war meine Heirat. Der Zar und Seine Majestät billigten sie, nicht aber mein Onkel. In Dänemark erfuhr er überhaupt erst von dieser Heirat und von unserem Besuch hier auf Tabor Hall. Er beschloß, sein Mißfallen zum Ausdruck zu bringen, und zwar, während Seine Majestät hier anwesend war. Tabor Hall bot eine wunderbare Gelegenheit.

Alexander erfuhr von diesen Plänen durch seine Mutter, die

zu der Zeit in Dänemark war, und warnte die Tabors und mich. Arme Lady Tabor. Ich fürchte, sie war ziemlich unglücklich. Sie erklärte, unter ihrem Dach dürfe nicht das Geringste passieren, und gab ihrer Familie Anweisung, daß du, Auguste, niemals allein bleiben dürftest. Deshalb hat es vielleicht so ausgesehen, als benähmen sich die Tabors irgendwie sonderbar. Sie hielten immerfort nach Fremden Ausschau. In jener Nacht verabredete ich mich mit Alexander; wir wollten an unserem Fenster Wache halten, da mein Onkel bisher noch nicht in Erscheinung getreten war. Kurz nach halb zwei sahen wir dann ein Licht im Raucherpavillon. Ich war sicher, daß es mein Onkel war. Ich glaubte, ich könnte mit ihm reden, ihn zur Vernunft bringen. Alexander wollte mich unbedingt begleiten. Als wir am Raucherpavillon anlangten, brannte kein Licht mehr, und Alexander leuchtete mit seiner Laterne den Raum ab, um sicherzugehen, daß er verschwunden war. Dann erblickten wir die Leiche. Ich war *froh,* daß mein Onkel tot war. Ich glaubte, er hätte sich versehentlich erschossen. Dann sah ich, daß der Tote ein untersetzter Mann war und daß es mein Onkel nicht sein konnte, falls er sich nicht in den letzten drei Jahren enorm verändert hatte. Da beschlossen wir, die Leiche auf den Rücken zu drehen.«

»Wieso konntest du mir nicht sagen, daß du in Gefahr warst?« rief Auguste.

»Du hast nicht aufmerksam genug zugehört«, erwiderte sie sachlich. »Nie würde mein Onkel eine Romanowa umbringen. Du bist es, den Pjotr Gregorin töten will.«

5. Kapitel

»Dadurch kriegt die Gans natürlich eine ganz andere Sauce«, knurrte Rose, als Tatjana das Zimmer verlassen hatte.

Das stimmte, und es war eine Sauce, die Auguste unverdaulich fand. Ein Schauer überlief ihn, als stünde ein russischer Attentäter selbst jetzt mit einem Webley-Revolver bewaffnet hinter den roten Samtvorhängen. Erregt trank er in kleinen Schlucken seinen Brandy mit Soda und starrte in das Kaminfeuer, das tröstlich im Licht der Lampe glühte.

Er konnte an nichts anderes denken als daran, daß irgendwo, irgendwie, irgendwann ein Russe ihn töten wollte. Tatjanas Bericht hatte ihm klargemacht, wie ernstgemeint der Angriff auf ihn im Gemüsegarten gewesen war. Er konnte sich nicht mehr einreden, daß die Schüsse in Wahrheit Kaninchen gegolten hätten.

»Die Tabors wollten mich also beschützen, und ich dachte, sie glaubten, ich hätte es auf ihre silbernen Teelöffel abgesehen.« Er sagte das so heiter, wie es ihm möglich war.

»Einheirat in die Hocharistokratie bedeutet eben nicht nur Brillanten und Gänseleberpastete.«

»Die ist zu fett für mich, Egbert. Das ist, als würde ich jeden Tag Mr. Breckles' Sahnekaramelpudding essen.«

Egbert griente. »Der hält natürlich keinen Vergleich mit deinem *bavarois de framboises* aus, aber wenn man nun mal in Yorkshire ist …«

»Du bist ein echter Freund, Egbert.«

»Doch ich bin auch Polizist.«

Seine Worte zeitigten keine Wirkung mehr, denn Auguste fielen jetzt die Augen zu …

»Aber die Tabors müssen gewußt haben, daß die Leiche nicht die von Gregorin war«, knurrte Rose vor sich hin. »Alexander hat es ihnen doch bestimmt gesagt, als er sie aus dem Bett holte.« Er runzelte die Stirn. »Das könnte zu einem anderen Schluß führen ...« Er warf einen Blick auf Auguste, der schlief und nichts von Egberts Gedankengängen ahnte. Es war nicht ganz fair, doch der Chief Inspector konnte es sich nicht leisten, eine Möglichkeit zu ignorieren, oder zumindest der Detektiv in ihm konnte es nicht.

Jemand klopfte ihm im Frühstückszimmer der Tabors auf die Schulter. Auguste fuhr herum; sein Inneres war immer noch nicht zur Ruhe gekommen. Es war nicht Gregorin, sondern ein Gesicht, das er gut kannte. Sergeant Stitch – nein, Inspektor, das durfte er nicht vergessen. Wie sonderbar, daß Twitch, die Nervensäge, um Roses nicht allzu liebevollen Spitznamen zu gebrauchen, jetzt den Rang erreicht hatte, den Rose innehatte, als er ihn vor zehn Jahren auf Stockbery Towers kennengelernt hatte.

»Guten Morgen, Mr. Didier.« Etwas wie ein Grienen zog sich über Twitchs Gesicht. »Sie haben mich nicht hier erwartet, wie?« Seine Beförderung hatte bewirkt, daß er jetzt Auguste, den er bis dahin als einen lästigen, sich in alles einmischenden Franzmann angesehen hatte, mit etwas freundlicheren Augen betrachtete.

»Nein, wirklich nicht. Chief Inspector Rose sagte mir, er hätte einen Sergeant angefordert. Wir können uns wahrhaftig glücklich schätzen.«

»Ich bin selber gekommen«, sagte Twitch, »weil der Chef mich in so einem Fall nicht entbehren kann. Schließlich ist das Königshaus darin verwielt.« Er sah Auguste an, als erwarte er, dieser werde seine Erklärung anzweifeln. Doch vielleicht hatte er recht. Was Routine, Gewissenhaftigkeit und Gründlichkeit anging, war kaum jemand besser gewesen als Sergeant Stitch. Ob er jetzt als Inspektor Stitch neue aufregende Fähigkeiten erkennen lassen würde, das mußte sich noch zeigen. Zwar war da die Affäre mit Charlie Harbottle und dem Rubens des Earls of Doncaster gewesen, doch da Twitch den Schurken bei einem waghalsigen Überfall auf das Feinkostgeschäft Perkins verhaftet hatte, konnte der Rubens als eine glückliche Zugabe gelten.

»Ich wohne im Temperenzlerhotel.« Stitch warf einen sehnsüchtigen Blick auf die erlesene Pracht von Tabor Hall.

»Ich bin sicher, daß im Königsflügel noch eine Menge Platz ist«, sagte Auguste großmütig im Namen seiner Gastgeberin und führte ihn zu Roses Zimmer.

Egbert Rose blickte von seiner friedlichen Lektüre des »Craven Herald« auf, in dem eine nüchterne Notiz vermeldete, daß auf dem Gelände von Tabor Hall die Leiche eines unbekannten Mannes gefunden worden sei. »Hallo, Stitch. Haben Sie das Verbrechen schon aufgeklärt?«

»Noch nicht, aber ich bin auf der Spur, Sir«, erwiderte Twitch hölzern.

»Glücklicherweise war Mr. Didier gerade als Gast hier. Das ist hilfreich, nicht wahr?«

»Jawohl, Sir«, schnarrte Stitch, ohne mit der Wimper zu zucken. Er wußte nie, wie er den Chef nehmen sollte.

»Was haben Sie mir zu berichten?«

»Der französische Schneider ist unauffindbar, sagt Chesnais.«

Stitch genoß die Tatsache, daß er jetzt den gleichen Dienstgrad hatte wie Roses Freund in der Sûreté. Das bedeutete: Schluß mit »Inspektor« Chesnais.

»Und das Oberhemd?«

»Es gibt einen Hemdenmacher dieses Namens in New York. Keinen ganz erstklassigen, denn er führt nicht Buch über jede Partie Hemden, die bei ihm geordert werden. Er hat eine

Kundenliste«, sagte Stitch, hingerissen von seinen Erfolgen, »wenn wir ihm also einen Namen nennen könnten ...« Seine Stimme erstarb, als ihn sein Chef streng anblickte.

Rose beschloß, Milde walten zu lassen. »Unterwäsche?«

»Dasselbe.« Twitch wurde langsam nervös. »Sie brauchen den Namen ...«

Rose zog ein Gesicht. »Warum höre ich nie: ›Dieses Hemd ist eins von zweien, die wir für den Marquis von Yorkshire-Pudding angefertigt haben.‹ Nein, es ist immer dasselbe: wenn wir ihnen den Namen des Kunden nennen, sehen sie gern in ihrer Registrierkasse nach, ob darin vielleicht ein paar alte Rechnungen hängengeblieben sind.« Er seufzte. »Beschaffen Sie sich die Listen, Stitch, und vergleichen Sie sie mit der Liste der vermißten Personen, die wir Ihnen geschickt haben.«

»Das habe ich schon getan, Sir. Und beide habe ich mit den Listen des Yard verglichen.« Stolz schwang in seiner Stimme.

»Und?«

»Nichts, Sir.« Die Stimme wurde wieder ausdruckslos.

Rose seufzte.

»Ich habe auch die Passagierlisten der Schiffe durchgesehen, die in den letzten Wochen aus den Vereinigten Staaten hier eingelaufen sind«, bot Stitch hoffnungsvoll an.

»Immerhin besser als gar nichts«, knurrte Rose mißmutig. »Obwohl der Bursche ja nicht gut vor den Toren von Tabor Hall angelegt haben kann. Auch wenn er über die Mauer geklettert ist, hätte er doch in einem der Dörfer oder einer der kleinen Städte hier im Umkreis ankommen müssen, und da stecken wir im Augenblick fest. Irgend jemand muß den Mann kennen«, sagte er gereizt. »Sehen Sie sich in der Stadt um, Stitch. Finden Sie heraus, ob irgendwas an diesen Gerüchten dran ist, daß der Goldpreis fällt und daß das Auswirkungen auf Mr. Harold Janes hat. Und telegraphieren Sie dem Kolonialministerium und dem Armee-Hauptquartier wegen Simpson.

In diesem Fall gibt es viele Fährten. Wie bei dieser Kinderbelustigung, diesem Labyrinth-Spiel. Kennst du das, Auguste? Der eine Sohn von Ediths älterer Schwester hat es mit Leidenschaft gespielt. Man geht mit einem Bindfaden- oder einem Wollknäuel los und zieht den Faden kreuz und quer um Bäume und Büsche im Garten oder, wenn du Pech hast, rings ums Haus. Jeder nimmt das Ende eines Fadens und folgt ihm. Am anderen Ende des einen Fadens liegt dann der Schatz vergraben. Es ist wirklich wie Kriminalistik.«

»Und wie die schöne Rosamund, die Tochter William de Cliffords im Schloß Skipton.« Auguste lachte, froh darüber, daß sein Besuch in Skipton nicht ganz nutzlos gewesen war. »König Henry II. hat seine Geliebte inmitten eines Labyrinths versteckt gehalten, so daß seine eifersüchtige Gemahlin sie nicht finden konnte. Aber Königin Eleanor hat sie trotzdem entdeckt und vergiftet.«

»Liegen stichhaltige Beweise gegen diese Eleanor vor?« fragte Rose mißtrauisch. »Ich glaube eher, der König hatte da seine Finger im Spiel. Damen in von Efeu umrankten Schlössern können unter Umständen ziemlich unverschämte Forderungen stellen. Wahrscheinlich hat sie ihn erpreßt.«

»Es ist doch nur eine Sage, Egbert. In Skipton hat man mir viele Sagen erzählt – zum Beispiel die von den grünen Feen, die das Badehaus von Ilkley unsicher machten. Aber seit einigen Jahren hat man sie nicht mehr gesehen.«

»Setzen Sie die grünen Feen auf die Liste der vermißten Personen, Stitch«, knurrte Rose.

»Verzeihst du mir, Auguste, daß ich es dir nicht erzählt habe? Es geschah doch nur zu deinem Besten.« Tatjana holte ihn auf dem Weg zum Raucherpavillon ein und hielt schließlich ungeduldig seinen Arm fest. »Ich habe es dir nicht erzählt, weil ich glaubte, wenn ich mit Gregorin spreche, könnte ich ihn dazu bringen, mir zu verzeihen. Alexander und ich waren ganz sicher, daß er Sonnabendnacht kommen würde. Am Freitag haben wir dich nie auch nur für einen Augenblick allein gelassen, und nachts, nachdem du eingeschlafen warst, habe ich unsere Fenster und die Tür verriegelt. Ich habe mit einem Revolver unter dem Kopfkissen geschlafen. Ich hätte …«

»Revolver?« Das wurde ja immer schlimmer.

»George hat ihn mir geliehen. Es war nicht der Webley, Auguste«, sagte sie vorwurfsvoll. »Am Sonnabend haben wir den ganzen Tag lang scharf aufgepaßt, und abends habe ich dich nach deiner Rückkehr gleich eingeschlossen und wieder die Fenster verriegelt. Alexander und ich haben das Haus durchsucht, und dann sind wir in den Blauen Salon direkt unter unserem Zimmer gegangen. Wir waren ganz sicher, daß der Mensch im Raucherpavillon Gregorin war.« Sie hielt einen Augenblick inne. »Ich habe Egbert die Wahrheit gesagt, *ma mie*.«

»Bist du gestern nach Settle gefahren, um mit Gregorin zu sprechen?« fragte Auguste, dem langsam ein Licht aufging.

»Ja. Ich nahm an, er würde sich in Settle aufhalten.«

»Und hast du ihn gefunden?«

»Ja.«

»Ja?« Ein Schauer lief ihm über den Rücken.

»Aber ich fürchte, ich fürchte sehr, Auguste, ich habe ihn umsonst angefleht.«

Auguste schluckte. »Sei unbesorgt«, sagte er tapferer, als ihm zumute war. »Egbert kann den Fall sofort mit dem Sonderdezernat besprechen, und die können dafür sorgen, daß Gregorin aus England ausgewiesen wird. Seit vor ungefähr fünfzehn Jahren in Strutton Ground eine Leiche gefunden wurde, sieht es das Sonderdezernat gar nicht gern, wenn die Geheimagenten anderer Länder hier tätig werden. Das war ebenfalls das Werk der Ochrana«, sagte er und gab sich die größte Mühe, ganz ruhig zu sprechen.

»Es ist nicht Gregorins Stil, Leichen herumliegen zu lassen. Für gewöhnlich beseitigt er sie auf irgendeine Weise.«

»Je schneller dieser feine Herr England verläßt, desto besser.«

»Dann können wir nie wieder ins Ausland reisen.«

Konnte er die Nabelschnur, die ihn mit La Belle France verband, durchschneiden? Er seufzte. »Ich glaube, es ist besser, man stellt sich solchen Leuten.«

»Ihm wäre das auch lieber«, sagte sie sachlich. »Seine Lieblingsmethode ist ein Stich mit einem Stilett in die Brust.«

Auguste schluckte. »Bitte erzähl mir mehr über deinen reizenden Onkel.«

»Er ist, denke ich, jetzt um die Fünfundvierzig, aber mir kommt es so vor, als werde er nie älter. Er ist schlank, dunkelhaarig, mittelgroß und geschmeidig wie eine Katze. Und er arbeitet am besten allein. Er hat, soviel ich weiß, keine Freunde, nur Komplizen. Diejenigen, die seine Dienste in Anspruch nehmen, der Zar, der Kaiser und andere, vertrauen ihm. Denen gegenüber, für die er arbeitet, hält er sich an einen Ehrenkodex.«

Auguste versuchte sich mit der Vorstellung eines Meuchelmörders anzufreunden, der wie eine Katze mit einem Stilett umsprang. »Na fein.« Er gab sich Mühe, gelassen zu erscheinen.

»Ich versuchte ihn davon zu überzeugen, daß ich nicht würdig bin, eine Romanowa zu sein, und daß ich auf meinen Rang verzichten und als Privatperson leben möchte, also ist es immerhin nicht ganz unmöglich, daß er dich von seiner Liste streicht«, sagte sie nachdenklich. »Oder aber ...«

»Ja?« fragte er gespannt.

»... er tötet uns beide.« Sie beobachtete ihn scharf, dann setzte sie ironisch hinzu: »Doch er möchte ganz bestimmt, daß du weißt, wer dich umgebracht hat. Er wird sich dir vorstellen. Er ist schließlich ein Gentleman.«

»Freut mich zu hören. Das macht die Aussicht auf einen plötzlichen Tod gleich viel angenehmer.«

Sie überging das. »Russen haben Geduld. Er wartet fünf Stunden, fünf Tage oder auch fünf Jahre, bis er das zweite Mal zuschlägt. Aber ich weiß, er kommt wieder.«

Sein Mut verließ ihn. »Warum hast du mir das nicht früher erzählt?«

»Ich hatte Angst, du würdest mich dann nicht heiraten.«

»Ich hätte keinen Augenblick gezögert«, sagte er aufrichtig und schloß sie in die Arme. Die seltensten Trüffel Périgords waren unbezahlbar.

»Auguste«, sagte sie, ihren Mund an seiner Wange, »wenn wir wieder in London sind, höre ich auf, eine Prinzessin zu sein. Ich bin dreiunddreißig Jahre lang eine gewesen, und es ist Zeit für einen Wechsel. Es gibt viel interessantere Dinge auf der Welt zu tun. Ich hasse es, zu Hause herumzuhocken. Ich möchte nie wieder ›zu Hause‹ sein. Außerdem glaube ich, Mr. Marx hätte nichts übrig für Nainsook-Damenschlüpfer oder Büstenhalter mit den Maßen der Venus von Milo, und die Beatrices dieser Welt können immer nur von so was reden.«

»Ma mie!« Augustes Herz schmolz angesichts ihrer offenkundigen Versuche, ihn aufzuheitern. »Du kannst nicht einfach aufhören, eine Prinzessin zu sein, ebensowenig wie ich sagen kann, ich will nicht mehr Auguste Didier sein, der im Fischerdorf Cannes geboren wurde. Wir tragen unsere Vergangenheit mit uns.«

»Nur wenn wir uns nicht dagegen wehren.«

»Die Gesellschaft läßt es nicht zu«, sagte er.

»Aber *wir* sind es doch, die die Gesellschaft bilden«, widersprach Tatjana hartnäckig. »Es ist alles schamlose Verstellung. Die Gesellschaft akzeptiert, wen und was ihr gefällt, unabhängig von ihren eigenen Regeln – so wie Lady Tichborne diesen fetten alten Schlächter in dem berühmten Tichborne-Prozeß als ihren Sohn anerkannte, obwohl er nur der fehlende Erbe war.«

»Das ist nicht die Gesellschaft, das ist das menschliche Herz.«

»Also ist *das* das allerwichtigste«, sagte Tatjana triumphierend. »Stimmt das nicht, Auguste?«

Er lachte, weil sie ihn ertappt hatte, umarmte sie und schwenkte sie herum. »So hätte ich früher auch gedacht, und bei uns beiden ist es ja auch so. Doch wir leben nicht allein auf der Welt, und bedauerlicherweise ist es noch nicht soweit, daß man die Gesellschaft völlig außer acht lassen kann.«

»Aber was soll ich tun, wenn wir nach London zurückkommen? Ich kann nicht immer untätig zu Hause herumsitzen. Ich *kann* es einfach nicht.«

»Was tätest du denn gern?« fragte er nachdenklich. Die Ehe brachte unvorhergesehene Probleme mit sich, die nicht alle durch die Liebe gelöst werden konnten. Was sollte seine Frau tun? Zwischen dem Frühstück und dem Ehebett war viel Zeit auszufüllen. (Vorausgesetzt, Gregorin gestattete ihm, sie auszufüllen, dachte er beunruhigt.) Er hatte sein zehnbändiges Werk über die *haute cuisine*. Aber sie? »Was tätest du denn gern?«

»Ich hätte gern einen Beruf, so wie du.«

»Kochen?« fragte Auguste vorsichtig.

Sie lachte. »Nein, dazu habe ich nicht die Geduld.«

Er atmete erleichtert auf, doch dann kam ihm ein ebenso erschreckender Gedanke. »Etwa Kriminalistik?«

»Nein, dazu fehlt mir der logische Verstand.«

»Was dann?«

»Ich weiß es noch nicht. Aber ich werde es bald wissen. Ich bringe den Topf zum Kochen, Auguste.«

Sie waren am Raucherpavillon angelangt, und der Konstabler Walters beäugte sie argwöhnisch.

»Warum wolltest du hierher?« fragte Tatjana Auguste. Sie hatte offenbar keine Lust einzutreten.

»Um mit Egbert zu sprechen.«

»Oh. Dann brauchst du mich ja nicht.«

»Im Gegen ...« Aber Tatjana eilte bereits davon. Auguste sah ihr nach, erstaunt über ihre mangelnde Bereitwilligkeit, Egbert wiederzusehen, nun, da zwischen ihnen alles in Ordnung war, und fragte sich, welchen Grund es dafür geben könnte.

Im grauen Morgenlicht schienen die Damen im Raucherpavillon eine dünne Schicht Ehrbarkeit aufgelegt zu haben, als trügen sie Morgengesichter. Der Geruch nach abgestandenem Rauch hing in der Luft, stieg von den Aschbechern auf, die auf Grund polizeilicher Anweisungen seit Sonnabend nicht geleert worden waren. Die Streichhölzer, mit denen Auguste die Lage der Leiche markiert hatte, waren durch einen Kreideumriß ersetzt worden; doch seine sorgfältige Arbeit war jetzt ohnehin nicht mehr von Belang, da der Tote bewegt worden war, bevor George Tabor ihn angefaßt hatte.

»Guten Morgen, Walters.«

»Guten Morgen, Chief Inspector«, erwiderte Walters so prompt, als sehe er einer raschen Rückführung in die obersten Etagen von Scotland Yard entgegen. Egbert war eingetroffen.

»Du bist allein gekommen, Auguste? Tapfer von dir.«

»Nein. Tatjana fand, sie sollte mich begleiten.«

»Ah.« Rose verlor kein Wort über ihre Abwesenheit.

»Wenn Gregorin erscheinen soll, dann erscheint er«, sagte Auguste, der nicht wußte, wie er Roses Verhalten deuten sollte.

»Twitch überprüft, was das Sonderdezernat an Material über ihn hat. Diese ausländischen Agenten halten sich im Augenblick verborgen, weil wir die Anarchisten und Nihilisten zumindest zeitweilig unter Kontrolle haben. Aber man kann nie wissen. Ich habe von Gregorin gehört.«

»Was?«

»Ich verstehe, warum Tatjana besorgt ist«, sagte Rose sachlich. »Du fühlst dich sicherlich wie Sherlock Holmes, der von einem genialen Verbrecher verfolgt wird, nicht wahr? Kein Krimineller ist unfehlbar, Auguste; jeder hat seine schwache Stelle – wenn du sie nur finden kannst.«

»Sind dir irgendwelche besonderen Schwächen Gregorins bekannt?« fragte Auguste und versuchte, nicht allzu interessiert zu erscheinen.

»Nein.«

»Oh.« Auguste schluckte. »Dann laß uns zu dem Toten zurückkehren.« Das war ein tapferer Beginn.

»Du weißt, Auguste, der Yard ist voller Twitches, vom Dach bis zum Keller. Sie sind ausgezeichnet, wenn sie einen bekannten Weg vor sich sehen. Aber sie achten nicht darauf, was links und rechts im Unterholz vor sich geht.«

»Das Zirpen der Grillen?«

»Vom Froschgequak ganz zu schweigen. Im Unterholz operieren jetzt die Wissenschaftler der medizinischen Laboratorien.« Er suchte in seiner Manteltasche und zog einige Photographien heraus: den Raucherpavillon mit und ohne die Leiche. »Sieh mal das hier«, er deutete auf einen Fleck auf einer Photographie, einen dunkelgrauen Schatten auf einer Brücke, etwa zwei Fuß entfernt von der Stelle, wo die Leiche auf dem Teppich gelegen hatte. »Was ist das? Jetzt ist nichts mehr davon zu sehen.«

Auguste kniete sich hin und untersuchte die Brücke.

»Doch, da ist etwas«, sagte er aufgeregt. »Egbert – sieh mal. Die Photographie hat etwas festgehalten, was unseren Augen entgangen ist. Aber wenn du ganz genau hinschaust, entdeckst du einen ganz schwachen Fleck auf dem Teppichflor. Als hätte man ihn ausgewaschen.«

»Blut?« fragte Rose zweifelnd und hockte sich neben Auguste.

»Wäre möglich. Aber warum sollte der Mörder einen Blutfleck auswaschen und den anderen im Teppich lassen?« Auguste zeigte auf die dunkelbraune Verfärbung dort, wo der Kopf gelegen hatte.

»Damit es wie Selbstmord aussieht.«

»Wahrscheinlich. Du meinst, er ist hier hingefallen, und der Mörder hat die Leiche dorthin gezogen, wo wir sie gefunden haben?«

»Aber warum hat er das getan?«

Auguste blickte hoch, weil Egbert nichts darauf erwiderte. »Alexander behauptet, er habe die Lage des Toten nicht verändert, er habe ihn nur leicht angehoben und ihn dann wieder auf den Boden gelegt.«

»Es gibt jetzt einen Test für das Vorhandensein von Blut. Irgendeine Chemikalie färbt sich blau. Cobbold hat einen Bekannten in einem Krankenhaus in Leeds, der ein Pathologe des Innenministeriums ist. Cobbold soll ihm die Brücke schicken. Wenn noch irgendwelche Blutspuren vorhanden sind, kriegt der das raus.« Rose hielt inne. »Cobbold ist heute morgen bei mir gewesen. Er erzählte mir, daß die Polizei von Denver ein Telegramm wegen Onkel Oscar geschickt hat. Sie haben ihn im Yukon aufgespürt. Er betreibt dort unter dem Namen Percy Smith ein Goldprüfungsbüro. Ist vor einer Woche dort gesehen worden. Wenn das stimmt, können wir eine intelligente Vermutung vergessen, und Lady Tabor steht als reine Unschuld da. Die Polizei von Denver hat auch die Geschichte mit dem Minenschwindel bestätigt, aber das Hauptopfer ist vor zwei Jahren gestorben. Onkel Oscar mangelt es offenbar nicht an Feinden, doch es gibt keinen Hinweis darauf, daß ihn jemand bis hierher nach England verfolgt hat. Das New Yorker Hemd nützt uns da auch nichts.«

»Dann entfällt auch das Motiv für Mr. Janes«, sagte Auguste düster. »Dabei ist er wegen irgend etwas sichtlich nervös.«

»Vielleicht wegen seiner Frau«, knurrte Rose. »Du willst doch wohl nicht andeuten, daß Harold Janes den Mann aus Eifersucht erschossen hat, weil er ihn für den König hielt, oder? Mitternächtliche Verabredungen im Raucherpavillon? Das ist etwa so weit hergeholt wie racheschnaubende Väter aus der Indischen Armee. Das Kolonialministerium hat Einzelheiten über Colonel Simpson telegraphiert, und Cyril Tabor hat zugegeben, daß er Simpsons Tochter kannte, aber er streitet entschieden ab, daß er sie geschwängert hat. Simpsons Haushälterin fiel beim Anblick der Photographie des Toten in Ohnmacht und erklärte dann, sie könne nicht mit Sicherheit sagen, ob es der Colonel sei oder nicht. Sehr hilfreich, die Dame. Die Sachen könnten seine sein, aber sie wisse es nicht genau, wir sollten seinen Burschen fragen.«

»Und was ist mit Robert Mariot?« fragte Auguste hoffnungsvoll.

»Der abgängige Archäologe? Seine Londoner Haushälterin hat von ihm nichts gesehen und nichts gehört, und wir warten auf einen Bescheid aus Kairo, wo die Babylon-Expedition einen Stützpunkt unterhält. Übrigens hat Twitch noch eine Photographie von Robert Mariot aufgetrieben, danach stimmt es, was Laura Tabor gesagt hat. Er ist nicht unser Mann. Aber Carstairs könnte natürlich geglaubt haben, daß er es ist.«

»Warum sollte er einen Fremden im Raucherpavillon für Mariot gehalten haben? Nur weil er wußte, daß Laura ihn irgendwann erwartete?«

»Höchstwahrscheinlich wieder eine falsche Spur. Wir haben schon eine Unmenge davon.«

»Meine Spur war echt, *mon ami*«, sagte Auguste und berührte sein schmerzendes Ohr.

»Aber der Bursche hat dich verfehlt, nicht wahr?«

Auguste starrte ihn ungläubig an. Es sah Rose nicht ähnlich, so gereizt zu sein. »Er wollte mich umbringen, Egbert.«

»Vielleicht.«

»Um mich tödlich zu treffen, hätte er ein Meisterschütze sein müssen«, rief Auguste aufgebracht. Da begriff er, was Rose meinte. »Du glaubst doch nicht, daß die Tabors den Mann töteten, weil sie ihn für Gregorin hielten, und dann dieses Attentat auf mich inszenierten, um ihre Tat zu verschleiern? Nein, nein, mein Freund, den Tabors liegt nicht so viel an mir, daß sie um meinetwillen einen Mord begehen würden.«

Rose entgegnete nichts darauf.

»Du glaubst, sie haben alle diese falschen Fährten selber gelegt?«

»Sieht ganz so aus.«

»Meinetwegen?«

»Um ihrer eigenen Sicherheit willen. Oder der eines Menschen, der ihnen nahesteht. Wie zum Beispiel Mr. Carstairs.«

»Aber Egbert«, explodierte Auguste, »es *können* keine bewußt gelegten falschen Fährten gewesen sein.«

»Und warum nicht?«

»Weil sie immer die Wahrheit gesagt haben. Sie sagten, Oscar sei es nicht, und das stimmte. Sie sagten, Mariot sei es nicht, und wie es aussieht, stimmt das auch.«

Rose dachte einen Augenblick nach. »Aber es paßt alles zu gut. Sie verbergen irgend etwas, da bin ich mir sicher. Bleib an ihnen dran, Auguste. Wenn du aus den Dienstboten nichts rausbekommst, fang am anderen Ende an. Bezirze die alte Lady. Bring sie dazu, von ihrer Familie zu erzählen – natürlich nicht in Gegenwart von Priscilla Tabor.«

»Ich versuche es«, sagte Auguste zweifelnd. »Aber es ist schwierig, etwas Definitives aus ihr rauszukriegen.«

»Etwas wissen wir definitiv über ihre Familie: von den Fingerabdrücken der Tabors paßt einer verdammt gut zu dem Daumenabdruck auf dem Webley.«

»Ah, Didier, wollen Sie nicht auch ein Gewehr nehmen? Sie dürfen doch den ersten Tag der Fasanen-Saison nicht versäumen!« Sein Gastgeber stürzte auf ihn zu, als er sich am Waffenzimmer vorbei in die Küche schleichen wollte, um festzustellen, wozu man das wundervolle Schweinefleisch verwendet hatte, das er gestern gesehen hatte. Er versuchte, Bedauern zu heucheln, doch das gelang ihm nicht. Zum Glück führte sein Gastgeber sein Zögern auf einen anderen Umstand zurück.

»Tut mir leid, mein Freund. Taktlos von mir, wo doch dieser russische Attentäter hinter Ihnen her ist. Und so etwas auf Tabor Hall!«

Harold Janes runzelte die Stirn. Er mißbilligte solche Dinge auch dann, wenn sie sich in der Londoner City ereigneten. Diese Russen waren bekanntlich leicht in Rage zu bringen und rächten sich möglicherweise an dem ersten arglosen Rücken, den sie erblickten. Sein neues rotes Flanellhemd und seine Brust- und Rückenschützer aus Chamois konnten ihm da auch nicht viel helfen.

Auguste suchte nach einer plausiblen Ausrede. »Tut mir wirklich leid, Sir, aber Chief Inspector Rose braucht meine Hilfe.«

»Sie haben recht«, sagte George. »Der Inspektor fragte mich, warum mein Daumenabdruck auf dem Webley ist. Ich sagte ihm, wahrscheinlich weil der Webley mir gehört und aus meinem Waffenzimmer stammt. Darauf hatte er nichts zu erwidern«, sagte er triumphierend. »Ist der Mann seiner Aufgabe gewachsen? Er scheint nicht recht voranzukommen.«

»Ich kann nicht für immer hierbleiben«, warf Harold Janes ein. George Tabor war offensichtlich ganz seiner Ansicht. »Oder wissen Sie schon, wer der Tote ist?«

»Noch nicht – George.«

»Sicher stellt sich heraus, daß er der Verwandte eines Dienstboten ist«, sagte Seine Lordschaft zuversichtlich.

»Er trug teure Sachen.«

»Alt gekauft«, sagte Lord Tabor geringschätzig und schritt davon, um sich mit wichtigeren Dingen zu befassen: den englischen Fasanen, von denen er vor dem Mittagessen etliche zur Strecke zu bringen hoffte.

Auguste hatte eine sehr angenehme Stunde als Gast beim Mittagessen der Dienstboten verbracht. Stillschweigend hatte man sich auf einen Kompromiß geeinigt. Die Welt oberhalb des Souterrains wurde mit keinem Wort erwähnt. Das Geheimnis des Schweinefleischs aber wurde gelüftet: man hatte es zu einem wundervollen Gemüseeintopf verarbeitet. Auguste bedauerte die Tabors, die mit *Hummer au gratin* und *blanquette de veau* vorliebnehmen mußten. Breckles griente, als Auguste ihn lobte, und erlaubte ihm, die Vorbereitungen für das Abendessen zu überwachen. Die Zubereitung der Rebhuhnfilets *à la Villeroi*, bei der er einige Ratschläge geben konnte, war eine so faszinierende Angelegenheit, daß er fast seine Verabredung mit der alten Lady Tabor in der Eingangshalle vergessen hätte. Sie wollten im Daimler Seiner Lordschaft eine Spazierfahrt machen.

Aber zuerst mußte er Tatjana finden und ihr sagen, was er vorhatte. Das dauerte nicht lange. Sie saß mit Beatrice Janes in dem kleinen chinesischen Salon, umgeben von Mandarinen und auf Porzellan gemalten zarten, zerbrechlichen Damen. Nach ihrem gequälten Gesichtsausdruck zu schließen, fand Tatjana die Unterhaltung lange nicht so fesselnd wie Beatrice.

»Sagen Sie, können Sie Madame Bellangers Korsett ›Stella‹ empfehlen, oder finden Sie die Marke Guillot besser, liebste Tatjana? Es ist so weit bis Paris, wenn einem ein Fischbeinstäbchen zerbricht, aber nun, da man diese nützlichen Albany-Korsettstangen kriegen kann, ist es kein solches Risiko mehr. Welchem geben Sie den Vorzug?«

»Ich finde sie alle beide scheußlich«, erklärte Tatjana, die mit ihrer Geduld am Ende war. »Korsetts sind eine lästige Notwendigkeit, genau wie Visitenkarten – jedenfalls im Augenblick noch«, setzte sie geheimnisvoll hinzu. »Eines Tages werden die Frauen nicht mehr so töricht sein. Korsetts sind von Männern entworfene Käfige, zum Nutzen von Männern, um uns in den Formen eingesperrt zu halten, die ihnen gefallen, Formen, die es uns völlig unmöglich machen, denselben Spaß am Leben zu haben wie sie.« Sie funkelte Auguste an, der sich nicht erinnern konnte, ihr jemals irgendwelche Formen oktroyiert zu haben.

»Oh, sind Sie ein Schöngeist?« fragte Beatrice verwirrt und kehrte auf sicheres Terrain zurück. »Vielleicht gehe ich zu beiden, zu Bellanger und zu Guillot, wenn Pünktchen Pünktchen mich das nächste Mal nach Paris mitnimmt.«

»Wer ist Pünktchen Pünktchen?« fragte Tatjana begriffsstutzig.

Auguste hustete. »Sicher meint Mrs. Janes Mr. Janes.«

Beatrice kicherte. »Natürlich. Oh, Mr. Didier, bitte holen Sie Ihre liebe Gattin nicht weg von mir. Hilft sie Ihnen bei Ihren kleinen Mordfällen? Und wie ich höre, sind Sie Koch. Wie reizend!«

»Chefkoch«, sagte Auguste zähneknirschend.

»Oh.« Beatrice sah ihn verdutzt an. »Ist das nicht dasselbe?«

»Nicht ganz.« Augustes freundliches Lächeln schien auf seinem Gesicht zu gefrieren.

»Setzen Sie sich doch bitte zu uns und erzählen Sie uns, wer Ihrer Meinung nach dieser arme Tote ist«, bat Beatrice strahlend. »Ich glaube«, plapperte sie weiter, bevor er eine Chance gehabt hatte, etwas zu sagen, »er ist ein unglücklicher Mensch aus der Vergangenheit der Tabors. So ein Pech für die liebe Priscilla, daß er hier aufgetaucht ist, nachdem sie sich solche Mühe gegeben hat, den Besuch Seiner Majestät vorzubereiten. Ich denke, sie wollte einen Skandal vermeiden.«

»Sie glauben, sie hat ihn erschossen?« fragte Tatjana interessiert.

Beatrice kicherte. »Nein, so weit möchte ich nicht gehen.« Ihre Hand spielte nervös mit den Knöpfen an ihren Handschuhen.

»Und ich meine«, sagte Auguste sanft, »ihn zu erschießen hätte bedeutet, daß Ihre Ladyschaft mit eben dem Problem konfrontiert wird, dem sie aus dem Wege gehen wollte.«

Beatrice vermochte diesen Ausführungen nicht zu folgen, aber sie war mit sich zufrieden: sie hatte ihr Bestes getan, um den Verdacht in die richtige Richtung zu lenken. Schließlich würde Harold nie ... oder doch? Sie kehrte zu dem wirklich wichtigen Thema zurück. »Und jetzt, Tatjana, raten Sie mir bitte, welches Kleid ich heute abend anziehen soll, das blauseidene mit den Rüschen und der Spitze oder das mattrosa?«

»Es ist Zeit für meinen Spaziergang«, sagte Tatjana energisch. »Russen machen immer einen Spaziergang nach dem Essen.«

»Dann begleite ich Sie. Ich bin so lufthungrig. Wir könnten rings ums Haus gehen und Boofuls mitnehmen.« Boofuls war Beatrices Hund. »Ich habe ihm ganz reizende Wellington-Gummistiefel gekauft, hinten zum Knöpfen.«

»Ich gehe durch den Wald. Der Boden könnte dort morastig sein.«

Nach diesem glücklichen Einfall entschuldigte sich Tatjana höflich, sie müsse sich jetzt umziehen gehen, und Auguste ergriff die Gelegenheit, Beatrice im Salon zurückzuhalten, was sie irrtümlich als einen ihren weiblichen Reizen gezollten Tribut ansah.

Auguste war zu diesem Gespräch ermächtigt worden, doch es war eine heikle Angelegenheit, seine Informationen an die Person weiterzugeben, die sie vor allem betrafen. »Übrigens – Mrs. Janes, wir haben erfahren, daß Sie nicht die ganze Nacht bei Ihrem Gatten geblieben sind, wie Sie fälschlich glaubten.«

»Tatsächlich?« Sie blickte kokett zu ihm auf. »Ich war ganz weg vor Liebe, ich muß es vergessen haben.«

»Und können Sie sich nun wieder erinnern, Mrs. Janes?« fragte Auguste.

Sie langte nach seiner Hand und zog ihn neben sich auf das Sofa. »Ich glaube, ich habe ihn gegen zwei Uhr verlassen«, sagte sie leichthin und neigte sich zu ihm. »Vielleicht ein bißchen früher.«

»Man berichtete uns, Sie seien um drei Viertel eins gegangen.«

»Möglich«, erwiderte sie spitz und setzte sich wieder gerade hin.

»Und *warum* sind Sie gegangen? Hatten Sie einen Streit?« fragte Auguste betont freundlich.

»Nein!« Auf ihren Wangen zeichneten sich zwei rote Zornesflecken ab.

»Warum dann?«

»Sie können doch nicht im Ernst glauben, daß ich etwas mit dem Tod dieses armen Mannes zu tun habe«, rief sie klagend, ihre Taktik ändernd. »Ach, Mr. Didier, Sie sind ein Gentleman, deshalb sage ich Ihnen die Wahrheit. Das Problem liegt nicht bei meinem Mann, sondern bei mir.« Sie lachte gezwungen.

Auguste versuchte dieses Problem auszuloten. »Sie mußten ins Badezimmer?«

»*Ich* schnarche«, fauchte sie, wütend über solche Begriffsstutzigkeit.

Die alte Lady Tabor saß mit Savage in der Eingangshalle und wartete auf Auguste.

»Ah, Mr. Didier, hier bin ich. Man kann mich auf die Außenwelt loslassen. Ich bin bereit.«

»Hoffentlich komme ich nicht zu spät?« fragte er höflich.

»Keineswegs. Ich hatte eine sehr angenehme Unterhaltung mit Ihrer Frau.«

Tatjana? Was hatte sie hier zu suchen? Auguste hatte eine

Vorahnung, was immer es war, es würde ihm nicht recht sein. Seine schlimmsten Befürchtungen wurden übertroffen, als er Miriam draußen die Freitreppe hinunterführte. Wie geplant, erwartete sie der Daimler Seiner Lordschaft. Was nicht geplant war: anstelle des Chauffeurs der Tabors saß Tatjana auf dem Fahrersitz.

»Was sagen Sie nun? Ist das nicht eine reizende Überraschung?« Miriam strahlte.

Überraschung ja. Aber war sie ihm angenehm? Er hatte sich mit der alten Lady ungestört unterhalten wollen; Tatjana mit ihrem vorzüglichen Gehör störte dabei unter Umständen.

Er half Miriam auf die Hinterbank und ergriff, was ihn kaum noch verwunderte, die Kurbel. Die finster dreinblickende Savage wollte sich neben sie setzen, doch das wurde ihr verwehrt. »Hier sitzt Mr. Didier, Savage.« Savage wollte nun auf dem Vordersitz Platz nehmen, und Auguste hielt die Tür für sie auf, doch bevor sie einsteigen konnte, kam Beatrice in lavendelfarbener Seide mit grauen Rüschen und weißer Spitze die Treppe hinuntergeeilt, einen widerstrebenden schwarzen Mops in Wellington-Stiefeln hinter sich herziehend.

»Ich fahre mit«, verkündete sie fröhlich.»Solch ein hübscher Spazierweg, nicht wahr, Tatjana?« Ohne Savage eines Blickes zu würdigen, stürzte sie an ihr vorbei und ließ sich auf den Vordersitz fallen. Die Hundeleine drückte sie Auguste in die Hand.

»Kein Platz mehr, Savage«, rief Miriam. Sie hatte Mitleid mit Auguste und rückte zur Seite, damit Boofuls bequem sitzen konnte. »Ärgere dich nicht, du kannst mich nächsten Sonntag zur Kirche begleiten, meine Liebe. Sie möchte so gern einmal im Auto fahren«, erklärte sie Auguste, als der Daimler losrollte. »Aber George wird mich nie im Auto mitnehmen. Priscilla läßt das nicht zu. Sie wäre außer sich, wenn sie das wüßte. Sie glaubt, es ist gefährlich. So ein Unsinn. Es ist viel gefährlicher, neben ihr zu stehen, wenn sie Fasane schießt. Die Tabor-Frauen waren immer gute Schützen, sogar Laura, aber Priscilla hält sich für die Schützenkönigin.« Sie lachte.

Auguste ergab sich in das Unvermeidliche, während der Daimler über Schlaglöcher und Furchen schlingerte und Boofuls, dem sein eigenes Schuhwerk nicht genug war, sich sabbernd für Augustes Stiefel interessierte. Warum sich Sorgen machen wegen Gregorin, dachte er bedrückt, wenn er unter Tatjanas Obhut ohnehin dem Tode geweiht war? Warum hatten die Engländer die Vorschrift abgeschafft, daß ein Mann mit einer roten Flagge vor diesen neumodischen Erfindungen herlaufen müsse?

»Fahren wir denn nicht nach Settle?« fragte er.

»Nein, ich möchte den Turm von Barden besuchen. Seit ich im Jahr 45 mit meinem lieben Charles dort war, habe ich ihn nicht wieder gesehen. Dort hat mir Charles seinen Antrag gemacht. Kennen Sie Mr. Wordsworth, Mr. Didier?«

»Den Dichter?«

»Er war ein gräßlich langweiliger Bursche«, sagte Miriam. »Ein verdienstvoller Mann, aber, fürchte ich, nicht sehr unterhaltsam bei Tisch. Neben wem würden Sie denn gern beim Essen sitzen?«

»Neben Brillat-Savarin«, erwiderte Auguste wie aus der Pistole geschossen, froh darüber, daß er sich endlich wieder auf vertrautem Terrain befand.

»Karl Marx«, rief Tatjana.

»Wer ist denn das?« fragte Beatrice neugierig. »Gehört er zu der Clique vom Marlborough House?«

»Ja, Mrs. Janes«, sagte Miriam vergnügt. »Unterhalten Sie sich mal mit Seiner Majestät über ihn. Mr. Marx ist ein sehr guter Bekannter des Königs.«

Der Wagen bog plötzlich nach links, streifte eine Rasenböschung, schoß auf die andere Seite, stieß gegen etwas anderes und raste dann unter einem Torbogen hindurch geradeaus, zum tödlichen Schrecken eines Bauern, der gemächlich auf sein Feld in dem bewaldeten Tal zuwanderte, in das sie nun hineinfuhren. Tatjana riß rasch das Steuerrad herum, um ihm auszuweichen, obwohl sie sich nicht die Mühe machte, die Geschwindigkeit zu drosseln.

»Ach, fabelhaft«, jubelte Miriam. »Sie fahren wirklich exzellent, Mrs. Didier.«

Auguste spielte einen Augenblick lang mit dem Gedanken, die alte Baronin Tabor sei eine Verrückte, die bei den Tabors unter Aufsicht gehalten werde, da sie ebenso auf Mord aus zu sein schien wie Tatjana.

»Warum hält George Automobile eigentlich für gefährlich? Ich finde manchmal, er ist wie der Schäferlord, von dem Mr. Wordsworth geschrieben hat. So wie der wäre er ganz glücklich, wenn er mit ein paar Schafen hier draußen leben und hin und wieder einen Fasan oder ein Waldhuhn schießen könnte. Die liebe Priscilla kann manchmal etwas anstrengend sein, und ebenso wie der Schäferlord Skipton nicht leiden konnte, kann George die Londoner Saison nicht leiden.«

»Wer ist der Schäferlord?« fragte Beatrice, die bei diesem ihr unbekannten Adelsnamen die Ohren gespitzt hatte.

»Das ist eine ganz romantische Geschichte, Mrs. Janes. Der Vater dieses Schäferlords war Earl Clifford, der Schlächter.« Miriam lachte. »Nach ihrer Niederlage bei Towton Moor verloren viele Anhänger der Lancasters ihre Besitzungen und viele, viele auch ihren Kopf. Earl Clifford war tot, und weil seine Frau um das Leben ihres kleinen Sohnes fürchtete, gab sie ihn in die Obhut eines Schäfers in Cumberland. Mr. Wordsworth fand es sehr lobenswert, daß der junge Mann, als er schließlich sein Erbe einforderte, in keinem seiner herrlichen Schlösser leben wollte, sondern lieber den Turm von Barden instand setzen ließ, der in einer einsamen Gegend stand, und Alchemie und Astronomie studierte.«

Der Daimler hielt mit einem Ruck, und Miriam wurde gegen Auguste geschleudert. Er befreite sich höflich aus ihrer Umklammerung und stieg aus, erleichtert, daß er wieder auf festem Boden stand.

»Das ist er?« fragte Beatrice enttäuscht beim Anblick des düsteren, hoch aufragenden Turms.»Aber hier ist es so morastig. Boofuls mag das nicht. Ich warte im Auto mit ihm.«

Tatjana, erlöst, eilte hinter Miriam her, die bereits schnellen Schritts auf die Ruine zusteuerte.

»Er war ein Einsiedler?« fragte Tatjana so interessiert, daß Auguste überlegte, ob sie vielleicht die Absicht hatte, sich ihrerseits mit Alchemie zu befassen.

»Zum Glück für das Geschlecht der Cliffords war ihm aber offenbar das Geheimnis der Zeugung bekannt – und auch aufs Kriegshandwerk verstand er sich, denn fast dreißig Jahre später verließ er seinen Turm, um bei Flodden mitzukämpfen. Ich könnte mir George in dieser Rolle vorstellen. Priscilla wäre natürlich an seiner Seite. Vielleicht sogar vor ihm«, setzte Miriam hinzu. »Oder auch Laura. Ich sehe Laura, wie sie in die Schlacht marschiert.«

»Und warum nicht?« sagte Tatjana herausfordernd. »Wenn Frauen kämpfen wollen, sollten sie es tun.«

»Ich fürchte, mein Charles wäre schockiert gewesen über diese Idee.«

Auguste konnte ihrem verstorbenen Gatten nur zustimmen. Er vermochte bei der alten Lady Tabor keine militärische Begabung zu entdecken.

»Laura war immer Charles' Liebling. So ein stilles kleines Ding, und dabei so leidenschaftlich unter der Oberfläche. Sie empfindet alles so tief. Und wie Charles ist sie so aufopfernd. Ich habe Glück gehabt mit meinen Kindern. Natürlich kann man Cyril nicht gerade als aufopfernd bezeichnen, aber er ist ein Tabor durch und durch. George hat seine Fasane, Cyril hat seine jungen Damen. Cyril war ein so hübscher Junge, und er tat immer, als hätte er Respekt vor George, seinem älteren Bruder, aber tatsächlich war immer er der Anführer. Cyril kriegt stets, was er haben will, das war auch früher schon so. Deshalb kommt Priscilla mit ihm nicht so gut aus. Na, ich bin vielleicht eine Schwatztante!« Sie blickte an dem Turm hoch, der über ihnen aufragte. »Über fünfzig Jahre bin ich nicht hier gewesen, und er hat sich nicht verändert.« Es schien, als hätte sie eine Träne im Auge. »Ich bin froh, daß ich ihn wiedergesehen habe«, sagte sie ruhig.

»Wollen wir Tee im Gasthaus trinken?« fragte Tatjana heiter, als sie wieder in den Daimler stiegen. Boofuls war wieder auf der Hinterbank plaziert worden und sah ziemlich unglücklich aus – was sich mit einem Schlag änderte, als Auguste einstieg.

»Ein Gasthaus?« fragte Beatrice erschreckt und riß die Augen weit auf. »Aber ich kann doch nicht in eine öffentliche Kneipe gehen.«

»Auguste wird Sie beschützen«, sagte Tatjana und bog vor einem Fasan aus, der vergessen hatte, daß es der 1. Oktober war, und friedlich über die Straße hüpfte. »Es ist jedenfalls etwas Neues.«

»Wird es mir denn gefallen?«

»Sicherlich nicht, liebe Mrs. Janes«, sagte Miriam. »Es wird Ihnen ebenso gehen wie dem Schäferlord. Er konnte sich so wenig an das Leben eines Gentleman gewöhnen, wie Sie sich an das Leben eines Abwaschmädchens gewöhnen könnten.«

Beatrice bekam eine Gänsehaut. »Und dabei hatte er so viel Geld. Denken Sie nur, was er sich alles hätte kaufen können!«

Auguste hatte gerade noch Zeit, einen Abstecher in die Küche zu machen, um sich zu vergewissern, daß alles in Ordnung war. Schließlich stand sein Ruf auf dem Spiel, denn Breckles hatte ihm erlaubt, Mahlzeiten nach seinen eigenen Vorstellungen auf den Tisch zu bringen, und die erste Pflicht eines Meisterkochs war es, seine Gäste zufriedenzustellen.

»Könnte ich vielleicht eine Schildkrötensuppe machen?«

»Aber ja.«

»Und das Dessert? Wenn ich ...«

Ein warnender Faustschlag krachte auf den Tisch. »Daß Sie sich ja nicht an Puddings versuchen.«

»Nein, nein«, versprach ihm Auguste hastig. »Ich mache nur einen Nesselrode-Pudding. Kosten Sie ihn bitte selbst.«

Besänftigt nahm Breckles die angebotene Kostprobe.

»Mmmmm.«

»Schmeckt er Ihnen?«

»Mmmmm.«

»Mit seinen Kastanien und Eiern und seiner Sahne aus Yorkshire könnte man ihn fast einen Yorkshire-Pudding nennen«, sagte Auguste listig. Seine Belohnung war ein zweiter Faustschlag auf den Tisch.

»Da fällt mir was ein. Mr. Alfred! Ich wollte es Ihnen schon gestern erzählen, aber dann habe ich es vergessen«, sagte Breckles entschuldigend. »Die lautesten Marktschreier haben am wenigsten anzubieten, und es geht die Rede, daß Mr. Alfred eine Menge Geld im Spiel verloren hat und daß seine Gläubiger jetzt ungemütlich werden.«

»Und?«

»Angenommen, einer von ihnen wurde allzu ungemütlich?« Breckles wurde rot. Detektiv spielen war etwas Neues und Aufregendes für ihn.

»Mr. Breckles, Sie sind ein Wunder«, sagte Auguste anerkennend. »Ich behaupte ja immer, daß echte Kochkunst und Kriminalistik eng miteinander verbunden sind. Sie können nicht nur einen Yorkshire-Pudding machen, der so leicht und luftig wie ein Soufflé ist, sondern Sie sind auch ein Meister der logischen Deduktion.«

Geschmeichelt trocknete sich Breckles die Hände an der Schürze ab und schüttelte Auguste die Hand. Dann wandte er sich der wichtigeren Aufgabe zu: der Zubereitung von Eierkuchen.

»Wo hast du denn gesteckt, Mutter?« fragte Priscilla verärgert und bedachte Tatjana und Auguste mit einem nicht allzu freundlichen Blick. Offensichtlich beschuldigte sie sie insgeheim, ihre Schwiegermutter auf Abwege gelockt zu haben, da die alte Dame zu spät im Speisezimmer erschienen war.

»Wir haben eine Autofahrt gemacht«, sagte Lady Tabor leichthin, »und dann bin ich eingeschlafen. Bitte behandle mich nicht wie ein Kind, Priscilla. Wir haben nicht über den Mord gesprochen, wenn es das ist, was dir auf der Seele liegt.«

Priscilla richtete sich steif auf und tat durch eine Handbewegung kund, daß sie keine Suppe wünsche. »Da wir nicht wissen, wer der Tote ist, und die Polizei offenbar nicht imstande ist, es herauszufinden, weiß ich nicht, was es da zu diskutieren gäbe.«

»Aber ich weiß es. Ich glaube, das Ganze war ein Komplott, diese scheußliche Sickert-Zeichnung zu entwenden«, sagte Alfred spöttisch.

»Alfred, halt den Mund«, bellte sein Vater nervös.

»Und der Einbrecher trug Abendgarderobe, um sich unbemerkt verdrücken zu können, falls irgendwer im Raucherpavillon auftauchen sollte, während er gerade mit seinem erotischen Unternehmen beschäftigt war«, sagte Victoria, Alfreds Faden weiterspinnend.

»Und dann hat ihn jemand erschossen, um zu verhindern, daß dieses schreckliche Geheimnis in der Gesellschaft bekannt wird: das Vorhandensein eines Akts von Sickert in eurem Raucherpavillon«, schlußfolgerte Alexander.

»Ich hätte dem Mann noch Geld gegeben, damit er das Machwerk fortschafft«, erklärte Priscilla ohne jegliche Spur von Humor, »und ihn auf keinen Fall erschossen.«

»Vielleicht hat Augustes russischer Feind den Kunstdieb im Raucherpavillon überrascht und ihn erschossen, weil er ihn für unseren lieben Mr. Didier hielt«, schaltete sich Gertie hilfreich ein.

»Ziemlich unbedacht von ihm, nicht wahr, Kätzchen?« sagte ihr Gatte. Die ehelichen Beziehungen schienen wieder harmonisch zu sein, doch die zwischen seiner Schwägerin und ihm waren eindeutig frostig.

»Ich meine, Mr. Didier hat den Mann erschossen, um sich eine interessante kriminalistische Aufgabe zu verschaffen«, verkündete Miriam. »Oder Mrs. Janes hat ihren – hm – Gatten vor einem Erpresser beschützt.«

»Mutter, sei still«, donnerte Priscilla, bevor Harold sich über diese Theorie auslassen konnte.

Miriam wandte sich gehorsam Harold zu und gab sich Mühe, ihn wieder in gute Laune zu versetzen.

Ein Essen mit Angehörigen der Gesellschaft war eine sonderbare Angelegenheit, dachte Auguste, so unberechenbar wie eine Artischockensuppe. Er kam sich vor wie auf einer Bühne in einem unbekannten Stück, wo die wirkliche Arbeit unter der Bühne und in den Kulissen geleistet wurde. Die zurechtgemachten Gesichter der Frauen rings um ihn, gepudert und geschminkt und mit Lidschatten, sahen wie bemalte Masken aus. Was dachten sie wirklich? Er hatte zu seiner Überraschung entdeckt, daß er Priscilla immer mehr bewunderte. Mit Laura hatte er Freundschaft geschlossen; Alfred, Victoria und Alexander behandelte er ganz familiär. Es wurde ihm langsam klar, daß er sich allmählich an das gewöhnte, was man als Gesellschaft bezeichnete, während Tatjana immer weniger davon wissen wollte.

Alfred erschien in Roses Zimmer, keineswegs eingeschüchtert durch die Vorladung, und erkundigte sich wie ein Gastgeber bei einem hochgeehrten Gast, ob alles zu seiner Zufriedenheit sei.

Rose bejahte und fragte dann höflich: » Wie ich höre, hatten Sie einige finanzielle Probleme, Sir?«

Alfred drehte sein Brandyglas in den Händen. »Ja«, gestand er nach kurzer Überlegung und ohne große Überraschung zu zeigen.

»Ernsthafte?«

»Ganz und gar nicht.«

»Dann macht es Ihnen doch sicher nichts aus, mir Ihre Kontoauszüge zu zeigen.«

Alfred stellte das Brandyglas abrupt auf den Tisch. »Den Teufel werde ich tun.«

»Ich könnte Ihre Mutter fragen.«

Alfred erwog diese Aussicht einen Augenblick lang. »Die Kerle hatten gedroht, mich zu verklagen«, sagte er verdrossen. »Es handelt sich nur um Roulette und Karten, verdammt noch mal. Ich habe keine Bank ausgeraubt.«

»Sind sie hierher zu Ihnen gekommen?«

»Nein.«

»Und was passiert, wenn sie Sie tatsächlich verklagen?«

Alfred strahlte Rose an. »Ich bin quitt mit ihnen. Zufällig habe ich eine größere Summe gewonnen und konnte meine Schulden bezahlen.«

»Da hatten Sie aber Glück, Sir. Man könnte sagen, allzu großes Glück.«

Tatjana kam um dreiundzwanzig Uhr neunundzwanzig durch die Vordertür hereingestürzt und strahlte Priscilla an, die mit dem Schlüssel in der Hand dastand, um Punkt dreiundzwanzig Uhr dreißig Schnelljustiz zu üben. Auguste errötete bei dem

Gedanken, wie sonderbar es Lady Tabor berühren mußte, ihn selber aus Egberts Zimmer in sein eigenes und gleichzeitig seine Frau von einem nächtlichen Ausflug zurückkehren zu sehen. Hatte sie sich mit Gegorin getroffen? fragte er sich angstvoll.

»Wo warst du?« zischte er, sobald Priscilla außer Hörweite war.

»Bei diesem netten Walter Tompkins«, erwiderte Tatjana würdevoll.

»Bei wem?«

»Beim Chauffeur der Tabors. Er und seine Frau wohnen über der Garage. Ich habe etwas sehr Interessantes getrunken: Stout.«

»Und weshalb warst du bei ihnen?« Tatjanas Ruf bei den Tabors war bereits stark lädiert, und deshalb nahm Auguste erleichtert zur Kenntnis, daß wenigstens Mrs. Tompkins bei dem Besuch zugegen gewesen war.

»Ich wollte natürlich wissen, wie Automobile funktionieren«, sagte Tatjana, erstaunt über seine Frage. »Wußtest du zum Beispiel, daß es etwas gibt, was Zündkerze heißt? Ich frage Alexander, ob ich mir wieder den De Dion Bouton ausleihen darf. Ich möchte den Motor studieren.«

»Warum nicht den Daimler?« fragte Auguste gereizt.

»George war nicht sehr entzückt darüber, daß ich ihn ein bißchen eingebeult habe. Als ich den Wagen so geschickt zurücksetzte, bin ich unglücklicherweise gegen den Meilenstein gefahren.« Kleine Pause. »Und wohin gehst du jetzt?«

»Billard spielen und einen Brandy trinken«, erklärte ihr Gatte ergrimmt.

»Guten Abend, Didier.« Oliver unterzog seinen Billardstock einer sorgfältigen Prüfung. »Ich habe mich mit Laura gestritten – und ich bin ziemlich betrunken.«

Auguste betrachtete ihn aufmerksam und mußte zugeben,

daß Olivers Selbsteinschätzung korrekt war. »Das Schlimme ist«, Oliver legte das Queue hin und suchte nach seinem Glas, »mir wird allmählich klar, daß ich sie wirklich heiraten möchte, aber sie glaubt mir nicht.«

»Wenn sie in diesen Archäologen verliebt ist ...«

»Blödsinn, totaler Quatsch«, brüllte Oliver. »Wie kann sie in einen Haufen alter Knochen verliebt sein, wenn sie *mich* haben kann?«

»Ich gebe zu, es ist unwahrscheinlich«, sagte Auguste schnell, »aber ich habe oft bemerkt, daß Frauen ein langes Gedächtnis haben, und wenn sie immer noch in Verbindung mit ihm steht ...«

»Kann ich mir nicht vorstellen«, erklärte Oliver mit Stentorstimme. »Aber Ihr Freund, dieser Kriminalbeamte, glaubt, ich hätte den Kerl im Raucherpavillon erschossen, weil ich ihn für Mariot hielt. Ich!«

»Und *haben* Sie ihn erschossen?« fragte Auguste unvorsichtig.

»Natürlich nicht«, erwiderte Oliver mit würdiger Selbstbeherrschung. »Der Bursche ist kein Gentleman, verdammt noch mal«, zitierte er ihren Gastgeber.

»Was genau ist denn ein Gentleman?« fragte Auguste. Der Brandy begann allmählich zu wirken; die dringlicheren Probleme, die mit dem Mord zusammenhingen, bedrückten ihn nicht mehr so (nicht einmal die, die mit dem Mordversuch an ihm selbst zu tun hatten). »Würden Sie sagen, daß ich einer bin?«

Oliver dachte nach. »Welche Maßstäbe soll ich da anlegen? Wenn ich zum Beispiel sage, ein Gentleman ist jemand, dem der Brandy nichts ausmacht, falle ich durch die Prüfung.« Er trank noch ein Glas, um seine Theorie zu überprüfen, leerte es in einem Zug. »Unter uns Gentlemen, Didier, genehmigen wir uns noch einen.«

Was machte einen Gentleman aus? Jetzt, nach einer Stunde und einigen weiteren Brandys, war Auguste um kein Jota klüger als vorhin. Oliver war in einem Lehnstuhl eingeschlafen. Auguste ließ sich in einen Ledersessel fallen und überlegte angestrengt. Ein Gentleman ist mehr als seine äußere Erscheinung, sagte er sich. Er stand auf und verbeugte sich tief vor seinem Bild im Spiegel. Sein Anzug, ein Meisterwerk von Redfern, wies ihn als Gentleman aus. Aber wenn er die Anstandsregeln verletzte, war er eben kein Gentleman, auch wenn er diesen Anzug trug. Er verbeugte sich noch einmal tief, wie es einem Gentleman anstand, strich eine ungebärdige Haarwelle glatt, betrachtete prüfend sein Hemd, seine schwarze Krawatte und seine Weste ... Er wußte nicht mehr genau – für wen, hatte Tatjana gesagt, trugen sie Trauer? Für die Mutter des Königs? Für seine Schwester? Für Präsident McKinley? Auf jeden Fall für irgendwen. Vielleicht für ihn selbst ...

In den alten Zeiten, erklärte er seinem Spiegelbild, einem Auguste im vorschriftsmäßigen Gesellschaftsanzug, wies die Kleidung, die ein Chefkoch trug, ihn als Koch aus. Ganz sicher verriet die Arbeitskluft, die ein Holzschuhmacher in Yorkshire trug, einem zufällig Vorübergehenden, daß er ein Holzschuhmacher war. Demnach mußte also ein von Redfern maßgeschneiderter Anzug ihn, Auguste, als englischen Gentleman ausweisen. Und doch war er keiner. Er war zur Hälfte Franzose und nur zur Hälfte Gentleman. Er runzelte die Stirn. Eine außerordentlich komplizierte Angelegenheit! Wenn er aus diesem Anzug stieg, wer war er dann? Wenn er nackt dalag, als Leiche ...

Er gebot seinen Gedanken augenblicklich Halt. Er hatte etwas entdeckt, was von ungeheurer Bedeutung war. Nein, was ganz einfach war. Wenn man dem Toten die Sachen auszog, würde er dann auch noch ein Gentleman sein? Das war die Frage.

Auguste starrte gespannt in den Spiegel. Dann machte seine zunehmende Erregung dem Wirrwarr in seinem Kopf ein Ende, das von zuviel Brandy herrührte. Es war der Sieg eines durch Logik untermauerten Arguments. Seine kriminalistischen Fähigkeiten hatten ihn nicht im Stich gelassen. Sie waren beachtlich wie immer, sagte er sich unbescheiden. Alle hatten den Toten für einen Gentleman gehalten, weil er die Garderobe eines Gentleman trug. Angenommen, er war keiner. Angenommen, es waren wirklich Sachen aus zweiter Hand?

Oder angenommen, es waren gar nicht seine …?

6. Kapitel

»Warum?«

Rose blickte Auguste über einen Teller mit sautierten Nierchen hinweg mißgelaunt an. Die Sardellen hatte er verschmäht in Anbetracht des gestrigen Hirschbratens à la St. George, dem er zu reichlich zugesprochen hatte, doch sogar die Nierchen taten seinem Magen offenbar nicht allzu gut. Plötzlich sehnte er sich nach den vertrauten Dingen, die es zu Hause gab: dem Porridge, der mit Sicherheit leicht angebrannt schmeckte, dem Ei, das rätselhafterweise auf dem Weg von der Küche zum Eßzimmertisch stets entzwei ging, dem Tee, stark und süß, der über alles den Sieg davontrug. Das war das Unangenehme an seinem Beruf: wenn man von zu Hause fort war, verspürte man alle Nachteile des Verreistseins, aber nicht alle seine Vorteile. Das Schlimmste waren Augustes morgendliche Überfälle, bevor man noch die Augen richtig auf hatte. Natürlich wollte Auguste das loswerden, was ihm auf dem Herzen lag.

»Warum was?« Auguste war einigermaßen verblüfft darüber, daß Egbert seine vorzügliche kriminalistische Arbeit so kühl aufnahm.

»Warum sollte er sich die Mühe gemacht haben, einen tadellosen Gesellschaftsanzug anzuziehen, wenn er ein Landstreicher war?« Rose beschäftigte sich wieder mit seinem Frühstück.

»Dafür gibt's doch viele Gründe«, erklärte Auguste lebhaft. »Vielleicht war er ein Einbrecher, der nicht auffallen wollte. Ich glaube, jemand hat das schon aufs Tapet gebracht. Oder er plante einen Mord, wie wir zuerst vermutet haben. Nach Einbruch der Dunkelheit konnte er ganz leicht unbemerkt über die Berge kommen.« Wie Pjotr Gregorin, dachte er mit einem unguten Gefühl.

»Es war kein Schmutz an seinen Schuhen. Er hätte sie glatt in einer Tasche tragen müssen, die Schuhe *und* den Anzug. Und wo ist sein Mantel?« Rose war ganz und gar nicht überzeugt.

»Er kann aus Malham gekommen sein oder sogar aus Kirkby Malham. Cobbolds Leute haben sich doch nur nach Gentlemen erkundigt.« Auguste war erschrocken, als er sich das sagen hörte. Er, der immer die Ansicht vertreten hatte, daß man Gentlemen in Schweineställen und Schurken in Marmorhallen finden konnte!

»Cobbolds Leute haben keine Spur von irgendeinem Vermißten entdeckt, der für uns in Frage käme, Gentleman oder nicht Gentleman. Und kein Einheimischer hat an jenem Abend irgendwelche Fremden in seinem Fuhrwerk mitgenommen.«

»Vielleicht ist der Mann noch gar nicht vermißt worden, weil es niemand gibt, der ihn vermissen könnte«, schrie Auguste, gereizt über Egberts abweisenden Ton.

»Also ein Attentäter hier aus der Gegend. Ungewöhnlich, daß jemand den Plan faßt, den König umzubringen, weil der sich zufällig in seiner Nähe aufhält, nicht wahr?«

»Natürlich ist das lächerlich«, rief Auguste mit funkelnden Augen. »Aber meine Theorie eröffnet immerhin Möglichkeiten«, beharrte er, obwohl er sich seiner Sache gar nicht mehr so sicher war. Er trat ans Fenster, um nachzudenken, denn dort fühlte er sich vor Egberts ironischen Blicken geschützt. In der Ferne, hinter symmetrisch angelegten Rosenbeeten, erblickte er die Mauer des Gemüsegartens. Irgendwo zwischen diesen Bergen war Gregorin, irgendwo in einem abgelegenen Dörfchen oder Weiler; versteckt in einem verlassenen Haus oder vielleicht sogar in einer Höhle, lauerte der Jäger und wartete auf den Augenblick, in dem sein Wild sich in seine Nähe wagte. Und es gab nichts, was das Wild dagegen tun konnte. Der Jäger hatte alle Möglichkeiten. Und er hatte ein Gewehr. Auguste lenkte seine Gedanken rasch auf ein anderes Problem.

»In dieser Sauce ist ein Klumpen«, sagte er.

»Es ist deine Sauce.«

»Wenn du dich als Gentleman verkleidest, ziehst du die Hosen, das Hemd, die Krawatte, die Weste, das Jackett an, vielleicht sogar Handschuhe, aber doch nicht unbedingt die Unterwäsche. Vor allem, wenn du ein Mörder bist. Aber an dieser Leiche war alles, auch die Unterwäsche, von bester Qualität, *mon ami*, und ein hiesiger Schäfer könnte sich kaum so was beschaffen.«

»Gebrauchte Sachen.«

»Würde er sich wohl von Kopf bis Fuß in gebrauchte Sachen kleiden? Socken, Hosenträger, Unterhosen?«

»Unwahrscheinlich, das gebe ich zu.«

»Er war braungebrannt und hatte rauhe Hände«, sagte Auguste, der merkte, daß ihm Egbert aufmerksam zuhörte, »und das nicht etwa, weil er aus Babylon oder Colorado gekommen ist, sondern weil er ein Arbeiter war oder zumindest ein Mann, der sich sehr viel im Freien aufhielt.«

»Sein Haar war sorgfältig geschnitten.«

Auguste schob diesen Einwand mit einer Handbewegung beiseite. »Das hat er vielleicht extra für dieses Unternehmen getan und Rowlands Makassar-Öl hineingerieben.« Plötzlich fiel ihm etwas ein, was er beinahe vergessen hätte. »Tatjana hat ein paar dunkle Haare auf meinem Ulster gefunden. Ich dachte, es wären meine, aber angenommen …«

Rose beendete sein Frühstück und trat an seinen Schreibtisch. »Im Raucherpavillon waren auch ein paar Haare auf dem Fußboden«, sagte er, den Bericht des medizinischen Laboratoriums durchblätternd.

»Die Haare müssen an meinem Mantel hängengeblieben sein, als ich mich am Tag danach auf den Boden gelegt habe«, sagte Auguste angeekelt.

Egbert wieherte. »Das war ja wirklich ein Ausgehabend, wie

er im Buche steht! Vielleicht war unser Freund nur ins Raucherhaus gegangen, um sich dort zu waschen und fein zu machen und sein Haar und wahrscheinlich auch seinen Bart zu stutzen.«

»Gesetzt den Fall, Egbert«, in Augustes Hirn kristallisierte sich langsam ein Gedanke heraus, »gesetzt den Fall, dieser Mord ist wie eine *soupe au pistou*.«

Rose hatte freundliche Erinnerungen an *soupe au pistou* in der Provence, aber er begriff nicht, worauf Auguste mit diesem Vergleich hinauswollte.

»Erklär mir das«, sagte er resignierend. Kulinarische Analogien waren in der Regel für Auguste hilfreicher als für ihn.

Auguste versuchte konzentriert zu denken. »Bei der üblichen Gemüsesuppe kochen alle Zutaten zusammen. Nun nimm doch mal an, diese Gesellschaftskleidung wäre der *pistou*, die Mischung aus Knoblauch, Pinienkernen und Basilikum, die erst im letzten Augenblick hineingerührt wurde.«

»Ich verstehe nicht, was du meinst.«

»Die Sachen wurden erst *nach dem Mord* ausgetauscht.«

»Das fiel der Leiche sicherlich nicht ganz leicht ...«

»Der Mörder hat es getan, Egbert«, schrie Auguste.

»Und was ist mit dem Blut?« fragte Rose sofort. »Wenn die Sachen nach dem Tod des Mannes ausgetauscht wurden, was geschah mit den alten Sachen, und was noch wichtiger ist: wieso sind diese neuen Sachen voller Blut?«

»Angenommen, der Mörder hat Blut daraufgeschmiert?«

»Wessen Blut?«

»Tierblut.« Auguste stockte. »Das Blut, das aus der Speisekammer verschwunden ist.« Er hatte recht, er *mußte* recht haben. »Breckles konnte am nächsten Tag das Blut für die Blutwurst nicht finden.«

»Wie bitte?« Rose sah ihn verblüfft an, dann griff er den Gedanken auf. »Das neue Testverfahren.« Er überlegte. »Ich werde das Hemd Cobbolds Kollegen schicken. Aber das heißt nicht, daß du mich überzeugt hast. Da sind noch ein paar Fragen offen. So wie meine erste Frage. *Warum?*«

»Um die Identität des Toten zu verschleiern.«

Rose überlegte und schüttelte dann den Kopf. »Das paßt nicht zusammen. Wenn der Tote hier aus der Gegend stammt, wird er auf jeden Fall früher oder später identifiziert. Wenn nicht, warum sich die Mühe machen, ihn umzuziehen?«

»Damit der Mörder genug Zeit hat, von hier zu verschwinden«, sagte Auguste.

»Vielleicht doch Seine Majestät?« fragte Rose trocken.

»Es waren Gäste im Haus«, erwiderte Auguste würdevoll. »Und Dienerschaft.«

»Die an erstklassige Garderobe herankommt?«

Auguste gab nicht auf. »Kammerdiener kriegen oft Garderobe von ihrer Herrschaft geschenkt. Und dann sind da auch noch Mr. und Mrs. Janes.«

Rose schüttelte unzufrieden den Kopf. »Dann wäre es ja vorsätzlicher Mord. Bestell dein Opfer um Mitternacht in den Pavillon, bring Sachen zum Wechseln mit, nimm dir die Zeit, den Toten vollständig umzuziehen und ihm das Haar zu schneiden, obwohl du damit rechnen mußt, daß der Schuß alle Leute im Haus aufgeweckt hat. Nein, es muß ein zwingendes Motiv gegeben haben, warum man ihn umgezogen hat. *Wenn* es der Fall war«, setzte er vorsichtig hinzu.

»Manchmal sind die Gerichte, die am kompliziertesten aussehen, in Wahrheit die einfachsten«, sagte Auguste. »Nimm zum Beispiel eine *brandade de morue* oder auch ein *gratin dauphinois*«

»Im Augenblick nicht, danke«, unterbrach ihn Rose. Allzu lebhafte Erinnerungen an den Hirschbraten stiegen in ihm auf. Er zögerte. Unangenehme Assoziationen lasteten schwer auf ihm. »Auguste, dir ist doch klar, daß in diesem Stadium jeder verdächtig ist, nicht wahr?«

»Natürlich.« Auguste war ein wenig gekränkt. »Ich hatte ebensoviel Gelegenheit, den Mann umzubringen, wie jeder andere. Außerdem war ich einige Zeit mit dem Toten allein und konnte alles belastende Beweismaterial beiseite schaffen ...«

»Ich habe nicht an dich gedacht.«

Auguste starrte ihn entsetzt und ungläubig an – dann erinnerte er sich an Egberts seltsame Schweigepausen. »Du kannst doch unmöglich noch immer der Meinung sein, daß Tatjana in die Sache verwickelt ist«, sagte er zögernd.

»Ich muß jeden in Betracht ziehen.«

»Aber sie hat den Toten nicht erkannt.« Auguste gab sich Mühe, emotionslos und sachlich zu sprechen. Seit Tatjana ihm erklärt hatte, wie sich alles verhielt, hatte er seine eigenen Befürchtungen über ihre Rolle bei diesem Ereignis als die Frucht einer allzu lebhaften Phantasie beiseite geschoben. Wie hatte er annehmen können, daß Egbert das ebenfalls tat?

»Ist dir je der Gedanke gekommen, daß der Tote Gregorin sein könnte?« fuhr Rose fort. »Ich frage dich das nur deshalb, weil Twitch nach London gefahren ist und mit dem Sonderdezernat zusammen Ermittlungen anstellt.«

Augustes Gesicht lief dunkelrot an. »Du läßt ihn wegen *meiner Frau* ermitteln?«

»Das muß ich.«

Verzweifelt versuchte Auguste, die Dinge mit Egberts Augen zu sehen. Tatjana war die einzige, die Gregorin kannte. Angenommen, sie hatte gelogen, was die Leiche betraf? Egbert hatte recht, mußte er zugeben. Und doch empörte sich etwas in ihm dagegen. Ebensogut konnte Egbert Königin Alexandra in Person verdächtigen.

Die Vernunft gewann die Oberhand. »Wieso«, fragte er, »konnte Gregorin am nächsten Abend auf mich schießen, wenn er die Nacht davor ermordet worden war?«

»Das ist doch ganz einfach. Der junge Alexander und ...«, Rose zögerte, als Auguste ihn vorwurfsvoll ansah, »... und die Prinzessin könnten Gregorin erschossen haben, bevor er hier irgendwelchen Schaden anrichten, bevor er dir oder Seiner Majestät etwas antun konnte. In der europäischen Politik weiß man nie genau, was gerade los ist, und Gregorin hat sich unlängst am Berliner Hof aufgehalten. Angenommen, er hatte den Auftrag, den König umzubringen, und von dir war gar nicht die Rede? Alexander hat dann am nächsten Abend auf dich geschossen, aber dich absichtlich verfehlt ...«

»Nur ganz knapp.«

»Egal, er hat dich verfehlt. Er hat sich einen Fluchtweg überlegt: die Berge hoch, dann in großem Bogen hinten herum und bei Willy's Brow bergab und wieder ins Herrenhaus hinein. Er hat jetzt den Beweis geliefert, daß Gregorin tatsächlich existiert. Dann erst fühlen sich die beiden bemüßigt, uns von diesem berüchtigten Meuchelmörder zu erzählen. Oder aber Gregorin selber hat unseren Mann erschossen, der vielleicht aus einem ganz harmlosen Grund hier erschienen und ihm in die Quere gekommen ist.«

»Ja, das wäre möglich«, pflichtete ihm Auguste erleichtert bei.

Rose blieb ungerührt. »Dann beweise das schnell, Auguste, oder ich muß etwas unternehmen, wenn Twitch mit einer Beschreibung oder einer Photographie von Gregorin zurückkommt, die unserer Leiche halbwegs entspricht.«

»Ich kann gleich damit beginnen«, zischte ihn Auguste an. »Wenn das Gutachten des Pathologen besagt, das Blut an den Sachen stammt von einem Tier, dann kann der Tote nicht Gregorin sein. Warum sollten sich Tatjana und Alexander die Mühe machen, seine Kleidung auszutauschen?«

»Guter Einwand. Aber Gregorin selber könnte das getan haben«, erwiderte Rose prompt. »Twitch berichtete, dem Sonderdezernat sei bekannt, daß Gregorin es liebt, sich zu verkleiden.

Angenommen, er hat deinen Unbekannten nur ermordet, um an seine Sachen heranzukommen?«

Auguste hätte ihm gerne zugestimmt. Wirklich sehr gerne. Aber er konnte es nicht. »Warum hat er ihm dann das Haar geschnitten?«

Langes Schweigen. »Gut gemacht, Auguste«, sagte Egbert.

Ein Klopfen an der Tür, und Cobbold trat ein. Er nickte Auguste zu, setzte sich vorsichtig Rose gegenüber auf den Polsterstuhl und verkündete, daß nun jedes Dorf in den Tälern eine rekonstruierte Zeichnung des Toten in den Fenstern des örtlichen Postamts ausgehängt habe.

»Mr. Didier meint, der Tote ist nicht der Gentleman, der er zu sein scheint. Die Sachen, die er trug, wurden nach seinem Tod ausgetauscht. Mr. Didier glaubt, er könnte ein Arbeiter hier aus der Gegend sein. Wäre das möglich?«

Cobbold überlegte. »Ich kann es nicht ausschließen. Zu dieser Jahreszeit sind viele Männer hier auf Wanderschaft. Sie scheren Schafe, fällen Winterholz, decken Dächer, machen Maurerarbeiten, stechen Torf und so weiter. Sie könnten unter Umständen längere Zeit unterwegs sein. Ich werde in der Baumwollspinnerei und in der Gerberei nachforschen.« Er sah Rose resigniert an. »Sie möchten also, daß wir das ganze Terrain hier nach den Sachen absuchen?«

»Ja, und das schnell. Nach der offiziellen Leichenschau muß ich die Gäste abreisen lassen«, sagte Rose bedauernd.»Ich will nicht, daß die königlichen Telegraphendrähte glühen, weil Mrs. Janes hier festgehalten wird.«

»Das gilt natürlich auch für mich und meine Frau?« erkundigte sich Auguste steif.

»Nein, du reist noch nicht ab.« Rose machte eine Pause. »Ich brauche dich.« Wieder dieser Klang in seiner Stimme, vermerkte Auguste bedrückt. *Noch nicht. Nicht bis ich sicher bin, daß deine Frau keine Mörderin ist.*

Selbst wenn er beweisen konnte, daß die Sachen des Toten vertauscht worden waren, mußte derjenige, der das getan hatte, erst ermittelt werden. Es würde eine einsame Jagd werden, und einsame Jagden begannen auf heimischem Terrain.

»Einer von diesen Detektiven hat den ganzen Freitag und Sonnabend an unserer Tür herumgelungert«, teilte ihm Mrs. Breckles hilfsbereit mit. »Die Hemdennäherin ist gekommen«, erinnerte sie sich. »Mrs. Waites. Sie war ganz schön auf der Palme, weil dieser Detektiv glaubte, sie könnte ein Gewehr in ihrer Arbeitstasche versteckt haben. Mrs. Waites ist sehr patriotisch. Aber den hier kennen wir nicht.« Sie blickte auf die Zeichnung, die Auguste ihr hinhielt, ein Porträt des Toten mit längerem Haar, Bart und zerknittertem Halstuch. »Manche, die so aussehen«, sagte sie mißbilligend, »fragen am Haupteingang nach Arbeit, und Mr. Richey schickt sie weg.«

Ertappt bei einem ruhigen Rauchvergnügen, beim Übertreten von Vorschriften, die sogar Seine Majestät gezwungenermaßen hatte einhalten müssen, hatte Mr. Richey keine andere Wahl, als sich Mr. Didier gegenüber entgegenkommend zu verhalten. Er warf einen kurzen Blick auf die Zeichnung.

»Eingang für Dienstboten, Mr. Didier.« Sein lässiger Ton schien anzudeuten, daß Auguste dieser Eingang vertraut sein müsse.

Jetzt war Diplomatie erforderlich. »Mein Geschmackssinn ist ausgezeichnet, Mr. Richey, mein Geruchssinn dagegen ziemlich unterentwickelt«, ließ Auguste wie beiläufig fallen. Das stimmte natürlich nicht – er konnte einen sauer gewordenen Saucenfond auf vierzig Schritt riechen –, aber Mr. Richey nahm das als Hinweis darauf, daß sich Augustes Geruchssinn ganz leicht und schnell verbessern könnte. Diesmal studierte er die Zeichnung aufmerksam.

»Das Bild erinnert mich an einen Mann, der sich vor fünf oder sechs Wochen bei uns gemeldet hat. Der Chief Inspector interessierte sich nur für Leute, die in der letzten Woche hier erschienen sind, und auch nur für hochherrschaftliche Besucher. Deshalb habe ich ihm nichts von dem Mann erzählt.«

»Was wollte er?« In seiner Aufregung entfuhr Auguste ein erstickter Würgelaut.

»Ich kann mich natürlich irren. Dieser Mann, den ich meine, gab vor, er hätte etwas mit der Familie zu regeln, das heißt mit Ihrer Ladyschaft, oder wenn nicht mit ihr, dann mit Seiner Lordschaft. In diesem Augenblick erschien Ihre Ladyschaft, und er drückte ihr einen Brief in die Hand. Als sie ihn geöffnet hatte, sagte sie: ›Es ist schon gut, Richey‹ und winkte dem Mann, er solle mitkommen. Ich habe Seine Lordschaft davon unterrichtet«, erklärte er salbungsvoll, »da ich mir Sorgen machte, ob Ihre Ladyschaft mit solch einem Kerl sicher sei.«

»Sehr richtig«, sagte Auguste mit Nachdruck, plötzlich überzeugt von Mr. Richeys Vorzügen.

»Sind Sie sicher, daß Sie ihm nicht begegnet sind, Lady Tabor?« bohrte Auguste hartnäckig weiter, ohne Rücksicht auf diplomatisches Wohlverhalten. »Mr. Richey behauptet es. Der Mann ist vor fünf oder sechs Wochen hierhergekommen und verlangte Sie zu sprechen.«

Er schob ihr die Zeichnung noch einmal hin. Priscilla betrachtete sie und trommelte dabei ungeduldig mit den Fingern auf ihren Rosenholzsekretär. Dann, als sei ihr klar geworden, daß dieser Plagegeist nicht verschwinden würde, sagte sie: »Richey denkt möglicherweise an diesen gräßlichen Kerl, der mir eine Aufstellung über Alfreds Schulden vorgelegt hat.«

»Aber weder Sie noch Mr. Alfred haben den Toten erkannt.«

Priscilla sah ihn ruhig an. »Dafür gibt es einen ganz simplen Grund, Mr. Didier. Der Tote war nicht dieser Mann. Das Haar war viel kürzer, und er gehörte einer ganz anderen Gesellschaftsschicht an.«

»Hat Ihr Besucher eine Visitenkarte oder eine Adresse hinterlassen?«

»Adresse?« Die Fischbeinstäbe quietschten, die Augenbrauen hoben sich. »So ein Mensch hat keine Adresse, Mr. Didier. Er wandert von einer Grafschaft zur andern. Wenn die Polizei ...«, bildete er sich das ein, oder betonte sie das Wort »Polizei« ein wenig, »... ihre diesbezüglichen Ermittlungen fortsetzen will, könnte sie den Mann meines Erachtens binnen kurzem in Newmarket finden. Beim Rennen dort kommen oft leichtgläubige junge Männer zusammen, die töricht genug sind, sich auf verbotene Glücksspiele einzulassen.«

»Sein Name?«

»Mr. Didier.« Brünnhilde erhob sich. »Diese Art Mensch hat keinen Namen. Er verlangte nur Zahlung in Noten der Bank von England, und mein Sohn hat gezahlt.«

»Tatsächlich?« Alfred Tabor hielt einen Moment lang bei der ihn vollständig in Anspruch nehmenden Aufgabe inne, Auguste und sich selbst einen steifen Whisky mit Soda einzugießen, nach dem Auguste gar kein Verlangen trug. »Wenn Sie es sagen, mein Lieber.«

»Nicht ich sage das, sondern Ihre Mutter.« Auguste war gereizt.

»Ah. Dann hat sie sicherlich recht. Ja, es stimmt. Ungefähr vor sechs Wochen. Gräßlicher karierter Anzug. Große Stiefel. Ist das der Bursche?« Er betrachtete die Zeichnung. »Könnte sein. Ich bin nicht sicher. Ich wollte ihm sagen, er soll verschwinden, aber er wäre ja wiedergekommen. Gläubiger kommen immer wieder, wissen Sie.«

Auguste wußte es. »Also hat die Leiche im Raucherpavillon nicht unbedingt etwas mit ihm zu tun?« erkundigte er sich höflich.

»Nein. Auf keinen Fall«, versicherte Alfred mit Nachdruck.

»Es ist richtig, zu Anfang war ich etwas besorgt, der Tote könnte irgendwie mit der Roulettscheibe zusammenhängen. Sie wissen, wie das ist, oder vielleicht wissen Sie's auch nicht.«

Ihm fiel ein, daß Auguste ja ein Koch war, und sein vertraulicher Ton bekam eine leicht herablassende Färbung. »Black Jack, Roulette, Bakkarat. Ich bin ein bißchen in Rückstand gekommen, weil ich mir an einem Ort was pumpen mußte, aber dort mußte ich dann Kerl Nr. Zwei bezahlen, weil durchgesickert war, daß ich Kerl Nr. Eins nicht bezahlt hatte, und das bedeutete, ich hatte nicht das Geld, um Kerl Nr. Eins zu bezahlen. Das muß der gewesen sein, für den der Bursche in dem karierten Anzug tätig war. Ja, zum Henker, Ma hat recht. Ich habe den Kerl bezahlt. Ich dachte, Kerl Nr. Drei würde ebenfalls hier auftauchen, aber er ist nicht erschienen.«

Er strahlte Auguste an, und in der Hoffnung, daß nun alles geklärt sei, fragte er mit einem ein wenig gezwungenen Lachen: »Sie glauben doch nicht etwa, ich hätte mich mit diesem Knilch im Raucherpavillon verabredet und ihn dort umgelegt?«

»Für die Leiche ist das nicht so lustig«, sagte Auguste streng.

»Dieser Kumpel von Ihnen, dieser Inspektor, ist kein Mann von Welt«, urteilte Alfred über den Veteran des berüchtigten Polizeireviers Radcliffe Highway. »Bestellen Sie ihm von mir, daß Schulden nicht verschwinden, wenn man den Geldeintreiber erschießt. Haben Sie daran schon gedacht?«

Auguste mußte das verneinen.

Doch es stellte sich heraus, daß keine Quittung zu finden war, obwohl Alfred steif und fest behauptete, es sei eine ausgestellt worden. Großmütig erbot er sich, danach zu suchen, und damit mußte Auguste sich zufriedengeben. Zögernd strich er Alfred von der Liste der Verdächtigen. Welchen Grund sollte der junge Tabor gehabt haben, einem Geldeintreiber Gesellschaftskleidung anzuziehen und so den Verdacht auf die Familie zu lenken – und ausgerechnet in *dieser* Nacht?

Auguste kam es vor, als sei sein Hirn ebenso umnebelt wie die Berge, die ihn jeden Morgen grüßten. Aber während der Dunst, der über ihnen hing, einen herrlichen Herbsttag versprach, spürte er in seinem verwirrten Inneren plötzlich eine namenlose Angst aufsteigen.

George Tabor beäugte ihn argwöhnisch, als er, diesmal zusammen mit Tatjana, im Frühstückszimmer erschien, wo das Mittagessen serviert werden sollte. »Ihr Freund von der Polizei hat uns mitgeteilt, daß man unser Haus durchsuchen wird. Ich bin nicht gerade erpicht darauf. Natürlich haben wir nichts zu verbergen«, setzte er hastig hinzu, »aber unseren Gästen gefällt das gar nicht. Und Priscilla auch nicht.«

Die Tür flog auf, und wie auf dieses Stichwort hin erschien seine Frau. »Mr. Didier, gibt es denn *nichts*, was Sie dagegen tun können?«

»Leider nein«, sagte Auguste wahrheitsgemäß. Schließlich stand er auf ihrer Seite. Sein Zimmer – seins und Tatjanas – würde ebenfalls durchsucht werden. Ihm war schmerzhaft bewußt, daß Egbert ihm vielleicht absichtlich aus dem Wege ging, genau wie er Egbert. »George«, sagte er, tapfer in die Nesseln greifend, »wissen Sie zufällig etwas über die Sachen, die der Tote getragen hat?«

Priscillas Busen hob sich. »Wir haben der Polizei soeben mitgeteilt, Mr. Didier, daß aus dem Kleiderschrank meines Mannes nichts fehlt, wenn Sie darauf hinauswollen. Wenn Sie an unseren Worten zweifeln, unterhalten Sie sich doch bitte mit Johnson, dem Kammerdiener meines Mannes. Er ist Quäker.« Sie betätigte erregt die Klingel.

Ein Blick in Johnsons strenges Gesicht genügte: an der Ehrlichkeit dieses Mannes war nicht zu zweifeln. Ebensowenig an seiner Selbstgerechtigkeit. »Aus der Garderobe Seiner Lordschaft fehlt nichts. Anzüge, Hemden, Socken, Schuhe,

Unterwäsche – alles ist vollzählig vorhanden und in perfekter Ordnung.«

»Und die Schmutzwäsche?« fragte Auguste zögernd.

Johnson gestattete sich ein dünnes Lächeln. »Natürlich habe ich auch das sofort nachgeprüft, als der Chief Inspector sein Interesse bekundete. Es fehlt nichts. Außerdem sind alle Anzüge Seiner Lordschaft englisches Fabrikat, und ebenso seine Socken, Unterhosen, Schuhe, Hemden und Krawatten. Seine Lordschaft ist nicht so für Frankreich eingenommen, Sir.«

George hüstelte entschuldigend. »Nichts gegen die Franzosen, Didier, das versteht sich. Aber es geht doch nichts über das, was das eigene Land zu bieten hat.«

»Das stimmt, George. Außer in puncto Schweinefleisch«, sagte Auguste hinterhältig.

»Schweinefleisch?« fragte George etwas verwirrt.

»Die vielen Vorzüge und Variationsmöglichkeiten des Schweinefleischs werden hier nicht genügend gewürdigt. Obwohl Mr. Breckles' Hammelfleisch ...«

»Und jetzt, Mr. Didier«, unterbrach ihn Priscilla honigsüß, »wird Johnson mit Ihnen einen Rundgang bei allen Kammerdienern machen. *Vor* dem Essen. Sie müssen sich natürlich vergewissern.«

»Und ich muß auch Miss Savage sprechen.« Auguste wagte einen mutigen Vorstoß. »Ich habe erfahren, daß die alte Lady Tabor die Sachen ihres verstorbenen Gatten alle noch aufbewahrt.«

»Gewiß, wenn Sie das wünschen.« Diese Dienstbotenangelegenheiten langweilten Priscilla jetzt sichtlich.

Die Herren Harbottle und Watkins bedeuteten eine Überraschung. Auguste hatte angenommen, der freundliche Harbottle, ein Mann mittleren Alters, gehöre zu Janes, und Watkins, ein flinker Zwanzigjähriger mit Ambitionen, zu Oliver. Es war umgekehrt.

»Mein Herr«, sagte Harbottle selbstgefällig, »bezieht seine Hemden und seine Unterwäsche aus Paris und seine Anzüge aus London. Er führt ein sehr anstrengendes Leben«, sagte er stolz. »Manche Leute glauben, die Damen brauchen so viel Gepäck für ihre Besuche, weil sie sich fünfmal am Tag umziehen. Ich weiß es besser. Mein Herr muß sich immer sehr genau überlegen, welche Anzüge er mitnimmt. Muß er zum Beispiel Damen den Hof machen? Muß er mit unverheirateten Damen tanzen? Muß er den Alleinunterhalter im Haus alter Herrschaften spielen? Muß er ...«

»Und wie wird dieser Besuch hier eingestuft?« erkundigte sich Auguste belustigt, eingedenk seines eigenen hastigen Kofferpackens und seiner Garderobenprobleme.

»Das war ein Trauerbesuch, Sir, gemischt mit etwas Courschneiden. Courschneiden, Sir, nicht Mord.« Harbottle griente. »Und es fehlt nichts von seinen Sachen. Er hat noch alles, womit er angekommen ist. Wie steht's bei Ihnen, Mr. Watkins?«

Watkins warf Harbottle einen mißbilligenden Blick zu. »Wenn wir irgendwohin reisen, wo wir mit Mitgliedern der königlichen Familie zusammentreffen, lassen wir natürlich große Sorgfalt walten. Mein Herr bringt dann immer zehn Anzüge mit. *Zehn*, Mr. Didier. Zehn bringt er mit, und zehn sind noch hier.«

Savage würde eine gute Gefängniswärterin abgeben, dachte Auguste auf dem Weg zu den Räumen der alten Lady, wo Savage ihr Schlafzimmer und ein kleines Wohnzimmer hatte, um jederzeit ihrer Herrin zur Hand gehen zu können. Als er eintrat, legte sie gerade ein gesticktes Deckchen auf ein Tablett, auf dem sie den Nachmittagskaffee für Ihre Ladyschaft servieren wollte.

»Hmmm – ist das das Wappen der Tabors?« fragte er, die Handstickerei bewundernd. »Ist das Ihre Arbeit?«

»Nein. Miss Lauras.« Savages Ton ließ erkennen, daß sie mit Charme nicht zu beeindrucken war.

Uneingeschüchtert sagte er: »Bitte, könnte ich einen Blick auf die Garderobe des verstorbenen Lord Tabor werfen …«

»Ich habe der Polizei bereits mitgeteilt, daß nichts fehlt.«

»Würden Sie trotzdem so freundlich sein, sie mir zu zeigen?« Augustes Stimme wurde etwas unsicher unter ihrem indignierten Blick, doch sie führte ihn widerspruchslos zu dem Ankleideraum neben dem Schlafzimmer der alten Lady.

»Hier«, sagte sie verächtlich und riß eine Schranktür auf. »Die Anzüge Seiner Lordschaft. Jeder einzelne in Harrogate geschneidert. Er war ein Yorkshire-Mann durch und durch.« Sie drehte eine Brusttasche um, damit Auguste das Etikett sehen konnte: Haycock of Harrogate. »Und seine Hemden nähte Mrs. Pumps, die Mutter von der, die jetzt die Runde bei ihren Kunden macht. Sie hat sehr gut gearbeitet.«

»Sie sind schon lange bei Lady Tabor im Dienst?« erkundigte sich Auguste höflich.

»Seit sie als Braut in dieses Haus kam. Dünn wie ein Zwirnsfaden, aber sie konnte einen um den kleinen Finger wickeln. Das kann sie auch jetzt noch.« Ihr grimmiges Gesicht bekam einen fast menschlichen Ausdruck.

»Mein lieber Mr. Didier, wie freundlich von Ihnen. Sie sehen sich Charles' Garderobe an.« Lachend kam Miriam in den kleinen Raum. »Der liebe Charles. Ich fühle mich ihm ein bißchen näher, wenn ich seine Sachen um mich habe. Savage versteht das, nicht wahr, Savage?«

Savage errötete vor Stolz. »Jawohl, Milady.«

Smith, Cyril Tabors Kammerdiener, war damit beschäftigt, Mr. Cyrils Abendanzug aufzubügeln, und informierte Auguste, daß Mr. Cyril jeden Augenblick hereinkommen könnte, um sich für das Mittagessen umzuziehen. Doch ein paar Sekunden hätte er, Smith, vielleicht Zeit für ihn. »Ich habe der

Polizei bereits erzählt«, sagte er tonlos, »daß Mr. Cyril sechs Anzüge hierher mitgebracht hat. Ich zeige sie Ihnen.«

Mit der Miene eines Mannes, dem zuviel zugemutet wird, öffnete er den Schrank im Ankleidezimmer und verlor augenblicklich die Fassung.

»Das ist sonderbar, sehr sonderbar! Anscheinend fehlt ein Anzug.«

»Beim Essen warst du sehr schweigsam, Auguste«, sagte Tatjana. »Hat dir Mr. Breckles' Pflaumen-Charlotte nicht geschmeckt?«

»Ich glaube, ich ziehe seine Yorkshire-Spezialitäten vor.« Auguste lächelte sie an, als wolle er sie beruhigen, daß alles andere in Ordnung sei. Es war umsonst.

»Egbert will dich sprechen«, sagte sie wie beiläufig, beobachtete ihn jedoch scharf.

»Ich würde lieber mit dir spazierengehen.«

Die morgendliche Oktobersonne war angenehm, als sie auf das bewaldete Tal zuschritten, das zu dem Weg von Malham zum Hochmoor führte. Ein schmaler Pfad zog sich am Ufer des sprudelnden Wildbachs entlang, der über Kiesel und große Felssteine dahinströmte, eilig bestrebt, zusammen mit anderen Bächen und Quellen den Fluß Aire zu bilden. Riesige moosbedeckte Findlinge klebten dicht an den steilen Hängen zu beiden Seiten des Bachs. Nur ein paar hundert Meter vom Herrenhaus entfernt befand man sich in einer anderen Welt. Doch es war immer noch eine Welt, in der man Probleme anpacken mußte.

»Warum gehst du Egbert aus dem Weg?« fragte Tatjana geradeheraus.

»Weil er eng mit Inspektor Cobbold zusammenarbeitet.«

»Das ist doch nicht der Grund. Es ist meinetwegen, nicht wahr?«

Er wollte lügen, aber er konnte es nicht.

»Er versucht doch nur, seine Arbeit zu tun. Es ist bestimmt nicht leicht für ihn, Auguste.«

»Vielleicht nicht.«

»Dann mach ihm das doch nicht zum Vorwurf. Er glaubt immer noch, daß der Tote Gregorin sein könnte. Solange er keine andere Lösung hat, *muß* er mich und Alexander verdächtigen.«

»Deshalb werde ich die richtige Lösung finden, und das schnell«, sagte Auguste entschlossen.

»Da hinten«, brüllte Tatjana gegen das Rauschen an und zeigte auf eine Höhle hinter dem Wasserfall, der von einer überhängenden Felsklippe herabstürzte, »haust Janet, erzählt man im Dorf.«

»Wer ist Janet?« Es schien eine recht feuchte Wohnstätte für eine Dame zu sein.

»Die Feenkönigin. Die Königin der Zaubersprüche.«

»Vielleicht weiß sie einen Zauber, der bewirkt, daß Gregorin seine Meinung über mich ändert?«

»Wir können sie fragen.« Tatjana drehte sich zu dem Wasserfall hin. »Poshalista, zariza ...«*

»Vielleicht versteht sie kein Russisch.«

»Dann sprich in der Sprache von Yorkshire.«

»Hickity O, pickity O, pompolorum jig!« Auguste wurde plötzlich leicht ums Herz, nun, da er sich an Breckles' Zauberspruch erinnerte. »Das hilft gegen das Böse.«

Hinter den Bergen schien immer noch die Sonne, aber dort, wo sie standen, eingeschlossen von gewaltigen Felswänden und überhängenden Bäumen, fiel es wirklich nicht schwer, an das Böse zu glauben und an die Feenkönigin, die hinter dem Wasserfall wohnte.

»Der Gedanke ist doch sonderbar«, sagte Auguste nüchtern,

*(russ.) Bitte, Königin...

»daß ich tot wäre, wenn Gregorin erschiene, aber du dann frei von jedem Verdacht wärst.«

»Und wenn er verschwindet, werde ich verhaftet, aber du lebst.«

Er lachte. »Ist es das, was man den Ausgleich in der Ehe nennt?«

Er sah seine Frau an. Er sah sie, wie sie war. Nicht die Prinzessin im Elfenbeinturm, von der er so viele Jahre geträumt hatte; sie war Tatjana Didier, und bei allen faulen Eiern Chinas, er liebte sie!

Das Wasser prickelte auf ihren Gesichtern, als er sie küßte. Dann stieß sie ihn weg.

»*Alors*, Auguste, ich bin eine praktische Frau. Der Boden hier ist morastig. Wir gehen in unser Zimmer zurück, ja? Wir wollen hoffen, daß Egbert es nicht gerade durchsucht.«

»Was zieht man für eine Leichenschau an?« fragte Priscilla am nächsten Tag. Die Versammlung im Salon hatte etwas ungewohnt Intimes bekommen, weil das Damoklesschwert über ihnen allen hing. Man mußte den Anschein aufrechterhalten, daß sich, trotz der Anwesenheit von Polizisten im Haus, nichts Ungewöhnliches abspielte.

»Wir müssen doch nicht etwa tiefe Trauer tragen?« rief Beatrice erschreckt. »Jetzt, wo Seine Majestät abgereist ist?«

»Es ist immerhin ein Todesfall – sozusagen«, sagte Priscilla.

»Zieh dein Königin-Victoria-Kleid an«, schlug Victoria vor. »Dieses schwarze Crèpe-de-Chine-Kleid mit den Spitzenärmeln und dem Spitzenschal. Dann traut sich die Polizei nicht, dich zu verhaften.«

»Aber Victoria«, protestierte ihre Mutter, doch der Protest klang merkwürdig kraftlos.

»Ich finde, wir sollten alle möglichst hübsch aussehen«, meinte Gertie schlicht.

»Das Herz des Leichenbeschauers wird bei deinem Anblick schmelzen, Kätzchen«, sagte ihr Gatte liebevoll.

»Er kann doch unmöglich mich im Verdacht haben, oder?« Gerties große braune Augen blickten angstvoll in die Runde.

»Nein. Du hast nicht genug Grips, Gertie«, erwiderte ihr angeheirateter Neffe munter.

»Dann ist es ja gut.« Gertie war erleichtert.

»Meines Erachtens könnte die Leiche etwas mit dem Theater zu tun haben«, sagte Beatrice. Alle Tabor-Augenpaare waren indigniert auf sie gerichtet. Wenn es hart auf hart ging, war Gertie eine von ihnen. »Die Polizei glaubt anscheinend, daß der Tote sich verkleidet hatte – daß er die Sachen von jemand anderem trug«, setzte sie nervös hinzu. »Also erscheint diese Schlußfolgerung doch naheliegend.«

»Nur Ihnen, Mrs. Janes«, bemerkte Priscilla kühl. Beatrice war zwar die Favoritin des Königs, doch ganz bestimmt nicht ihre.

»Und mir«, sagte Harold mit Nachdruck, bestrebt, seiner Frau beizustehen. »Schließlich sind wir hier nur Gäste« – sein Ton ließ darauf schließen, daß es das letzte Mal sein würde –, »und wir würden wohl kaum hierherkommen, um einen Mord zu begehen.« Er warf sich entrüstet in die Brust. »Wir sind Unschuldige am Rande des Geschehens. Ebenso wie Seine Majestät.«

Priscilla erbleichte bei der unausgesprochenen Drohung, daß Klatsch über die erzwungene Gastfreundschaft auf Tabor Hall dem König zu Ohren kommen könnte. Aber diesmal eilte ihr ihr Gatte ritterlich zu Hilfe.

»Bertie hat Verständnis. Er sagte, nächstes Jahr zur Fasanenjagd ist er wieder hier.«

Beatrice und Harold wechselten schnell einen Blick und überdachten ihre Situation.

»Mit so einem Schnurrbart hätten sie ihn nie auf der Bühne geduldet.« Auch Gertie hatte nachgedacht.

»Seine Majestät erscheint nie auf der Bühne«, sagte Beatrice entrüstet. Gertie schien verwirrt.

»Sie meint die Leiche«, erklärte Cyril freundlich.

Auguste betrachtete ihn aufmerksam. Cyril war der einzige, bei dem ein Anzug fehlte, und nur er, Auguste, wußte es. Vielleicht hatte das nichts zu bedeuten, überlegte er, denn jeder konnte den Anzug entwendet haben. Von allen Anwesenden hätte Cyril am wenigsten Grund, die Kleidung des Toten auszutauschen, denn in seinem Fall kam nur ein Colonel der Indischen Armee als Opfer in Frage, der ganz bestimmt ohnehin einen Gesellschaftsanzug getragen hätte. Oder eine Uniform, doch die hätte ihn sofort verraten. Eine leise Stimme in Augustes Innerem wies darauf hin, daß ein Colonel der Indischen Armee kein langes Haar trug. Es hieß, ein paar schwarze Haare hätten nichts weiter zu bedeuten …

Priscillas Blicken Trotz bietend, äußerte Cyril die Absicht, in Ruhe zu rauchen, jetzt, wo die Polizei den Raucherpavillon offiziell wieder freigegeben hatte. Das war die Gelegenheit für Auguste, noch am selben Abend mit ihm zu sprechen.

Umgeben von den künstlerischen Attraktionen des Raucherrefugiums, die Annehmlichkeiten eines guten Brandy und lederner Klubsessel genießend, fiel es Auguste schwer, sich vorzustellen, welche schreckliche Szene sich erst vor wenigen Tagen hier abgespielt hatte.

»Ihr Kammerdiener hat mir mitgeteilt, Mr. Tabor, daß einer Ihrer Anzüge verschwunden ist«, begann er, weil ihm kein taktvollerer Anfang einfiel.

»Ja, das hat er mir auch erzählt. Merkwürdig, nicht wahr?« sagte Cyril indigniert. »Ich werde Smith bitten, einen Blick auf den Anzug zu werfen, den der arme Teufel getragen hat.

Es könnte ja sein, daß es meiner ist, den er irgendwie in die Hände gekriegt hat.«

Auguste kniff die Augen halb zu. Naiv oder raffiniert? »Und wie könnte das geschehen sein?« erkundigte er sich vorsichtig.

Cyril zuckte die Achseln. »Keine Ahnung. Priscilla ermutigt Vagabunden nicht gerade, sich auf Tabor Hall herumzutreiben.« Er gähnte. »Tut mir leid, mein Lieber. Es muß an diesen verdammten Puddings liegen, die Breckles uns jetzt dauernd vorsetzt. Sahnekaramelpudding, Vanillepudding. Ich weiß nicht, was in ihn gefahren ist.«

Auguste schwieg diskret. Die Beschwerde über die Puddings rief ihm Breckles' Blutwurst ins Gedächtnis. Wie lange würde es dauern, bis der Bericht aus Leeds eintraf?

»Chief Inspector Rose hätte Sie gern gesprochen, Sir.«

Auguste war gerade im Begriff, seine Krawatte zu binden. Dieses Mal konnte er Egberts Aufforderung nicht ignorieren. Außerdem konnte es sich ja um den Bericht aus Leeds handeln.

Es war nicht der Bericht.

»Gehst du mir aus dem Wege, Auguste?« fragte Egbert. Er hatte bereits gefrühstückt und saß jetzt, deutlich verärgert, an seinem Schreibtisch. Twitch war bei ihm. Das verhieß nichts Gutes.

»Nein«, sagte Auguste. »Gestern und heute haben mich meine Pflichten als Gast voll und ganz in Anspruch genommen.« Tatsächlich hatte er den größten Teil des gestrigen Tages in der Küche verbracht, wo man ihm Unterricht in der *cuisine* von Yorkshire erteilt hatte. Er hatte auch die Gelegenheit genutzt, das Dienstbotenzimmer davon zu unterrichten, daß das Blut an den Sachen des Ermordeten Schweineblut gewesen war, und dabei hatte er aufmerksam nach Anzeichen von Schuld oder allzu lebhaftem Interesse Ausschau gehalten. Bei den

Kommentaren ging es lediglich darum, wie jemand Mr. Breckles so frech hatte beleidigen können. Die einzige andere sichtbare Reaktion kam von dem Küchenjungen, der fälschlich beschuldigt worden war, das Schweineblut fortgeschafft zu haben, und jetzt einen Hoffnungsschimmer sah, eines Tages die gehobene Stellung eines dritten Gemüsekochs einnehmen zu können.

»Wenn du bei der Erfüllung einer dieser Pflichten auf etwas Interessantes stößt, läßt du es mich doch sicherlich wissen«, sagte Egbert ironisch.

»Natürlich«, log Auguste.

»Wie zum Beispiel, daß dir Cyril Tabors Kammerdiener mitgeteilt hat, einer der Anzüge seines Herrn sei verschwunden. Und ein Hemd. Als ich das schließlich auch erfuhr, entdeckte ich, daß die Etiketts in dem Anzug, den der Tote trug, später eingenäht worden waren. Stitch hat da ganz ausgezeichnete Arbeit geleistet.«

Stitch strahlte.

»Und außerdem hat sich Colonel Simpson nicht nach Indien eingeschifft. Er hat den Dampfer offenbar versäumt.«

Vielleicht bellte Egbert am falschen Baum hoch, aber Auguste hatte nicht die Absicht, ihn davon abzubringen. Es sah so aus, als ob Tatjana im Augenblick nicht verdächtigt wurde.

Die amtliche Leichenschau, die am Freitagmorgen im Gerichtsgebäude neben dem Polizeirevier stattfand, war ein aufregendes Ereignis in Settle. Seit Jahrhunderten hatten sich die Tabors nicht mehr *en masse* in der Stadt gezeigt. Die furchteinflößende Lady Tabor sprach für gewöhnlich nur unangemeldet bei bettlägerigen Kranken vor, mit großen Schüsseln Bohneneintopf bewaffnet, der sich keiner großen Beliebtheit erfreute. Die Kranken gaben sich Mühe, rasch wieder gesund zu werden, um ihn nicht noch einmal essen zu müssen.

Der Leichenbeschauer aus Skipton war sich der Bedeutung dieser Leichenschau bewußt. Ein Fremder war tot auf dem Gelände von Tabor Hall aufgefunden worden, als der König dort zu Gast gewesen war, und es waren so viele Tabors und Gäste erschienen, wie er es noch nie erlebt hatte. All diese erlauchten Persönlichkeiten erklärten eine nach der anderen, daß sie den Herrn nicht kannten, dessen Leiche zu so ungelegener Zeit in ihrer Mitte entdeckt worden war. Sie faszinierten sowohl den Leichenbeschauer wie die Jury, und zwar mehr durch ihr Äußeres als durch ihre Aussagen. Die Geschäfte in Skipton führten keine Modelle von Worth, und die neue Damenmode mit ihrer auffallenden Silhouette hatte die Täler von Yorkshire noch nicht im Sturm erobert. Die Tabors hatten sich auf einen Kompromiß geeinigt: sie erschienen in den Farben der Halbtrauer.

Die Jury hörte sich scheinbar unbewegt an, was Cobbold sorgfältig an Material zusammengetragen hatte: Informationen über Schußwaffen, Pulvereinsprengungen in die Haut, Tierblutuntersuchungen, die Beseitigung von Blutflecken auf Teppichen und viele andere Einzelheiten, und fällte schließlich das Urteil: Mord durch einen oder mehrere Unbekannte.

»Ich kann es kaum glauben, daß wir nun alle abreisen dürfen, Didier«, sagte Carstairs fast etwas wehmütig. Die Tabors und ihre Gäste empfanden deutlich so etwas wie Enttäuschung.

»Dann bleib doch noch«, sagte Laura, die zugehört hatte. »Das heißt, wenn deine Verpflichtungen dir das gestatten.«

»Zufällig habe ich Zeit bis zur Beerdigung der Herzogin von Hogbury übernächste Woche«, erwiderte Oliver feierlich.

Laura lachte – es war das erste Mal, daß Auguste sie lachen sah. »Fabelhaft. Vielleicht verschiebt sie ihre Beerdigung noch um ein paar Tage.«

»Ich würde gern noch bleiben, weil ich sehen möchte, was als nächstes passiert«, verkündete Gertie mit einer Begeisterung, die ihr Gatte offensichtlich nicht teilte.

»Ich denke, wir sollten nach Hause fahren, Kätzchen«, sagte er rasch.

»Du kannst doch die Familie in dieser Notsituation nicht im Stich lassen, Cyril«, protestierte Miriam. »Findest du nicht auch, Priscilla?«

»Danke schön, Mutter, aber wir sind in keiner Notsituation, wie du dich auszudrücken beliebst. Victoria hat sich gerade mit einem jungen Mann verlobt, der hervorragend zu uns paßt. Seiner Majestät hat es bei uns sehr gut gefallen, und sobald die Identität dieses unseligen Menschen geklärt ist, wird die Polizei abrücken. Sie benutzt unser Haus nur so lange als Büro, wie sie ein paar Ermittlungen in der Umgegend anstellt. Wir auf Tabor Hall sind über jeden Verdacht erhaben.«

Nicht ganz erhaben. Egbert Rose ging mit sich zu Rate, ob er bereits genug Beweise in der Hand hatte, um Cyril Tabor wegen Mordes festzunehmen, und Stitch gratulierte sich, daß er jetzt endlich »einer von ihnen« war – ein Mann mit Ideen. Nachdem der Bericht der französischen Polizei eingegangen war, daß es in Paris nie einen Schneider namens Noire oder Poire gegeben habe, hatte er sich das Etikett im Anzug des Toten noch einmal genau angesehen. Es erwies sich, daß es mit der Hand über der Stelle aufgenäht worden war, wo sich früher das Originaletikett befunden hatte. Warum hatte man ein falsches Etikett eingenäht, überlegte Rose. Warum nicht einfach nur das ursprüngliche Etikett herausgetrennt?

Stitch übertraf sich selber. »Um die Tatsache zu verschleiern, daß hier etwas faul war. Daß jemand seine Hände im Spiel hatte, der sich in allernächster Nähe aufhielt und der verhört werden könnte.«

»Zum Beispiel Cyril Tabor«, knurrte Rose.

»Auguste!« Endlich war Tatjana wieder da. Nachdem sie bei

der Leichenschau ihre Aussage gemacht hatte, der Auguste mit heftigem Herzklopfen zugehört hatte, voller Angst, sie könnte mit ihrem noch nicht ganz perfekten Englisch unabsichtlich den Argwohn des Leichenbeschauers wecken oder, noch schlimmer, Egbert in seinem Mißtrauen bestärken, hatte sie neben ihm auf einer der für das Publikum bestimmten Bänke Platz genommen, war aber gleich nach dem Urteil verschwunden. Der Daimler, der De Dion Bouton und die übrigen Gefährte kehrten zurück nach Tabor Hall, und nur die Ponykutsche blieb in der Stadt, unter den wachsamen Blicken eines Jungen, der auf ein Drei-Penny-Stück als Belohnung hoffte. Der Kutscher hatte etwas Wichtiges im »Löwen« zu erledigen und jedes Zeitgefühl verloren.

»In der Thistlethwaite-Teestube habe ich die Frau des Holzschuhmachers getroffen«, sagte Tatjana. »In Teestuben erfährt man immer eine ganze Menge. Und man kriegt dort auch gute Lebkuchen«, setzte sie hinzu. »Der Holzschuhmacher macht Schuhe mit Holzsohlen, und seine Frau sagt, ich soll mir ein Paar machen lassen. Wir können gleich hingehen.«

»Aber dann versäumen wir das Mittagessen«, rief ihr Gatte, erschreckt über die drohende Katastrophe.

Tatjana spielte ihre Trumpfkarte aus. »Der Holzschuhmacher glaubt, er kennt deinen Toten.«

»Das hat er aber Inspektor Cobbold nicht mitgeteilt«, sagte Auguste argwöhnisch.

»Weil er zuviel zu tun hatte. Jetzt, kurz vor Wintereinbruch, ist seine Hauptsaison.«

Nach einigem Zögern begleitete Auguste sie. Gregorin würde sich wohl kaum als Holzschuhmacher verkleiden. Der Gedanke beruhigte ihn.

Jeremiah Taylor hatte seinen Laden auf dem Castle Hill, neben dem Schuhmacher Edmondson. Diese Ecke sei in der Stadt als die Schusterecke bekannt, erzählte Tatjana ihrem Gatten. Mr. Taylor, ein kleiner Mann, saß über seinen Schusterbock gebeugt, den Hammer in der Hand. Zwei Wände waren mit Holzstücken geschmückt, zukünftigen Holzsohlen in verschiedenen Stadien des Entstehens. An der dritten Wand hingen eiserne Nägel und an der vierten fertige Holzschuhe.

»Guten Morgen«, begann Auguste freundlich. »Meine Frau braucht ein Paar Holzschuhe.«

Taylor nahm ein paar Nägel aus dem Mund. »Das is klar, wenn sie hierherkommt.« Er steckte die Nägel wieder zwischen die Lippen. Kein guter Anfang.

»Ich habe mit Ihrer Frau gesprochen«, sagte Tatjana und setzte sich auf einen Schemel. »Sie sagte, Sie hätten den Toten auf der Zeichnung erkannt, die am Polizeirevier hängt.«

»Kann sein. Messingschnallen?«

»Wie heißt er? Ja, bitte. Und das Leder sollte nach Möglichkeit rot sein.«

»Geht nich. Ich hab nur schwarz – oder«, er überlegte einen Augenblick, »braun.«

»Also wer ist er? Schwarz bitte.«

»Is nich von hier. Kommt ein- oder zweimal im Jahr her. Erlenholz?«

»Ja. Und woher kommt er?«

»Hat keinen festen Wohnsitz. Zeigen Sie her.« Tatjana zog ihren Schuh aus und streckte ihm ihren Fuß hin, während sich Mr. Taylor mit einem großen Stück Holz abmühte.

Die Aussicht auf William Breckles' wohlschmeckende Yorkshire-Spezialitäten zu Mittag entschwand endgültig. Doch wenigstens, dachte Auguste optimistisch, gab es jetzt einen Beweis dafür, daß der Tote nicht Gregorin war, sondern ein Fremder auf der Durchreise, ein immer wiederkehrender Fremder. Warum sollte ein solcher Mann Tabor Hall besuchen wollen? Und warum sollte ausgerechnet ihn jemand ermorden und danach seine Identität verschleiern wollen? Obwohl das nur für kurze Zeit gelungen war, denn Auguste Didier verfolgte die Spur, auch ohne Mittagessen.

Aber vielleicht wollte der Mörder die Identität des Toten nur so lange verschleiern, bis die Einwohner der kleinen Stadt gar nicht mehr damit rechneten, ihn zu sehen, und er, wie das gestrige Frühstück, ihrem Bewußtsein entschwunden war. Doch ein Mensch erinnerte sich an ihn – der, der vor ihm gesessen und ihm ein Paar Schuhe angemessen hatte, so wie er es jetzt mit Tatjana tat. Für das übrige Settle und den Bezirk Craven war der Tote nur ein Gesicht unter vielen gewesen, die zu dieser Zeit durch das geschäftige Marktstädtchen gezogen waren. *Zu dieser Zeit?* Was war so Besonderes an dieser Zeit? Schafschur. Jagdsaison. Für die Besitzungen des Herzogs von Devonshire, für Ingleborough Hall, vielleicht sogar für Tabor Hall wurden zusätzliche Treiber angeheuert ...

Der Holzschuhmacher pfiff bei der Arbeit vor sich hin. Schließlich erkannte Auguste die Melodie: es war ein altes englisches Volkslied, das ihn seine Mutter gelehrt hatte: »Ach, Schatz, was mag sich heut begeben?« Warum verband er dieses Lied mit der Sage von der Geliebten Henrys II., die man ihm erzählt hatte – nein, das stimmte ja nicht. Er verband es mit ihrer Ankunft hier, ihrem ersten Eindruck von Settle und ihrem Besuch am Montag in der Stadt. Sein Gedächtnis hatte bunte, exotische Anblicke und Klänge registriert, denen man nur ein- oder zweimal im Jahr in Settle begegnete.

Vor Aufregung fast kreischend, fragte Auguste: »Hat der Mann denn seine Holzschuhe abgeholt?«

Der Schuhmacher schüttelte den Kopf. »Man kann heutzutage niemandem mehr trauen. Ich hab ihn am Montag erwartet.«

Montag. Der Tag, an dem der Jahrmarkt die Stadt verlassen hatte.

7. Kapitel

Rußflocken flogen ihm ins Gesicht. Auguste zitterte vor Aufregung, als erwarte er einen delikaten Steinbutt und nicht einen Dampfzug auf dem Bahnhof von Settle. Der Rauch, den die riesige Lokomotive ausspie, die da auf ihn zurollte, war die Begleitung zur triumphierenden Musik eines Sieges, der zum Greifen nahe schien. Nie war ihm ein Mittagessen weniger verlockend vorgekommen, nie ein kulinarisches Fachgespräch (in diesem Fall mit Tatjana darüber, welche Arten von Fröschen in ihrer Fleischpastete enthalten waren) uninteressanter. Er hatte sich nur ein paar kurze Minuten ablenken lassen und Tatjana erklärt, diese Fleischpastete sei ein einfacher Yorkshire-Eierteig, der alle möglichen Wurstsorten einhüllte – wenngleich das eine Diskussion über die Vorzüge der Zervelatwürste von Navarra gegenüber der Wurst von Toulouse zur Folge gehabt hatte.

Die Zeit verging, kostbare Zeit. Er hatte sich bei dem Wirt erkundigt, wohin der Jahrmarkt gezogen war, aber vergeblich. »Wenn sie hier sind, sind sie geschäftig wie die Bienen auf dem Moor, wenn sie wieder weg sind, ist nur noch Dreck und Mist übrig«, war zunächst alles, was ihm angeboten wurde, doch ein Lob für den Apfelpudding hatte dem Wirt schließlich den Hinweis entlockt, Mrs. Polly im Postamt könnte vielleicht etwas wissen.

Natürlich. In jeder Stadt und in jedem Dorf war die Telefonzentrale das Informations- und Nervenzentrum. Mrs. Polly wußte tatsächlich etwas, doch ihre Auskunft versetzte Auguste in angstvolle Erregung. »Sie sind nach Skipton gezogen, aber da waren sie gestern, mein Herr.«

Gestern! Er hatte im Geist eine Kavalkade gesehen, die gemächlich eine lange Straße entlangzog und dann für immer aus seinem Blickfeld entschwand. Vielleicht würde es ihm nie gelingen, Tatjanas Namen von jedem Verdacht reinzuwaschen, überlegte er bedrückt. Er stieg in den Zug mit derselben inneren Spannung, mit der Stephenson seine Lokomotive »Rocket« bestiegen hatte.

Der Zug fuhr schwerfällig an und setzte dampfend seine Fahrt nach Skipton fort. Auguste starrte aus dem Fenster, aber er sah nicht die steilen Hänge und hohen Gipfel in der Ferne; er zählte die vorüberfliegenden Telegraphenstangen, die sich im Rhythmus des Zuges wellenförmig zu bewegen schienen. Es hatte keinen Zweck, sich über das Ziel dieser Reise Gedanken zu machen. Nur seine Nase, die Nase eines exzellenten Kochs, sagte ihm, daß hier eine Spur war, der nachzugehen sich lohnte. Und tatsächlich erwies sich diese Spur als ungemein wichtig.

Skipton sah so schmutzig aus wie eine Küche, in der die Teller von gesättigten Essern immer noch darauf warteten, abgewaschen zu werden. Die Erinnerung an turbulente Ereignisse lag noch in der Luft, aber diese Erinnerung würde rasch verblassen. Auf der breiten Hauptstraße entdeckte man hier und da Abfall, und der Geruch des Viehmarkts, an dessen Rockschößen der Jahrmarkt hing, war noch nicht verschwunden. Auguste kam zu spät, der Jahrmarkt war bereits wieder fortgezogen, zwar erst vor kurzer Zeit, aber trotzdem war er fort.

Die Enttäuschung schmeckte wie lauwarme Suppe. Da plötzlich erspähte er am anderen Ende der High Street ein Lokomobil, und als er darauf zulief, sah er, wie zwei mit Brettern verschlagene Verkaufsbuden auf einen Anhänger verladen wurden. Von Hoffnung erfüllt, rannte er zu den Ladearbeitern hin.

»Ich brauche dringend einige Auskünfte über jemand, der auf dem Jahrmarkt arbeitet«, keuchte er.

Die Antwort war eine Daumenbewegung, die entweder eine Richtung anzeigte oder aber bedeutete, der feine Pinkel solle sich seine Auskünfte sonstwo holen. Auguste, der stets dazu neigte, an die guten Seiten der Menschheit zu glauben, nahm ersteres an. Er wurde belohnt, denn auf einem Feld hinter der High Street entdeckte er, was er suchte. Zwar hatten der Viehmarkt und die kleineren Verkaufsstände zu beiden Seiten der High Street Platz gefunden, nicht aber die riesigen modernen Karussells und Schaukeln, die das Zeitalter der Dampfmaschinen mit sich gebracht hatte.

Auch hier war alles im Aufbruch begriffen. Ein leuchtend roter Drache mit einem Schutzdach darüber begrüßte ihn brüllend mit weit geöffnetem Rachen, aus dem Dampf strömte, und Auguste trat hastig beiseite. Kinder waren eifrig damit beschäftigt, Gegenstände fortzutragen, zu holen, auseinanderzunehmen, während Frauen in buntkarierten Kleidern die Abfahrt organisierten. Ein paar Karussellreittiere wurden gerade abmontiert. Wo sollte er beginnen? Auguste entschied sich, einen älteren Herrn anzusprechen, der in Moleskinhosen, kariertem Hemd und einem Bowler auf dem Kopf dem Treiben mit der Befriedigung eines Mannes zusah, dessen Abbau-Tage vorüber waren.

»Ich suche jemand, der mit dem Jahrmarkt zu tun hat«, sagte Auguste höflich.

Ein heiseres Kichern. »Das gilt für fast ganz Yorkshire, mein Freund. Sie haben wohl Ihre Uhr verloren, wie?«

Auguste ließ sich nicht abschrecken. »Kennen Sie den?« Er hielt dem Mann die inzwischen etwas zerknitterte Zeichnung unter die Nase.

»Hmmm. Ich kann am besten bei 'nem Glas Bier nachdenken, aber erst muß das Ding da abgebaut sein.«

Auguste blickte dahin, wo der Mann hinsah. Der Mann griente. Es war klar, was er meinte.

Das Ale, das Auguste zwei Stunden später im »Schwarzen Roß« gierig in sich hineingoß, schmeckte gut. Alles hätte gut geschmeckt, nachdem er beim Abbau der »Fliegenden Schweine« mitgeholfen hatte. Fliegende Schweine waren nicht leichter als richtige Schweine und hatten viel weniger praktischen Nutzen, dachte er ergrimmt. Schweinefüße taugten zu *pieds de porc à la Ste Ménéhould*; sie eigneten sich nicht dazu, arglosen Menschen in den Rücken gestoßen zu werden. Und die Schweine waren erst der Anfang gewesen. Danach mußte die prachtvolle mechanische Orgel aus der Mitte des Karussells abmontiert werden, dann das Dach; als das geschafft war, hatte er in gefährlicher Höhe auf einem Lastwagen gehockt und geholfen, die buntgestrichenen Laufbretter zu verstauen.

»Jetzt kann ich das Bier trinken«, hatte sein Foltermeister ihm bei Einbruch der Dämmerung großmütig mitgeteilt. Der ganze Jahrmarktsspaß war nun sorgfältig auf Wagen verstaut und wartete auf die nächste Vorstellung. Das war verdammt anstrengend, dachte Auguste erschöpft. Er hatte kaum noch die Kraft, das Glas zum Mund zu führen. Bisher hatte er sich nichts aus britischem Ale gemacht; jetzt schmeckte es ihm wie Nektar.

»Wer war das, nach dem Sie gefragt haben?« Sein Trinkkumpan griente mit zahnlosem Mund. Auguste zog die Zeichnung aus dem traurigen Überbleibsel dessen, was noch vor wenigen Stunden das Jackett eines eleganten Straßenanzugs gewesen war, und zeigte sie ihm, obwohl er inzwischen davon überzeugt war, daß seine Suche ergebnislos verlaufen würde.

»Könnte Big Fizzer sein. Könnt's aber auch nich sein.«

»Ist Big Fizzer denn verschwunden?« Ein Fünkchen Hoffnung trotz aller Erschöpfung.

»Von was verschwunden?«

»Vom Jahrmarkt.«

»Hier is er jedenfalls nich.«

»Dann ist er also verschwunden? Könnte er tot sein?« Auguste war zu müde für irgendwelche taktischen Feinheiten.

»Tot?« Der Alte war überrascht. »Ich hab ihn doch erst letzte Woche gesehn.«

»Dann ist er also verschwunden?«

Der alte Mann stellte sein Bierglas auf dem Tisch ab. »Die Schausteller kleben nich zusammen wie fliegende Schweine. Das erste Karussell kriegt den besten Platz. Wenn zuviel Konkurrenz da is, zieht man weiter. Der Schwarze Rufus hat mit seinem Karussell den letzten guten Platz erwischt, also schätze ich, Big Fizzer – er hilft Blackboots mit seinem Pferdekarussell – is irgendwo anders hingezogen.«

»Wohin?« Augustes Kopf fuhr herum wie ein Karussell, das sich mit höchster Schnelligkeit dreht, doch es gelang ihm, sich an den düsteren Worten »irgendwo anders« festzuhalten.

»Kommt drauf an. Vielleicht nach Horsham.«

»Horsham? Im Süden?« Er war außer sich vor Enttäuschung.

»Es is Spätherbst. Zu dieser Jahreszeit tut sich nich mehr viel. Natürlich bleibt noch Harrogate. Wenn er Glück hat.«

»Und wann ist das?«

»Morgen. Wenn nich der Schwarze Rufus als erster da war.«

»Wer ist der Schwarze Rufus?«

»Er haßt Blackboots. Der Haß is schon Generationen alt«, sagte der alte Mann genüßlich. »Und er haßt auch Big Fizzer. Da is er.«

Die Kneipentür wurde krachend aufgerissen. Zuerst füllte ein Körper in Kordhosen und rotkariertem Hemd den Türrahmen völlig aus, dann wurde der Kopf sichtbar, als sich der Mann beim Eintreten duckte. Seine ein Meter fünfundachtzig waren blanker Haß, der gegen Auguste gerichtet war: »Wer fragt da nach dem Schwarzen Rufus?«

Müde stieg Auguste in die Kutsche, die zu seiner großen Erleichterung in Bell Busk auf ihn wartete. Das war nicht Tatjana zu danken, die sich geärgert hatte, weil sie nach Tabor Hall hatte zurückfahren müssen und so um das für sie neue Erlebnis eines richtigen Jahrmarkts gekommen war. Es war einzig das Ergebnis seiner eigenen Bemühungen mittels Mr. Bells wunderbarer Erfindung, daß diese Kutsche dort stand. Der Kutscher musterte ihn mißtrauisch, denn trotz aller Versuche, sich im »Schwarzen Roß« wieder einigermaßen herzurichten, roch Auguste nach Rauch und sah in seinem schmutzigen, zerrissenen Jackett, dem ein Revers fehlte, nicht besonders vertrauenerweckend aus. Das fehlende Revers rührte von seinem Zusammenstoß mit dem Schwarzen Rufus her, der ihn am Jackett gepackt hatte, um einem Argument Nachdruck zu verleihen. Rufus hatte sein bärtiges dunkelhäutiges Gesicht, das stark nach Alkohol, Tabak und faulen Zähnen roch, dicht an Augustes herangeschoben. »Kein Freund von Big Fizzer kommt hier lebend raus. Ich hasse Big Fizzer.«

»Aber warum denn?« hatte Auguste tapfer gefragt. Konnten Big Fizzer und der Schwarze Rufus in jener Nacht im Raucherhaus zusammengetroffen sein?

»Und Blackboots genauso.« Rufus wollte auf den Fußboden spucken, traf aber statt dessen die Schulter von Augustes ramponiertem Anzug. »Wenn du die beiden siehst, sag ihnen, Rufus kriegt sie schon noch. Und dich auch.« Er ließ ihn los. »Natürlich hab ich persönlich nichts gegen dich«, setzte er etwas umgänglicher hinzu.

Vielleicht stand der Schwarze Rufus im Bündnis mit Gregorin, dachte Auguste verzweifelt, als sein Zug zurück nach Bell Busk schuckelte.

Er brauchte dringend ein Bad. Doch als er auf die Vorderfront des Herrenhauses zuschritt, sah er Richey oben auf der Freitreppe stehen. Richey konnte jemand, der kein Gentleman war, auf hundert Meter Entfernung riechen, und in diesem Fall erleichterten ihm andere Gerüche seine Aufgabe.

»Ich rufe Ihren Kammerdiener, Mr. Didier«, sagte er unbewegt.

Auguste warf ihm einen wütenden Blick zu. Richey wußte genau, daß er keinen Kammerdiener hatte. Er rächte sich. Er reichte Richey seine Mütze und seine schmutzigen Handschuhe. »Ich bin sicher, Sie kriegen das wieder hin.«

Eine aufgelöste Gertie hinderte Richey daran zu antworten. Sie kam aus der Tür gestürzt, rannte ihn beinahe um und warf sich Auguste in die Arme. Ihr folgte Tatjana, die diese rührende Szene ironisch beobachtete.

»Sie haben Cyril verhaftet«, schluchzte Gertie an Augustes Schulter (glücklicherweise nicht der, die der Schwarze Rufus getroffen hatte).

»Es stimmt, Auguste.« Tatjana riß Gertie energisch von Auguste los und legte ihren Arm um sie, entweder in schwesterlichem Mitempfinden oder um weitere Gefühlsausbrüche zu verhindern.

»Warum denn?« fragte Auguste erstaunt, dankbar für Tatjanas Eingreifen, denn die Feder von Gerties Abendfrisur hatte ihn unangenehm an der Nase gekitzelt. Aber zugleich war er gewaltig erleichtert: diese Verhaftung deutete darauf hin, daß Egbert Tatjana nicht mehr verdächtigte.

»Keine Ahnung«, heulte Gertie. »Priscilla glaubt, ich bin schuld daran.«

»Das ist doch absurd, Gertrude«, protestierte Tatjana. »Sie kannten doch den Toten gar nicht.«

»Priscilla glaubt, *alles* ist meine Schuld«, jammerte Gertie, von Kummer überwältigt. Im Augenblick wünschte sie sicherlich von ganzem Herzen, sie wäre im »Galaxy« geblieben, wo ihr größtes Problem darin bestanden hatte, zu entscheiden, von welchem der am Bühneneingang wartenden Verehrer sie sich zum Essen ausführen lassen sollte. Sie verbarg das Gesicht an Tatjanas Schulter.

»*Calmez-vous*, Gertie«, sagte Auguste und unterdrückte das instinktive Verlangen, auch seinen Arm mitleidig um sie zu legen. »Ganz bestimmt handelt es sich um einen Irrtum. Ich werde die Wahrheit für Sie herausfinden.«

Gertie löste sich von Tatjanas Angoraschal und gestattete sich eine zaghafte Hoffnung. »Ach, Auguste, Sie sind großartig«, flüsterte sie. »Kein Wunder, daß die Mädchen im ›Galaxy‹ Sie alle so liebten.« Tatjana entfuhr so etwas wie ein unprinzessinnenhaftes Schnauben. Es konnte Lachen oder Wut sein – Auguste gab sich keine Mühe, das zu ergründen.

Das genüßliche Bad wurde auf drei Minuten verkürzt, und Auguste machte sich bereit, beim Diner mit den Tabors zuammenzutreffen. Er überlegte, was wohl die Etikette vorschrieb, wenn der Bruder des Gastgebers gerade wegen Mordes verhaftet worden war.

Tatjana unterhielt die Tischrunde mit einem Vortrag über die Vorzüge englischer Wurst. Gertie schluchzte still vor sich hin und wurde von der Gastgeberin völlig ignoriert. Priscilla und George waren ungewöhnlich schweigsam und ließen nur hin und wieder eine Bemerkung über die widerspenstigen Fasane oder die Jahrtausendfeier König Alfreds fallen, die kürzlich in Winchester stattgefunden hatte. Beatrice erwähnte das Schwert Excalibur, was die Tischrunde ein wenig verwirrte, bis Alfred ungalant auf den Unterschied zwischen König Alfred und König Arthur hinwies. Victoria und Alexander fehlten an der Tafel. Laura hatte anscheinend keine Lust, sich mit Oliver zu unterhalten, und die alte Lady Tabor dinierte in ihren Räumen.

Was verlangte die Etikette denn nun wirklich? Sollte er warten, überlegte Auguste, bis sich die Damen zurückgezogen hatten? Aber dann würden die Herren vielleicht in den Raucherpavillon gehen, und er konnte wieder nicht das anbringen, was er sagen wollte. Sollte er beim Dessert oder beim Käse das Wort ergreifen? Er beschloß, nicht länger zu warten.

»George, Lady Tabor, ich habe mit großem Bedauern gehört, was mit Cyril geschehen ist.«

Eine dicke Träne fiel auf Gerties Soufflé.

Er hatte genau das Falsche getan. Die eisige Stille, die auf seine Worte folgte, sprach Bände.

»Danke, Mr. Didier. Hat Ihnen der Ausflug nach Schloß Skipton gefallen?«

Auguste schloß sekundenlang die Augen. Priscilla konnte doch wohl nicht so ruhig, die Etikette doch wohl nicht so zwingend sein? Aber offenbar war sie es doch. Tatjana kam ihm zu Hilfe. »Warum hat man ihn verhaftet?« fragte sie mit echter Anteilnahme.

»Ihr Freund, Mr. Didier«, Priscilla betonte unmißverständlich das »Ihr«, »gibt uns darüber keine Auskunft. Cyril wurde wie ein gewöhnlicher Verbrecher abgeführt. Heute nachmittag fällt anscheinend eine Horde von Polizisten über uns her, um das Haus und das Gelände noch einmal zu durchsuchen. Sie vergessen offenbar, daß wir Tabors sind.«

»Ich glaube, mich betrifft es am meisten, Priscilla«, sagte Gertie tapfer.

Priscilla sah ein wenig überrascht aus, als hätte sie Gerties Anwesenheit völlig vergessen. »Dieses unglückliche Geschehnis hat hier stattgefunden. Wie konnte Cyril bloß so unbedacht sein?«

»Aber er hat es doch nicht getan«, jammerte Gertie.

»Wenn er die ganze Nacht mit Ihnen zusammen war, Gertrude«, sagte Tatjana beunruhigt, »kann er es natürlich nicht gewesen sein. Aber war er das?« fragte sie, vielleicht ein wenig taktlos, doch Auguste war ihr dankbar dafür.

Gertie errötete tief und interessierte sich ungewöhnlich lebhaft für den Wensleydale-Käse.

»Er wird bestimmt wieder freigelassen«, verkündete Alfred zuversichtlich. »Cyril hat nicht den Mumm, einen Mord zu begehen.«

»Oh!« Das schien Gertie aufzuheitern.

Priscilla fand das Argument ihres Sohnes durchaus nicht amüsant und versuchte, Auguste mit der Macht ihrer Persönlichkeit zu beeindrucken. »Mr. Didier, bitte machen Sie Ihren Einfluß geltend, damit er schnell wieder freigelassen wird.«

Auguste verbeugte sich erschreckt. Nach dem beifälligen Lächeln seiner Gastgeberin zu urteilen, hatte er diesmal den Vorschriften der Etikette entsprochen.

Trotz aller Anstrengungen der zu Kapriolen neigenden Damen an den Wänden war es unheimlich im Raucherpavillon. Unwillkürlich erinnerte man sich an die auf dem Fußboden hingestreckte Gestalt, nun, da einer aus ihrem eigenen Kreis fehlte.

»Priscilla macht sich Sorgen, wissen Sie«, sagte George zu Auguste.

Klang Georges Stimme ein wenig vorwurfsvoll? Auguste beschloß, es zu ignorieren. »Das ist nur zu verständlich.«

»Die Tabors sitzen hier seit Hunderten von Jahren«, erläuterte George. »Wir sind mit dieser Gegend verwachsen. Wir müssen Vorbilder sein. Mord sieht nicht gut aus, wissen Sie.«

Auguste wußte es. »Cyril wird entlassen, sobald die Polizei die Wahrheit herausgefunden hat«, sagte er gespielt zuversichtlich.

George blickte ihn von der Seite an. »Ganz sicher war es Selbstmord«, sagte er laut, doch ihm war klar, daß das nicht sehr überzeugend klang. »Oder einer der Dienstboten hat ihn umgebracht«, fuhr er fort. »Ist über den Revolver gestolpert. Wer war denn der Bursche überhaupt?« fragte er gequält.

»Die Polizei wird es bestimmt sehr bald wissen.« Sogar George begriff, daß das nichts als eine Beruhigungspille war.

»Die Familie steht natürlich zu Cyril. Priscilla sorgt immer dafür, daß die Familie zusammenhält. Das ist das Motto der Tabors: Loyalität bis zum Ende. Haben Sie das hier schon gesehen?« Anscheinend in der Hoffnung, dadurch die Atmosphäre entspannen zu können, zog er eine Holzverkleidung zurück und gab den Blick auf eine in ihrem Bad stehende Dame frei, deren Haltung wohl kaum etwas mit täglicher Körperpflege zu tun hatte.

»Ich glaube immer noch, daß es Mariot war«, durchbrach Harolds Stimme die Stille, während die Herren das Kunstwerk würdigten.

»Tante Laura erzählte mir, sie hätte gerade ein Telegramm von ihm bekommen«, sagte Alfred vergnügt, »also kann er es kaum gewesen sein.«

»Hochstapler«, knurrte Harold unerbittlich.

»Nein«, schaltete sich Oliver rasch ein. »Die Polizei hat mir mitgeteilt, ihr sei aus Kairo bestätigt worden, daß er sich vor Wochen nach England eingeschifft hat. Er muß inzwischen hier sein. Irgendwo.« Diese Aussicht schien ihn nicht gerade zu erheitern.

»Laura heiratet niemals jemanden, der kein Gentleman ist«, versicherte ihm George. »Priscilla wäre außer sich.«

Oliver wieherte hysterisch los. »Ein berühmter Archäologe, und Laura kann ihn nicht heiraten, weil er nicht in Burkes Adelskalender steht! Ist das zu glauben, Didier?«

»Aber gewiß doch.« Auguste erschien das durchaus glaubhaft. Er, der Meisterkoch Auguste Didier, würde nach den Maßstäben der Tabors nie ein Gentleman sein. Zum Glück verspürte er nach allem, was er bisher erlebt hatte, auch nicht den Wunsch danach.

Das ist ein Salzhering in einem *salade de fruits de mer*, sagte er sich später, nachdem er die Feuerprobe des Raucherpavillons überstanden hatte. War es nicht sonderbar, daß sich niemand

Cyrils wegen ernsthaft Sorgen zu machen schien – fast als hätte man das gemeinsam beschlossen? War das die Art, wie die feine Gesellschaft mit solchen Katastrophen umging, oder verbarg sich dahinter etwas viel Schlimmeres?

Spät am Abend kam Rose im Polizeiwagen zurück, und Auguste fuhr von der Sitzbank in der Eingangshalle auf.

»Hast du einen angenehmen Tag verbracht, Auguste?« fragte Rose grimmig. »Hast du Fasane geschossen, die schönsten Punkte in der Umgebung besucht?« Steifbeinig stieg er die Treppe hoch und steuerte auf sein Zimmer zu.

»Nein«, rief Auguste, der ihm folgte, wahrheitsgemäß. Er hatte nicht die Absicht, Egbert schon etwas von Big Fizzer zu erzählen, aber er war überzeugt, daß seine Theorie stimmte. Man hatte der Leiche andere Sachen angezogen, um die Identifizierung wenigstens so lange hinauszuzögern, bis niemand den Toten mehr vermissen würde, und das war der Fall, wenn die Jahrmarktsleute fortgezogen waren – aus den Augen, aus dem Sinn. Aber eine Theorie war eben nur eine Theorie, und diese hier würde Egbert, dafür kannte er ihn zu gut, ohne weitere informative Einzelheiten nicht beeindrucken.

»Warum hast du Cyril Tabor verhaftet?« fragte Auguste Egberts unsensiblen Rücken.

Egbert marschierte weiter und blieb dann so plötzlich stehen, daß Auguste ihn fast umgestoßen hätte.

»Er ist nicht verhaftet. Er wird nur verhört.« Kurze Pause. »Der tapfere Colonel ist immer noch verschwunden, und unser Cyril hat jetzt gestanden, daß er in jener Nacht eine kleine Auseinandersetzung mit seiner Frau hatte – zufällig deinetwegen – und daß er im Ankleidezimmer geschlafen hat, so daß sie nicht bestätigen kann, daß er die ganze Nacht da war. Zufrieden?«

»Du hoffst, du findest die Uniform des Colonels irgendwo

vergraben auf dem Gelände von Tabor Hall?« (Und darunter den Colonel?) Angenommen, Egbert hatte in puncto Cyril recht. Es war ebenso wahrscheinlich wie seine eigene abwegige Theorie.

»Hast du mir was Besseres anzubieten?«

Auguste erwiderte nichts.

»Wo bist du gewesen, Auguste?« fuhr Egbert auf ihn los.

»In Skipton.«

Egbert war verärgert und zeigte es deutlich. »Sieh mal, Auguste, ich glaube nicht, daß Tatjana etwas mit dem Mord zu tun hat, aber solange wir nicht wissen, wer der Tote ist, muß ich immerhin mit der Möglichkeit rechnen. Ich bin schließlich Polizist.«

Automobile hatten ihre Vorteile. Es machte Auguste beinahe Spaß, die Kurbel herumzureißen. Zweifellos war die Fahrt auf der Straße nach Harrogate viel angenehmer, als per Eisenbahn mit der Kirche ums Dorf zu fahren. Selbst wenn sie sich an die erlaubte Höchstgeschwindigkeit von zwölf Meilen in der Stunde hielten, mußten sie es in drei Stunden bequem schaffen. Es war ein schöner Tag, und er und Tatjana waren in warme Pelzdecken eingewickelt. Und auf dringenden Wunsch Seiner Lordschaft saß zu Augustes Beruhigung Walter Tompkins hinter dem Steuerrad.

Tatjana trug eine blaue schottische Mütze und eine Autobrille und hatte einen Gazeschal nicht nur über die Ohren, sondern, darauf hatte Beatrice bestanden, auch über das Gesicht gezogen. Sonst wäre, laut Beatrice, ihr Teint für immer ruiniert.

»Ich sehe aus wie eine Kröte«, sagte Tatjana gereizt zu Auguste und riß den Schleier herunter, »und du siehst aus wie ein Einbrecher.«

Die Ärmel seines Tweedjacketts waren auf Georges Rat hin

zugeklammert worden, damit der Wind nicht in sie hineinfuhr, und seinen Filzhut hatte er tief in die Stirn gezogen. Er war stets der Meinung gewesen, daß es die Pflicht einer Ehefrau war, ihren Ehemann jederzeit und in allen Situationen zu bewundern. Offenbar lag er damit falsch, wie bei so vielen Dingen in dieser geheimnisvollen neuen Ehewelt.

Als der Daimler auf die Straße nach Harrogate einbog, ließ Augustes Spannung nach. Hinter ihnen lagen Tabor Hall und der Schatten einer Mordtat; vor ihnen lag das erregende Erlebnis einer Jagd. Einer Jagd, die vielleicht den Beweis erbringen würde, daß Cyril unschuldig war. Ganz zu schweigen von Tatjana.

»Cyril kriegt immer, was er haben will«, hatte Miriam gesagt. Doch Gertie hatte er ja bereits bekommen, und was sonst konnte Cyril zu einem Mord veranlassen? Nichts, das mit britischen Colonels in Indien zu tun hatte, da war sich Auguste sicher.

Der Daimler schnurrte beinahe unter Tomkins' sicheren Händen. Tatjana saß jetzt neben ihm, unterhielt sich mit ihm über Automobile und hörte interessiert einem für Auguste völlig unverständlichen Vortrag über Verbrennungskammern, Kolben und Schleudergefahr zu.

Er bewunderte die Schönheit der von Kalksteinklippen gekrönten, mit Farnkraut bewachsenen Berge zu seiner Linken unter dem blauen Herbsthimmel. Zu seiner Rechten lagen Täler mit grünen Feldern wie ein *salade de mesclun* – da zerriß eine heftige Explosion jäh die friedliche Stimmung.

»Gregorin!« schrie Tatjana. Das war es, was er befürchtet hatte.

Sein rasendes Herzklopfen ließ nach, als er Tompkins mit der Miene eines Mannes, für den das kein ungewöhnliches Vorkommnis war, ruhig aus dem Daimler steigen sah.

Tatjana vergewisserte sich, daß Auguste noch am Leben war,

drückte ihm einen schnellen Kuß auf die Wange und folgte Tompkins' Beispiel. Als Auguste ebenfalls ausstieg, war von seiner Frau und dem Chauffeur nichts weiter zu sehen als die unteren Körperhälften.

»Man stirbt nicht, wenn ein Auspuff ausfällt, Mr. Didier«, rief Tompkins einen Augenblick später.

»Es ist in die Verbrennungskammer gefallen und hat einen Kolben zerschmettert«, unterrichtete ihn Tatjana sachverständig.

»Ist das schlimm?« fragte Auguste voller böser Vorahnungen. Er sah Harrogate mit seinem Jahrmarkt in immer weitere Fernen entschwinden. Das Gute bei Eisenbahnen war, daß sie im großen und ganzen funktionierten, dachte er ergrimmt. Automobile taten das nicht. Wie Ehefrauen bewegten sie sich nur, wenn sie Lust dazu hatten.

»Nicht, wenn ich noch ein Ersatzventil habe.« Tompkins breitete den geheimnisvollen Inhalt seines Werkzeugkastens auf der Straße aus.

»Und haben Sie eins?«

»Nein.«

Auguste wäre gern auf andere Art und Weise in Harrogate angekommen. Sie waren zwar angelangt, aber neun Stunden später als geplant, und zum größten Gaudium einer grölenden Zuschauerschar wurde der Daimler von einem Pferd gezogen. Alle waren mit ihren Nerven am Ende, besonders der Gaul. Ersatzventile waren nicht vorhanden, ein Bauer hatte ihnen nach einigem Zureden das Pferd ausgeliehen, das sich guten Muts auf den Weg gemacht hatte. Unglücklicherweise war es ein Ackergaul und an nichts Schlimmeres gewöhnt als daran, daß ihm ein anderes Pferd entgegenkam. Die Begegnung mit einem Automobil, das mit einer Geschwindigkeit von zehn Meilen in der Stunde fuhr, hatte es sehr übel genommen und war stehengeblieben. Der Daimler war von hinten gegen das Pferd gefahren, worüber es so fassungslos war, daß es sich auf die Motorhaube gesetzt hatte. Dem Daimler war das ziemlich schlecht bekommen, und nachdem sie in Harrogate angelangt waren, erklärte Tompkins, daß er bei dem Wagen bleiben wolle, bis ihn ein vertrauenswürdiger Autoschlosser repariert haben würde.

Tatjana, hin und her gerissen zwischen zwei Attraktionen, dem Automobil und dem Jahrmarkt, begleitete Auguste nach einigem Zögern zum »Hotel Majestic«, da nun eine Übernachtung dort unvermeidlich geworden war. Eine Stunde später ließen sie sich von den Klängen des Liedes »Zwei schöne schwarze Augen«, hinreißend gespielt von einer Drehorgel, zu den Buden locken.

»Ich würde mir gern einen Flohzirkus ansehen«, sagte Tatjana erwartungsvoll.

»Später.« Der Samstagabend war vielleicht keine ideale Zeit für eine Unterhaltung mit Blackboots, aber Auguste wollte so schnell wie möglich mit ihm sprechen, Flohzirkus hin oder her.

Der Unterschied zwischen einem Jahrmarkt, wo alles bereits im Abbau begriffen war, und einem noch in vollem Gange befindlichen war so groß wie der zwischen einem Hühnerbein und einem *poulet à la Dauphine*. Der Jahrmarkt hatte sich am Stadtrand aufgebaut, damit das elegante Harrogate die Augen vor der Entwicklung schließen konnte, die es vorübergehend genommen hatte. Seine niederen Stände mochten hier ihren Spaß haben, doch den höheren stand es frei, den Rummel zu ignorieren. Zum Glück gab es viele Angehörige der niederen Stände in dieser wohlhabenden Stadt.

Auguste blieb auf der Straße stehen, verblüfft über das lärmende Tohuwabohu vor ihm, die hellen Lichter, das Gelächter, das Geschrei und die Melodien konkurrierender Leierkästen. »Hak dich bei mir ein, *ma mie*«, rief er. »Vorwärts.«

»Geht nicht«, schrie Tatjana zurück, »ich halte mich an deinem Mantel fest.«

Sie hatte recht. Es war unmöglich, sich nebeneinander durch das Menschengewühl zu drängen. Sie mußten sich nacheinander vorwärtskämpfen, und immer wieder wurde er nach rechts oder links gezogen, wenn Tatjana etwas für sie Interessantes erblickte.

Am anderen Ende des Jahrmarktareals sahen sie schließlich ein Karussell, auf dem drei Reihen Pferde nebeneinander vorwärtsstürmten. Die Dampforgel begann zu spielen: Tarabummdie bumm, und die Reiter wurden hoch über die Alltagswelt in einen gemalten Himmel emporgehoben. Und dort in der Mitte stand, auf der rotierenden Fläche geschickt hin und her balancierend, der Karussellbesitzer und kassierte das Geld. Eifrige Reiter waren kaum aufgestiegen, da war er schon wieder weg und bei den nächsten.

»Wir müssen eine Runde drehen.« Tatjana ergriff die Initiative und bestieg im Damensitz einen riesigen weißen Hengst mit rotem Geschirr, der lüstern auf eine zierliche gelbe Stute in der inneren Reihe zu blicken schien.

In sein Schicksal ergeben, wählte Auguste die Stute, um seinem Mann möglichst nahe zu sein. Auf und ab, hoch und nieder, schmetternde Klänge, und als die Musik immer lauter wurde, erfaßte ihn wie alle anderen eine geradezu fieberhafte Erregung. Der Karussellbesitzer schwang sich zu ihm hin, und Auguste streckte ihm die Hand mit dem Sixpencestück entgegen und versuchte das Übelkeitsgefühl zu unterdrücken, das der rasende Galopp bei ihm auslöste.

»Sind Sie Blackboots?«

»Bin ich.«

Blackboots war ein hochgewachsener Mann, nicht mehr jung, aber flink und elastisch in seinen Bewegungen. Schon war er wieder verschwunden, um andere Reiter abzukassieren.

Es blieb Auguste nichts anderes übrig, als eine zweite Runde zu drehen.

»Hat Big Fizzer für Sie gearbeitet?«

»Hat er.« Ein argwöhnischer Blick.

»Und ist er jetzt zufällig nicht da?« In seiner Aufregung ließ Auguste den Griff los und rutschte beinahe von seinem Pferd.

»Kann sein.«

»Ich muß mit Ihnen reden.«

Wieder war Blackboots verschwunden, und das Karussell drehte sich langsamer. Sein Magen, leer oder nicht leer, würde keine weitere Runde aushalten, wußte Auguste. Blackboots kämpfte sich zu ihm hin. »Kommen Sie morgen in meinen Wohnwagen. Aber früh am Morgen.«

»Wie heißt Big Fizzer richtig?« brüllte Auguste. Da Blackboots die Musik wieder anstellte, rechnete er kaum mit einer Antwort.

Doch sie kam.

»Tom Griffin. Tom Griffin.« Die Worte gingen in der Melodie des Liedes »Du meine weiße Lilie« beinahe unter.

»Tom Griffin«, wiederholte Auguste befriedigt. Nun hatte die Leiche endlich einen Namen. Vielleicht war es nicht der richtige, aber es war immerhin eine Möglichkeit. Und morgen würde er mehr wissen. Immer noch schwindlig von der Fahrt auf dem Karussell, wirbelte er Tatjana herum. »Heute nacht, mein Liebling, liegen wir zusammen in einem Gänsefederbett«, rief er triumphierend und küßte sie im Schatten der Geisterbahn.

»Aber erst, nachdem wir im Flohzirkus waren«, flüsterte sie ihm zärtlich ins Ohr.

»Sehr bald danach«, murmelte er kompromißbereit. Zu seinem Glück wußte er, daß Sex die größte – und voraussichtlich die am längsten anhaltende – von Tatjanas neuen Leidenschaften war.

8. Kapitel

Für einen herumziehenden Schausteller bedeutete »früh« die Morgendämmerung, sagte sich Auguste erleichtert. Die meiste Zeit der Nacht hatte er sich ruhelos hin und her gewälzt, und seine Gedanken waren in seinem Kopf gekreist. War es nicht doch seine Angst um Tatjana, die ihn zu so irrationalen Verfolgungsjagden antrieb? Während er unter einem langsam heller werdenden Himmel durch den nebligen Oktobermorgen schritt und die feuchte Luft seine Nase kitzelte, sah er vor sich die undeutlichen Konturen beladener Wagen und geschäftig hin und her eilender Gestalten. Seit der Jahrmarkt um Mitternacht zu Ende gegangen war, hatte man offensichtlich die Nacht durchgearbeitet, denn nur wenige Städte duldeten die mit Schmutz verbundene Okkupierung ihres Gebiets an einem Sonntagmorgen. Gottesfürchtige Leute gingen dann zur Kirche, auch wenn sie am Abend zuvor mit größter Begeisterung Bälle nach Kokosnüssen geworfen hatten. Entweder mußte der Jahrmarkt bis zum Montag geschlossen und also unprofitabel bleiben, oder er mußte wie Mr. Carrolls Fabeltier Snark unauffällig und ohne Lärm verschwinden.

Auf der Suche nach belebendem Kaffee war Auguste in die Hotelküche vorgedrungen, darauf vertrauend, daß das Küchenpersonal jegliche Unordnung einer nachlässigen Vorbereitung am vorangegangenen Abend zuschreiben würde. Er war fast der Versuchung erlegen, in der Küche zu verweilen, denn was er in der Speisekammer sah, erschien ihm äußerst interessant. Was zum Beispiel waren die Bestandteile dieser Sauce gewesen? Nach der Farbe zu schließen, hatte man viel Soja hineingetan.

Doch jetzt konzentrierte er sich entschlossen auf die Sache, um derentwillen er hier war. Wo sich vor wenigen Stunden lichterfunkelnd stolz das goldene Pferdekarussell gedreht hatte, war jetzt nur noch ein Ring von schmutzigem Gras zu sehen. Das und eine breite Spur von weggeworfenem Fischpapier und Lutscherstangen waren das einzige, was von der Herrlichkeit des vorigen Abends kündete. Angezogen von dem Geruch gebratenen Specks, schritt er auf die Wohnwagen zu. An einem kleinen Herd, der auf einem Dreifuß stand, rührte eine Frau in einer Bratpfanne. Mit leerem Magen ging man an einem düsteren Herbstmorgen nicht auf die Reise. Auguste fragte die Frau, in welchem Wohnwagen Blackboots zu finden sei, und gab sich Mühe, nicht allzu gierig auf die Bratpfanne zu starren.

Auch Blackboots war gerade beim Frühstück; er teilte sich einen Herd mit seinem Nachbarn. Augustes verlangenden Blick deutete er ganz richtig: »Es is reichlich da, langen Sie zu.«

Niemals hatte ein Frühstück besser geschmeckt. Augustes Füße waren naß, er hockte unbequem auf dem Holztreppchen, das zu dem Wohnwagen hinaufführte, doch die Bratkartoffeln mit Speck waren Ambrosia, und der heiße, süße Tee, mit dem er sie hinunterspülte, war Nektar. Bisher hatte er sich nicht allzuviel aus Tee gemacht. Jetzt begann er seine Vorzüge zu schätzen, nicht als Nachmittagsgetränk, als angenehme Unterbrechung der monotonen Stunden zwischen zwei und acht, sondern als echtes Wiederbelebungsmittel.

Er überlegte kurz, was Brillat-Savarin wohl von diesem nicht allzu sauberen Becher des Entzückens gehalten hätte, und entschied, er hätte das Prinzip für gut befunden, doch seine Ausführung mißbilligt. Soyer, dachte er, während ihn wohlige Wärme durchflutete und ihn Liebe zur Menschheit erfüllte, Soyer mit seinem Riecher für das, was den Mägen der meisten seiner Mitmenschen guttat, würde dieses köstliche Getränk zweifellos zu schätzen wissen. Zum ersten Mal war Auguste überzeugt davon, daß Soyer und er, wenn sie sich dereinst in irgendeiner himmlischen Küche treffen würden, genug Gesprächsthemen hätten.

»Also«, Blackboots trank mit hörbarem Gusto den Rest seines Tees aus, »ich hab 'ne halbe Stunde Zeit, dann muß ich meine Rohre saubermachen.«

Auguste sah ihn unsicher an. Auf seine stumme Frage erhielt er sofort eine Antwort: »Sie könn' mir beim Aufladen helfen.« Blackboots zeigte auf einen Kohlenhaufen am Feldrand.

Auguste fiel es schwer, sich einzureden, der völlige Ruin eines weiteren Anzugs lohne sich, wenn er mit seiner Hilfsbereitschaft dazu beitrug, die Identität der Leiche im Raucherpavillon aufzuklären.

Blackboots klopfte seine Pfeife neben der Holztreppe aus, auf der Auguste hockte. »Weshalb dies ganze Gewese um Big Fizzer?«

»Wer ist er?« fragte Auguste begierig. »War er mit Ihnen in Settle? Ist er mit Ihnen zusammen nach hierher abgereist?«

Blackboots säuberte seine Pfeife sorgfältig mit dem Stöckchen, mit dem er seinen Tee umgerührt hatte. »Was geht das Sie an?«

»Mr. Blackboots, ich bin Gast auf Tabor Hall bei Malham nicht weit von Settle, und am Sonntagmorgen ist dort ein unbekannter Mann tot auf dem Gelände gefunden worden – ermordet, hat die Untersuchung ergeben.« Er zog die Zeichnung, die bereits Eselsohren hatte, aus der Tasche, von der Hoffnung erfüllt, daß er diesmal belohnt werden würde.

Blackboots betrachtete sie aufmerksam, während er Tabak in seine übelriechende Pfeife stopfte. »Könnt' er sein«, sagte er schließlich. »Aber sein Haar hing nich so runter. Nich bei Tom.«

»Als man den Toten fand, waren die Haare kurzgeschnitten,

der Bart war gestutzt, die Hände waren«, Auguste suchte nach einem taktvollen Wort, »manikürt, und er trug einen Abendanzug. Kurz, der Mann sah nicht wie ein herumziehender Schausteller aus.«

»Was hat er dann mit Big Fizzer zu tun?« fragte Blackboots durchaus logisch.

»Wir nehmen an, daß man ihm, nachdem er tot war, andere Sachen angezogen, das Haar geschnitten und die Hände manikürt hat, um seine Identität zu verschleiern.«

Er sah Blackboots an. Hier an diesem kalten Morgen, umgeben von den Beweisen für das schwere Leben der Schausteller und ihrer Familien, erschien diese Theorie phantastisch, das merkte er. Blackboots steckte die Pfeife in den Mund und nahm noch einmal die Zeichnung zur Hand. Da sie nur eine Seitenansicht bot, war sie keine große Hilfe.

»Könnt' Fizzer sein. Verrückter alter Knabe.« Blackboots' Augen waren feucht.

»Sieht es Big Fizzer ähnlich, allein wegzugehen?«

»Nein, überhaupt nich. Ich hab ihn Donnerstag oder Freitag hier erwartet. Ich helf dir beim Aufbaun, hat er gesagt. Samstagabend, wenn der Rummel zu Ende is, muß ich noch wohin, hat er gesagt. Ich hol dich unterwegs ein, wenn ich nich früher zurück bin. Hat ganz wichtig getan, der dumme alte Kerl«, sagte Blackboots liebevoll. »Was hast du denn vor – willst du etwa deinen Wagen alleine ziehn? hab ich gefragt. Er hat kein eigenes Pferd, verstehn Sie, er hat seinen Wohnwagen immer an die Schwarze Schönheit angehängt.«

Auguste sah ihn begriffsstutzig an.

»Das ist mein Lokomobil. Da steht es. Es zieht das Karussell und drei oder vier Wohnwagen. Braves altes Mädchen, die Schwarze Schönheit. Der fliegende Lebkuchenverkäufer nimmt mich heut abend mit, sagte Big Fizzer, und ich komm mit einer Kutsche zurück. Du nimmst den Wohnwagen mit, und wenn ich dich nich mehr einholen kann, komm ich per Bahn, sagte er. Da sehn Sie, was Geld ausmacht. Seit Lammas ist er nich mehr ganz normal gewesen.«

»Und was war in Lammas?« fragte Auguste, der den schweren Yorkshire-Dialekt nur mit Schwierigkeiten verstand.

»Da war am 19. August der große Jahrmarkt. Da kommen alle möglichen Leute von überall hin. Wir hatten Glück. Haben den Stellplatz gekriegt, bevor Joe Holzbein mit seinen dressierten Pfauen ankam.«

»Und was passierte mit Big Fizzer?«

»Wir waren einen Tag früher auf dem Stellplatz, und er macht 'ne Mücke. Hat was zu erledigen, sagt er, und tut ganz geheimnisvoll. Dann is er zurückgekommen und hat mir geholfen, das Karussell aufzubauen, aber er hat dabei dauernd an was anderes gedacht.«

Blackboots erhob sich von seinem Stuhl und kletterte in seinen Wohnwagen. Er kam mit einer Photographie in einem billigen Rahmen zurück.

»Das is er.« Die Photographie zeigte Blackboots auf der Drehscheibe seines Karussells stehend, den Arm um den Nacken eines schwarzbärtigen Mannes geschlungen, der einen Bowler trug.

War das der Tote? Es könnte sein. Größe und Körperbau stimmten. »War er – verheiratet?« fragte Auguste, bemüht, seine Erregung zu unterdrücken.

»Das nich. Tom is – na, sagen wir mal, 'n bißchen dumm. Er is ganz in Ordnung, aber für seine Größe hat er nich viel Grütze im Kopf. Er sieht immer aus, wie wenn er nich wüßt, wohin, der arme Kerl. Seinen Spitznamen hat er von dem Brausestand, mit dem er angefangen hat. Ich weiß noch, wie er auf'm Jahrmarkt von Windsor den Handlanger gemacht hat. Und immer dachte, Ihre Majestät würde erscheinen. Und als sie dann wirklich gekommen is, hat er mit Fieber langgelegen. So is das immer mit ihm. Er hat dauernd Pech. Den Brausestand hatte er über zwanzig Jahre. Aber eines Tags komm ich auf den Gänsemarkt von Nottingham, und was seh ich da: Fizzer mit 'nem Wurfspiel. Es is ganz gut gegangen, aber dann wurde er krank und kam ins Arbeitshaus. Dann hab ich gehört, er is wieder draußen und macht alle möglichen Gelegenheitsarbeiten. Er hat den Zirkus im Blut. Erzählt mir, seine Mutter wär gestorben, als er noch 'n kleiner Knirps war. In Clapham. Sie war bei Wombwells Wanderzirkus, hat die Elefanten zur Musik im Kreis geführt. Das war in den dreißiger Jahren, liegt schon lange zurück.« Blackboots sann über die Vergänglichkeit des Lebens nach.

»Eines Tags also läuft der arme Tom dem Schwarzen Rufus übern Weg, und dann hör ich, daß Tom sich um Rufus seine Lilliputaner kümmert, dieweil Rufus die richtige Arbeit macht, das Roulette im Zelt hinter dem Karussell für die feinen Pinkel. Tom konnte Kinder immer gut leiden, und diese Lilliputaner warn ja wie Kinder. Er hat sich um sie gekümmert wie ein Vater. Der Schwarze Rufus schickte Tom immer los, die Drecksarbeit machen, Schulden eintreiben, weil Tom ganz schön gefährlich aussieht, und keiner weiß ja, daß er nich gerade ein Preisboxer is. Der Schwarze Rufus hat Tom nach Strich und Faden ausgenutzt, und Tom hat es satt gekriegt, für ihn zu schindern, und da fragt er mich also, ob er mir nich bei dem Pferdekarussell helfen kann, weil ich doch auch nich mehr der Jüngste wär. Er hatte nur einen Traum in seinem Leben: er wollte ein Karussell besitzen. Er is ein großes Kind. Ich probier die Schaukeln aus und die Fliegenden Schweine und die Fahrräder, sagt er. Tom macht sich immer nützlich. Aber seine große Liebe is ein Pferdekarussell. So eins, wie ich's habe. Natürlich hat's so ausgesehn, als würde er sich so was nie leisten können, und keine Bank hätt ihm ja dafür Geld geliehn. Also is er mir mit dem Karussell zur Hand gegangen – das war immerhin das Nächstbeste. Ich glaub, das is alles, weil er nie 'ne richtige Kindheit gehabt hat. Er hat auch kein Mädel gefunden, das ihn hat heiraten wolln. Jede hat doch gesehn, wie das enden würde; mit 'nem Dutzend Bälger und keine Sicherheit. Meine Alte is vor zehn Jahren gestorben, und Tom und ich kommen gut miteinander aus. Im Winter kriegt er 'ne Hausiererlizenz, genau wie ich, und wir arbeiten zusammen. Er verkauft Federn und Papierkram, das macht er gut, und ich Bänder und so'n Zeug. Ich kann's besser mit jungen Frauen, wie er's kann. Oder konnte.« Er seufzte.

»So ist das Leben, *mon ami*«, sagte Auguste mitfühlend. »Und der Schwarze Rufus war letzte Woche auf dem Jahrmarkt von Settle, nicht wahr? Wie ist Tom mit ihm ausgekommen?«

»Sie können sich nich ausstehn, das is mal sicher, aber Rufus läßt sich das meistens nich so anmerken. Tom is ganz gut beim Geldeinkassiern, deshalb stellt er ihn manchmal dafür an. Tom tut's nich gern, aber Geld is Geld. Rufus bezahlt ihn anständig.«

»Und Sie glauben, nach dem großen Jahrmarkt in Lammas und letzten Sonnabend war Tom auch unterwegs, Schulden eintreiben?«

»Tom is manchmal 'n richtiger Geheimniskrämer. Mir gefiel das alles nich. Was soll ich denn tun, hab ich gesagt, wenn du 'ne Spritztour machst? Das Pferdekarussell gehört jetzt mir, sagte er. Stimmt, sagte ich, aber deshalb is es noch lange nich okay. In Lammas hat's nämlich Krach mit dem Schwarzen Rufus gegeben. Ich mach mir nichts aus Roulette, und aus dir mach ich mir schon gar nichts, hat Tom zu ihm gesagt. So deutlich is er sonst nie geworden. Rufus hat das krumm genommen, und er hat Tom eine geklebt. Tom is kein Kämpfer, aber er läßt sich auch nich schlagen, also hat er den Schwarzen Rufus vor den Augen von seiner Alten auf den Boden geschmissen. Ich krieg dich noch, hat er gesagt, und er hat noch letzten Samstag davon geredt, wie wir in Settle angelangt sind.«

Auguste unterbrach den Redefluß, um zum springenden Punkt zu kommen. »Tom hat das Karussell *gekauft*?«

»Ich dachte, er macht Witze, aber er hat tatsächlich den ganzen Kies auf den Tisch gelegt. Ich dachte, vielleicht is es das Geld von Rufus, aber das war schließlich Tom seine Sache. Ja, ich seh ihn noch vor mir, wie er mich anstrahlt und wie seine Augen leuchten. Ich kauf's dir ab, Blackboots, sagt er und streichelt eins von den Pferden. Er macht 'n Gesicht, wie wenn's Lutschbonbons vom Himmel regnet. Ich komm langsam in die Jahre, wissen Sie«, sagte Blackboots entschuldigend, als könnte das seine Treulosigkeit gegen die Schwarze Schönheit und das Pferdekarussell erklären. »Hier is die Anzahlung, hat Tom gesagt, den Rest von dem Kies kriegste nächste Woche, und so war's auch.«

»Wann war das?« fragte Auguste etwas verwirrt. Blackboots Chronologie konnte nicht ganz stimmen und bedurfte der Korrektur.

»Ende August, Anfang September.«

»Und was geschieht jetzt mit dem Karussell?«

Blackboots zuckte die Achseln. »Ich warte, bis Tom zurückkommt.«

»Und wenn er tatsächlich tot ist?«

Blackboots dachte nach. »Sie sagen mir Bescheid, wenn Sie's genau wissen.« Zu etwas anderem vermochte ihn Auguste nicht zu bewegen. Tom konnte tot sein oder auch nicht, Blackboots würde auf ihn warten. Und niemand in Toms Wohnwagen hineinlassen, erwiderte er auf Augustes stumme Frage.

»Und wo finde ich Sie?« fragte Auguste niedergeschmettert.

Blackboots stapfte schwerfällig auf die Schwarze Schönheit zu. »Ich nehm den Schieber aus dem Schornstein, und Sie schippen Kohlen auf.« Er ergriff die Schaufel und überreichte sie Auguste. »Vielleicht geh ich nach London, vielleicht nach Schottland. Kann ich noch nich sagen. Fällt mir vielleicht wieder ein – wenn die Schwarze Schönheit fahrbereit is. Das heißt, wenn Sie genug von den Kohlen da aufgeschippt haben.«

Auguste schlich leise zu seinem Hotelzimmer hoch, argwöhnisch beäugt von einem Stubenmädchen und gefaßt darauf, von Tatjana mit großer Heiterkeit empfangen zu werden. Sie war nicht im Raum, aber kaum hatte er sich mit spitzen Fingern seines Jacketts entledigt, da kam sie hereingestürmt und schwärmte von dem Frühstück, das ihr Mrs. Snipes vorgesetzt hatte. Mrs. Snipes, stellte sich heraus, war die Ehefrau von Herbert Snipes, dem Automechaniker. Dann erst bemerkte sie, wie ihr Mann aussah, und fing an zu lachen. »*Voilà, chéri*, ich weiß, wo du hingehörst: in die Königlichen Bäder. Wußtest du, daß es siebzehn schwefel- und eisenhaltige Quellen in Harrogate gibt?«

Auguste hatte kein Interesse an den Quellen von Harrogate. Er wollte nur ein Säuberungsbad (das im »Hotel Majestic« genügte voll und ganz), einen kleinen Imbiß und dann so schnell wie möglich zurück nach Tabor Hall.

Tatjana auf dem Beifahrersitz des inzwischen reparierten Daimler neben Tomkins unterhielt sich mit diesem über die Vorzüge des Daimler, verglichen mit denen des De Dion, und Auguste, auf der Hinterbank sich selbst überlassen, ordnete in seinem Kopf die Informationen, die er von Blackboots bekommen hatte. Das letzte, was er von ihm gesehen hatte, war seine Silhouette auf der Schwarzen Schönheit, während die Kavalkade langsam in der nebeligen Unendlichkeit der Landstraße verschwand. Blackboots hatte nur zum Teil sein Versprechen eingehalten, Auguste mitzuteilen, wo er hinwollte: es konnte Selby sein, es konnte Whitby sein, aber es konnte auch die große Straße nach Norden sein. Er war offenbar der Ansicht, wenn Auguste ihn dringend brauchte, würde er ihn schon finden.

Hatte sich die Chance verringert, daß der Tote Tom Griffin war?

Etwas in Auguste sträubte sich gegen Toms Tod. Blackboots hatte Tom Griffin zum Leben erweckt. Eine namenlose Leiche bekam nun ein reales Umfeld von vergeblichen Hoffnungen und Träumen. Ein anderer Teil von Augustes Hirn arbeitete rasch heraus, was geschehen sein mochte. Vom »Was« gelangte er dann vielleicht zum »Warum«. Toms Kleider mußten irgendwo versteckt, möglicherweise irgendwo auf dem Gelände von Tabor Hall vergraben worden sein, falls die Zeit dafür ausgereicht hatte. Wenn nicht Gregorin der Mörder war. Tom hatte angenommen, er könnte längere Zeit unterwegs sein – wo war dann die Tasche mit seinen Sachen? Wie sollte er nach Settle zurückkommen? Laufen? Bei Tageslicht war das möglich, nicht aber bei Nacht.

Zögernd strich er den Schwarzen Rufus aus der Liste der Verdächtigen. Wie sehr Rufus Tom auch haßte, er würde kaum seinem Opfer auf privates Gelände folgen oder sich die Mühe machen, Toms Kleider zu vertauschen. Wenn nicht ... wenn nicht alle beide zum selben Zweck nach Tabor Hall gekommen waren. Und ihr Besuch konnte nur einer Person gegolten haben: Alfred. Er und Egbert hatten angenommen, Alfred habe seine Schulden bei Glücksspielen in den Häusern von Freunden oder in Londoner Klubs gemacht, aber angenommen, der Tatort war ein verborgenes Roulettezelt auf einem Jahrmarkt? Alfred hatte versichert, daß er dem Mann, der die Schulden eintreiben wollte, das Geld bezahlt hatte, und Tom Griffin hatte plötzlich Geld genug, um sich den Traum seines Lebens zu erfüllen und ein Karussell kaufen zu können. Hatte er »vergessen«, daß das Geld dem Schwarzen Rufus gehörte? War Rufus in jener Nacht selber nach Tabor Hall gekommen, um das Geld von Alfred zu fordern, und hatte Tom versucht, ihn daran zu hindern? Hatte es einen Streit gegeben, einen versehentlichen Schuß und den verzweifelten Versuch, das Geschehene zu verschleiern? Auguste drehte und wendete diese Theorie hin und her und schüttelte sie wie steif gewordenes Gelee: es rutschte nicht ganz glatt aus seiner Form, aber es war dennoch eßbar.

Als der Daimler in den Weg einbog, der nach Airton und Kirkby Malham führte, merkte Auguste, daß er sich nicht danach sehnte, wieder auf Tabor Hall Einzug zu halten. Was sollte er Egbert sagen? Sollte er ihm von Tom Griffin erzählen oder nicht? Wenn nicht, verletzte er die Regeln, auf die sie sich hinsichtlich ihrer beruflichen Zusammenarbeit geeinigt hatten. Angesichts der ihm zugestandenen Privilegien durfte Egbert erwarten, daß er ihm nichts vorenthielt. Aber Egbert packte diesen Fall ganz sicher von der falschen Seite an, wenn er sich auf mögliche Mörder konzentrierte und nicht darauf, wer das Opfer war. Und einer der möglichen Mörder konnte für Egbert noch immer Tatjana sein.

Augustes Problem wurde für den Augenblick gelöst, denn man teilte ihm mit, daß Chief Inspector Rose Tabor Hall verlassen habe. Die Polizei Seiner Majestät war jedoch noch überall zu sehen: sie grub beharrlich im Moor, auf den Bergen und in den symmetrisch angeordneten Blumenbeeten. Der Daimler hatte die Fahrt in weniger als drei Stunden geschafft, was Auguste wieder mit dem Autofahren versöhnte, denn nun bestand doch noch die Aussicht auf ein warmes Essen. Seine Hoffnung zerstob, denn er traf auf eine Mauer der Mißbilligung.

»Ah«, sagte George mit gezwungener Herzlichkeit, »gerade noch rechtzeitig zum Käse.«

»Unsinn.« Priscilla läutete. »Ich bin sicher, Breckles findet noch etwas kalte Pastete für Mr. und Mrs. Didier, bevor sie abreisen.«

»Abreisen?« wiederholte Auguste.

»Meine Schwägerin nimmt an, daß Sie nach Ihrem erzwungenen Aufenthalt hier so rasch wie möglich nach London zurückkehren wollen«, erklärte Laura taktvoll.

Priscilla Tabor sah keine Notwendigkeit für Takt. »Da Ihr Freund es für richtig gehalten hat, Cyril zu verhaften, wüßte ich keinen Grund, warum ich ihm auf Tabor Hall einen Raum für Verhöre zugestehen sollte. Vermutlich ist der Fall abgeschlossen, so weit es ihn betrifft, und ich nehme an, Sie wollen ihm auch weiterhin zur Seite stehen. Die Prinzessin kann natürlich gern als unser Gast hierbleiben.« Ihr Ton strafte ihre Worte Lügen. Tatjana würde allenfalls geduldet werden. Auguste kochte vor Wut, aber Tatjana hielt an ihrem freundlichen Lächeln fest.

»Wie aufmerksam. Doch da mein Mann den wahren Mörder zu finden versucht, möchte ich lieber bei ihm sein.«

»Den wahren Mörder?« rief Gertie erwartungsvoll.

»Das hoffe ich.« Auguste konnte nichts weiter sagen.

»Sie halten Cyril also für unschuldig?« fragte Oliver erfreut.

»Das tun wir doch wohl alle«, erwiderte Auguste ausweichend. Doch zu seiner Bestürzung ließen die übrigen Mitglieder der Tischrunde bei dieser Bemerkung keine Anzeichen von Erleichterung erkennen.

»Wenn das so ist«, sagte Priscilla nach einer Pause, »nehme ich an, daß Sie vielleicht lieber hierbleiben wollen.«

»Auguste«, wandte sich Tatjana honigsüß an ihn, »ich würde mich im ›Goldenen Löwen‹ sehr wohl fühlen.«

Er hätte die Annehmlichkeiten des behaglichen Hotels nur zu gern in Anspruch genommen, doch Tabor Hall war nun einmal der Ort, wo alle Fäden zusammenliefen, der zentrale Punkt des Rätsels, und hier sollte er bleiben – selbst wenn einer aus der Familie, die ihm Gastfreundschaft gewährte, ein Mörder war. »Wir sind Ihnen sehr dankbar für Ihre Freundlichkeit, Lady Tabor«, sagte er steif.

Merkwürdigerweise schien Priscilla nicht allzu erfreut darüber, daß er zugestimmt hatte.

»Laufen?« erkundigte sich Auguste mißtrauisch, als Tatjana ihre Absicht kundtat, an einem Ausflug zu einigen Wasserfällen in der Umgebung teilzunehmen. Er wunderte sich schon seit langem über die Leidenschaft der Engländer für Fußwanderungen durch die Landschaft, wo sie doch deren Schönheiten viel bequemer aus einem *petit restaurant* oder einer Bar bewundern konnten.

»Du bist in Gesellschaft der Tabors sicherer als hier allein, *ma mie*«, sagte sie.

Dieser Gedanke war ihm noch nicht gekommen, und die Vorstellung, auf morastigen Wegen an Wasserfällen entlangzuspazieren, gewann plötzlich an Reiz.

Der Ausflug begann in einem Zug der Midland-Eisenbahn, und später mußten sie in einen anderen Zug umsteigen, doch Auguste nahm wenig von der Landschaft wahr, durch die sie fuhren. Mit seinen Gedanken war er in der Welt des Jahrmarkts und versuchte, sich das Leben Tom Griffins vorzustellen. Erst als er neben rasch dahinfließenden Bächen und herunterstürzenden Wasserfällen auf Waldpfaden dahinschritt, begann er, seiner Umgebung Aufmerksamkeit zu schenken. Das war ein anderes Yorkshire als das der düsteren Hochmoore. Außerdem hatte eine freundliche Vorsehung oder aber die Umsicht privater Wohltäter Wege und Brücken angelegt, so daß man die wundervollen Wasserfälle von der bestmöglichen Stelle aus betrachten konnte.

»Jetzt kannst du es mir doch endlich erzählen«, sagte Tatjana, als sie auf einer der Brücken stehenblieben. »Kannst du beweisen, daß Cyril kein Mörder ist, und deine reizende Gertie glücklich machen?«

»Nein. Zur Zeit noch nicht.«

Normalerweise würde er den Fall mit Egbert besprechen. Vielleicht aber war es hilfreich, Tatjana in die ganze Geschichte einzuweihen. Während er erzählte, wuchs sein Verständnis für Tom Griffins Leben und das, was Tom wichtig gewesen war.

»Wenn Tom tatsächlich nach Tabor Hall gekommen ist«, schloß er, »können wir Colonel Simpson vergessen. Der Tote ist kein ›Gentleman‹, sondern der arme Tom. Und ich sehe nur einen Menschen, der einen Grund gehabt haben könnte, ihn umzubringen. Oder möglicherweise zwei.«

»Wen?«

»Gregorin, den wir einstweilen von unserer Liste streichen können, weil er dem Toten sicherlich nicht die Haare geschnitten hätte, und *ihn*.« Er blickte hoch.

Von dem felsigen Pfad, der sich über ihnen entlangzog, rief ihnen Alfred zu: »Beeilung, ihr da unten, kommt rauf!«

»Er ist nur ein Junge«, sagte Tatjana erschrocken. »Kein sehr angenehmer, aber doch noch ein Junge.«

»Er ist einundzwanzig, also erwachsen. Das könnte die Erklärung dafür sein, warum die Tabors scheinbar so bestrebt waren, den Fall aufzuklären, aber in Wahrheit führten alle ihre Hinweise in eine Sackgasse.«

»Außer dem Hinweis auf den Colonel.«

»Und der führt auch ins Leere, da bin ich sicher.«

Tatjana lachte. »Ach, Auguste, du hast wirklich viel Phantasie. Die Tabors halten als Familie fest zusammen, aber glaubst du ernsthaft, Cyril würde sich verhaften lassen, nur um Alfred zu retten?«

Auguste mußte zugeben, daß ihm das unwahrscheinlich erschien.

»Zu steil für dich, meine bejahrte Cousine?« Alexander kam den Pfad herunter auf sie zu gerannt, Victoria dicht hinter ihm.

Tatjana jagte ihn sofort wieder hinauf, und Victoria rief Auguste zu: »Sie denken sich Mordgeschichten aus, nicht wahr? Angenommen, Gertie hat den armen Mann erschossen, weil der ihren lieben Cyril erpreßt hat?«

»Der Gedanke ist mir noch gar nicht gekommen.«

»Na sehen Sie. Ich wäre bestimmt ein erstklassiger Detektiv. Und ein noch besserer Verbrecher«, setzte Victoria hinzu.

Auguste blickte auf. Spielte ihm seine Phantasie einen Streich, oder bekam Alexanders Gesicht wirklich bei diesen Worten einen sonderbaren Ausdruck? Es mußte wohl Einbildung gewesen sein, denn Alexander wandte sich rasch wieder mit einem Scherz Tatjana zu.

»Glaubst du, Cyril war es, Laura? Ihr wart offenbar alle ziemlich desinteressiert, als Auguste erklärte, er halte ihn für unschuldig.«

Laura sah Oliver empört an. »Wie kannst du so was sagen? Er ist mein Bruder. Natürlich möchte ich, daß er freigelassen wird. Aber der Colonel ist verschwunden. Ein unglückliches Zusammentreffen.«

»Was meinst du mit Zusammentreffen?« fragte er scharf.

»Nichts.«

»Laura, ich *weiß*, daß etwas nicht stimmt.«

»Das sollte dir doch egal sein, Oliver. Du hast keine Verpflichtung mir gegenüber, absolut keine. Ist das klar?«

»Ja«, sagte er. »Sehr klar. Verstehe ich das richtig: du willst nicht, daß ich dir gegenüber eine Verpflichtung habe?«

»Ich fürchte, Oliver, genau das meine ich. Es tut mir leid, wenn du einen anderen Eindruck hattest.«

»Mausi«, Harold Janes machte sich nichts aus Spaziergängen, auch nichts aus solchen, bei denen Rücksicht genommen wurde auf Leute, die zuviel Karamelpudding gegessen hatten. »Laß uns morgen abreisen, ja?«

»Oh, Katerchen.« Beatrice war untröstlich. »Jetzt, wo alles

so aufregend wird!« Nun, da ihr Harold nicht mehr in Gefahr war, hätte sie zu gern herausgefunden, wer von den Tabors mehr über den Mord wußte, als er verlauten ließ. Falls ihre Aktien bei Hofe fielen (und es gab immerhin ein paar kleine Anzeichen dafür), mußte sie ihren gesellschaftlichen Wert zu erhöhen versuchen. »Mausi möchte hierbleiben.«

»Nein, wir reisen ab«, erwiderte Harold kurz angebunden.

Das Wasser neben ihm strömte und sprühte, doch Auguste achtete jetzt nicht mehr auf die Naturschönheiten, sondern war mit seinen Überlegungen beschäftigt. Die Tabors, bei denen einer für den anderen einstand, und Tom Griffin. Er mußte sofort mit Egbert sprechen. Vielleicht war Alfred nicht der einzige Verdächtige in der Familie.

Es dauerte doch etwas länger, als er gehofft hatte, bis es dazu kam. Auf halbem Wege auf einer kreisförmigen Wanderroute in der Einsamkeit von Yorkshire kam man nirgendwohin »sofort«. Auguste mußte seine Ungeduld zügeln, während die Wandergruppe die prachtvollen Wasserfälle von Thornton, dann das Moorland, dann die Wasserfälle von Beazley und die von Snow bewunderte und sich schließlich an den Attraktionen des Dorfes Ingleton und seinen einladenden Teestuben erfreute.

Schließlich langte er wieder per Eisenbahn in Settle an. Tatjana hatte es verdächtig gleichmütig aufgenommen, daß er früher zurück wollte, und erst im nachhinein fiel ihm ein, daß sie in eine Diskussion mit Alexander vertieft gewesen war, bei der es offenbar um den Preis des De Dion Bouton ging. Er vergaß es rasch wieder.

Im »Goldenen Löwen« angekommen, mußte er seine Geduld noch weiter zügeln. Chief Inspector Rose, teilte man ihm mit, sei nicht im Hause.

Rose war es müde geworden, auf die Ergebnisse der Grabeaktion zu warten, und hatte ebenfalls einen Ausflug unternommen. Er befand sich auf der anderen Seite des Ingleborough-Berges, den Ausflüglern aus Tabor Hall direkt gegenüber, und besichtigte die berühmten Höhlen von Ingleborough. Auch er mußte nachdenken, seine Gedanken ordnen. Er war nicht erfreut über die augenblickliche Situation: nicht über Cyril Tabor als Mordverdächtigen und auch nicht über die erste Höhle, die er betrat. Vielleicht hatte er zuviel von dem Londoner Untergrundbahnsystem gesehen, als daß dunkelbraune Steinwände und trübes Licht auf ihn Eindruck gemacht hätten. Er überlegte, daß es Edith vielleicht hier gefallen hätte, obwohl sie sich in ihrem Sonntagskleid hätte vorsehen müssen und die vielen Pfützen auf dem Boden sie sicherlich gestört hätten. Die folgenden Höhlen gefielen ihm hingegen sehr, denn es gab nichts Vergleichbares auf der Central Line. Stalaktiten, Stalagmiten, Seen. Sehr hübsch.

Als er wieder ans Tageslicht trat, war er äußerst zufrieden mit dem Nachmittag und sogar geneigt, auf dem Rückweg ins Dorf die ihn umgebende Landschaft zu bewundern. Er war zu einem Schluß gelangt, und nicht etwa in bezug auf die Höhlen von Ingleborough. Daß Auguste im »Goldenen Löwen« auf ihn wartete, erfüllte ihn nicht gerade mit Entzücken, denn er war noch nicht ganz fertig.

»Ich muß dir etwas erzählen, Egbert.«

»Nett von dir.«

»Darf ich dir etwas zu trinken spendieren?«

Egberts Stimmung wurde freundlicher. »Ja. Und was zu essen. Du hast mir etwas verheimlicht, nicht wahr?«

»Nein. Ja.«

»Du kannst mir erzählen, warum ich den Falschen verhaftet habe. Und zwar bevor mein Essen kommt.«

»Du gibst also zu, daß Cyril unschuldig ist?«

»Ich weiß nicht, was ich denken soll, solange ich diese verdammten Kleidungsstücke nicht habe. Ich muß Anklage gegen ihn erheben oder ihn freilassen«, sagte Egbert gereizt.

In einer gemütlichen Ecke der Gaststube, ein Glas Ale vor sich, erzählte ihm Auguste die Geschichte von Tom Griffin.

»Und warum hast du mir das nicht früher mitgeteilt?«

»Wie konnte ich, Egbert?« Auguste ignorierte einen Anfall von schlechtem Gewissen. »Ich hatte ja keine Beweise. Die habe ich immer noch nicht. Vorläufig ist es nur eine aufregende Theorie. Du hättest mir doch bloß wieder vorgeworfen, bei mir ergäben zwei und zwei vierzig.«

»Vielleicht, vielleicht aber auch nicht«, sagte Egbert kurz. »Mich beunruhigt, daß der Fall falsch läuft. Normalerweise kann man nicht sicher sein, wer der Mörder ist, solange man nicht weiß, wer der Ermordete ist. Deine Theorie beweist uns das. Meine nicht. Nach der Leichenschau wurde der Tote beerdigt, so daß ich jetzt nur Photographien habe. Colonel Simpsons Haushälterin kann den Toten nicht zweifelsfrei identifizieren; sie weiß nicht, ob es der Colonel ist oder nicht, also kann ich nicht darauf hoffen, Cyril Tabor überführen zu können, solange diese verdammten Uniformstücke nicht aufgetaucht sind.«

»Oder der Colonel selber.«

Egbert warf ihm einen Blick zu. »Bestell das Rindfleisch und den Yorkshire-Pudding, Auguste, und dazu noch ein Stück Apfelkuchen, da du ja zahlst.«

»Wenn du zu Edith zurückkommst, bist du so rund wie ein Knödel.« Auguste lachte.

»Du wirst auch ganz schön mollig. Das macht die Ehe, nicht wahr?«

»Ich bin nicht *enceinte, mon ami.*« Auguste war hell empört über diese Kritik an seiner Figur. »Es liegt sicher an der gesunden Luft von Yorkshire, daß deine Phantasie solche Bocksprünge macht.«

Das Essen kam, und gleich darauf erschien Cobbold, begleitet von Konstabler Wright, der eine Tasche trug und vor Stolz strahlte. Auguste glaubte zu sehen, wie Cobbold fragend die Augenbrauen hochzog und Egbert daraufhin nickte. Es war ein langer Tag gewesen, und das drückte auf seine Stimmung.

»Ich habe hier etwas für Sie«, sagte Cobbold.

»Uniformteile?«

Als Antwort leerte Cobbold die Tasche. Zum Vorschein kamen eine Moleskinhose, ein kariertes Hemd, ein Halstuch, eine alte Jacke, ein Bowler und ein Paar ausgetretene Schuhe.

Auguste konnte sich die Bemerkung nicht verkneifen: »Das sieht nicht nach Uniformteilen aus, Chief Inspector.«

Egbert maß ihn mit einem vernichtenden Blick. »Setzen Sie sich«, lud er Cobbold ein und bedeutete Wright, er könne gehen. Er schob Augustes Apfelkuchen zu Cobbold hinüber. »Mögen Sie das hier? Mr. Didier verläßt uns und fährt nach Tabor Hall zurück.«

»Ich dachte, ich könnte bleiben ...«, begann Auguste.

»Auf nach Tabor Hall«, verabschiedete ihn Rose.

Gekränkt verzog sich Auguste. Am Hoteleingang überlegte er noch einmal. Tom Griffin hatte er entdeckt. Er ging zurück und setzte sich wieder auf seinen Platz, und Egbert sagte nichts dazu. Er und Cobbold sprachen in der Tat über Tom Griffin.

»Seine Majestät in Balmoral wird sicher erleichtert sein, daß sich die Sache nicht zu einem großen Skandal ausweitet«, sagte Egbert, »aber wenn ich ihn richtig kenne, wird er wissen wollen, wer's getan hat, egal, ob's nun ein herumziehender Schausteller war oder jemand anders. Und das schnell.«

»Ich weiß nicht, was man in London als einen großen Skandal betrachtet, aber hier in der Gegend reicht es, daß der Mord mit den Tabors zusammenhängt.«

Egbert Rose sah ihn ruhig an. »Sie haben recht, Cobbold.

Wir sind noch nicht aus dem Dilemma heraus. Cyril müssen wir jetzt freilassen. Und die Kleidungsstücke beweisen, daß der Tote auch nicht Mariot sein kann. Damit sind Miss Laura und wahrscheinlich auch Carstairs ebenfalls aus dem Schneider. Doch wir haben ja noch mehr Tabors.«

»Weshalb sollten sie einen herumziehenden Schausteller ermorden wollen?« fragte Cobbold.

»Auguste Didier vermutet, daß es mit Alfred und seinen Spielschulden zusammenhängt.«

»Aber Alfred ist nicht die einzige Möglichkeit«, warf Auguste schnell ein. Gott sei Dank erwähnte niemand Tatjana. Oder taten die beiden das nur deshalb nicht, weil er anwesend war?

»Wir sind keine Ballettkünstler, Auguste«, sagte Egbert gereizt. »Wir gehen alle Fakten durch, einen nach dem andern. Wir springen nicht zwei Meter hoch und drehen uns in der Luft wie die Tänzer in ›Schwanensee‹.«

»Aber du mußt andere Möglichkeiten berücksichtigen«, bat Auguste. »Wir müssen mehr über Tom Griffin herausfinden. Angenommen, er war Georges illegitimer Bruder?«

Egbert lachte. »Da würde ich gern Priscillas Gesicht sehen.«

»Das Alter stimmt«, bohrte Auguste weiter. »Sollten wir nicht den braven Inspektor Stitch bitten, im Somerset House* nachzusehen, jetzt, wo er wieder in London ist? Tom Griffin ist oder war um die Sechzig, vielleicht ein Jahr jünger; seine Geburt wurde bestimmt registriert. Stitch könnte auch in den Arbeitshäusern und Waisenhäusern in Südlondon nachforschen, dort, wo Tom geboren wurde. Wenn Toms Mutter gestorben ist, als er noch klein war, ist er vielleicht in ein Waisenhaus gebracht worden.«

* Gebäude, in dem seit 1836 Geburten, Heiraten und Todesfälle, aber auch letztwillige Verfügungen etc. landesweit registriert werden.

Rose zögerte, aber plötzlich erheiterte ihn die Vorstellung, Twitchs Sonntagabend stören und ihm für den kommenden Morgen eine interessante Aufgabe stellen zu können. »Haben Sie ein Telefon hier?« erkundigte er sich beim Wirt des »Löwen«.

Es war fast neun Uhr, als Rose und Auguste wieder auf Tabor Hall eintrafen, begleitet von Cyril Tabor.

Gerties trauriges Gesicht leuchtete auf; sie war nun nicht mehr allein in der Taborschen Löwengrube. »Cyril«, schrie sie und warf sich ihm mit einer Begeisterung in die Arme, die die schmalen Träger ihres Kleides in große Gefahr brachte.

»Ganz ruhig, Kätzchen. Ich wurde nicht vom Galgen abgeschnitten.«

Priscilla erhob sich in gerechtem Zorn. »Ich bin froh, daß Sie zur Vernunft gekommen sind, Chief Inspector. Cyril, du brauchst sicher einen Brandy.«

»Nein, drei«, korrigierte er sie.

»Ich muß Sie bitten, sich nicht aus Tabor Hall zu entfernen, Mr. Tabor«, sagte Egbert Rose unbeeindruckt, »da noch einige Ermittlungen ausstehen. Ich würde mich gern morgen früh in meinem Zimmer mit Ihnen unterhalten.« Er blickte Lady Tabor freundlich an.

Priscilla holte zum Gegenschlag aus. »Ich dachte, Sie hätten begriffen, Chief Inspector, daß unsere Räumlichkeiten Ihnen nach dieser unglücklichen unrechtmäßigen Verhaftung nicht länger zur Verfügung stehen.«

»Dann bleibe ich gern auch weiterhin im ›Goldenen Löwen‹, Lady Tabor. Es ist wirklich nett dort, und ich fühle mich da sehr wohl. Warm und gemütlich, vor allem, wenn man mit interessanten Leuten am Kaminfeuer sitzt, wie dem Chefredakteur des ›Craven Herald‹, und ich glaube, die Herren vom ›Morning Telegraph‹ und der ›Times‹ bleiben auch noch ein Weilchen dort.«

Einen Augenblick lang herrschte Schweigen. Priscilla überdachte ihre Situation.

Miriam sprach für sie. »Es ist doch viel bequemer für Sie, Inspektor, wenn Sie hier an Ort und Stelle sind, für den Fall, daß Sie ein weiteres Mitglied unserer Familie verhaften müssen. Bitte lassen Sie uns wissen, wer es höchstwahrscheinlich sein wird.«

Am Montagmorgen regnete es, und der graue Himmel hing tief über dem Moor. Cobbolds Männer setzten ihre Suche nach Uniformteilen fort, patschten durch den aufgeweichten Boden und stapften mit schlammbedeckten Stiefeln auf den Abhängen herum. Sie fanden nichts. Das gleiche negative Resultat hatte Egbert Rose bei Alfred, der an seiner Geschichte festhielt, der Schuldeneintreiber, der ihn aufgesucht hatte, sei voll bezahlt worden, und damit sei die Sache erledigt gewesen. Sie war es nicht, aber Rose ließ ihn zunächst einmal laufen. Auch die Unterhaltungen mit allen anderen Personen, von der alten Lady Tabor bis zu Betty Tubbs, dem Abwaschmädchen, brachten ihn keinen Schritt weiter.

Am Abend hatte jemand anders Grund zur Klage: Inspektor Twitch.

»Didier und seine verrückten Ideen«, beschwerte er sich aufgebracht durchs Telefon, während Rose ohne Mitgefühl zuhörte. »Wissen Sie, wie viele Tom Griffins zu Beginn der vierziger Jahre in Südlondon geboren wurden? Dutzende! Und ich mußte sie alle überprüfen, und nicht der kleinste Hinweis darauf, wer unser Mann sein könnte. Außerdem habe ich alle Arbeitshäuser und alle Waisenhäuser abgeklappert – nirgendwo Unterlagen über einen Tom Griffin. Ich bin in jeder Grundschule, jeder Armenschule, jeder Alten-Damen-Schule, überall gewesen. Ich habe eine Liste, so lang wie das Gesicht des Commissioners.«

»Sie leisten gute Arbeit«, sagte Rose herzlich zu ihm, »lassen Sie den Mut nicht sinken!« Und er kehrte zu seinem Abendessen zurück.

Auguste platzte innerlich fast vor Ungeduld. Warten, immer warten. Beim Kochen gab es zumindest verlockende Gerüche und leckere Kostproben, die einen bei der Stange hielten; bei der kriminalistischen Arbeit gab es sehr oft nichts. Egbert konnte doch wohl Cyril nicht mehr im Ernst für den Mörder halten – dennoch suchte er immer weiter nach Uniformteilen und Regimentsabzeichen. Wem aber konnten die abgetragenen alten Sachen gehört haben, die Cobbolds Männer ausgegraben hatten, wenn nicht Tom Griffin? Der Tote war Tom Griffin. Das mußte Egbert doch klar sein.

Beim Diner fühlte er sich an der Tafel der Tabors entschieden unwillkommen. Er hatte sich dazu überwunden, an der gemeinsamen Mahlzeit teilzunehmen. Tatjana war verschwunden, weil sie etwas vorhatte, sie hatte aber nicht gesagt, was es war. Vermutlich hatte es etwas mit Automobilen zu tun, dachte er.

Die Janes' waren nicht anwesend, und er fragte seine Gastgeberin kühn nach dem Grund.

»Harold wurde plötzlich nach London gerufen.« Priscillas Lächeln war eisig.

»Wenn Sie mich fragen, konnte er es gar nicht erwarten, von hier wegzukommen«, sagte Alfred verständnisinnig. »Jetzt, da Cyril frei ist, fürchtete er wohl, der Arm des Gesetzes könnte nach ihm langen.«

»Warum?« fragte Auguste, ihn in die Enge treibend.

Alfred war durchaus auskunftsbereit. »Der gelbe Gott, die Eifersucht, alter Freund. Der König ist eine Sache, aber in Doncaster hörte ich, daß unsere rundliche Beatrice ihren Busen noch ein wenig weiter vorgestreckt hat.«

Auguste fand, es sei unwahrscheinlich, daß sie ihn zu Tom Griffin vorgestreckt hatte, aber das konnte er nicht sagen. Noch nicht.

»Ich meine, wir sollten auch abreisen, nun, da alles vorüber ist«, erklärte Gertie tapfer.

»Es ist aber nicht alles vorüber, Kätzchen«, sagte Cyril.

»Wie bitte?« Sie starrte ihn an, und ihre Lippen zitterten, weil die Erlösung plötzlich wieder in weite Ferne rückte.

»Die Polizei glaubt immer noch, daß ich es war. Oder einer von uns.« Cyril blickte verdrossen von einem zum anderen. Lag eine Warnung in seinen Worten? fragte sich Auguste.

»Sie wühlen den ganzen Boden um und um«, sagte George düster. »Ich werde sie bitten, gleich den Winterdünger unterzugraben, wo sie schon mal dabei sind.«

Niemand lachte. Nicht einmal Victoria.

»Bist du denn deiner Meinung nach noch immer verdächtig, Cyril?« fragte Priscilla scharf.

»Das ist doch wohl klar. Wer immer der Bursche ist, er ist hier gestorben. Und einer meiner Anzüge fehlt. Sie vermuten, ich hätte ihn umgebracht, ihm meine Sachen angezogen und seine irgendwo vergraben. Sie können's nur nicht beweisen.«

Auguste hielt den Atem an. Irgend etwas spielte sich hier ab, das spürte er. Etwas, was – vielleicht weil er zugegen war – nicht ausgesprochen werden konnte.

»Und sind sie denn immer noch der Meinung, der Tote sei Colonel Simpson?« fragte Priscilla schließlich.

»Entweder er oder der Schuldeneintreiber, der vor ein paar Wochen Alfred sprechen wollte.«

»Ich dachte, diese Sache hätte sich erledigt«, sagte Laura.

»Ich hoffe doch, du hast ihn nicht umgebracht, Alfred?« erkundigte sich Miriam.

»Mutter«, bellte Priscilla los. »Es sind Gäste anwesend, die deine Worte ernst nehmen könnten.«

»Wir haben doch nur Alfreds Aussage, daß er den Mann bezahlt hat«, sagte Miriam sanft.

»Wenn ich ihn erschossen hätte, hättest du's als erste erfahren«, versuchte ihr Enkel zu scherzen, doch die Hand, die das Glas hielt, zitterte.

Es fiel schwer, an Alfreds Schuld zu glauben – Auguste betrachtete das sommersprossige junge Gesicht –, aber mußten Mörder immer in mittleren Jahren sein?

»Ich denke, Alfred hat nicht genug Mumm, um einen Mord zu begehen, finden Sie nicht auch, Mr. Didier?« Miriam machte ihre soeben geäußerten Worte wieder gut.

Auguste tat, als gelte sein einziges Interesse dem Nachtisch.

»Sicher wird sich herausstellen, Mr. Didier, daß der arme Mann irgendwelche Wahnideen in bezug auf den König hatte«, entschied Priscilla. »Wahrscheinlich ist er ihm durch das ganze Land hinterhergejagt.« Eine Pause. »Werden Sie nach Newmarket fahren, Mr. Carstairs?« Sie signalisierte die Rückkehr zum normalen Leben.

»Nein. Ich würde gern noch ein wenig hierbleiben, wenn ich darf. Vielleicht könnte ich helfen.«

»Ich brauche keine Hilfe«, sagte Laura.

»Ich meinte, der Familie.«

»Die Tabors standen oft unter Beschuß. Sie haben Erfahrung darin«, erwiderte Priscilla scharf.

»Aber vielleicht hatten Sie noch nie eine so enge Berührung mit Mord.«

»Ein unbekannter Toter kann unserer Familienehre nichts anhaben, Mr. Carstairs.«

»Verzeihen Sie, Lady Tabor. Ich werde natürlich abreisen.«

»Sie werden nichts dergleichen tun.« Georges Gesicht war puterrot bei dieser entschiedenen Willensäußerung.

Oliver sah ihn an. »Sie haben recht. Ich bleibe.«

»Was ist, wenn Twitch nichts herauskriegt, Auguste?« fragte

Egbert, als der ihm gute Nacht sagen und ihm von der Unterhaltung an der abendlichen Tafel berichten wollte.

»Aber er *muß* etwas finden. Blackboots hat mir erzählt, Tom sei ein Waisenkind aus Clapham, und seine Mutter ...« Er stockte, weil Egbert vor Lachen brüllte.

»Clapham!«

»Was ist daran so komisch?«

Rose wieherte. »Twitch sucht in ganz Südlondon nach ihm.«

»Und was ist daran falsch?«

»Wenn ich recht habe, schenke ich Twitch deine Gedärme als Hosenträger. Du sagtest: Südlondon. War das Blackboots' Angabe oder deine?«

»Clapham *ist* in Südlondon.«

»Bist du nie auf den Gedanken gekommen, es könnte mehr als ein Clapham geben?«

In Auguste stieg die Ahnung auf, daß ihm das, was jetzt kam, nicht gefallen würde.

»Du solltest dieses neue Haarwuchsmittel einnehmen, vielleicht regt das die Denktätigkeit an«, sagte Egbert unfein. »Clapham ist ein kleines Kaff ein paar Meilen von hier. Du bist dort gestern umgestiegen. Die Station heißt Clapham Junction.«

9. Kapitel

»Es ist unerhört, die Zeit der Polizei unnötig zu verschwenden«, kreischte Twitch feindselig ins Telefon, in dem sicheren Bewußtsein, daß nur Auguste und nicht der Chef ihn hören konnte. Auguste schmerzte diese Ungerechtigkeit. Jedem hätte ein solcher Fehler unterlaufen können. Doch er wußte, daß diese Sache in Twitchs minutiös geführtem mentalem Hauptbuch ein wichtige Eintragung auf der Debetseite darstellte und nicht so leicht vergessen werden würde.

Aber an diesem strahlenden Oktobermorgen verschwand Twitch sehr bald aus seinen Gedanken, und neue Hoffnung erfüllte ihn. Das Dorf Clapham lag nur anderthalb Meilen von der Eisenbahnlinie der Midland-Bahn im Tal entfernt, und Auguste marschierte zielbewußt vorwärts. Ein Plakat auf dem Bahnhof hatte Touristen informiert, daß sie sich Ponies mieten konnten, um Clapham zu besichtigen, doch die Ankunft auf dem Rücken eines Ponys im Ort sagte ihm noch weniger zu als die in dem angebotenen Daimler.

Es gehörte sich doch wohl kaum, das Gefährt seines Gastgebers zu benutzen, wenn man etwas vorhatte, was die Familie des Gastgebers unter Umständen in gefährlich nahe Beziehung zu einem Mord brachte. Es bedeutete bereits eine Prüfung, unter ihrem Dach zu wohnen. Doch inzwischen kamen ihm die Tabors weniger wie die arroganten Aristokraten aus den Geschichtsbüchern für Kinder über die Französische Revolution vor und eher wie eine Familie mit normalen Schwächen. Gab es etwa in Bethnal Green keine Einundzwanzigjährigen, die alles zu wissen glaubten, was man vom Leben wissen mußte; gab es in den weniger vornehmen Vierteln von Paris keine Mütter, die ebenso herrschsüchtig wie Priscilla waren, gab es keine Bauern, die mit ihrem Phlegma und ihrer Phantasielosigkeit an George erinnerten?

Clapham war eine hübsche Ortschaft mit grauen Steinhäusern, durch deren Mitte ein glitzernder Bach floß. Kinder spielten Hopse auf der Straße, und zu seiner Rechten lag der sehr einladend aussehende Neue Gasthof, doch Auguste beschloß, sich diese Belohnung erst dann zu gönnen, wenn er mit seiner Suche ein Stück weiter gekommen war. Der jährlich stattfindende Schafmarkt war gerade vorüber, aber abgesehen von einem südländisch wirkenden Mann in mittleren Jahren, der einen Tanzbären (ebenfalls in mittleren Jahren) an einem Strick führte, merkte man kaum mehr etwas davon. Er ging geradewegs zur Kirche am anderen Ende der Dorfstraße. Innen blieb er zögernd im Halbdunkel stehen und hielt nach einem Kirchendiener Ausschau. Plötzlich wurde die Kirche in grellen Glanz getaucht – das konnte nur elektrisches Licht sein!

»Da sind Sie überrascht, was?« Plötzlich stand der Vikar neben ihm. »Wir sind auch das erste Dorf in England mit elektrischer Straßenbeleuchtung. Das ist so gut wie ein zusätzlicher Polizist.«

Auguste hatte seine Zweifel, ob das wirklich eine so entscheidende Verbesserung war, jedenfalls was die Kirche betraf. Er vermißte die warme Atmosphäre, die Gas- oder Petroleumbeleuchtung schuf. Aber wenigstens konnte man bei diesem Licht die Eintragungen in den Kirchenbüchern besser lesen.

»Clapham kann sich glücklich schätzen, einen so weitsichtigen Mann wie Sie zu haben, *mon père*«, sagte er höflich.

»Es war nicht meine Weitsicht, sondern die des Besitzers von Ingleborough Hall. Sie wollen sicher Einblick in die Kirchenbücher nehmen.«

»Sagt Ihnen der Name Tom Griffin etwas?« fragte Auguste erwartungsvoll und folgte dem Vikar in die Sakristei.

»Nein. Aber ich bin ja auch erst sechs Jahre hier.«

Allein gelassen mit den Kirchenbüchern, machte sich Auguste eifrig an die Arbeit, überzeugt davon, daß das Geheimnis in diesen Bänden zu finden sei. Wenn Tom Griffin ungefähr sechzig war, mußte er in den vierziger Jahren geboren worden sein und seine Mutter wahrscheinlich zwischen sechzehn und dreißig Jahren davor. Er vertiefte sich in die handschriftlichen Eintragungen, viele davon in krakeliger Schrift und nur schwer zu entziffern, andere wieder wie gestochen geschrieben, fand aber nichts über die Taufe eines Tom Griffin und auch keines anderen Griffin, sei es Vater, Mutter oder Sohn. Um sicherzugehen, überprüfte er die Eheschliessungsregister. Kein Griffin hatte in der in Frage kommenden Zeit geheiratet, und falls Tom ein uneheliches Kind war, war er vielleicht auch nicht getauft worden. Aber wahrscheinlicher war es, überlegte er niedergeschlagen, daß die Griffins erst hierhergezogen waren, als Tom ein kleines Kind war. Und wenn sie Leute ohne festen Wohnsitz waren, dann konnten sie von überallher gekommen sein.

Lohnte es sich, noch weiter zu suchen? Ja, entschied er. Der Vikar ließ sich nicht blicken, also ging er zum Postamt und wartete dort geduldig in einer langen Schlange. Kleine Kinder kauften sich Speiseeis und Bonbons, etliche Dorfbewohner erstanden Briefmarken und meldeten Telefongespräche an. Taktvoll erwarb er ein Dutzend Ansichtskarten von Ingleborough und nannte dann den Namen Tom Griffin. Er wurde mit der Mitteilung belohnt, daß die alte Nell vielleicht etwas wissen könnte. Er folgte dieser Spur zu einem alten Häuschen auf der anderen Seite des Bachs, wo die alte Nell in schwarzem Rock und Umschlagtuch eifrig Eierteig auf ihre eiserne Backplatte goß.

»Das sieht ja sehr interessant aus«, sagte Auguste. Der Duft in der kleinen Küche zeigte an, daß das Ergebnis gut schmekken würde. Doch am Backtag war müßiges Geschwätz nicht erwünscht, und der Name Tom Griffin sagte Nell offenbar nichts. Augustes letzte Chance schwand dahin.

»Sind Sie sicher? Vielleicht ist seine Mutter hier gestorben, denn er wurde Waise, als er noch ein kleines Kind war.«

»Ich weiß nichts von einem Tom Griffin. Und mein Gedächtnis is noch so gut wie damals, wie ich gelernt hab, daß zwei und zwei vier is«, knurrte Nell mit schwerem Yorkshire-Akzent und goß Buttermilch in die Schüssel, um eine neue Portion Teig vorbereiten zu können. Auguste ignorierte den köstlichen warmen Duft, der ihn vom Zweck seines Besuchs abzulenken drohte.

»Seine Mutter ist mit dem Wanderzirkus Wombwell herumgezogen ...«

Nell hielt plötzlich inne, Teig zwischen den Händen. Sie sah Auguste nicht an, ihr Blick war in die Vergangenheit gerichtet.

»Rose!« flüsterte sie. »Die kleine Rose Moffat.«

Satt und zufrieden lehnte sich Auguste im Schaukelstuhl zurück. Frisches Roggenbrot und noch köstlicheres Haferbrot, Blaumilchkäse und Bier hier aus der Gegend ergaben ein Festessen, das von nichts übertroffen werden konnte, nicht von den Ortolanen aus den Pyrenäen, nicht von der Gänseleberpastete aus dem Périgord.

Nell nahm sein Lob nickend entgegen, als etwas, was ihr gebührte. »Heute haben die Leute vergessen, wie man so was macht. Dabei ist das Alte immer das Beste. Meine Mutter war nich von hier. Sie war eine Strickerin aus Dent.«

Er hatte von Dent gehört. Es mußte gute zwanzig Meilen nördlich liegen, und also war Nells Mutter ganz gewiß eine Fremde gewesen, dachte er belustigt, doch dann fiel ihm ein, daß auch die Einwohner von Cannes über die Einwohner von Nizza sprachen, als seien das Barbaren.

»Sie hat mir beigebracht, wie man Haferbrot bäckt. Hier

haben sie keine Ahnung, wie man so was macht. Haferbrot muß gerollt werden«, sagte sie ein wenig selbstgefällig. Was mußte es für Nells Mutter bedeutet haben, ihr geschütztes Tal in Dent zu verlassen, auf einem holperigen Viehtreiberpfad das unwirtliche Moorland zu überqueren und sich in einem Dorf niederzulassen, dessen Einwohner, dessen Dialekt, dessen Küche ihr fremd waren? Für sie bedeutete das eine ebenso große Veränderung wie für die Frau eines Obersten der britischen Armee die Auseinandersetzung mit den ungewohnten Härten und Unbilden Indiens. Das erinnerte Auguste an den immer noch verschwundenen Colonel Simpson. Angenommen, dieser vor ihm baumelnde dünne Faden war wieder nur eine falsche Spur?

Er verbannte diesen Gedanken. »Erzählen Sie mir von Rose Moffat«, bat er Nell, als sie schließlich mit dem Backen aufhörte.

»In der Gemeindeschule hat sie neben mir gesessen. Auf der andern Seite Kitty Blake und Charlie Watts. Aus denen is nichts geworden. Und ...« Auguste ließ sie weitererzählen. Die alten Zeiten wurden für sie so lebendig, wie es die Gegenwart nie wurde.

»Rose«, erinnerte er sie freundlich.

»Ja. Armes Mädel, bildhübsch, aber so strenge Ansichten. Sie kam aus einer von diesen Dissenterfamilien. Schafzüchter.«

Das könnte der Grund dafür sein, daß Tom im Taufregister nicht zu finden war, dachte Auguste.

»Die hättn Sie sonntags sehn solln, die Moffats. Angezogen wie zur Beerdigung, wenn sie zur Kirche gegangen sind. Sie warn ganz puretanisch – Rose durfte nie hübsche Bänder haben und auch nicht mit uns andern spielen. Die Moffats warn immer ganz für sich. Kein Wunder, daß sie weggelaufen is. Nell, hat sie zu mir gesagt, wenn ich groß bin, bleib ich nich hier. Na, wir wissen alle, was aus Mädels geworden is, die in die große Stadt gegangen sind. Das wirst du doch nich tun, Rose, hab ich gesagt. Ich tu's, sagte sie. Sobald ich's tun kann.«

»Sie war also ein nettes Mädchen. Die Jungen im Dorf bewunderten sie?« fragte Auguste taktvoll, bestrebt, eine mögliche Verbindung zu Tom Griffin zu finden.

Nell begriff, worauf er hinaus wollte. »Die Jungs haben sich nie was mit Rose erlaubt, so hübsch wie sie war.«

»Wegen ihrer Familie?«

»Auch. Und weil sie so gut und freundlich war.«

»Und warum wollte sie unbedingt weg?«

»Weil sie von *ihnen* weg wollte«, sagte sie sachlich. »Sie hatte Tiere gern und Kinder, und in Clapham gab's nur Schafe für sie, so wie ihre Familie nun mal war. Sie wollte nur aus Liebe heiraten, und ihre Familie hatte für sie nur 'n Mann in petto, der genauso war wie die Moffats. Ich hab nich geglaubt, daß sie wirklich weggeht. Und vielleicht hätt' sie's auch nich getan, aber dann is eines Tages der Wanderzirkus Wombwell auf dem Weg nach Settle durch Clapham gekommen. Und da is es passiert. Sie hat den kleinen Affen und die Elefanten gesehn und mußte immer an sie denken. So was Wunderbares, hat sie gesagt. Wir sind mit dem Pferdewagen nach Settle gefahr'n und haben uns die Vorstellung angeguckt. Ihre Familie durfte das natürlich nich wissen. Sogar ich hatte keine Ahnung, daß Rose nich wieder mit zurückkommen wollte. Auch Königin Victoria hat der Wanderzirkus Wombwell gefallen. Ich weiß das noch genau. Da gab's auch solche Tiere mit Hörnern.«

»Ziegen?«

»Nein, Rhinozerosse. Fabelhaft. Jedenfalls hat Rose zu mir gesagt: Ich bleib hier. Ich darf die Elefanten herumführn. Und das war's. Ich hab so getan, wie wenn ich keine Ahnung hätt', was mit ihr passiert is, bis der Wanderzirkus wieder weg war. Dann hab ich's ihren Leuten erzählt. Da war was fällig! Wie wenn sie 'nen Pakt mit dem Teufel geschlossen hätt'.«

»Haben sie versucht, sie zurückzuholen?«

»Die doch nich. Sie war sechzehn oder siebzehn, und für ihre Familie war sie schon verlorn.«

»Und war sie's?« Augustes Neugier war stärker als sein Taktgefühl. Nell zuckte die Achseln. »Ich hab sie erst wiedergesehn, wie sie mit dem Baby zurückgekommen is, das war fünf oder sechs Jahre danach. Das Kind war ein Junge, der war damals vielleicht zwei. Wie soll der Mann geheißen haben?«

»Tom Griffin.«

»Tommy«, wiederholte sie, in ihrem Gedächtnis kramend. »Ja, vielleicht war's Tommy.«

»Und ihre Eltern haben sie wieder aufgenommen?«

»Die haben nie mehr ein Wort mit ihr gesprochen. Und ihre Brüder und Schwestern auch nich. Sie hat in einer Hütte oben im Wald gewohnt. Es war 'ne Schande. Ihre Familie is auf der Straße an ihr vorbeigegangen, sie hat versucht zu lächeln – nein, die sind einfach weitergegangen. So sind die Moffats.«

»Weil das Kind unehelich war?«

»Aber nich doch. Sie is verheiratet, hat sie gesagt, und jetzt fällt's mir ein, sie nannte sich auch nich mehr Moffat. Vielleicht war es Griffin. Nein, sie war mit dem Jahrmarktsvolk weggezogen, und damit war sie erledigt für die Familie. Sie hatte gesündigt. Meinen Sie, die hätten ihr Enkelkind mal sehn wolln? Nein. Nich ihre Eltern und nich ihre Geschwister.«

Verheiratet. Rose Moffat konnte natürlich gelogen haben, aber falls sie die Wahrheit gesagt hatte, war das das Ende der vielversprechenden Theorie, daß Tom der uneheliche Sohn eines Tabor war – wenn nicht Rose erst geheiratet hatte, nachdem sie Tom geboren hatte oder weil sie schwanger war.

»Und was geschah mit Toms Vater?« fragte er.

»Sie hat nie was von ihm erzählt. Sie hat überhaupt nie viel gesprochen. Sie hat auch nie ein Wort darüber verlorn, wo sie gewesen is.«

»Hat sie gesagt, warum sie von dem Wanderzirkus weggegangen ist?«

Nell kicherte. »Lieber Gott, das is über fünfzig Jahre her.«

Fünfzig Jahre oder nicht – Auguste hatte langsam das Gefühl, daß Rose Moffat kurz vor ihm in Clapham gewesen war. »Wovon hat sie denn gelebt?«

»Sie hat gestrickt. Und sie hat dem alten Ned bei seinen Uhren geholfen. Sie hatte geschickte Finger. Ich seh sie noch mit ihrem Kind die Straße langlaufen. Hübsch war sie.«

»Und was wurde aus ihr?«

»Sie is gestorben, die arme Rose, in ihrer Hütte im Wald. Schwindsucht. Sie liegt hier in Clapham begraben. Ihr Grab is auf'm Friedhof. Armes Mädel.«

»Und der alte Ned?«

»Is vierzig Jahre tot«, sagte Nell mit der Selbstzufriedenheit einer, die alle überlebt hatte.

»Und Roses Angehörige? Auch alle tot?«

Sie schniefte verächtlich. »Ein Bruder lebt noch hier. Der alte Schubiak, der verstockte!«

Ein Bruder war noch am Leben? Er war sicherlich kein sympathischer Mensch, doch das Alter kann die härtesten Gemüter erweichen. Als Auguste sich von Nell verabschiedet hatte, rief sie ihm noch hinterher: »Mir fällt da was ein. Der alte Ned hat mir erzählt, in der Nacht, wo Rose gestorben is, hat die Uhr aufgehört zu schlagen, an der sie gerade gearbeitet hatte. Wie sie am nächsten Tag nich in die Werkstatt gekommen is, is er zu ihr gegangen, weil er dachte, sie is vielleicht krank. Da war sie schon tot. Die Uhr hat er nie wieder zum Gehen gekriegt. Arme Rose. So'n hübsches Mädel.«

»Er hat die Uhr nie wieder zum Gehen gekriegt ... nie wieder zum Gehen gekriegt ...«, ging es Auguste unablässig durch den Kopf. Er steuerte auf das Haus der Familie Moffat zu, einen großen häßlichen grauen Bau am Rand des Dorfes, der ebenso abweisend wirkte wie die Frau, die die Tür öffnete. Ehefrau? Haushälterin? Drinnen war es kalt, sogar an diesem verhältnismäßig warmen Herbsttag. Oder war es die Atmosphäre, die diejenigen um sich verbreiteten, die hier wohnten? Durch einen gefliesten Gang wurde er in ein ungemütliches Wohnzimmer geführt.

»Mr. Moffat?«

Der hagere alte Mann antwortete nicht, sondern deutete auf einen Stuhl. Sein eigener Lehnsessel war der unbequemste, den Auguste je zu Gesicht bekommen hatte. Wie sein Besitzer sah er steif und abweisend aus. Moffat betrachtete Auguste argwöhnisch, als stelle ein Besucher von draußen eine Bedrohung für die feste Burg seines Gemüts dar.

»Ich möchte nicht zudringlich erscheinen, Mr. Moffat«, begann Auguste mit fester Stimme, »und ich möchte auch nicht in der Vergangenheit Ihrer Familie herumwühlen, aber ich habe etwas mit den polizeilichen Ermittlungen in einem Mordfall zu tun. Es ist möglich, daß der Ermordete der Sohn Ihrer verstorbenen Schwester Rose Moffat ist.« Ihm war peinlich bewußt, wie gering seine Chance war. Lediglich ein Vorname verband Tom mit diesem wenig einladenden Haushalt.

Der alte Mann schwieg.

Auguste nahm an, er hätte ihn nicht verstanden, und wiederholte ein wenig lauter: »Ihrer Schwester Rose.«

»Ich hatte nie eine Schwester Rose.« Die Stimme war völlig ausdruckslos.

»Aber mir wurde es anders berichtet.« Angesichts von soviel Verstocktheit entschloß sich Auguste, unnachgiebig zu sein. »Sie ging von zu Hause weg, als sie etwa sechzehn war, heiratete und kam ein paar Jahre später mit einem Kind wieder zurück. Es war ein Junge, und er hieß Thomas, vermutlich Thomas Griffin.«

»Ihr Name ist gelöscht worden.«

»Wie bitte?«

Moffat erhob sich schwerfällig aus seinem Lehnstuhl und winkte Auguste mit einer mageren, runzligen Hand, ihm zu folgen. Er führte ihn in ein abgedunkeltes Zimmer, in dem es muffig roch und das offensichtlich nie benutzt wurde. Eine Zeichnung des Schlosses Carisbroke war das einzige Individuelle in dem Raum, und selbst dieses Bild war grau vor Alter. Auf einem Tischchen lag eine riesige Familienbibel. Moffat schlug sie auf und zeigte auf einen mit einem dicken Strich unleserlich gemachten Namen auf dem Deckblatt.

»Ich hatte keine Schwester Rose«, wiederholte er.

Die Selbstgerechtigkeit in seiner Stimme empörte Auguste. »Der Tote kann sehr wohl Ihr Neffe sein«, sagte er scharf.

»Ich hatte keinen Neffen.«

Auguste langte nach seinem Hut. Seine Hand zitterte, so aufgebracht war er über die Sturheit des alten Mannes. Arme Rose, armer Tom.

Rose Moffat. Hier in Clapham würde er weder eine Eintragung im Heiratsregister noch eine Eintragung im Taufregister über Toms erfolgte Taufe finden. Dann kam ihm eine Idee. Vielleicht lieferte Roses Grabstein irgendwelche Hinweise? Er ging auf den Friedhof und fand schließlich, was er suchte. Der Stein war mit Moos bewachsen, und die Inschrift war verblaßt, doch die wenigen Worte waren immer noch lesbar.

»Rose Griffin, geboren März 1821, gestorben August 1847. *Hic jacet rosa mundi.*«

Also hatte sich jemand die Mühe gemacht, eine anrührende Grabschrift in den Stein meißeln zu lassen. Wer? fragte er sich. Es stand nichts da von Eltern, Ehegatten oder Kind. Und mit seiner lateinischen Inschrift war dies auch nicht der übliche Dorfgrabstein. Hier liegt die Rose der Welt. Die schöne Rose

Moffat, deren Leben allzu früh zu Ende gegangen war. Hatte sie je einen Ehemann gehabt, oder hatte sie einfach ihren Namen geändert, um nicht die Schande eines unehelichen Kindes ertragen zu müssen? Wenn sie mit achtzehn oder doch fast achtzehn Jahren von zu Hause weggegangen war, mußte ihre eventuelle Heirat nach 1837 stattgefunden haben, nachdem das Gesetz über die obligatorische Personenstandsregistrierung in Kraft getreten war, und also urkundlich erfaßt worden sein. Vielleicht sollte Twitch alle Heiraten überprüfen, die unter dem Namen Rose Moffat zwischen den Jahren 1839 und 1844 registriert worden waren, und weiter nach Toms Geburtseintragung suchen, damit man feststellen konnte, ob eine Verbindung zwischen Rose Moffat und Tom nachzuweisen war. Vielleicht hätte Egbert die Sache lieber ihm überlassen sollen ...

Es mußten ja auch andere Einwohner von Clapham sie gekannt haben, nicht nur der alte Ned, der Uhrmacher, der vor langer Zeit in eine Welt ohne Uhren hinübergegangen war. Von denen konnten aber nicht mehr viele am Leben sein, überlegte er. Er entschied, daß ein Glas zweifellos hervorragendes Bier ihm bei seiner Suche sehr behilflich sein würde.

Als er den Fuß in den Neuen Gasthof setzte, wurde ihm klar, daß die Nachricht von seiner Erkundungstour sich schneller in Clapham verbreitet hatte, als Mayonnaise gerinnen konnte. Der Wirt beugte sich vertraulich zu ihm über die Theke.

»Sie möchten sicher dem alten Amos ein Bier spendieren.«

Wollte er das? Auguste bezahlte pflichtgemäß ein Bitter und trug es zum alten Amos hinüber. Der alte Amos sah aus, als schrumpfe er allmählich immer mehr zusammen und werde zu seiner Zeit völlig verhutzelt sterben. Vor solchen Menschen hatte Auguste ungeachtet ihrer Nationalität großen Respekt. Der alte Amos war vielleicht nicht gerade ein Ausbund von Weisheit, aber er zeigte eine beachtliche Neigung, über Rosie Moffat zu sprechen.

»Nachdem sie zum Wanderzirkus Wombwell gegangen is, war sie nie mehr dieselbe.«

»Sie meinen, nachdem sie nach Clapham zurückgekommen war?«

Amos sah ihn an. »Ich weiß, was ich meine, junger Mann. Ich sagte: Nachdem sie von hier weg und zu Wombwell gegangen is. Die alte Nell sagt, sie is erst zurückgekommen, als sie schon verheiratet war, wie?«

»Ja.«

»Das stimmt. Ich war mit Schafen auf dem Markt von Settle, da hab ich sie einmal gesehn. Hallo, Amos, sagte Rosie, erinnerst du dich noch an mich? Ich mich erinnern? Da war nich ein einziger Tag, wo ich nich an sie gedacht hätt. Natürlich war es klar, daß diese Moffats niemals so was wie 'n Schafhirten an Rosie ranlassen würden, aber sie kannte meine Gefühle. Ich geh weg von Wombwell und geh in Stellung, Amos, sagte sie. Bei Gott, das gefiel mir nich, nich für meine Rosie, aber sie hörte nich auf mich, sie hörte auf niemand, mein liebes Mädchen.«

»Und wohin ist sie in Stellung gegangen?« Auguste konnte vor Aufregung die Worte kaum richtig aussprechen.

»Nach Tabor Hall, in der Nähe von Malham.«

Da hatte er die Verbindung! Die Sonne schien heller, und das Bier schmeckte noch besser. Das Entzücken in jenem köstlichen Augenblick, wenn die *brandade* gelungen ist oder das Soufflé eine honiggelbe Färbung annimmt, hatte in der Kriminalistik sein Gegenstück in jenem Augenblick, wenn Logik und Vermutungen sich zu einer Mischung verbinden, die so begeisternd vollkommen ist wie eine *sauce hollandaise*.

»Als sie nach Clapham zurückkam, hatte sie ein Baby, und ihr Name war Griffin. Glauben Sie, sie hat diesen Griffin auf Tabor Hall kennengelernt?« Ganz gewiß konnte es auf diese wichtigste aller Fragen nur eine Antwort geben. Und die Antwort kam.

»Griffin? Nein. Ich glaube, Tabor war der Vater von dem Kind. Thomas Charles Tabor«, sagte Amos voller Abscheu. »Der, der dann der 13. Lord Tabor wurde. Der Vater des jetzigen Lords. Er is schon lange tot, aber damals war er noch ein junger Bursche. Ich bin ihm einmal begegnet, und ich hätt ihn umbringen können. Wenn man zwanzig is, sieht man die Dinge anders. Jetzt bin ich über achtzig, und jetzt glaub ich, er war nich so schlimm. Er hatte nur fürchterliche Angst vor seinem Vater, denn der war ein richtiger Tyrann. Aber er hat Rosie den Kopf verdreht. Sie is weg von dem Wanderzirkus und is nach Tabor Hall in Stellung gegangen, und ich hab nichts mehr von ihr gehört, bis sie zurückgekommen is und mir erzählt hat, sie heißt jetzt Mrs. Griffin, ihr Mann is tot, und Tom is sein Kind. Natürlich hab ich ihr nich geglaubt, aber sie war wirklich ein wunderbares Mädchen. Sie machte ein Haferbrot, ebensogut wie Nell. Ein gutes Mädchen.« Mehr als fünfzig Jahre waren wie nichts. »Ich dachte, jetzt, wo sie wieder in Clapham is, und sie is 'ne Witwe oder auch keine Witwe, könnt' sie vielleicht ihren Blick auf mich werfen, wo sie doch einen Mann braucht. Aber sie sagte nur: Ich bin verheiratet, Amos.«

»Aber ihr Mann hat sie nie besucht?« Auguste gab sich alle Mühe, seine Erregung zu unterdrücken.

»Nein. Kurz bevor sie starb, kam ein Mann in einer Pferdekutsche ins Dorf und fragte nach ihr.«

»Nicht Charles Tabor?«

Amos' Verachtung war deutlich spürbar. »Dieser Mann war nichts Besonderes. Nur ein Arbeiter. Ein Fremder.«

»Und dann ist sie gestorben?«

»Ja. Sie war nich glücklich, das arme Wurm. Ihre Familie hatte alle Beziehungen zu ihr abgebrochen, und sie mußte den Jungen allein aufziehn. Aber ihre Uhren hat sie geliebt. Und dann war sie tot. Damals is mir fast das Herz gebrochen.«

In Augustes Abwesenheit war der Wochenmarkt nach Settle gekommen, und nach der Stille in Clapham waren der Lärm und das geschäftige Treiben geradezu überwältigend. Auguste hatte sich mit Egbert im »Goldenen Löwen« verabredet, der wie jedes andere Gasthaus der Stadt überfüllt war. Er fand ihn schließlich in einer Ecke am Fenster neben drei breitschultrigen Einheimischen, neben denen sich Egbert nahezu mager ausnahm. Mager, aber keineswegs hungrig.

Er wirkte im Gegenteil satt und zufrieden, und als Auguste sah, wie viele Yorkshire-Puddings und Pasteten serviert wurden, wurde ihm klar, daß Egbert beidem bereits kräftig zugesprochen hatte.

Die drei Einheimischen waren in einer lebhaften Auseinandersetzung über neumodische Theorien der Schafhaltung begriffen und würden wohl kaum Interesse für die Unterhaltung von Fremden aufbringen, also trug er Egbert mit allen Zeichen der Erregung die Ergebnisse seiner Erkundungsreise vor.

»Der uneheliche Sohn von Lord Tabor?« sagte Rose, als er geendet hatte. »Das ist logisch, das gebe ich zu.«

»Thomas Charles Tabor«, sagte Auguste. »Die alte Lady Tabor nennt ihn immer Charles, aber wenn Amos recht hat, und das kann man leicht nachprüfen, war sein erster Name Thomas, und Rose nannte ihren Jungen nach seinem Vater.«

Egbert dachte nach. »Trotzdem ist das immer noch dünn, Auguste. Was hast du schließlich aufzuweisen? Einerseits einen nicht auffindbaren Schausteller namens Tom Griffin, dessen Mutter wahrscheinlich vor sechzig Jahren auf Tabor Hall gearbeitet hat, und andererseits einen nicht identifizierten Toten im Abendanzug und einen Haufen alter Kleider, vergraben unter einem Gebüsch auf dem Gelände der Tabors. Zufall.«

»Und was hast du, *mon ami*? Hast du die Sachen von Colonel Simpson gefunden?«

»Nein«, sagte Egbert säuerlich, »aber ich habe den Colonel.«

»Er lebt?«

»Hat Masern bekommen, als er bei seiner Schwester zu Besuch war.«

»Dann *muß* der Tote der arme Tom Griffin sein!«

»Aber«, Egbert ignorierte diesen Einwurf, »wir haben Cyril Tabors fehlenden Anzug gefunden. In der Nähe von Settle neben einem Viadukt.«

»Das ergibt doch keinen Sinn.« Auguste runzelte die Stirn.

»Was ergibt denn überhaupt einen Sinn in diesem Fall?«

»Tom Griffin.«

»In dieser Theorie gibt's eine ganze Menge dünne Stellen. Wenn der verstorbene Lord Tabor der Vater von Rose Moffats unehelichem Sohn war, ist das ja sehr interessant, aber es ist keine Erklärung dafür, warum Tom jetzt ermordet wurde. Man wird nicht deshalb umgebracht, weil man vor sechzig Jahren unehelich geboren wurde.«

»Erpressung?«

»Unwahrscheinlich. Die Landadeligen hatten immer ein paar uneheliche Kinder, das war damals gang und gäbe.« Rose machte eine Pause. »Und warum kann Twitch keine Geburtsurkunde für unseren Mann finden?«

»Wir sollten ihn bitten, unter Moffat nachzusehen«, schlug Auguste vor.

»Twitch wird sich freuen.«

»Und«, sagte Auguste, dem soeben ein Einfall kam, »er soll auf alle Fälle nach einer Heiratsurkunde für Moffat suchen. Angenommen, Tabor hat sie geheiratet? Rose hat Amos erzählt, sie sei verheiratet. Nehmen wir mal an, sie hat die Wahrheit gesagt, und nehmen wir mal an, sie hat keinen Mann namens Griffin geheiratet.«

»Also gut«, stimmte Egbert zu. »Ich sage Twitch, du hättest das verlangt.«

»Vielleicht wirkt sich das nicht günstig auf die Resultate aus.«

»In diesem Fall brauche ich noch ein Bier.«

Auguste kämpfte sich zur Theke durch, vorbei an einem stämmigen Gast nach dem andern, und seine Gedanken überschlugen sich beinahe. Bestimmt würde die Polizei Griffins Wohnwagen durchsuchen. Und vielleicht fand man bei Wombwell noch Unterlagen über früheres Personal. Vielleicht war darunter ein Griffin, der Rose geheiratet hatte, nachdem sie von Tabor geschwängert worden war. Er erhielt das Bier und wollte sich wieder zu Egbert durchkämpfen.

»Bitte tausendmal um Entschuldigung!« Jemand stieß mit ihm zusammen und kippte sein Bier über Augustes Norfolk-Jackett.

»De rien, monsieur«, erwiderte Auguste automatisch, und dann merkte er zu seiner Überraschungt, daß er unbewußt auf einen französischen Akzent reagiert hatte. *»Vous êtes français?«* fragte er entzückt. Der Mann mit seinem unrasierten Gesicht, seiner alten Joppe und Weste und seiner Mütze ähnelte eher einem Markthelfer als einem französischen Reisenden in der Wildnis von Yorkshire.

»*Oui, monsieur.* Meine Frau stammt aus Yorkshire, und wir haben einen Stand auf dem Markt. Wir machen Pasteten und Käse, den besten in Ribblesdale. Vielleicht haben Sie ihn schon probiert?«

»Noch nicht. Aber ich tue es bestimmt.« Käsestände interessierten Auguste immer. »Was sind Ihre Spezialitäten?«

»Roquefort, Chèvre und Schafskäse. Und bei den Pasteten ...«

»Ich komme ganz gewiß.«

»Enchanté, monsieur.«

»Wo warst du denn?« fragte Egbert, als Auguste zurückkam. »Man kann ja glatt verdursten, wenn man auf dich in einer Kneipe wartet.«

»Ich wurde in einer beruflichen Angelegenheit von einem Franzosen aufgehalten. Etwas, was *meinen* Beruf betrifft.«

»Etwas, das wichtiger war als einen Mordfall lösen?«

»Non«, gab Auguste zu, »aber trotzdem wichtig. Schließlich befinden wir uns hier in der Heimat von gutem Käse, und der Mann stellt welchen her. Und Pasteten.«

»Franzose?«

»Verheiratet mit einer Frau aus Yorkshire.«

»Wo ist er?« Egbert verrenkte sich fast den Hals.

Auguste drehte sich um, doch der Mann war verschwunden. »Er muß gegangen sein«, sagte er und wunderte sich, warum ihn plötzlich ein unbehagliches Gefühl überkam.

»Wahrscheinlich«, sagte Rose. »Wie hat er denn ausgesehen?«

»Er trug eine Mütze, eine Joppe, eine Weste, ein Halstuch, er war dunkelhaarig, etwa deine Figur, etwas jünger als du ...« Er stockte, als er Egberts Gesicht sah.

»Das war kein Käsehändler«, sagte Rose grimmig. »Ich wette zehn zu eins: das war Pjotr Gregorin.«

Er möchte, daß du weißt, wer dich umbringt ... Er wird sich dir vorstellen ...

Noch völlig verstört nach dem verspäteten Schock hörte Auguste zu, wie Egbert auf dem Polizeirevier mit Inspektor Stitch telefonierte, der, nach den Tönen zu urteilen, die aus der Muschel drangen, wenn Egbert gerade nichts sagte – oder vielmehr nicht schrie –, schwer verärgert war. Egbert glaubte nämlich nicht, daß Leute über lange Entfernungen ebensogut hören konnten wie über kurze.

»Moffat, Thomas. Haben Sie das, Stitch? Und überprüfen Sie auch, ob in den späten dreißiger oder den frühen vierziger Jahren eine Heirat von Moffat, Rose, registriert ist. Haben Sie das auch? Und Sie könnten auch einen Blick auf Thomas Charles Tabors Testament werfen.«

Schrilles Quieken von Stitch.

»Moffat ist ihr Mädchenname. Griffin nannte sie sich, als sie wieder in Chapham auftauchte. Ist das einfach genug für Sie? Und Sie haben auch nicht die Liste von allen Tom Griffins vergessen, die in den frühen vierziger Jahren in England geboren wurden, hoffe ich?« Eine Pause. »Ich dachte mir schon, daß Sie das alles im Griff haben. Gute Arbeit, Stitch.« Rose legte den Hörer auf und wandte sich wieder Auguste zu. »Das hält ihn bei Laune«, verkündete er zufrieden.

»Zumindest in Trab.«

»Das läuft bei Twitch auf eins hinaus.«

»Und Wombwell? Und Blackboots?«

»Darum kümmert sich Cobbold.« Rose dachte sehnsüchtig an sein Kaminfeuer in Highbury, seine Pantoffeln und an Mr. Pinpoles Schweinefleisch. Er hatte plötzlich Zweifel, ob er Edith je wiedersehen würde.

Jede Küche hatte ihren besonderen Geruch. Mit der Küche von Tabor Hall verband Auguste den ständigen Backduft und den Geruch von Rinderbraten, was ihr eine Wärme und eine Gemütlichkeit gab, die dem übrigen Haus gänzlich abging.

Breckles begrüßte Auguste fröhlich, und Auguste bewunderte gebührend die gutgeratene Pastete in ihrer Keramikform, bevor er die Frage stellte, die ihm am Herzen lag.

Breckles überlegte. »Miss Savage ist am längsten hier. Sie kam mit der alten Lady Tabor, als Lady Tabor den früheren Lord heiratete.«

»Und von denen, die davor hier gearbeitet haben, ist niemand mehr greifbar?«

Breckles griente. »Die sind doch längst in der Grube, Mann. Da ist höchstens noch Tomkins' Vater. Er und vor ihm sein Vater standen bei den Tabors im Dienst, als Kutscher. Der Alte lebt in Malham. Aber er ist schon ein bißchen durcheinander.«

Auguste knetete Breckles' Hand so heftig, als wäre sie aus Teig, und raste in die Garage. Dort fand er nicht nur Tomkins, sondern auch Tatjana, die ihn mit einem Schrei des Entzückens begrüßte. Sie hatte gerade die Innereien des Daimler besichtigt und war noch ganz rot im Gesicht.

»Willst du eine Spritztour machen?« Sie wollte sich auf den Fahrersitz setzen.

»Nein«, erwiderte Auguste rasch.

»Mein Vater?« wiederholte Tompkins zweifelnd, nachdem Auguste ihm sein Anliegen vorgetragen hatte.

»Ach bitte, Mr. Tompkins, fahren wir zu ihm. Wir alle drei«, bat Tatjana.

Walter Tompkins konnte Tatjana keinen Wunsch abschlagen, und wieder einmal nahm Auguste auf der Hinterbank des Daimler Platz. Es war eine verdammt lange Fahrt nach Malham, dachte er ungeduldig; mit dem Automobil mußte man einen großen Umweg machen, zu Fuß hätte er es in einer Viertelstunde geschafft.

Mr. Tompkins senior war mit der ernsten Aufgabe beschäftigt, seinen Durst im Gasthaus Buck zu löschen. Es sei wichtig für ihn, erklärte Tompkins, sich jeden Tag hier zu zeigen, weil er sonst Gefahr liefe, seinen Stammplatz an der Theke zu verlieren. Einem Fremden, der versehentlich an der Theke Platz nahm, würde es bestimmt nicht gut ergehen. Falls der alte Tompkins ein bißchen durcheinander war, so hatte das jedenfalls keine Auswirkungen auf sein Langzeitgedächtnis. Es bedurfte jedoch einigen freundlichen Zuredens, bis er bereit war, über seine Erinnerungen zu sprechen, da er keine Notwendigkeit sah, seine Perlen an verdammte Franzmänner zu verschwenden.

»Er ist so was wie die Polizei, Vater.«

Für Mr. Tompkins senior bedeutete das keine Empfehlung, und so beschloß Auguste, es mit Charme zu versuchen. »Sie wollen mir doch bestimmt dabei helfen, ein Rätsel zu lösen, Mr. Tompkins.«

Tompkins senior hatte Einwände. »Das liegt alles sechzig Jahre und länger zurück. Und außerdem hatte ich ja nur Außendienst.«

»Aber Ihre Stellung war doch ganz wichtig, Mr. Tompkins.« Tatjana verstand sich besser darauf, ihren Charme vor älteren Herren spielen zu lassen. »Der Kutscher hört alles, sieht viel und spricht wenig, aber er wacht über das Leben seiner Fahrgäste.«

Mr. Tompkins strahlte, und Auguste dankte dem Himmel, daß er ihm eine solche Frau beschert hatte. »Waren Sie schon auf Tabor Hall, bevor die alte Lady Tabor dort Einzug hielt?«

»Ja. Aber damals war ich noch 'n Junge.«

»Erinnern Sie sich an ein Hausmädchen namens Rose Moffat?«

»Es gab 'ne Menge Hausmädchen. Kann mich an keine besonders erinnern.«

»Würde ein Päckchen Tabak dein Gedächtnis auffrischen, Vater?« fragte Walter Tompkins hilfsbereit.

»Könnt' schon sein.«

Auguste beeilte sich, dem Alten den Gefallen zu tun. Dann fragte er: »Stand der junge Mr. Tabor, der Vater des jetzigen Lords, im Ruf, hinter den Mädchen her zu sein?«

»Nein«, erklärte Tompkins verächtlich. »Ganz im Gegenteil. Der hatte doch mörderische Angst vor seinem Vater. Diese Rose Moffat. Ich besinne mich jetzt auf eine Rose. Alle jungen Hausmädchen wurden nur immer beim Vornamen gerufen. Ihre Familiennamen kannte ich meistens gar nich. Rose war hübsch. Ich war siebzehn, und so was hab ich natürlich gesehn.« Er griente mit seinem zahnlosen Mund. »Und wenn noch was von diesem Tabak da is, würd mich das freuen, danke schön. Natürlich hat sie mich gar nich beachtet. Dann war sie plötzlich weg. Entlassen, hieß es, aber eins von den Mädchen hat mir erzählt, was los war. Rose war schwanger, und der junge Herr soll's gewesen sein. Er hat sie geliebt. Sie war 'n hübsches kleines Ding, das sagte ich schon, und freundlich dazu. Wenn ich so zurückdenke, erinnert sie mich an Ihre Ladyschaft, die alte Lady Tabor. Natürlich 'ne andere Klasse, aber ebenso hübsch und anmutig wie die Lady. Es hieß, er hat sie heiraten wollen, aber natürlich wollte Seine Lordschaft nichts davon hören, und Rose mußte noch am selben Tag gehn. Lord Tabor und sein Sohn sollen so geschrien haben, daß das Haus beinahe eingestürzt is, hab ich gehört. Aber es hatte keinen Zweck. Rose ging weg. Ich hab oft an sie gedacht, und was wohl aus ihr geworden is. Aber das is ja alles so lange her.«

»Sie hat möglicherweise geheiratet, aber ein paar Jahre später ist sie gestorben. Sie hatte einen Sohn namens Tom.« Auguste hoffte, mit diesem Hinweis weitere Erinnerungen wachzurufen.

»Danach stand's nich mehr so gut zwischen Seiner Lordschaft und dem jungen Master Charles. Master Charles war ein paar Jahre lang sehr oft weg von zu Hause, und immer, wenn er zurückkam, gab's Zank und Streit. Je öfter er zu Hause war, desto schlimmer wurde es. Es war ganz schrecklich. Sie haben ganz recht, junge Frau. Es is wirklich erstaunlich, was die Leute so in der Kutsche erzählen. Sie denken, man hört's nich. Ich bin der einzige, der aus der alten Zeit noch übrig is. Eine Menge Dienstboten sind weggegangen, wie der alte Lord gestorben is. Neue Besen kehren gut, wissen Sie. Eine neue Herrin. Aber Tompkins is nich entlassen worden. O nein. Das wollte Seine Lordschaft nich.«

»Gab es immer noch Auseinandersetzungen wegen Rose?« fragte Auguste gespannt.

»Nein. Es gab Streit mit Master Charles, weil er sollte heiraten und für einen Erben sorgen. Jedesmal, wenn er nach Hause gekommen is, hat Seine Lordschaft wieder damit angefangen. Dann hat Master Charles Ihre Ladyschaft kennengelernt und sie geheiratet. Das war 1846. Es war 'ne schöne Hochzeit. Sie war sehr hübsch und sehr verliebt. Es machte richtig Spaß, die beiden so zusammen zu sehn. 1850 is der alte Lord gestorben, und damit war der Streit zu Ende.«

Der ist kein bißchen durcheinander, dachte Auguste dankbar.

Der alte Mann blickte in sein leeres Glas und schob es Auguste hin. »Ich trink noch 'n Bier, danke schön.«

»Es gibt so viele Möglichkeiten wie Korinthen in einer Kirschtorte«, sagte Auguste triumphierend, als er Egbert von dieser Unterhaltung berichtete. »Jetzt besteht doch kein Zweifel mehr, daß die Leiche die von Tom Griffin ist.«

»Schon möglich«, knurrte Egbert. »Du glaubst also, daß seine Herkunft der Schlüssel ist und daß Alfred Tabor, der Schwarze Rufus, das Roulette und die Männer in den karierten Anzügen, die ihr Geld fordern, in unsere illustre Sammlung falscher Spuren eingeordnet werden können.«

»Ja.« Auguste zögerte, den unsympathischen Alfred aus der Liste der Verdächtigen zu streichen, denn das bedeutete, daß einer der anderen Tabors der Schuldige sein mußte.

»Ein illegitimer Bruder erscheint also um Mitternacht genau an dem Tag, an dem der König sich auf Tabor Hall aufhält, um George Tabor mit einer Sache zu drohen, die sechzig Jahre zurückliegt. Warum? Seine Majestät ist nicht gerade ein Ausbund an Tugend; er wäre über so was nicht besonders schockiert gewesen. Und warum diesen illegitimen Bruder ermorden und sich mit einer Leiche belasten? Warum ihn nicht mit Geld zum Schweigen bringen?«

»Aber nimm doch mal an, Rose hätte Charles Tabor tatsächlich *geheiratet*, Egbert«, sagte Auguste verzweifelt, weil er seine Theorien dahinschmelzen sah. »Gesetzt den Fall, Tom wäre der älteste Sohn und er, nicht George Tabor, hätte das Anrecht auf den Titel und den Besitz.«

Egbert dachte mit Genugtuung daran, welchen Schock das für Priscilla bedeuten würde, doch er schüttelte den Kopf. »Du vergißt etwas. Du sagst, Rose Moffat ist 1847 gestorben – aber Charles Tabor hat Miriam 1846 geheiratet.«

»Bigamie«, rief Auguste, und seine Augen funkelten vor Erregung. »Dann wäre George ein illegitimes Kind. Tom Griffin brauchte nur auf eine frühere Heirat hinzuweisen, und der Skandal war perfekt.«

»Wie wär's mit Beweisen, Auguste? Diese ganzen Geschichten haben dir den Kopf vernebelt. Wenn Rose Moffat Tabor geheiratet hat, wird Twitch das ermitteln.«

Auguste beunruhigte der Verdacht, daß Twitch den Beweis absichtlich zurückhalten könnte, um ihn zu ärgern.

»Ich gebe zu, daß die Leiche höchstwahrscheinlich die von Tom Griffin ist«, sagte Rose besänftigend, als er Augustes finsteres Gesicht sah, »und das scheint darauf hinzudeuten, daß einer der Tabors der Mörder ist.«

Scheint darauf hinzudeuten? Diese Formulierung entging Auguste nicht, doch er unterdrückte seinen Zorn und sagte nur: »Und Pjotr Gregorin hat offenbar seinen eigenen Bestand an alten Kleidern. Er braucht deshalb keine Wanderarbeiter zu ermorden.«

»Vielleicht«, warf Egbert lässig ein, »war der alte Tompkins ein eifersüchtiger Liebhaber und hatte sich hier versteckt, um das Produkt der Liebe seiner Angebeteten zu einem andern zu erschießen. Siebzehnjährige Jungen haben starke Leidenschaften.«

»Mr. Tompkins ist nicht mehr siebzehn, und seine Leidenschaft gilt nunmehr dem Gasthaus Buck, seinem Bier und seinem Tabak«, versuchte Auguste zu scherzen.

»Wenn du recht hast, und der Tote ist tatsächlich Griffin«, sagte Egbert nach einer Pause, »dann, fürchte ich, sind alle Tabors in die Sache verwickelt.«

»Du meinst, sie haben ihn gemeinsam ermordet?«

»Zumindest sind sie Komplizen. Sie rechnen damit, daß ich niemals die ganze Familie verhaften könnte – so gern ich das auch täte. Den Toten im Raucherpavillon zu waschen und zurechtzumachen, das brauchte Zeit – und Organisation, vor allem, wenn der Mord nicht vorher geplant war.« Erneute Pause. »Cobbold hat Nachricht von dem Pathologen, seinem Freund. Du hattest recht – die Blutflecke an den Sachen des Toten sind Schweineblut. Das wenigstens können wir beweisen.«

Auguste strahlte vor Stolz. »Und der Fleck im Teppich?«

»Menschenblut, und jemand hat versucht, es herauszuwaschen. Es war keine leichte Aufgabe für den Pathologen, aber am Ende stand es fest. Wir haben es dir zu danken, daß wir jetzt beweisen können, daß es Mord war und daß die Kleidungsstücke vertauscht worden sind.«

»Du weißt, es geht mir nicht um Dank.«

Rose sah ihn an. »Tatjana steht nicht mehr unter Verdacht.«

»Danke, Egbert.« Alles war wieder gut. Ein Gefühl der Erleichterung durchflutete ihn. Jetzt endlich konnte sein Hirn wieder frei und unbelastet arbeiten.

»Du glaubst, die Tabors hatten Toms Besuch nicht erwartet?«

»Es ist eine merkwürdige Besuchszeit, die er sich da ausgesucht hat.«

»Vielleicht wußte nur einer von ihnen, daß er kommt?«

»Wer?«

»Nicht Oliver Carstairs.« In diesem Punkt war sich Auguste sicher. »Selbst wenn Oliver diesen Mann für Mariot gehalten hätte, und das ist bei den Sachen, die er trug, höchst unwahrscheinlich, würden die Tabors seinetwegen nicht ein solches Risiko eingehen.«

»Sie würden es tun, wenn sie Tom Griffin erwartet und ihn tot aufgefunden hätten. Ihnen mußte alles daran liegen, seine Identität zu verschleiern.«

»Und warum haben sie den Leichnam nicht vergraben?«

Rose schlug mit der Faust auf den Tisch. »Ich *weiß* es nicht. Das alles hat sich ein schlauer Kopf ausgedacht, Auguste. Ein Tabor-Hirn, wette ich.«

»Nicht das von Alfred.«

»Wenn diese ganze verdammte Familie beschlossen hatte, Tom Griffin loszuwerden, ist es unwahrscheinlich, daß Alfred diese Aufgabe übertragen wurde. Söhne und Erben müssen geschützt werden.«

»Und die alte Lady Tabor?«

»Würdest du eine alte Dame von neunundsiebzig auswählen, um auf den Abzug zu drücken? Außerdem waren Laura und Savage bei ihr. Ich nehme an, sie wurde in die Sache nicht mit hineingezogen.«

»Dann können wir Laura auch von der Liste streichen, denn sie war ja bei ihrer Mutter.«

»Aber die alte Lady behauptete zunächst, sie könnte sich nicht erinnern«, sagte Egbert nachdenklich. »Nur Miss Savage hat bestätigt, daß Laura da war.«

»Wenn sie nach einem Familienplan vorgegangen sind, wurde doch gewiß ein Mann dazu bestimmt, Tom Griffin zu erschießen, Cyril oder ...«

»Nicht schon wieder er. Seine blöden Geschichten über die Galaxy-Girls kann ich nicht mehr hören. Er ist genauso schlimm wie du.«

Auguste ignorierte diese Bemerkung. »Dann bleibt uns nur George. Sein Daumenabdruck war auf der Waffe.«

»Alle Tabors hätten doch natürlich Handschuhe getragen. Der Daumenabdruck besagt gar nichts.«

»Aber als Familienoberhaupt ist George der Hauptverdächtige.«

»So?« knurrte Egbert. »Und wie steht's mit Priscilla?«

»Ah, Chief Inspector Rose und Mr. Didier! Ich habe nur noch selten das Vergnügen, von zwei Gentlemen besucht zu werden. Früher war das etwas ganz Normales, obwohl man sich das heute kaum mehr vorstellen kann.« Die alte Lady Tabor saß in ihrem Lehnsessel, eine schmale Hand ruhte auf der Armlehne, und die andere winkte ihnen, sie sollten sich setzen.

»Madame, Sie sind immer noch schön.«

»Schönheit vergeht, Mr. Didier, trotz aller Ihrer freundlichen Worte. Zum Glück habe ich immer noch meinen Verstand, nicht wahr, Savage?« wandte sie sich schalkhaft an ihre Zofe.

»Ganz gewiß, Milady«, erwiderte Savage, deren Hände ruhig in ihrem Schoß lagen.

Rose räusperte sich. Die Komplimente konnte er Auguste überlassen. »Wir glauben, daß wir den Toten im Raucherpavillon identifiziert haben, Ma'am. Offenbar handelt es sich um einen Mann namens Tom Griffin.«

Miriam sah ihn betroffen an. »Ich glaube nicht, daß wir jemand kennen, der so heißt, oder doch, Savage? War er ein Freund Seiner Majestät?«

»Er gehörte nicht zum Landadel, Lady Tabor. Er war ein herumziehender Schausteller. Er wanderte von Jahrmarkt zu Jahrmarkt.«

»Oh, das ist komisch. Ich liebe Jahrmärkte. Aber so eine Schande!« In ihrem Gesicht arbeitete es. »Der arme Mann. Weshalb hat er sich umgebracht? Nein – es war Mord, nicht wahr? Warum? War er ein Dieb, der hier auf Tabor Hall etwas stehlen wollte?«

»Das wissen wir noch nicht, Lady Tabor«, sagte Rose ausweichend. »Aber ich muß Ihnen einige Fragen stellen, die Ihnen vielleicht sonderbar vorkommen oder sogar peinlich sind. Wie alt war Ihr Gatte bei Ihrer Heirat?«

Sie sah ihn erstaunt an. »Das ist wirklich eine seltsame Frage, Chief Inspector«, erwiderte sie nach einem Augenblick des Nachdenkens. »Der liebe Charles. Er war ein Jahr älter als ich, also muß er fünfundzwanzig gewesen sein.«

»Hat er Ihnen etwas aus seiner Vergangenheit erzählt, Ma'am? Irgendwelche Eskapaden?« fragte Rose taktvoll.

»Sie meinen Geliebte? Das halte ich für sehr wahrscheinlich, Chief Inspector«, erwiderte Miriam offenherzig. »Bei jungen Herren ist das doch die Regel. Es steht einer Dame nicht an, ihrem Gatten seine Vergangenheit übelzunehmen – ihre Aufgabe ist es, zu verhindern, daß es auch weiterhin zu Eskapaden kommt.«

Diese intelligente Haltung gefiel Auguste sehr.

»Hat er nie irgendwelche Kinder erwähnt?«

Die Atmosphäre kühlte sich ein wenig ab.

»Kinder? Nein … nie …«

»Ich möchte Sie nicht erschrecken, Lady Tabor, aber es ist möglich, daß Tom Griffin der uneheliche Sohn Ihres verstorbenen Gatten und eines Mädchens namens Rose Griffin oder Rose Moffat war, das in diesem Haus gearbeitet hat.«

»Wann?« Das Wort kam förmlich herausgeschossen.

»In den späten dreißiger oder Anfang der vierziger Jahre.«

»Ich habe Charles erst 1846 geheiratet, Chief Inspector, und diese Affäre müßte sich abgespielt haben, lange bevor ich mit meiner Savage nach Tabor Hall gekommen bin.« Sie streichelte liebevoll die Hand ihrer Zofe. »Was vor meiner Zeit passiert ist, geht mich nichts an. Ich lernte Charlie erst 1844 kennen. Sollte es eine unglückliche Liaison dieser Art gegeben haben, dann hätte er mich nie damit behelligt, denn er hat alles Geschäftliche allein erledigt. Und ich bin auch nicht erschrocken«, sie lächelte und sah plötzlich sehr zerbrechlich aus, »denn ich weiß, daß er *mich* geliebt hat. Aber ich bin nicht mehr jung, und ich ermüde schnell.« Sie streckte ihre Hand aus.

Auguste küßte sie. »Verzeihen Sie uns, Lady Tabor.«

»Sie müssen Ihre Pflicht tun, Mr. Didier.« Ihr Gesicht verfiel, und plötzlich erschien sie so alt, wie sie wirklich war. »Ich denke, Priscilla kann Ihnen genauere Auskunft geben. Sie weiß immer über alles Bescheid.«

Umgeben von lauter Tabors, sah Egbert sehr einsam aus – wie rohes Fleisch, eingekreist von den Tieren in Wombwells Wanderzirkus, dachte Auguste, der schützend neben ihm stand. Aber jetzt war Egbert bewaffnet. Cobbolds Leute hatten den herumziehenden Lebkuchenverkäufer ausfindig gemacht, der Tom Griffin in jener Nacht auf seinem Wagen in Richtung Tabor Hall mitgenommen hatte. Das war der Beweis, den Rose im Augenblick brauchte. Auguste fühlte sich nicht mehr zwischen zwei Polen hin und her gerissen. Einer in diesem Raum hatte Tom Griffin ermordet. Egbert hätte sie nicht alle zusammengerufen, wenn er sich nicht sicher gewesen wäre, auf der richtigen Spur zu sein. Und mitten auf dieser Spur stand groß und mächtig Priscilla Tabor, die Egbert frontal angreifen würde. Wenn Alfred nicht in Frage kam, dann war Priscilla das einzige Mitglied der Familie, das imstande war, rücksichtslos alles zu beseitigen, was der Sicherheit der Tabors im Wege stand. Darauf wäre Auguste jede Wette eingegangen – und Egbert anscheinend auch.

Die aristokratischen Gesichter der Tabors rings um sie beide verrieten nichts als höfliches Interesse. Mit Ausnahme von Priscilla: ein Vesuv kurz vor dem Ausbruch. Sogar Miriam, deren Nichterscheinen Rose entschuldigt hätte, trug ihren Charme wie eine Maske. Auguste betrachtete die Familienporträts an den Wänden. Gainsborough, Lely, van Dyck. Die Tabors hatten vielleicht jahrhundertelang recht unauffällig gelebt, aber mit Geld hatten sie nicht geknausert. Das war etwas, was man nicht vergessen durfte. Er war froh, daß er Tatjana überredet hatte, nicht an der Versammlung teilzunehmen. Familien wie die Tabors wollten um jeden Preis überleben, und die Rücksichtslosigkeit, die dazu nötig war, konnte sehr bald in ihrer ganzen nackten Widerwärtigkeit zutage treten.

»Der Tote, der im Raucherpavillon gefunden wurde, ist mit hoher Wahrscheinlichkeit ein Mann namens Tom Griffin«, begann Rose ohne Einleitung.

Keine Reaktion.

»Und wer ist oder wer war das?« fragte Victoria.

»Der Sohn von Rose Moffat aus Clapham.«

»Und vermutlich eines Mr. Griffin«, rief Alexander vorlaut, wurde aber durch Victorias warnendes Stirnrunzeln zum Schweigen gebracht. Der Gesichtsausdruck des Chief Inspectors deutete nicht gerade darauf hin, daß jetzt der richtige Zeitpunkt für Scherze war.

»Es ist auch möglich«, fuhr Rose unbewegt fort, »daß er ein unehelicher Sohn des 13. Lord Tabor war, gezeugt vor dessen Heirat.«

»Unehelich?« sagte Priscilla laut. »Na und?«

»Das ist natürlich unwichtig«, schlug Rose rasch zurück, »es sei denn, er wäre hierhergekommen, um Sie zu erpressen. Es ist wahrscheinlich, daß dieser Tom Griffin der Besucher war, der, wie Sie sagten, am 18. August hier erschien, um Mr. Alfreds Spielschulden einzutreiben.«

Priscilla musterte ihn verächtlich. »Das kann ich wirklich nicht mit Bestimmtheit sagen. Vielleicht waren zwei solche Männer hier; ich führe nicht Buch über alle unwillkommenen Leute, die etwas von uns wollen. Mir ist so, als sei der Mann nach dem 18. August gekommen. Sie können Richey fragen.«

»Danke, Ma'am. Das werde ich tun. Rufen Sie ihn bitte.«

Richey wandte die Augen ab von dem gräßlichen Anblick eines Polizisten, der im Salon der Tabors saß. »Richey, waren es zwei zweifelhafte Individuen, die im August so rüde hier Einlaß begehrten, oder war es nur einer?« fragte ihn Priscilla.

Richey zögerte, und Egbert Rose schob ihm die Zeichnung

von Tom Griffin hin, die inzwischen mit professionellem Geschick verändert worden war.

»Das ist der Mann, der hierhergekommen ist«, sagte Richey, völlig im unklaren darüber, welche Antwort Ihre Ladyschaft von ihm erhoffte. »An einen zweiten kann ich mich nicht erinnern.«

»Danke, Richey, das ist alles.«

»Ich wüßte nicht, daß ich erklärt hätte, keine weiteren Fragen an Richey zu haben«, sagte Rose scharf.

»Es ist nicht nötig, Richey noch weiter hier festzuhalten, jetzt, da ich diese Zeichnung gesehen habe«, erklärte Priscilla mit eisiger Stimme. »Sie sagt mir mehr als die erste, die Sie mir zeigten. Es ist unwichtig, ob ein oder zwei Männer kamen. Ich erinnere mich, daß ich diesen Mann vor einigen Wochen gesehen habe. Es stimmt, daß er unverschämterweise hier ins Haus kam, um Schulden meines Sohnes einzutreiben, aber er belästigte uns auch mit seinen Hirngespinsten, daß er der Sohn meines verstorbenen Schwiegervaters sei. Solche Leute gibt es.«

»Sie haben mich also belogen.«

»Belogen, Chief Inspector? Aber keineswegs. Da der Mann im August erhalten hatte, was er wollte, hatte er keinen Grund, letzte Woche wiederzukommen. Ich wäre niemals auf den Gedanken verfallen, daß die Leiche des gepflegten Herrn, der in unserem Raucherhaus gefunden wurde, die des abgerissenen Individuums war, das vor vielen Wochen hochbeglückt von hier weggegangen ist.«

Egbert Rose blickte von seinen Akten auf. »Richey hat ausgesagt, er könne sich nicht erinnern, den Besucher wieder hinausgeführt zu haben.«

»Das ist richtig, Chief Inspector. Der Mann war so zufrieden, er zog eine scheußlich riechende Pfeife aus seiner Jackentasche« – es schauderte sie bei dem Gedanken daran –, »und da es regnete, führte ich ihn selber durch das Gartentor hinaus.«

Auguste beobachtete, wie Egbert diesen Schlag aufnahm, auf den selbst Jem Mace stolz gewesen wäre. Egbert machte keine Anstalten, sich in seine Ecke zurückzuziehen. »Ich freue mich, daß Ihnen das alles wieder eingefallen ist, Ma'am. Und Sie« – er wandte sich den übrigen Tabors zu –, »Sie waren alle sehr hilfsbereit mit Ihren verschiedenen Hinweisen, wer der Tote sein könnte. Die Polizei ist Ihnen zu Dank verpflichtet. Wenn ich jedoch ein Mensch mit viel Phantasie wäre, könnte ich auf den Gedanken kommen, daß Sie versucht haben, durch lauter falsche Spuren zu verhindern, daß die Gerechtigkeit ihren Lauf nimmt.«

»Warum sollten wir so etwas tun, wo wir doch gar nicht wußten, wer der Mann war?« fragte Laura gelassen. »Nicht mal Priscilla hat ihn erkannt, und dabei hatte sie ihn schon einmal gesehen.«

»Vielleicht weil Sie Tabors sind«, erwiderte Rose. »›Treue bis zum Tod‹ ist Ihr Motto, nicht wahr. Sie haben die Polizei irregeführt und die Wahrheit tiefer vergraben als Tom Griffins Kleider.«

Jetzt schließlich kam eine Reaktion. Aber von wem? Auguste war sich nicht sicher.

»Warum sollten wir so etwas tun?« fragte Cyril klagend.

»Um einen Skandal zu verhindern. Und vielleicht noch mehr.«

»Nun sind Sie es, der Zeit verschwendet, Chief Inspector«, sagte Priscilla schlagfertig. »Bitte seien Sie so freundlich und erzählen Sie uns, was wir Ihrer Meinung nach getan haben. Ich habe keine Verbindungen zu den oberen Rängen von Scotland Yard, falls Sie das beunruhigt. Ich habe auch nicht die Absicht, mich an Seine Majestät zu wenden. Ich möchte lediglich, daß die Polizei so schnell wie möglich aus Tabor Hall verschwindet ...« Ihr Blick ruhte kurz auf Auguste, damit er nicht länger im Zweifel darüber blieb, ob er zu den Hütern des Gesetzes gezählt wurde oder nicht.

»Ich *glaube*, Ma'am, daß Tom Griffin eines Nachmittags im August zu Ihnen kam und mit dem Versprechen nach Hause ging, er würde genug Geld bekommen, um sich alle seine Träume erfüllen zu können. Er nahm eine Anzahlung auf ein Karussell mit und die Aussicht auf noch mehr Geld, um den Rest bezahlen zu können. Ein sehr erfolgreicher Nachmittag, könnte man sagen.«

»Ja. Äußerst erfolgreich«, stimmte ihm Priscilla zu.

Ein ersticktes Gurgeln von ihrem Gatten.

»Mach keine albernen Geräusche, George«, sagte seine Frau ungerührt. »Ich sehe, wir müssen Chief Inspector Rose ins Vertrauen ziehen.«

»Priscilla!« rief Laura warnend.

Ihre Schwägerin blickte sie an. »Du bist Engländerin, Laura. Ich bin Amerikanerin. Ich halte nichts davon, unangenehme Fakten unnötig lange geheimzuhalten. Chief Inspector, dieser Bursche ist tatsächlich hierhergekommen, um uns mit dem Hirngespinst zu erpressen, er sei der illegitime Bruder meines Gatten. Tatsache oder Erfindung – beides wäre außerordentlich peinlich gewesen. Wir sahen uns gezwungen, seine Forderungen zu erfüllen, die zum Glück nach unseren Maßstäben unbedeutend waren.«

»Warum gezwungen?« fragte Oliver langsam.

»Wenn ein herumziehender Schausteller zu Recht oder zu Unrecht behauptet, Lord Tabors Halbbruder zu sein, wäre das unserer Reputation bei Hofe nicht gerade förderlich.«

»Und wenn er sich nun dafür entschieden hätte, es sich für den Rest seines Lebens auf Ihre Kosten wohlergehen zu lassen?« fragte Rose.

»Hätte er das nur getan, Chief Inspector«, gab Priscilla prompt zurück. »Er hätte auf unserem Grund und Boden ein Haus für seine alten Tage bekommen und Arbeit, wenn er welche hätte haben wollen. Aber nein, er blieb ganz stur und uneinsichtig. Er wollte seine Lebensweise nicht aufgeben. Er hatte nur den Ehrgeiz«, sagte sie verächtlich, »Besitzer eines Karussells zu sein, und nur dafür wollte er Geld. Anscheinend jedenfalls«, setzte sie hinzu.

»Sie wollen andeuten, es war Ihnen klar, daß er Sie weiter erpressen würde?«

»Das habe ich sofort begriffen«, erwiderte Priscilla kalt. »Er war cin ganz unangenehmer Kerl, aber er hatte keine Ahnung, wie es in der Welt zugeht. Ich drohte ihm ein paarmal, wir würden juristisch gegen ihn vorgehen, und dann war er damit zufrieden, einen Teil des Geldes gleich zu bekommen und den Rest später. Wir hatten unsere Bank angewiesen, ihm diesen Betrag in Kendal auszuzahlen, wo er sich in Kürze aufhalten wollte. Unser Bankier kann das bestätigen.«

»Trotzdem blieb das Risiko bestehen«, sagte Rose.

»Ich habe Vorsichtsmaßnahmen ergriffen, Chief Inspector, und Sie werden gleich sehen, warum ich ganz zuversichtlich war, daß er nicht mehr herkommen würde.« Sie läutete, und wieder eilte Richey ehrerbietig herbei.

»Ich wäre Ihnen zu großem Dank verpflichtet, wenn Sie dafür sorgen würden, daß meine Schwiegermutter nicht mit den Spinnereien dieses Mannes behelligt wird«, sagte Priscilla, nachdem Richey wieder verschwunden war.

»Ich habe bereits mit ihr darüber gesprochen«, erwiderte Rose wie aus der Pistole geschossen.

Priscilla rang nach Fassung. »Haben Sie denn überhaupt kein Feingefühl, Chief Inspector?«

»Sie hat es sehr gefaßt aufgenommen«, erwiderte Rose. »Sie gehört zu einer Generation, in der junge Damen nicht so weltfremd aufgewachsen sind wie in Ihrer, Lady Tabor.«

Richey erschien mit einer kleinen Kassette, die Priscilla aufschloß; sie entnahm ihr ein Dokument und reichte es Rose. »Hier, Chief Inspector. Eine handgeschriebene, aber vorschriftsmäßig unterzeichnete und durch Zeugen bestätigte Erklärung, daß Tom Griffin keine weiteren Ansprüche an die Familie Tabor stellt, nachdem er den Rest der vereinbarten Geldsumme erhalten hat.«

»Dieses Schriftstück würde ihn aber nicht daran hindern, zurückzukommen und Ihnen erneut zu drohen«, sagte Auguste, während Egbert die Erklärung durchlas.

»Das ist mir völlig klar, Mr. Didier.« Priscillas Stimme klang eisig. »Chief Inspector Rose ist vielleicht jetzt schon bei der Vorbehaltsklausel in dem Dokument angelangt, daß die Summe, die dieser Mensch von der Bank erhält, nur ein Darlehen ist, das in dem Augenblick zurückgefordert wird, in dem er die Tabors wieder belästigt. Er hätte sein Karussell verloren, wenn er gewagt hätte, uns erneut zu erpressen.«

»Also hatte er keinen Grund, wieder herzukommen?« fragte Auguste.

»Im Gegenteil. Hätte er das getan, hätten wir sofort ein Verfahren eingeleitet, um das Geld zurückzufordern.« Priscilla blickte kalt in die Runde. »Die Tabors tun alles, um der Aufmerksamkeit der Öffentlichkeit zu entgehen, Chief Inspector. Wir waren wohl kaum daran interessiert, sie auf uns zu lenken, indem wir diesen Mann sozusagen unter der Nase Seiner Majestät umbrachten, nicht wahr?«

Nachdem Egbert Rose und Auguste den Raum verlassen hatten, war es Rose, der als erster sprach. »Ich gebe es nur ungern zu, Auguste, aber Priscilla Tabor hat recht.«

10. Kapitel

Gestärkt durch ein leichtes Frühstück, das aus Nierchen, Muffins und Haferkuchen bestand, schritt Auguste hinaus auf den Hof des »Goldenen Löwen«. Tatjana begleitete ihn bei dieser frühen Erkundungstour durch Settle – eigentlich zu seiner Überraschung, bis er merkte, daß sie ihre Schritte beschleunigte, als sie sich den Gruppen junger Fabrikarbeiterinnen näherten, die über den Marktplatz von Settle eilten. Hatte Mr. Marx etwas Wichtiges über Fabrikarbeiterinnen zu sagen?

Auguste empfand allmählich Zuneigung für diese kleine Stadt, die schmuck und behaglich im schützenden Schatten der hohen Castleberg-Felswand lag. Eine Stadt, in der sich Rose Moffat vor mehr als sechzig Jahren in den Wanderzirkus Wombwell und in die Freiheit verliebt hatte und danach in den Ehrenwerten Thomas Charles Tabor. Ein Mädchen unter Tausenden, die seitdem die Stadt passiert hatten, jede mit ihrer eigenen Geschichte von Liebe, Tragödie, Glück und Leid. Eine, die genauso gewesen war wie die Fabrikmädchen, die jetzt mit Umschlagtüchern und in Holzpantinen dem Flußufer zustrebten.

»Steht eine Verhaftung bevor, Auguste?« fragte Tatjana ruhig – und da verstand er, warum sie in erster Linie mitgekommen war.

»*Mon amour*, das Gericht ist fast fertig«, sagte er sanft.

»Und wird es auf Tabor Hall serviert?«

»Möglich.«

Schweigen.

»Doch nicht Alexander?«

»Nein.«

»Oder ...«

»Ich kann es dir nicht sagen, *chérie*.«

»Ich mag die Tabors, Auguste«, rief sie nach einem Augenblick des Nachdenkens. »Ich mag sogar ...«

»Priscilla?« beendete Auguste den Satz für sie.

»Ja. Wenn sie nicht die *grande dame* von Tabor Hall spielt, erzählt sie von ihrer Kindheit in Kansas auf einer Ranch. Sie ist so offen und geradezu, wenn sie vergißt, daß sie eigentlich ganz englisch sein will, und sich erinnert, daß sie Amerikanerin ist.«

Eine junge Fabrikarbeiterin lief an ihnen vorüber, ihren Gefährtinnen nach; ein Zimmermann eilte an den Kolonnaden entlang, ein Metzgerlehrling ließ sie pfeifend auf seinem Rad hinter sich.

»Siehst du das hier?« fragte Auguste ernst, als ein Spielzeugreifen an ihnen vorbeirollte und sein kleiner Besitzer ihm nachjagte. »Unser Fall hat Ähnlichkeit damit.«

Der Reifen fiel um, bevor der Junge ihn einfangen konnte, und Tatjana seufzte. »Egbert muß weitermachen«, sagte sie schließlich, »weil er den Weg des Gesetzes gehen muß. Aber du, du kannst dich auch anders entscheiden.«

»Nein, *ma mie*. Ich kann nicht aufhören, ebensowenig wie ich ein halbfertiges Soufflé aus dem Ofen nehmen könnte. Ist das sehr schlimm für dich?«

Tatjana beugte sich über das Brückengeländer und blickte auf den unter ihnen dahinströmenden Fluß. »Damals in Cannes, als ich achtzehn war und du unser Chefkoch warst, sagtest du mir, wir würden ewig durch eine Tür getrennt sein, eine so massive Tür, daß wir sie nie aufbrechen könnten. Wir *haben* sie aufgebrochen, und wir dürfen nicht zulassen, daß eine andere Tür an ihre Stelle tritt. – Aber wenn das geschehen sollte, bitte sag's mir.«

»Cobbold hat eben angerufen.« Egbert blickte hoch, als sein Freund zu ihm ins Polizeirevier kam. Auguste hatte sich von Tatjana getrennt, die den Fabrikmädchen gefolgt war. »Twitch hat eine Liste aller Tom Griffins und Moffats geschickt, die zwischen 1838 und 1844 in England geboren wurden.«

»Na fabelhaft.«

»Fein, daß du das so siehst.«

Auguste machte ein langes Gesicht. »Ah, wenn er eine Liste geschickt hat, dann bedeutet das …«

»Ich dachte mir schon, daß du schließlich doch noch dahinter kommen würdest«, sagte Rose säuerlich. »Du mußt heute zu früh gefrühstückt haben. Es bedeutet, daß es niemanden auf der Liste gibt, bei dem ein Tabor als Vater angegeben ist. Möglicherweise ist er einer dieser ›unbekannten Väter‹. Twitch hat herausgefunden, daß damals bei den Registrierungen unehelicher Geburten der Raum unter dem Namen des Vaters freigelassen wurde, wenn der nicht selber in Person zur Registrierung erschien. Sehr hilfreich.«

»Vielleicht haben Rose Moffat und Charles Tabor geheiratet?« sagte Auguste nachdenklich.

»Wenn sie verheiratet waren, wäre das Kind doch nicht als Tom Griffin eingetragen, nicht wahr? Und bevor du Twitch losschickst, um alle Thomas Tabors auf der Welt zu überprüfen, nimm zur Kenntnis, daß es keine Heiratsurkunde für Moffat und Tabor in dieser Zeit gibt, auch nicht für Moffat und Griffin. Das wär's also. Tom Griffin war ein uneheliches Kind, Vater unbekannt. Und was seinen Mörder betrifft, so sind wir keinen Schritt weitergekommen.«

»Das Verbrechen *muß* mit Griffins Herkunft zusammenhängen. Es gab keinen anderen Grund, ihn umzubringen.«

Rose sah ihn scharf an. »Wir machen noch einen Versuch und holen uns die Genehmigung, Griffins Wohnwagen zu durchsuchen. Obwohl ich nicht weiß, was uns das bringen könnte, da ja Königin Priscilla zugegeben hat, Tom sei möglicherweise Georges illegitimer Halbbruder.«

»Je mehr wir über Tom Griffin erfahren, desto besser wissen wir über die Zutaten zu diesem Gericht Bescheid.« Und desto weniger würde ihm das Ganze schmecken, befürchtete Auguste.

Nachdem sie sich in dem behaglichen Gasthaus »Zum Wappen von Londesborough« in Selby einquartiert hatten, wo Cobbold Blackboots aufgespürt hatte, machten sich Auguste und Egbert Rose auf, um ihr Wild zu stellen. Sie fanden die Wagen auf einem Feld am Stadtrand und Blackboots in der nächstgelegenen Kneipe.

Er betrachtete angelegentlich ein leeres Bierseidel. Auguste, jetzt bereits in solchen Künsten geübt, ließ das Seidel prompt wieder füllen.

»Also, was is?« knurrte Blackboots.

Rose machte es sich auf der harten Eichenbank bequem. »Ich bin überzeugt, daß der Tote Tom Griffin ist.«

Blackboots schwieg einen Augenblick, dann nahm er das jetzt bis zum Rand gefüllte Seidel und hielt es hoch. »Auf den alten Tom«, sagte er mit heiserer Stimme.

»Mr. Blackboots, hat Tom je mit Ihnen über seine Kindheit gesprochen?« begann Auguste, als er fand, der Bierpegel sei so weit gesunken, daß eine Unterbrechung gerechtfertigt war.

»Ich hab's Ihnen gesagt: Clapham.«

Rose und er hatten Twitchs Liste der registrierten Geburten unter Zuhilfenahme von Meßtischblättern der Grafschaft Yorkshire und der angrenzenden Grafschaften durchgesehen. Es blieben nur drei Möglichkeiten übrig: Sohn von Mary Griffin, Ehefrau von Thomas Griffin; Sohn von Rose Perkins, Vater Joseph Griffin; oder Sohn von Rose Griffin, Vater unbekannt; die jeweiligen Geburtsorte waren Ripon, Doncaster und Bolton.

»Er kam als kleines Kind nach Clapham. Hat er Ihnen je angedeutet, daß er der illegitime Sohn eines Mitglieds der Familie Tabor sein könnte?«

»Nein.« Blackboots wischte sich den Mund bedächtig mit seinem Hemdärmel ab. Er hatte das Glas ausgetrunken und schob es jetzt unauffällig ein Stück vor.

»Tom hat sich nichts so sehr gewünscht wie 'ne Familie – und 'n Karussell. Wenn er geglaubt hätt', er wär der Sohn von einem Tabor, wenn auch unehelich, hätte er mir's erzählt. Ich war sein einziger echter Kumpel. Nein«, Blackboots nahm sich das nächste Glas vor, ohne den, der es ihm gestiftet hatte, auch nur eines Blicks zu würdigen. »Der einzige Vater, den Tom je hatte, war der alte Nayler, und mit dem war nich gerade viel Staat zu machen.«

»Narbengesicht Nayler?« fragte Rose plötzlich interessiert.

»Ja, der. Wenn er nich grade im Kittchen gesessen hat, is er mit einem Flohzirkus und zwei dressierten Hunden rumgezogen. Wenn Tom bei ihm war, hat der sich um die Hunde gekümmert, solange Nayler hinter Gittern saß.«

»Sieht Narbengesicht ähnlich«, sagte Rose genüßlich und erinnerte sich an sein eigenes Zusammentreffen mit Nayler. »Der würde seine hundertjährige Großmutter auf dem Seil tanzen lassen.«

»Aber er war auch nich nur schlecht«, entgegnete Blackboots. »Er hat Tom als ganz kleinen Jungen zu sich genommen, weil er seine Mutter bei Wombwell gekannt hat. Hat was für sie übrig gehabt, schätz ich.« Verachtung für alle solchen unsinnigen Gefühlsverwirrungen klang in seiner Stimme. »Jedenfalls hat er das Tom auf'm Sterbebett erzählt. Hat extra nach ihm geschickt.«

»Wann war das?« fragte Rose.

»Is vielleicht vier Monate her. Tom war 'n bißchen durcheinander, beinah wie weggetreten, wie er zurückgekommen is.

Ich hab sogar geglaubt, er hätte das Karussell nun satt, weil er sagte, er wollte zum Jahrmarkt in Settle. Ich war nich scharf drauf. In Settle geht's nur um Leder und Stiefel, da haben sie keine Lust zum Karussellfahren. Und es gibt 'ne Menge Konkurrenz. Wenn man keinen Stellplatz kriegt, is zu der Zeit nich viel andres in der Gegend, und dann is der August vorbei. Wenn du nich mitkommst, Blackboots, verlaß ich dich, hat Tom gesagt, und ich dachte, das tut der nie. Aber wir sind dann doch nach Settle gegangen – und nu is das dabei rausgekommen.«

»Ist Narbengesicht die ganzen Jahre hindurch mit Tom in Verbindung geblieben?«

»Nein. Er war 'n altes Miststück – Verzeihung, wenn ich schlecht von einem Toten rede. Tom war vielleicht zwölf, da hat Nayler zu ihm gesagt: Du kannst jetzt für dich selber sorgen. Er hat schon gesehn, daß Tom nie sehr viel tun wird, also hat er ihn weggejagt, denn sonst hätt' er ihm schließlich mal was zahlen müssen. Ab und zu is er ihm zufällig irgendwo begegnet, aber er hat ihn nie zu sich bestellt, und zuletzt hat er's auch nur getan, weil er gewußt hat, er wird abkratzen. Im August hat er den Löffel abgegeben, hab ich gehört.«

»Er hat Tom nicht erzählt, wer sein Vater war?«

»Nein.« Blackboots Stimme klang ärgerlich. »Ich hab Ihnen doch gesagt, so was hätt' Tom nie für sich behalten können. Narbengesicht hat das sicher auch nich gewußt.«

»Vielleicht war er Toms Vater«, sagte Auguste.

»Nein.« Blackboots dachte kurz nach und schüttelte dann den Kopf. »Wenn er's gewesen wär, hätt' er Tom nich weggejagt. Nich weil er so'n gutes Herz hatte – ich glaube, Narbengesicht hat gar nich gewußt, daß er eins hat –, sondern weil er Tom dann dazu gekriegt hätt' umsonst für ihn zu arbeiten – dann hätt' er nämlich den armen alten Vater gespielt.« Er machte eine erwartungsvolle Pause und schob das Seidel wieder ein Stück vor. Diesmal funktionierte es nicht.

»Na gut, meine Herrn. Ich seh, es is Schluß mit Bier.« Mit der Miene eines Mannes, dem schweres Unrecht widerfahren ist, erhob sich Blackboots schwerfällig von seinem Sitz.

Es war ein sonderbares Gefühl, in den Wohnwagen des Toten zu klettern, in dem es dumpf roch, weil so lange niemand darin gewesen war. Er war kleiner und schäbiger als der von Blackboots, und abgesehen von einigen absolut unentbehrlichen Möbelstücken enthielt er nur wenige persönliche Dinge. Eine Apidistra war aus Mangel an Wasser eingegangen, ein paar verwelkte Gänseblümchen hingen in einem Krug mit der Aufschrift »Zum Goldenen Jubiläum«, sechs verbeulte, stark strapazierte Spielzeugsoldaten standen auf einem Regal neben dem Herd. In dem Wohnwagen fanden sich nur zwei Photographien: die eine zeigte Tom im Alter von vielleicht vierzig Jahren, die andere war ein Duplikat der Photographie, die Auguste bereits gesehen hatte.

»Konnte Tom lesen und schreiben?« erkundigte sich Rose wie beiläufig bei Blackboots. Er blätterte gerade einen Stapel Papiere durch, die gebündelt in einem Kasten aus rohem Holz lagen.

»'n bißchen. Die Jahrmarktsleute haben's ihm beigebracht. Aber viel mehr als seinen Namen konnt' er nich schreiben. Lesen konnt' er mit Ach und Krach.«

»Aber im Winter hat er Schreibfedern, Tinte und Papier verkauft, sagten Sie. Hier ist seine Hausiererlizenz.«

»Ah, mit Federn und Papier kannte er sich aus, der Tom. Macht's nich wie ich, hat er zu seinen Kunden gesagt, lernt schreiben und lesen – ich hatt' nie 'ne Chance dazu. Sie sind immer drauf reingefallen. Ich sag Ihnen, Tom hat das besser gemacht wie manch einer, der die ganze Bibel von vorn bis hinten durchgelesen hat.«

»Konnte er gut genug lesen, um das hier zu verstehen, oder

haben Sie's ihm vorgelesen?« Rose hielt Blackboots einen auf dickem gelbem Papier geschriebenen Brief hin.

Blackboots warf einen neugierigen Blick darauf. »Den hab ich nie gesehn.«

»Die Handschrift ist wie gestochen, aber die Rechtschreibung ist mangelhaft. Hier, lies mal vor, Auguste.«

»›Mein lieber Sohn‹«, begann Auguste. »›Obwohl ich durch das Tal des Todes schreite fürchte ich mich doch nicht. Mein Gott ist bei mir. Er weiß daß ich Dir kein Unrecht getan habe und er wird Dich schützen so wie er mich beschützen wird. Dein Vater ist ein braver liebevoller Mann und er liebt dich mein lieber Sohn. Er hat mir kein Unrecht angetan auch wenn man dich einen Bastard nennen kann. Du heißt Thomas wie er, mein lieber Sohn.‹«

»Den hat er mir nie gezeigt«, unterbrach ihn Blackboots gekränkt.

»Lies weiter, Auguste«, sagte Rose ruhig.

»›Er heißt Thomas Charles Tabor. Er ist ein guter Mann. Deine Dich liebende Mutter Rose Griffin. Geschrieben am 18. Juni 1847.‹« Auguste schwieg, hin und her gerissen zwischen Zufriedenheit und Enttäuschung darüber, daß seine kostbare Theorie, Rose Moffat und Charles Tabor seien verheiratet gewesen, sich in Luft aufgelöst hatte.

Egberts Gefühle waren nicht so zwiespältig. »Das ist es also – Tabor. Glauben Sie, daß Narbengesicht ihm das gegeben hat, Blackboots?«

»Tom hätt' so was nich für sich behalten können, und wenn's um sein Leben gegangen wär«, schnaubte Blackboots. Dann wurde ihm klar, was er gesagt hatte. »Wenn ich den finde, den Kerl, der das gemacht hat, dann schneid ich dem Schuft die Kehle durch von einem Ohr zum andern.« Eine Pause. »Und was wird nun mit dem Karussell?«

Keine Antwort.

»Wenn der alte Gauner die Wahrheit sagt«, überlegte Egbert, als sie zum »Wappen von Londesborough« zurückgingen, »dann hat Tom diesen Brief erst vor kurzem bekommen.«

»In dem Fall, Egbert, kann er ihn nur an einem einzigen Ort bekommen haben.«

Clapham sah grau aus im Nieselregen, und sogar der Bach hatte an diesem Morgen nichts Munteres. Die Hufschläge des Pferdes, das die Kutsche zog, waren das einzige Geräusch in dem stillen Dorf. Sie fuhren auf geradem Wege zu dem alten Bauernhaus. Gänse, die ebenso unfreundlich wie ihr Besitzer waren, schnatterten empört, als sie ausstiegen.

»Der Herr is nich daheim.«

»Das stimmt nicht, Ma'am«, sagte Rose scharf zu dem abweisenden Zerberus. »Ich habe ihn nämlich gesehen.«

Am Fenster hatte sich tatsächlich ein bleiches Gesicht gezeigt. Als die Kutsche vor dem Haus gehalten hatte, war es schnell hinter der schützenden Gardine verschwunden.

Mürrisch führte sie der Zerberus zum Wohnzimmer. Herbert Moffat saß in seinem Lehnsessel und drehte nicht einmal den Kopf, als die beiden Besucher eintraten.

»Warum haben Sie mir nicht gesagt, daß Tom Griffin unlängst hier gewesen ist?« begann Auguste ohne Einleitung.

»Sie fragten mich, ob ich einen Neffen namens Tom Griffin hätte«, erwiderte die kalte Stimme. »Ich sagte, ich hätte keinen. Ich kann mich nicht erinnern, daß Sie mich gefragt haben, ob dieser Mann hier gewesen ist.«

»Er ist Ihr Neffe, der Sohn Ihrer Schwester Rose, und der verstorbene Lord Tabor war sein Vater, nicht wahr?«

»Ich habe keine Schwester Rose. Die Frau, die Sie meinen, wurde vom Herrn verstoßen. Er gibt und er nimmt. Die Frau gebar einen Bastard. Sie erhielt die gerechte Strafe für ihre Sünde: den Tod.« Er hob den Kopf und starrte die beiden Männer an.

»Sie haben es hier nicht mit Gott zu tun«, sagte Rose streng, »sondern mit Scotland Yard, und es geht um Mord. Entweder Sie reden hier mit uns, oder wir nehmen Sie in Handschellen mit aufs Polizeirevier.«

»Der Herr ist meine Stärke und Lobgesang und ist mein Heil«, murmelte Moffat. Sein starrer Blick war unheimlich, und Auguste schauderte.

Rose behielt die Nerven. »Ist Tom Griffin im August zu Ihnen gekommen?«

»Ein Mensch, der sich Thomas Griffin nannte, ist hier gewesen. Er behauptete, er sei der Sohn einer Person, deren Geburtsname Rose Moffat war.« Moffat hatte sich offensichtlich zu einer ihm gemäßen Form von Zusammenarbeit entschlossen.

»Sind Sie je mit ihrem Ehemann zusammengetroffen?«

»Ich hatte keine Verbindung zu dieser Person. Ich berichte nur, was ich gehört habe. Die Person kehrte in dieses Dorf zurück und nannte sich Rose Griffin. Rose Moffat war tot.«

»Tot?« wiederholte Rose erschreckt.

»Sie ist an dem Tag gestorben, als sie dieses Haus, das Haus meines Vaters, verlassen hat.«

Rose seufzte. »Und was wollte Tom Griffin?«

»Er behauptete, er sei der Sohn von Rose Griffin, und wollte Auskunft über seine Kindheit. Ich konnte ihm keine geben. Er blieb hartnäckig. Ich erklärte ihm, Rose Moffat sei kein Mitglied unserer Familie. Er wurde frech. Ich bedeutete ihm, er solle verschwinden.«

»Und weiter können Sie uns nichts sagen?«

»Nein.«

»Was ist mit dem Brief, den Sie ihm gegeben haben?«

Zum ersten Mal zeigte Moffat so etwas wie eine menschliche Regung. »Der Brief wurde unter seinen Sachen gefunden«, fuhr Rose fort. »Geschrieben hat ihn Rose Moffat. Sie hat ihn hier bei Ihnen hinterlegt, nicht wahr?«

»Nein.«

»Ihr Gott scheint Lügen zu billigen, wie?«

»Sie haben mich falsch verstanden, Chief Inspector.« Moffat war sichtlich erregt. »Ich habe die Wahrheit gesprochen, als ich sagte, der Brief wurde nicht bei mir hinterlegt. Ich hatte keinen Kontakt zu dieser Person. Sie hat einen Brief beim Uhrmacher hinterlassen. Als er starb, wurde der Brief mir übergeben, in der fälschlichen Annahme, ich sei ihr Verwandter. Ein Anwalt bestand darauf, daß ich den Brief verwahren sollte und daß es meine Pflicht sei, ihn diesem Thomas Griffin auszuhändigen, falls er sich je hier melden sollte.«

»Und das ist alles?«

»Ja.«

»Nein«, sagte Auguste, außer sich vor Wut über Moffats pedantische Wortklauberei. »Das ist nicht alles. Was geschah, als Rose Griffin starb? Was wurde aus ihrem Häuschen und ihren Sachen? Darum mußte sich Ihre Familie kümmern, wenn man ihren Gatten nicht ermitteln konnte.«

»Das Haus hat ihr nicht gehört.«

»Wem dann?«

»Weiß ich nicht. Die Frau bedeutete mir nichts.«

»Aber der Junge. Er hatte nichts Unrechtes getan. Fanden Sie nicht, daß Sie sich um ihn kümmern müßten?«

»Er war verschwunden. Weggelaufen.«

»Von sich aus?«

»Weiß ich nicht.«

»Haben Sie nach ihm gesucht?«

»Er war nicht verwandt mit mir.«

»Und Rose Griffins Sachen?« fragte Rose scharf.

»Es waren keine da.«

»Aber es müssen welche da gewesen sein.«

»Es ist schon lange her.« Moffat begann nachzugeben, merkte Auguste erleichtert. »Der Hilfspfarrer der Gemeindekirche brachte ein Paket her. Ich sah es durch, falls Dinge darin waren, die mit der Familie Moffat zu tun hatten. Das war nicht der Fall. Die Frau wußte, daß sie gesündigt hatte, und hatte nichts behalten.«

»Was geschah mit diesen Sachen?«

»Ich weigerte mich, sie aufzubewahren. Soviel ich weiß, hat die Kirche alles, was jemand nützlich sein konnte, an die Dorfbewohner verteilt und den Rest vernichtet.«

Schweigen. Roses Gesicht verriet nichts, aber Auguste kannte ihn gut genug, um zu wissen, daß Egbert ebenso enttäuscht und erbittert war wie er. Es *mußte* etwas geben, einen anderen Weg zur Lösung dieses Rätsels. Und dann fiel ihm etwas ein.

»Wer hat den Grabstein auf dem Kirchhof errichtet?« fragte er. »Es muß Tabor gewesen sein – wer sonst?«

»Keine Ahnung.«

»Sie haben ihn nicht bezahlt?«

»Nein. Wahrscheinlich war es die Gemeinde.«

Eine kleine Dorfkirche hätte wohl kaum »Hier liegt die Rose der Welt« als Grabsteininschrift gewählt, überlegte Auguste. Nein, hier war die Verbindung – und über diese Verbindung würde er nachdenken.

»Dieser Kerl könnte einen über Nacht zum Hedonisten machen«, sagte Rose, nachdem sie das Haus verlassen hatten. »Iß, trink und amüsiere dich …«

»Weil du gerade vom Trinken sprichst …« Auguste ließ das Pferd vor dem Neuen Gasthof anhalten.

Als sie schließlich wieder in Settle anlangten, fanden sie, ein zweites Glas Bier sei eine ausgezeichnete Idee, vor allem, wenn es mit Rindfleisch in Bier zusammen serviert wurde, einer Spezialität des »Goldenen Löwen«. Zu Augustes Genugtuung empfing sie Tatjana in einem Extrazimmer des Hotels, wo sie es sich bereits bequem gemacht hatte.

»Der Panhard ist ein fabelhaftes Auto, Auguste«, teilte ihm seine Ehefrau aufgeregt mit. »Er schafft dreißig Meilen die Stunde! Mr. Williams, den Besitzer, habe ich vor dem Hotel Ashfield getroffen – er sagt, es ist auch ein fröhlicher Wagen, weil er beim Fahren richtig singt. Das kommt von dem Zweizylindermotor. Mr. Williams macht gern eine Fahrt mit uns«, schloß sie unschuldig.

»Das ist sehr nett von Ihnen, Tatjana«, erwiderte Egbert, der die stumme Bitte in Augustes Augen sah. »Aber wir müssen ein paar Erkundigungen einziehen, und ich brauche Augustes Hilfe.«

»Ah so.«

Auguste fühlte sich schuldig angesichts ihrer offensichtlichen Enttäuschung. »Vielleicht ein andermal.«

»Natürlich macht es Ihnen mehr Spaß, wenn ich chauffiere. Aber wenn ich allein mit Mr. Williams fahre, will Mrs. Williams unbedingt als Anstandsdame mitkommen«, erklärte Tatjana. »Ihre Stricknadeln klappern dann so laut, daß ich den Motor nicht richtig hören kann. Anscheinend findet sie, daß Stricken die Nerven beruhigt, wenn sie im Auto fährt. Sie strickt wie wild. Mr. Williams trägt eine sehr sonderbar aussehende Weste. Vielleicht sollten wir uns ein eigenes Auto kaufen«, schloß sie ganz beiläufig.

»Was hast du eben gesagt, *mon amour*?« fragte Auguste Sekunden später.

»Man muß auf den Motor horchen«, sagte Tatjana. »Ein Zweizylindermotor, das bedeutet, daß es zwei Impulse für jeweils zwei Umdrehungen des Schwungrads gibt anstatt nur einer und ...«

»Nein, nein«, unterbrach sie Auguste. »Etwas anderes.«

»Mrs. Williams und ihre gräßliche Strickerei?«

»Das war's!« rief Auguste triumphierend.

»Ediths Strickerei ist auch gräßlich, aber was hat das mit unserem Fall zu tun?« fragte Egbert.

»Als ich in Clapham bei der alten Nell war, erzählte sie mir, daß Rose viel gestrickt hat, ebenso wie sie. Nells Mutter kam aus Dent. Es gibt eine Erzählung, die meine Mutter mir öfter vorgelesen hat: ›Die Strickerinnen von Dent‹. Der Autor ist Robert Southey, glaube ich. Und Amos hat mir erzählt« – Augustes Stimme wurde lauter –, »daß Rose ebenso gutes Haferbrot machen konnte wie Nell. Und Haferbrot ist eine Spezialität der Gegend um Dent, nicht etwa von Clapham. Angenommen, Rose hat in den Jahren, über die wir nichts wissen, in Dent gelebt? Angenommen, Tom wurde in Dent geboren?«

»Eine Menge Vermutungen.«

»Wohin ist sie gegangen, nachdem sie von Tabor Hall fort mußte? Zurück zum Wanderzirkus Wombwell? Aber sie hat Tom um 1842 geboren. Sie muß *irgendwo* gelebt haben, bevor sie nach Clapham kam.«

»Vielleicht«, sagte Egbert zweifelnd. »Aber wenn der Superintendent erfährt, daß ich Zeit damit vergeudet habe, Strickerinnen nachzuspüren, nimmt er mir den Fall weg. Warum prüfen wir nicht zuerst die drei Geburtsregistrierungen von Tom Griffin?«

»Yorkshire ist weit weg von deinem Superintendent, *mon ami*, aber mit der Bahn ist man von Settle aus sehr schnell in Dent. Es liegt viel näher als Bolton, Ripon oder Doncaster.«

Der Bahnhof Dent war in der Tat von Settle aus schnell zu erreichen, nicht aber der Ort Dent, wie sie am nächsten Morgen feststellen mußten. Den mehrere Meilen langen, in Windungen verlaufenden Weg dorthin legten sie in einer Mietkutsche zurück. Tatjana hatte gebeten, mitkommen zu dürfen, um sich über die Lebensbedingungen der Arbeiter von Dent informieren zu können.

Das Tal von Dent wies wenig Ähnlichkeit mit der Landschaft von Settle und Malham auf. Es war bewaldet, und seine

Häuschen zeugten von der Milde des West Country, verglichen mit der Gegend auf der anderen Seite des Moorlands. Als sie schließlich in der Ortschaft anlangten, sahen sie ein Gewirr kleiner Häuser, in deren Eingängen meist strickende Frauen saßen. Das Dorf hatte offensichtlich seit der Zeit von Robert Southey an dieser Tradition festgehalten.

Die Aussicht auf Kirchenbücher stimmte Auguste hoffnungsvoll, während sie über den Dorfanger auf die Kirche zuschritten. Eigentlich wußte er gar nicht mehr genau, was sie zu finden hofften. Einfach irgendwo irgend etwas, das mehr Licht in das Leben Rose Griffins und ihres Sohnes brachte.

Der Küster war jung und äußerst hilfsbereit. Der Name Griffin rief sofort eine Reaktion hervor. Da er selber in den späten siebziger Jahren geboren sein mußte, konnte der Grund nur der sein, daß er sich der sorgfältigen Verwaltung seiner ihm anvertrauten geliebten Kirchenbücher rühmen konnte. Augustes Hoffnung stieg. Um so größer war seine Enttäuschung, als der Küster das Kirchenbuch mit den Heiratsregistrierungen herbeiholte. Welche glücklich erfolgte Eheschließung eines Griffin auch immer hier verzeichnet war, es konnte sich nicht um ihren Griffin handeln. Zwar waren in den Anfangszeiten dieser Registrierungen die Kirchen bei ihren Eintragungen oft recht lax verfahren, aber da Rose Griffin sich nicht als verheiratet betrachtet hatte …

»Da!« Der Küster zeigte mit dem Finger triumphierend auf eine Eintragung.

»Achtzehnter Juli 1841. Rose Griffin vermählt mit …« Egbert Rose stockte überrascht. Auguste beugte sich erregt über seine Schulter.

»Mit wem?« rief er.

»Es ist genau das, was wir nicht überprüft haben. Rose Moffat hat nicht irgendwen geheiratet, sondern …«

»Thomas Charles Tabor«, las Auguste frohlockend. »Also

waren sie tatsächlich vermählt. Habe ich das nicht gleich gesagt?«

»Twitch hat alle Moffats überprüft, die Tabors geheiratet haben – aber sie hat die Ehe unter dem Namen Griffin geschlossen. Entweder war das ihre zweite Eheschließung, oder sie hat den Namen angenommen, als sie im Wanderzirkus Wombwell zu arbeiten anfing – vielleicht für den Fall, daß ihre Familie versuchen würde, sie zurückzuholen. Sonderbar, daß sie einen falschen Namen angab, wohingegen es Tabor wagte, seinen richtigen Namen eintragen zu lassen. Er muß seiner Familie von ihr erzählt haben.«

»Nicht unbedingt, *mon ami*. Damals war ein Dorf, das von Malham so weit entfernt lag wie Dent, eben eine andere Welt. Charles Tabors und Rose Griffins Geheimnis war hier sicher.«

»Die junge Dame, wer immer sie war, muß recht beliebt gewesen sein«, sagte der Küster, erfreut, daß er hatte helfen können. »Es ist das zweite Mal in zwei Tagen, daß jemand sich nach ihr erkundigen kommt.«

»Wer hat sich denn nach ihr erkundigt?« fragte Egbert scharf.

»Eine noble alte Dame«, lautete die etwas selbstgefällige Antwort. »Man merkte sofort, daß sie zur guten Gesellschaft gehört, auch wenn sie in Hoggins' Kutsche hier ankam.«

»Miriam Tabor?« sagte Auguste zu Egbert.

»Ja. Ich wette, unser Besuch bei ihr hat sie hierher getrieben.«

Tatjana wartete vor der Kirche auf sie. Sie hatte die Zeit gut ausgenutzt, obwohl Mr. Marx ihr Verhalten vielleicht mißbilligt hätte, denn sie hatte ein kapitalistisches Unternehmen unterstützt: über ihrem Arm hingen ein gestrickter weißer Schal, ein leuchtend rotes Strickkleid, mehrere Teewärmer mit dazu passenden Eierwärmern und etwas, was verdächtig nach einer gestrickten Krawatte für ihren Gatten aussah. Sie machte das mit ihrer ersten Bemerkung wieder gut. »Großmutter Higgins ist noch am Leben. Die Mutter des Droschkenkutschers.«

»Wie schön für ihn«, sagte Auguste, der darin keinen Zusammenhang mit ihrer Aufgabe zu erkennen vermochte.

»Sie hat neben Rose gewohnt«, rief Tatjana vorwurfsvoll.

»Natürlich erinnere ich mich an sie!« Großmutter Higgins kramte so eifrig in ihrer Jugend wie ein Kind in einem Bonbonglas. Ihr Häuschen stand am Ende des Dorfes. Daneben erhob sich ein anderes, verfallenes, das nur hin und wieder durchziehenden Landstreichern Obdach bot. Es war so heruntergekommen wie eine unbenutzte Scheune. Wenn jemand Auskunft über Rose Griffins Schicksal geben konnte, dann ganz allein Großmutter Higgins, und nicht etwa dieses Haus, in dem Rose einst ein Heim für sich und ihren kleinen Sohn geschaffen hatte.

»Roses Ehemann kam aus einer guten Familie, nicht wahr?« fragte Auguste die alte Frau.

Sie runzelte die Stirn. »Kann mich nich erinnern. Er sprach anders wie wir, war 'n Schafscherer oder so was Ähnliches. Immer unterwegs. Nur selten hier. Aber ganz verrückt nach dem Kind. Und er liebte Rose. Ich frag mich oft, was aus dem kleinen Tommy geworden is.« Sie sagten es ihr nicht.

»Wie lange hat Rose hier gewohnt?«

»Vielleicht drei Jahre. Ja, es war 1844, kurz bevor mein Harry geboren wurde. Wir ziehn weg, sagte Rose. Und machte so'n trauriges Gesicht. Wohin geht ihr denn? hab ich gefragt, aber sie wollt's mir nich sagen. Weit weg, sagte sie. Es kam ganz plötzlich. Wahrscheinlich konnt sie die Miete nich mehr aufbringen. Hab nie wieder was von ihr gehört, aber ich hab sie nich vergessen, die Rose.«

»Sie muß doch Bekannte in Dent gehabt haben. Gibt es noch jemand, der etwas über sie wissen könnte?«

»Nein«, sagte Großmutter Higgins selbstzufrieden. »Rose hatte keinen Umgang mit irgendwem. Und es wollte auch keiner was mit ihr zu tun haben.«

»Warum nicht?«

»Weil sie nich von hier war. Sie war 'ne Fremde.«

»Eine Fremde aus einem Ort, der keine zehn Meilen weit weg liegt«, empörte sich Egbert, als sie in die Kutsche stiegen, um zum Bahnhof zurückzufahren. »Damit verglichen ist ja Highbury die reine Gemütlichkeit.«

»Sie hatte ihren Mann und ihr Baby«, sagte Auguste. »Vielleicht war sie glücklich. Ich hoffe es.«

»Ein Schäferidyll in einer ländlichen Hütte«, knurrte Egbert. »Charles Tabor spielte Arkadien, aber manchmal mußte er zurück in die wirkliche Welt. Die Frage ist: in welcher fühlte er sich wohler?«

»Ein Tabor würde nicht bei einem Mädchen aus dem Wanderzirkus Wombwell bleiben, wenn das nicht sein eigener Wunsch wäre.«

»Drei Jahre haben ihm aber offenbar gereicht.«

»Du meinst, er hatte sie satt?«

»Sie oder das Leben auf dem Lande«, sagte Egbert säuerlich und hielt sich die Nase zu, als sie an einem gutgedüngten Feld entlangfuhren.

»Aber er war mit ihr *verheiratet*«, überlegte Auguste. »Er kann sie und das Kind nicht einfach verlassen haben. Der Junge war schließlich sein Erbe. Was war mit dem Tabor-Besitz, mit dem Titel?«

»Rose glaubte offenbar nicht, daß sie vor dem Gesetz verheiratet war, nach dem Brief zu urteilen, den sie für ihren Sohn geschrieben hat.«

»Sie wußte, daß Charles Tabor wieder geheiratet hatte. Sie liebte ihn, mein Freund.«

»Hm.« Egbert sah ihn zweifelnd an. »Was immer auch geschehen ist«, sagte er schließlich, »es verspricht nichts Gutes für die Tabors. Und vor allem nicht für einen von ihnen.«

Im »Goldenen Löwen« wartete freudestrahlend Inspektor Stitch auf sie.

»Welch unerwartetes Vergnügen, Stitch«, sagte Rose argwöhnisch.

»Ich dachte, ich komme am besten selber, Sir.« Selbstbewußtsein troff aus jeder Pore von Stitchs schweißnassem Gesicht. »Ich habe mir Lord Tabors Testament angesehen, Sir. Kein Wort von Tom Griffin oder irgendwelchen unehelichen Söhnen. Aber«, er zog ein Dokument aus seiner Tasche, wie ein Zauberer ein Kaninchen aus seinem Zylinder zieht, »ich habe das hier gefunden, Sir.«

Sein Vorgesetzter las es.

»Es war meine Idee, Sir«, sagte Stitch mit stolzgeschwellter Brust. »Sie hatten mich gebeten, die Heiratsurkunden aller Moffats durchzugehen, also dachte ich, ich könnte mir auch gleich die der Griffins ansehen. Ich hatte so eine Ahnung, Sir«, setzte er bescheiden hinzu.

Rose reichte das Schriftstück Auguste, der es las und sich alle Mühe gab, ein unbewegtes Gesicht zu machen: Rose Griffin vermählt mit Thomas Tabor am 18. Juli 1841 in der Kirche von Dent.

»Deshalb hatten wir Schwierigkeiten mit Tom Griffins Geburtsurkunde«, dozierte Stitch. »Er war nicht als Thomas Griffin eingetragen, sondern als Thomas Tabor. Geboren 1842.«

Auguste hielt den Atem an, als sein Freund über Stitchs Schicksal nachdachte. Schließlich sagte Rose: »Wenn ich noch meinen Hut aufhätte, Stitch, würde ich ihn jetzt essen.«

»Danke, Sir«, erwiderte dieser schlicht.

Während die Kutsche den holperigen Weg entlangrollte, auf die grauen Mauern von Tabor Hall zu, das von schützenden Bergen eingerahmt wurde, versuchte Auguste sich von dem Gefühl zu befreien, daß er ein Judas war, der im Begriff stand, Unheil über das Haus zu bringen, unter dessen Dach er geschlafen hatte. Denn es stand nun wohl fest, daß einer der Menschen, mit denen er sein Brot und viele von Breckles' wohlschmeckenden Gerichten geteilt hatte, ein Mörder war. Bald würde er das Versprechen einlösen müssen, das er Tatjana gegeben hatte: ihr mitzuteilen, daß eine Verhaftung bevorstand. Sie war aus Dent auf direktem Wege nach Tabor Hall zurückgekehrt und hatte Müdigkeit vorgeschützt, obwohl sie, wie er wußte, gar nicht müde war.

»Die alte Lady Tabor, bitte«, sagte Rose zu Richey.

Richey blickte fragend zu Priscilla hin, die in einem leuchtend blauen Teekleid auf ihn zukam. So mußte Tom Griffin sie gesehen haben, überlegte Auguste: furchteinflößend, groß und übermächtig.

»Es ist sicher nicht notwendig, Chief Inspector, daß Sie meine Schwiegermutter stören. Ich werde Savage bitten, ihr Bescheid zu sagen, sie soll später zu uns kommen. Dann können Sie ihr Ihre Fragen stellen.«

»Ich möchte Lady Tabor *jetzt* sprechen.«

»Sie ist …«

»Jetzt«, wiederholte Rose höflich.

»Führen Sie den Chief Inspector zu den Räumen meiner Schwiegermutter, Richey«, sagte Priscilla einlenkend.

Wie gewöhnlich brauchte Miriam Tabor nicht beschützt zu werden.

»Lady Tabor, wie lange wußten Sie schon, daß Ihr verstorbener Gatte bereits verheiratet war, als Sie ihn geheiratet haben?« fragte Rose ruhig.

»Seit Sie vor ein paar Tagen bei mir waren, Chief Inspector«, antwortete sie bereitwillig. »Etwas, was Sie sagten, bewog mich, Nachforschungen anzustellen. Der liebe Charles ging immer den Weg des geringsten Widerstands – es sah ihm ganz ähnlich, unangenehme Tatsachen unter den Tisch zu kehren. Ich hingegen ...« Sie beendete den Satz nicht, sondern sagte statt dessen: »Ich hatte keine Ahnung, daß er ein Kind hatte, ehelich oder unehelich, obwohl ich natürlich vermuten mußte, daß es andere Frauen in seinem Leben gegeben hatte, bevor er mich kennenlernte. Weiß es George?«

»Er weiß, daß er möglicherweise einen unehelichen Halbbruder hat«, erwiderte Rose vorsichtig. »Wie sind Sie denn nach Dent gekommen, Ma'am?«

»Savage hat mich begleitet. Es war ein ziemlich strapaziöser Ausflug.« Sie lächelte. »Aber ich bin keine Invalidin, und ich wollte mich selber vergewissern. Ich wollte diese Sache nicht mit meiner Familie besprechen, und ich habe es bisher auch nicht getan.«

»Woher wußten Sie, wohin Sie fahren mußten?« erkundigte sich Rose freundlich. »Ich hatte Dent nicht erwähnt.«

»Der alte Tompkins hat es mir gesagt. Savage brachte ihn zu mir, als sein Sohn unterwegs war. War das nicht schlau von mir? Vielleicht hätte ich Ihren Beruf ergreifen sollen, Chief Inspector.«

»Es tut mir leid, daß ich es bin, der Sie aus dem Gleichgewicht bringt, Ma'am.«

»Es ist so lange her, Chief Inspector. Natürlich war es ein Schock«, gestand sie, »aber jetzt habe ich ihn überwunden, vielen Dank. Ich weiß, daß Charlie mich liebte, und das ist für mich das Ausschlaggebende. Er war in vieler Hinsicht schwach – gut und freundlich, aber leicht zu beeinflussen. Ganz sicher glaubte er diese Frau zu lieben, aber 1844 lernte er mich kennen.« Sie lächelte. »Es war Liebe auf den ersten Blick, wie man so sagt, Chief Inspector. Seine Gefühle für dieses Mädchen müssen in dem Augenblick erstorben sein, aber so wie ich Charlie kannte, bin ich sicher, er hat dafür gesorgt, daß das Mädchen und ihr Kind keine Not leiden mußten.«

Aber er war mit ihr *verheiratet*, wollte Auguste rufen, so wie Sie später mit ihm verheiratet waren. Doch wie konnte er ihr die schreckliche Wahrheit begreiflich machen, daß sie nie Charles Tabors rechtmäßige Ehefrau gewesen war, weil Rose erst ein Jahr nach Charles Tabors zweiter Eheschließung gestorben war?

»Nun, da der arme Mann tot ist, was kann das noch für eine Bedeutung haben?« sagte Miriam, als vermöge sie seine Gedanken zu lesen. »Werden Sie irgendwen verhaften, Chief Inspector?«

»Sehr bald, Ma'am. Können Sie das ertragen?«

»Seit langem hat mich nichts mehr aus der Fassung gebracht. Charlie ist nicht mehr, und daneben erscheint mir alles andere ganz unwichtig.«

Es dauerte eine Weile, bis sich die Tabors im Salon versammelt hatten. Miriam war entschuldigt. Zuerst sah es so aus, als sei Victoria unauffindbar. Schließlich entdeckte man sie bei Mrs. Breckles: sie hatte sich in den Finger geschnitten, und Mrs. Breckles verband die Wunde. George zog sich gerade zum Diner um und konnte offenbar nicht zur Eile angetrieben werden. Er erhielt eine zweite, energischere Aufforderung, im Salon zu erscheinen.

Auguste war aufs höchste gespannt. Er und Egbert wechselten ein paar Worte, nun, da die Spur so deutlich sichtbar war und nur eine Schlußfolgerung zuließ.

Gertie und Cyril erschienen als erste, gefolgt von Laura.

»Mr. Carstairs, Ma'am«, meldete ihr ein Stubenmädchen einen Augenblick später.

»Ich vertraue darauf, daß Sie nichts gegen seine Anwesenheit einzuwenden haben, Chief Inspector«, sagte Laura trocken. »Obwohl das ja sicher eine Familienangelegenheit ist, möchte Mr. Carstairs daran teilnehmen – ich fürchte nur, er wird seine Meinung in Kürze ändern.«

»Es ist mir recht, wenn Sie hierbleiben, Sir«, sagte Rose kopfnickend.

Allmählich stellte sich die gesamte Familie ein, Alexander eingeschlossen. Priscilla und George kamen als letzte, wie um dem bevorstehenden Angriff eine geschlossene Front entgegenzusetzen. Und das hatten sie auch bitter nötig, überlegte Auguste.

»Am Sonntag, dem 29. September, wurde in den frühen Morgenstunden die Leiche eines Mannes im Raucherpavillon von Tabor Hall gefunden«, begann Rose. Seine formelle Eröffnung bewirkte, daß Oliver unsicher zu Auguste hinüberblickte. »Der Tote war Tom Griffin, ein herumziehender Schausteller, dessen Kleidungsstücke später auf dem Gelände von Tabor Hall im Boden vergraben gefunden wurden. Man hatte dem Toten Gesellschaftskleidung angezogen, die nicht ihm gehörte, ihn manikürt und ihm das Haar geschnitten, um seine Identität zu verschleiern – wenigstens so lange, bis diejenigen, die ihn ohne Schwierigkeiten hätten identifizieren können, die Gegend verlassen haben würden.«

Auguste beobachtete die Anwesenden, während Egbert mit unbewegter Stimme weitersprach. Victoria war offensichtlich den Tränen nahe, als hätte ein Spiel plötzlich aufgehört, ein Spiel zu sein; sie saß Hand in Hand mit Alexander. Gertie schien lebhaft interessiert, aber Cyril war deutlich nervös. Das war schon sonderbar.

»Wir lassen zunächst die Frage beiseite, wie und von wem er ermordet wurde. Es genügt zu sagen, daß Sie, die Familie Tabor, ungefähr eine halbe Stunde nach Mitternacht die Leiche vorfanden. Der tödliche Schuß wurde wahrscheinlich vom

Läuten der Turmuhr übertönt. Die Familie mußte schnell reagieren. Sie beschloß, die Kleider des Toten zu vertauschen und ihn so zurechtzumachen, daß er als ein Mann der Gesellschaft gelten konnte; wahrscheinlich war das nur als provisorische Maßnahme gedacht, bis man sich der Leiche auf irgendeine Weise entledigen konnte. Es wäre nicht angezeigt gewesen, sie in jener Nacht auf dem Gelände zu vergraben oder sie hinauszuschmuggeln, da wegen der Anwesenheit des Königs Polizisten und Leibwächter in der Nähe waren. Aus dem gleichen Grunde glaube ich nicht, daß es sich um ein geplantes Verbrechen handelt. Der Gesellschaftsanzug stellte ein Problem dar, da die betreffenden Kammerdiener es sofort bemerkt haben würden, wenn aus der Garderobe eines Familienmitglieds oder eines Gastes ein Anzug gefehlt hätte.«

»Es war nicht mein Anzug«, rief Cyril abwehrend.

»Nein«, stimmte Rose ihm zu. »Ich glaube, daß der Anzug, den der Tote trug, dem verstorbenen Lord Charles Tabor gehörte.«

»Es fehlt keiner seiner Anzüge«, sagte Laura schnell. »Ich weiß das von Savage.«

»Miss Savage mag Ihnen das erzählt haben, Miss Laura. Aber sie ist ihrer Herrin und der ganzen Familie Tabor treu ergeben.«

»Wollen Sie andeuten, meine Schwiegermutter sei mitten in der Nacht ins Raucherhaus geschlichen und habe diesen Mann umgebracht?« fragte Priscilla eisig.

»Ich wiederhole: ich glaube, daß es sich um einen Anzug Ihres verstorbenen Schwiegervaters handelt. Sie, die Familie Tabor, waren sich darüber im klaren, daß Sie die Etiketts nicht in den Kleidungsstücken lassen konnten, da diese sofort auf den verstorbenen Lord Tabor hingewiesen hätten. Sie konnten auch nicht einfach herausgetrennt werden, weil das ein verräterisches Zeichen gewesen wäre. Es war wichtig, daß jedes Detail so korrekt wie möglich aussah, damit der soziale Hintergrund des Toten verschleiert wurde. Deshalb mußten in aller Eile falsche Etiketts in die Taschen des Jacketts und der Weste, in das Oberhemd und so weiter eingenäht werden. Diese Aufgabe wurde, vermute ich, Miss Laura und Miss Victoria zugeteilt.«

Lauras Gesicht verriet nichts außer mäßigem Interesse, während Victoria tief errötete.

»Haar und Bart des Toten mußten gestutzt, seine Fingernägel manikürt werden«, sprach Rose weiter. »Alles in größter Eile, damit niemand Licht, wenn auch abgedunkeltes, im Raucherhaus bemerkte oder Laternen, die sich den Weg entlangbewegten. Ziemlich genau zwei Stunden später stießen dann Mr. Alexander Tully-Rich und Mrs. Didier zufällig auf die Leiche. Sie nahmen an, es sei jemand, der Mr. Didier nach dem Leben getrachtet hatte.«

Augustes Magen machte eine unangenehme Schlingerbewegung, doch er verbannte den Gedanken an Gregorin sogleich wieder aus seinem Bewußtsein.

»Objektiv betrachtet war das eine beachtliche Leistung«, stellte Rose fest. »Gute Organisation und klares Denken waren dazu notwendig. Zum Beispiel mußte der Anzug Blutflecke aufweisen – dafür nahm man Schweineblut aus der Küche. Und das Blut des Toten mußte aus dem Teppich herausgewaschen werden, damit die Selbstmordfiktion aufrechterhalten werden konnte.«

Es herrschte Totenstille, während sechs Tabor-Gesichter starr wie Masken höflich auf Chief Inspector Rose blickten. Es war, als hätten sie einem fahrenden Schauspieler zugehört, nicht einem Detektiv von Scotland Yard, der sie soeben beschuldigt hatte, zumindest Helfershelfer bei einem Mord zu sein – ein Verbrechen, das jedem von ihnen zehn Jahre Zuchthaus eintragen konnte.

»Sie haben eine lebhafte Phantasie, Chief Inspector.« Wie gewöhnlich machte sich Priscilla zur Sprecherin der Familie.

»Es war nicht das Werk einer Person. Das wäre gar nicht möglich gewesen. Ich nehme an, daß Sie alle zusammengearbeitet haben.«

Ein Schrei von Gertie. »Ich war nicht mit dabei!«

»Alle mit Ausnahme von Mrs. Gertrude Tabor, hätte ich sagen sollen«, fuhr Rose unbeeindruckt fort. »Ich glaube, sie hat mit der ganzen Sache nichts zu tun. Alle übrigen lieferten uns eine Menge falscher Hinweise, die unsere Aufmerksamkeit von der Wahrheit ablenken sollten. Mr. Cyril Tabors Anzug war die letzte dieser falschen Spuren – ein Risiko, denn es brachte fälschlich ein bestimmtes Mitglied der Familie in Verdacht.«

»Dürfte ich fragen«, warf Priscilla ein, »warum wir uns solche Mühe gegeben haben sollten, die Identität dieses Mannes zu verschleiern, oder wollen Sie behaupten, daß wir ihn auch ermordet haben?«

»Dazu komme ich gleich«, sagte Rose. »Wenn nicht Sie das Weitere übernehmen wollen, Lady Tabor.«

Priscilla verspürte offensichtlich keine Lust dazu.

»Welche Erklärung auch immer Sie Tom Griffin unterschreiben ließen, und selbst wenn er selber sich für einen unehelichen Sohn Lord Tabors hielt, so wußten Sie es doch besser, nicht wahr? Sie wußten, daß die Heirat des verstorbenen Lord Tabor mit der jetzigen Witwe Tabor ungültig war, weil er bereits mit Rose Griffin verheiratet war, die erst 1847 gestorben ist. Deshalb sind Sie, Lord Tabor, Mr. Tabor und Miss Tabor, unehelich geboren. Der Titel und der Besitz gehörten Tom Griffin, ob er das nun bei seinem Besuch hier wußte oder nicht. Nichts konnte Sie vor einer Katastrophe bewahren, wenn er je herausfand, daß er ehelich geboren war. Hat Ihnen Ihr Vater von dieser Heirat erzählt, Lord Tabor, oder haben Sie von der Sache erst erfahren, nachdem Tom Griffin im August hier erschienen war und Sie Nachforschungen anstellten? Aus irgendeinem

Grund hielt Rose Griffin ihre Heirat für ungültig und ihren Sohn daher für ein uneheliches Kind, aber die Heirat *war* gültig. Sie hatten allen Grund zum Mord. Um Ihnen Gerechtigkeit widerfahren zu lassen: vielleicht wollten Sie Tom Griffin auch aus dem Wege haben, um Ihrer Mutter den Schock zu ersparen, den diese Angelegenheit ihr zweifellos versetzen würde.«

Auguste sah, wie George und Priscilla einen Blick wechselten. Also war Egbert dicht an der Wahrheit. Das verriet auch das völlige Schweigen der Familie Tabor. Einzig Oliver ließ innere Bewegung erkennen, aber welcher Art, war ungewiß.

»Also, zu welchem Ergebnis sind wir jetzt gelangt?« fuhr Rose fort. »Die Heirat von Thomas Charles Tabor mit Rose Griffin 1841 bedeutete, daß der Tabor-Besitz rechtmäßig Tom Tabor gehörte – oder Tom Griffin, wie er sich nannte –, da er, wie wir nun wissen, 1842 ehelich geboren war. Nach Toms Tod geht der Besitz, wie ich annehme, nicht auf Sie, Lord Tabor, über, da Sie unehelich geboren sind, sondern an Toms Linie. Da er keine Leibeserben hat, fällt der Besitz an die Linie von Charles Tabors Brüdern zurück, und falls keine Brüder vorhanden sind, an die Linie der Brüder seines Vaters. Sehr entfernte Verwandte also. Niemand würde das je herausfinden, wenn Griffin tot war, nicht wahr? Mit einiger Wahrscheinlichkeit würde er von niemand vermißt werden und nie mit Ihnen in Verbindung gebracht werden können. Zwar hatte er inzwischen ein großes Karussell gekauft, das möglicherweise in Settle zurückgeblieben war. Aber das Glück war mit Ihnen und gegen Tom Griffin.«

»Wenn ich Sie recht verstehe, Chief Inspector«, sagte Priscilla unerschüttert, »so klagen Sie jetzt unsere Familie des Mordes an. Warum? Sie haben eine fabelhafte Geschichte erfunden. Haben Sie einen Beweis dafür, daß einer von uns diesen Mord begangen hat? Oder unterhalten wir uns lediglich über Möglichkeiten?«

»Sie werden die Antwort erfahren, wenn wir eine Verhaftung vornehmen«, sagte Rose kurz.

Priscilla lächelte. Es war eine Herausforderung zum Kampf, dachte Auguste, fasziniert und zugleich abgestoßen, dieses Lächeln einer Frau, die ihren Gegner richtig einschätzte und sich ihres Sieges sicher war. »Also haben Sie keine Beweise«, sagte sie. »Aber nehmen wir einmal an, diese seltsame Geschichte von unserm Komplott mitten in der Nacht beruhte auf Wahrheit. Was würden Sie dann tun? Uns alle durch die Bank verhaften?«

Schachmatt, sagte sich Auguste. Das Aspik, das nicht gelieren wollte. Es gab keine Möglichkeit für Egbert, die gesamte Familie zu verhaften. Er mußte einen von den andern absondern, und das konnte er noch nicht. Er hatte offenbar gehofft, die Einheitsfront würde zusammenbrechen, doch diese Hoffnung hatte sich nicht erfüllt.

»Selbst wenn wir ein so starkes Motiv hätten, wie Sie es dargelegt haben, Chief Inspector, ist Ihre Hypothese ohne Beweise einfach lachhaft. Und ich bedaure, daß ich Sie enttäuschen muß: es gibt kein solches Motiv.«

»Und wieso nicht, Lady Tabor?« fragte Rose.

Jetzt stürzte sich George in die Schlacht. »Meine Frau will Ihnen klarmachen, Chief Inspector, daß mein Vater nicht mit dieser Rose Moffat verheiratet war. Die Heirat war ungültig. Tom Griffin tauchte im August hier auf. Er nahm an, er sei unehelich geboren, und so verhält es sich auch. Diese Heirat ist eine von *Ihnen* gelegte falsche Spur, Chief Inspector. Es stimmt, mein Vater unterzog sich zusammen mit dem Mädchen einer Trauungszeremonie, und möglicherweise glaubte er damals, die Heirat sei gültig, aber sie war es nicht. Seine Eltern wußten nichts von der Eheschließung, und als mein Großvater zwei Jahre später davon erfuhr, machte er meinem Vater eindeutig klar, daß sie ungültig war. Als mein Vater später meine

Mutter heiratete, hielt er es deshalb für vernünftig, sie nicht mit dieser Geschichte seiner jugendlichen Torheit zu belasten.

Sie haben wohl bemerkt, daß ich nicht pünktlich zu der Versammlung erschienen bin«, fuhr er mit heiserer Stimme fort. »Der Grund dafür ist, daß ich die ganze unglückselige Angelegenheit meiner Mutter erklären mußte, die alle Einzelheiten von mir wissen wollte. Ich nehme an, daß sie durch Sie von Rose Griffin erfahren hat, Chief Inspector, und ich konnte sie nun in bezug auf die Gültigkeit ihrer Ehe völlig beruhigen. Das Ganze war ein ungeheurer Schock für sie, auch wenn sie das vielleicht vor Ihnen verborgen hat. Sie ist eine Dame der alten Schule.«

»Sind Sie nun zufrieden mit dem Ergebnis Ihrer Einmischung, Chief Inspector?« fragte Priscilla mit ihrer eisigsten Stimme.

»Wann haben Sie zum ersten Mal von der Existenz Rose Griffins erfahren, Sir?« Rose war unempfindlich gegen Eis und Feuer.

»Mein Vater hat mir von dieser Affäre erzählt, als er in die Jahre kam, und zwar einzig deshalb, weil diese Frau einen Sohn hatte und er fürchtete, es könnte Ärger geben, wenn dieser Sohn je versuchen sollte, Kontakt mit der Familie aufzunehmen. Wie es dann ja auch geschah«, sagte George gereizt.

»Und warum hielt Ihr Vater seine Heirat mit Rose Griffin für ungültig?«

»Aus zwei Gründen. Sowohl mein Vater wie dieses Mädchen waren zum Zeitpunkt der Eheschließung minderjährig und erklärten unter Eid, daß sie die Erlaubnis ihrer Eltern eingeholt hätten. Aber das entsprach nicht der Wahrheit. Und der zweite Grund ist: das Mädchen hatte einen falschen Namen angegeben. Sie wurde als Rose Griffin getraut, doch ihr richtiger Name war Moffat. Mein Großvater hat diese Sache natürlich gründlich untersuchen lassen. Das Mädchen erhielt ein Haus und eine bestimmte Summe für ihren Lebensunterhalt.«

»Ich hoffe, Sie sehen nun ein, Chief Inspector«, sagte Priscilla ruhig, »daß Sie wieder an Ihrem Ausgangspunkt angelangt sind. Da niemand von uns ein Motiv hatte, diesen Mann zu ermorden, liegt es doch wohl auf der Hand, daß er Selbstmord begangen hat.«

11. Kapitel

»Es stimmt alles.« Rose goß sich eine zweite Tasse Kaffee ein.

»Wie die Abrechnung eines Butlers«, sagte Auguste mißmutig. »Es stimmt zu genau.«

»Zum Teufel damit. Charles Tabor heiratet das Mädchen und spielt immer mal wieder mit ihr in Dent Schäfer und Schäferin. 1844 kriegt die Familie das heraus, und es gibt einen Riesenkrach. Sie überzeugt Charles davon, daß die Heirat ungültig ist. Zu diesem Zeitpunkt lernt er Miriam kennen, und jetzt ist er nur zu bereit, einzusehen, daß er in seiner jugendlichen Unüberlegtheit töricht gehandelt hat. Er oder sein Vater kauft dem Mädchen ein Haus in Clapham, wo sie wohnen kann, und man atmet erleichtert auf.« Egbert betrachtete den Kaffee, den ihm die Gastfreundschaft der Tabors kredenzte. Er stimmte ihn nicht im mindesten milder. »Einer von ihnen war's, aber wer? Oder verteidigst du Priscillas Selbstmordtheorie?«

»Wie kann es Selbstmord sein nach dem Bericht des Leichenbeschauers?« Auguste sah eine Prozession von Tabors an sich vorbeimarschieren: an der Spitze Miriam, dahinter, dicht aufgeschlossen, Priscilla, George, Victoria, Alfred, Cyril und Laura. Am Ende der Reihe versuchte eine keuchende Gertie mit den anderen Schritt zu halten, doch er sonderte sie sogleich aus. Gertie konnte es nicht gewesen sein. Aber es konnte auch keiner von den anderen gewesen sein – Menschen, die er kannte und, wie er sich eingestehen mußte, gern mochte. Kriminalistische Untersuchungen fielen einem leichter, wenn man *hinter* der grünen Tür stand.

»Wie wär's mit einem Besuch beim Standesbeamten?«

»Willst du mich heiraten, Egbert?«

»Sehr komisch. Das Frühstück ist nicht die richtige Zeit für Witze.«

»Ja, ich komme mit.« Tatjana hatte eine Verabredung mit einem Benzinmotor, und die Aussicht, einen Tag lang wie auf Kohlen zu sitzen, erschien Auguste nicht gerade verlockend.

Doch was sie von dem Standesbeamten von Settle erfuhren, deprimierte ihn noch mehr. Das Gas war jetzt voll aufgedreht worden, so daß der *pot-au-feu* einfach überkochen *mußte*. Er, der in dieser Sache nur ein *sous-chef*, ein Hilfskoch war, konnte nichts tun, um zu verhindern, was nun geschehen mußte.

»Vergibst du mir, Liebling?« Victoria wirkte verstört.

Eine Pause. »Nein. Nicht, wenn es um Mord geht.«

»Aber es war Selbstmord«, jammerte sie. »Mutter hat recht, und die Polizei hat unrecht. Dieser gräßliche Mann kam in jener Nacht zurück und behauptete, man hätte ihn getäuscht, er sei der gesetzliche Erbe. Vater sagte ihm, er irre sich, und bewies ihm das, also hat er sich erschossen. Welche andere Erklärung könnte es denn geben?«

Victoria sah schutzlos und rührend hübsch aus, doch Alexander brachte es noch nicht fertig, die Schlucht zu überspringen. »Vielleicht«, sagte er ausweichend.

»Willst du mich immer noch heiraten? Willst du?«

Alexander, dem die Pistole derart auf die Brust gesetzt wurde, überlegte kurz, was ihm bevorstand: eine Verbindung mit einer Familie, zu der höchstwahrscheinlich ein Mörder gehörte. Aber hielt er Victoria für schuldig, einen Mord begangen zu haben? Der Gedanke war natürlich lächerlich ... War er es wirklich?

»Ja, Liebling.«

»Ich muß mit dir sprechen!« Oliver trat unvermutet aus der Bibliothek und hielt Laura Tabor, die vom Frühstück zurückkam, am Arm fest.

Sichtlich zögernd ließ sie sich in die Bibliothek ziehen. Oliver schloß die Tür hinter ihnen.

»Was ist denn?« Ihre Stimme klang abwehrend.

»Ich möchte dich heiraten.«

Sie öffnete den Mund und wollte etwas sagen. Er kam ihr zuvor. »Ich weiß nicht, was hier vorgeht, und ich weiß, du kannst es mir nicht sagen. Aber das eine ist klar: die Sache ist noch nicht ausgestanden – im Gegenteil, sie spitzt sich zu.«

Laura zuckte zusammen, doch ihre Stimme klang ganz ruhig. »Was hat das mit dir und mir zu tun, Oliver?«

»Es klingt sicher sehr altmodisch, aber bei dem, was jetzt kommt, wirst du meinen Schutz nötig haben. Ich möchte dir mit allen meinen Kräften zur Seite stehen.«

»Schutz«, wiederholte sie lächelnd. »Was für ein sonderbares Wort.« Sie zwang sich zur Ruhe. »Oliver, ich danke dir für deine Anteilnahme, doch ich kann dich nicht heiraten, ich kann mich auch nicht mit dir verloben. Nicht jetzt.«

Endlich kam Egbert aus dem Raum wieder zum Vorschein, in den er sich mit Cobbold zurückgezogen hatte. »Lust auf ein Bier, Auguste?«

Auguste hatte keine Lust, jedoch Egbert hatte andere Dinge im Sinn als nur eine Erfrischung.

Nach dem Polizeirevier war das Separatzimmer des »Goldenen Löwen« warm und behaglich, und der heiße Punsch, dem Auguste den Vorzug vor Bier gab, tat gut.

»Es deutet alles in eine Richtung, Auguste. Du weißt es.«

»Aber die Beweise …«

»Das Motiv, Auguste. Diese Heirat war so gültig wie deine mit Tatjana. Was die Tabors uns von dem falschen Namen erzählt haben, stimmt schon, doch die Heirat wäre nur dann ungültig gewesen, wenn beide Teile wußten, daß ein falscher

Name angegeben worden war. Charles Tabor wußte es nicht: er glaute, Rose heiße tatsächlich Griffin. Es war ihm nicht bekannt, daß sie diesen Namen angenommen hatte, nachdem sie von zu Hause weggelaufen und zum Wanderzirkus Wombwell gegangen war. Wir können das jetzt anhand von Wombwells Büchern beweisen: sie zeigen, daß eine Rose Griffin von Juni 1837 bis September 1839 dort gearbeitet hat. In dem Augenblick, wo Rose die Tiere sah, hörte sie auf, Rose Moffat zu sein. Und die Gesetzesänderung von 1822 bedeutete, daß Rose und Charles, obwohl sie beide minderjährig waren, nur mit einer Geldstrafe belegt werden konnten, weil sie fälschlich erklärt hatten, ihre Eltern hätten der Heirat zugestimmt. Nein, die Heirat von Miriam Tabor war Bigamie. Schlimm für sie, daß sie das nach so vielen Jahren erfahren muß, die arme Frau. Aber unsere Täter wußten es die ganze Zeit«, sagte er und leerte sein Glas.

»Aber ein Daumenabdruck, Egbert?«

»Oder eine Ehefrau mit Handschuhen.«

»Welches von beiden?«

»Das werden wir bald wissen.«

»Er ist alte Schule, Egbert. Er würde nicht zulassen, daß seine Frau das Risiko eines Mordes auf sich nimmt.«

»Unsere Priscilla plant nicht nur, sie handelt. Sie ist die Lady Macbeth von Yorkshire, Auguste. Sie glaubt, es sei ihre Pflicht, die Ehre der Tabors zu verteidigen.«

»Unterschätzen Sie George nicht«, hörte Auguste die alte Lady Tabor sagen. Aber taten sie das nicht gerade?

»Der Wirt hat mir verraten, daß ihr hier seid.« Tatjana kam hereingefegt, die Wangen gerötet von der frischen Luft. »Ich habe im Teeraum von Thistlethwaite einen Haferkuchen gegessen, aber ich habe noch Hunger …« Sie hielt inne, als sie die finsteren Gesichter der beiden Männer sah. »Was ist los?« fragte sie schroff.

»Es rückt näher, Tatjana«, sagte Auguste.

»Ah. Könnt ihr …?«

»Nein«, rief Auguste unglücklich.

»Wann?«

»Am späten Nachmittag«, erwiderte Egbert. »Wenn ich mit dem Chief Constable gesprochen habe.«

»Ich wüßte gern mehr über Rose und Tom«, sagte Tatjana zu Auguste, nachdem Egbert gegangen war. »Ich denke, es könnte mir helfen …, wenn es geschieht. Würdest du mit mir nach Clapham kommen? Ich kann dich hinfahren, *ma mie*, Mr. Williams hat mir seinen Panhard geliehen.«

Erst als Auguste in den Panhard kletterte, ging ihm zu seiner Verblüffung auf, daß er nicht einmal Bedenken über dieses Vorhaben geäußert hatte.

Der Wagen wurde der sachkundigen Obhut des Wirts vom Neuen Gasthof in Clapham anvertraut, und sie schlugen den Weg ein, den Amos ihnen beschrieben hatte. Wo sonst konnte man sich Rose Griffin nahe fühlen, wenn nicht in ihrer Behausung? Die war nicht leicht zu finden. Sie gingen durch das Dorf und auf die Höhlen von Ingleborough zu. Der Fußpfad, der zu dem Haus führte, verlief abseits vom Hauptweg und war fast nicht mehr zu sehen, wie Amos gesagt hatte, doch ein langer Stock und feste Entschlossenheit brachten sie schließlich nach einigen Umwegen an ihr Ziel: ein halb verfallenes, ziemlich großes Steingebäude.

Sie starrten es enttäuscht an. Was hatte er erwartet? überlegte Auguste. Hatte er geglaubt, nach fast sechzig Jahren könnte ein leerstehendes Haus nicht vom Zahn der Zeit angenagt sein?

Tatjana schob sich durch die halb verrottete Holztür. »Wenn das Haus den Tabors gehört hat, vielleicht wollten sie es ganz einfach vergessen, ebenso wie sie Rose vergessen wollten?«

Ein erschreckter Vogel entfloh kreischend aus einem großen

Loch im Dach. Innen war alles feucht und dumpfig; ein paar zerbrochene Möbelstücke standen an den Wänden. Laub vermoderte in Haufen in den Ecken, Waldtiere hatten das Haus für sich beansprucht. Halb verbrannte, von Pilzen überzogene Holzscheite lagen immer noch auf dem Herd; ein kupferner Teekessel stand fleckig, blind und von Spinnweben überzogen in dem Raum, der als Küche gelten mochte.

Dies war die Stätte, wo eine junge Frau den Trümmern ihres Lebens ins Auge gesehen hatte, verlassen von dem Mann, den sie aus Liebe geheiratet hatte, überlegte Auguste bedrückt. Oder war sie nicht gänzlich verlassen gewesen? Hatte Charles sie hier besucht? Charles hatte ihr erzählt, daß ihre Heirat ungültig sei, aber hatte sie sich daraufhin geweigert, ihn wiederzusehen? Oder hatte sie gefordert, er solle ihre Ehe legalisieren? Nein, das sah Rose nicht ähnlich. Inzwischen hatte Charles Miriam kennengelernt. Rose lebte weiter in dem bescheidenen Haus, das nicht einmal ihr eigen war, und das war alles, was ihr und ihrem ehelich geborenen Sohn zur Verfügung stand. Man hatte sie nicht einmal wissen lassen, daß er ehelich geboren war. Sie mußte stricken und Uhren reparieren, um den Lebensunterhalt für sich und ihren Sohn zu verdienen. Den Sohn, der zum gefährlichen Erpresser geworden war.

»Hier spürt man nichts mehr von ihr, nicht wahr?« sagte Tatjana ruhig.

»Nein.« Auguste ging hinaus und atmete erleichtert die frische, kühle Luft ein. Der Fußpfad, bereits mit frühzeitig abgefallenen Blättern übersät, schlängelte sich an dem Haus vorbei und führte weiter in den Wald hinein. Auguste wußte nicht genau, warum er das tat, doch er schritt auf diesem Pfad voran und schob Zweige und Farnkraut beiseite, damit Tatjana ihm folgen konnte. Einige Male stieß er auf Kreuzwege, blieb dann stehen und überlegte, welche Richtung er nun einschlagen sollte.

»Warum gehen wir denn überhaupt hier lang?« fragte Tatjana neugierig, aber ohne ein Wort der Klage, obwohl Brombeerzweige sich in ihrem Rock verfingen.

»Ich wollte nur sehen, wohin wir hier kommen.«

»Ob wir am Ende Rose finden?«

»Nur ihre Kuh. Es geht hier sicherlich zur Weide.« Auguste fühlte sich betrogen, als er sah, daß der Pfad zum offenen Moor führte. Dann entdeckte er einen schmalen Steig, der für Pferde begehbar, für Panhards jedoch nicht befahrbar war. »Wenn wir nach links abbiegen, gelangen wir sicher zum Dorf«, erklärte er mit der freudigen Erleichterung eines Menschen, der die ganze Zeit gewußt hatte, daß er in die richtige Richtung geht. Der Pfad endete tatsächlich an der Straße, die von Settle nach Ingleton führte, doch ein Nebenweg brachte sie zum Anfang des Dorfes und zur Kirche zurück.

»Komm und sieh dir Rose Griffins Grab an«, sagte Auguste und nahm Tatjana bei der Hand. »Arme Rose«, flüsterte er, als sie vor dem Grabstein standen. Nichts von »Meine geliebte Frau« oder »Meine inniggeliebte Mutter«. Und dabei mußte sie solche Träume gehabt haben, als sie in der Kirche von Dent mit Charles Tabor getraut worden war.

»Hier liegt die Rose der Welt«, übersetzte Tatjana leise. »Diese Grabschrift deutet aber nicht darauf hin, daß der Mann, der sie einmeißeln ließ, seine Frau nicht liebte.«

»Er fühlte sich schuldig.«

»Vielleicht. Ich glaube, Auguste, daß Rose dennoch hier an dieser Stelle zu finden ist.«

»Das ist unerträglich.« Es lag keine Kraft in Priscillas Protest, als sie vergeblich versuchte, ihr Walhall vor Scotland Yard, der Polizei von Yorkshire und Auguste Didier zu schützen. Die gesamte Familie Tabor hatte sich in dem offiziellen Empfangszimmer versammelt.

»Ich sagte doch: nur Sie und Seine Lordschaft, Ma'am, als ich mit Ihnen telefonierte«, wandte sich Rose an sie.

»Wir sind eine Familie. Alle Familienmitglieder und die, die es werden sollen, müssen anwesend sein«, erwiderte sie.

»Also gut. Wie Sie wollen, Ma'am.«

Sogar die alte Lady Tabor war erschienen, natürlich in Begleitung von Savage, und offenbar betrachtete man auch Gertie heute als Familienmitglied. Sie zwinkerte Auguste zu, senkte aber sofort die Lider, als Priscillas Blick auf sie fiel.

Das letzte Aufgebot der Tabors, dachte Auguste, in ihre unbewegten Gesichter blickend: Victoria und Alexander, Oliver und Laura – die beiden saßen nicht zusammen, fiel ihm auf –, Cyril und Gertie, Alfred (so still, daß er kaum wiederzuerkennen war), George und Priscilla.

Sie hörten schweigend zu, als Rose die Theorie der ungültigen Heirat widerlegte. Nur Oliver zeigte so etwas wie Überraschung und blickte besorgt zu Laura hin. Die alte Lady Tabor saß ruhig da, die Hände im Schoß gefaltet, abgehärtet gegen jeglichen Schock.

»Die Heirat zwischen Rose Griffin und Charles Tabor war gültig«, endete Rose, die Familie als Ganzes ansprechend, »und ich bin sicher, Sie alle wußten es. Sie hätten eine solche Angelegenheit nie ungeprüft gelassen. Sie luden Tom Griffin ein, in jener Nacht noch einmal herzukommen – möglicherweise hatte er Ihnen gesagt, das sei seine *einzige* Nacht in Settle –, damit Sie sich seiner für immer entledigen konnten. Wir können beweisen, daß Sie die Sachen, die er trug, vertauscht haben. Aus welch anderem Grund hat einer oder haben mehrere von Ihnen diesen Mord begangen?«

Der 14. Baron Tabor stand auf. »*Touché*, Chief Inspector.«

»Nein, George.« Priscillas Aufschrei klang geradezu herzzerreißend.

»Meine Liebe, ich habe keine Wahl«, sagte George sanft und

nahm ihre beiden Hände in seine. Es war das erste Zeichen zärtlicher Wärme, daß Auguste je bei ihnen gesehen hatte.

»Nein. Ich lasse es nicht zu.« Jedes Wort wurde mit Anstrengung hervorgestoßen.

»Doch. Du mußt.«

Jetzt schrien alle durcheinander. Lauras Stimme übertönte alle anderen: »Nein, George!« Alfred schluchzte; all seine jugendliche Arroganz war wie fortgeblasen. Cyril rief in weinerlichem Ton: »Ich muß schon sagen ...«, und Gertie schluchzte: »Nein, nicht doch!« Am Ende jedoch setzte sich Priscillas tiefe Stimme siegreich durch.

»Einen Aspekt haben Sie nicht berücksichtigt, Chief Inspector.« Sie schien die ruhigste von allen zu sein, doch die Tigerin war umstellt.

»Und der wäre?«

»Wir haben *geglaubt*, die Heirat sei ungültig, ob sie nun tatsächlich ungültig war oder nicht.«

»Aber Sie waren derart beunruhigt, daß Sie Griffin aufforderten, noch einmal wiederzukommen, weil Sie fürchteten, ihn im August nicht für immer losgeworden zu sein. Oder kam er von sich aus zurück, weil er gehört hatte, der König sei hier, und hoffte, Sie weiter erpressen zu können? Jedenfalls waren Sie so außer sich vor Angst, daß Sie ihn umgebracht haben.«

Priscilla wich keinen Zollbreit zurück. »Wir wußten nicht, daß die Heirat gültig war, und Sie haben keinen Beweis für das Gegenteil. Aber ich kann Ihnen einen überzeugenden Beweis dafür liefern, daß die Familie sie damals und bis jetzt für ungültig hielt.«

»Und wie sieht dieser Beweis aus?«

»Diese Rose Griffin starb 1847.«

»Priscilla!« sagte George warnend.

Sie ignorierte das. »Mein verstorbener Schwiegervater«, begann sie.

»Einen Augenblick, Priscilla.« Die alte Lady Tabor versuchte ihr ins Wort zu fallen, doch Priscilla ließ sich nicht unterbrechen.

»George hat mir erzählt, daß mein Schwiegervater das Begräbnis und den Grabstein der Frau bezahlt hat. Wenn er gewußt hätte, daß seine erste Heirat gültig war, hätte er doch wohl nach dem Tod jener Frau Schritte unternommen, um seine Heirat mit meiner Schwiegermutter zu legalisieren, nicht wahr? Wäre es nicht sehr fahrlässig von ihm gewesen, das zu unterlassen?«

Falls Rose aus dem Konzept gebracht war, so zeigte er es nicht.

»Vielleicht hat er es nicht für nötig gehalten, oder vielleicht wollte er Ihnen keinen Schmerz zufügen, Ma'am.« Ein mitfühlender Blick hin zu Miriam, den sie mit einer leichten Kopfbewegung quittierte.

»Beides sehr unwahrscheinlich, Chief Inspector. Für mich steht fest, daß er die Heirat für ungültig hielt. Und das hat er dir auch gesagt, nicht wahr, George?«

»Ja«, bestätigte George nüchtern. »Natürlich hat es damals eine fürchterliche Auseinandersetzung zwischen ihm und meinem Großvater gegeben.«

»Charles Tabor nahm es einfach so hin, als man ihm erklärte, seine Heirat sei ungültig, ohne das selber nachzuprüfen?« fragte Rose ungläubig.

»Heutzutage mag das seltsam erscheinen, Chief Inspector. Aber mein Großvater war ein ausgesprochener Choleriker. Es war sehr schwierig, ihm zu widersprechen. Sie dürfen nicht vergessen, dies hier war ein kleiner ländlicher Bezirk, und die Leute wußten damals über die Einzelheiten unseres Rechtssystems nicht so gut Bescheid, wie sie es heute tun.«

»Trotzdem fällt es mir schwer zu glauben, daß der Erbe des Tabor-Besitzes derart naiv gewesen sein sollte, Lord Tabor. Aber selbst wenn Ihre Darstellung zutrifft, so hatten Sie doch genügend Zeit, nach Griffins erstem Besuch bei Ihnen die Sachlage zu überprüfen – oder eigentlich seitdem Sie von der Angelegenheit erfahren hatten.«

George hielt Roses Blicks stand. »Ich hatte keinen Grund, an der Darstellung meines Vaters zu zweifeln. Warum sollte ich? Die Affäre war lange vorbei. Und weshalb hätte ich Griffins Geschichte nachprüfen sollen, als er zu uns kam? Er erhob keinen Anspruch auf Legitimität. Wir gaben ihm Geld und hatten keinen Grund, ihn nochmals hierherzuzitieren.«

»Ist Ihnen jetzt klar, daß Sie keine Beweise gegen meinen Mann in der Hand haben, Chief Inspector?« fragte Priscilla triumphierend.

»Keineswegs, Lady Tabor. Ich habe Beweise gegen Sie alle, und wenn Sie's drauf ankommen lassen, werde ich Sie alle wegen Beihilfe zum Mord verhaften. Wollen Sie jetzt sprechen, Lord Tabor?«

George stand wieder auf. Er blickte weder Priscilla noch die übrigen Mitglieder seiner Familie an. »Also gut, Chief Inspector, ich bin bereit. Nehmen Sie mich mit.«

»Nein, Lord Tabor. Sie wissen, daß ich das nicht will.«

»Aber?« George blickte erschreckt auf Priscilla, die in steifer Haltung dasaß. Ihr Gesicht verriet nichts als Erschöpfung.

»Ich glaube, ich bin es, die Sie zu verhören wünschen, Inspektor. Es ist sehr ritterlich von George, sich zu opfern, um mich zu schützen, doch das kann ich natürlich nicht annehmen.«

Laura Tabor erhob sich. Ihr dunkelgraues Kleid ließ ihr Gesicht noch bleicher erscheinen, als es ohnehin war.

»Laura!« rief Oliver angstvoll. »Was sagst du da?«

Ein leises Lächeln. »Du siehst, wie recht ich hatte, als ich prophezeite, du würdest bald nichts mehr mit mir zu tun haben wollen, Oliver. Du wärst doch nicht gern mit einer Mörderin verheiratet, nicht wahr?«

Als Egbert Rose aufstand, sank Priscilla in sich zusammen,

ihr Gesicht verfiel, und einen Moment lang erblickte Auguste die Frau unter der Maske, von der Tatjana ihm erzählt hatte. Eine verzweifelte Frau.

Laura drehte sich zu Oliver um, als Rose sie aus dem Zimmer führte. »Es war immer Robert«, sagte sie, »immer nur er.«

»Sie halten mich vielleicht für eine kalte Natur, Chief Inspector«, sagte Laura Tabor in dem stickigen kleinen Raum im Polizeirevier. »Aber glauben Sie mir, das bin ich nicht. Oder vielmehr, ich bin es, aber mit einer Ausnahme – und das war und ist Robert Mariot. Ich war kein junges Mädchen mehr, als wir uns trennten; ich war eine reife Frau, und um so größer war mein Schmerz. Wir trennten uns auf seinen Wunsch, nicht auf meinen. Mir lag nichts an meiner gesellschaftlichen Stellung, aber ihm lag unglücklicherweise sehr viel daran – um meinetwillen, erklärte er. Er fühlte sich in seinem Stolz verletzt, als mein verstorbener Vater seinen Antrag ablehnte – lächerlich, nicht wahr, angesichts seiner eigenen Verbindung mit einem Dorfmädchen. Robert war auch zu stolz, um sich anzuhören, was ich dazu zu sagen hatte. Er verließ Tabor Hall, und natürlich glaubte ich, daß er mich nicht mehr wollte.

Vor zwei Jahren fand ich dann die Wahrheit heraus: daß er mich immer noch liebte und daß er unverheiratet geblieben war. Doch sein sturer Stolz schuf immer noch eine Barriere zwischen uns. Er schrieb mir, er werde zu mir kommen, wenn die jetztige Expedition vorüber sei. Dann, erklärte er – wie töricht Männer sind! –, hätte er einen solchen Namen, daß meine Familie sicherlich nichts mehr gegen ihn einzuwenden hätte. Er meinte es ernst, und ich war außer mir vor Freude.«

»Soll das heißen, Miss, daß Sie glaubten, der Mann im Raucherpavillon sei Robert Mariot?« fragte Rose. Nach allem, was geschehen war, konnten sie doch wohl nicht wieder am Anfang angelangt sein!

»Als ich ihn sah, glaubte ich das nicht mehr«, sagte Laura. »Aber Robert war ein leidenschaftlicher Mann und ein Romantiker dazu – und vor zwanzig Jahren trafen wir uns immer um Mitternacht im Raucherpavillon.« Ein schwaches Rot überzog ihre für gewöhnlich bleichen Wangen.

»Ich verstehe.«

»An dem Freitag, an dem der König hier ankam, erhielt ich einen Brief von Robert. Er teilte mir mit, er sei in England und wir würden uns sehr bald sehen. Ich war unbeschreiblich aufgeregt, und als ich zu der Stunde, in der wir uns immer getroffen hatten, Licht im Pavillon sah, da dachte ich ... ich hoffte ...« Ihre Stimme zitterte. »Aber er war es nicht. Ich hatte keine Ahnung, wer der Mann war. Er stürzte sich auf mich, als ich ihm meinen Namen nannte, und umarmte mich. Ich sei seine Schwester, schrie er, und hauchte mich mit seinem übelriechenden Atem an. Er habe herausgefunden, daß er ehelich geboren sei, und sei nun zurückgekommen, um sein Erbe zu fordern, oder er würde die Wahrheit unter dem Fenster des Königs herausschreien. Ich hielt ihn für einen Verrückten, einen Wahnsinnigen – Priscilla und George hatten mir nichts von seinem ersten Besuch erzählt. Er war widerlich – nicht weil er schmutzig, sondern weil er aggressiv, schlau und gewalttätig war. Ich sagte ihm, er sei nicht mein Bruder und würde es auch nie sein. Das nahm er übel.«

»Und dann haben Sie ihn erschossen?«

»Aber nein.« Laura war schockiert. »Doch nicht deshalb, Chief Inspector. Er warf sich auf mich.« Ihre Stimme wurde ganz leise. »Er sagte, wenn ich nicht seine Schwester sei, würde er etwas anderes mit mir machen.«

Auguste, der in der Ecke mit Cobbold zuhörte, überlief ein Schauder. Nun endlich die Wahrheit, und wie anders sah sie aus als alles, was er sich vorgestellt hatte ...

»Er warf sich auf mich, zerfetzte mein Kleid ..., ich riß

mich los … Er kam mir nach, zerrte an meinem Rock … Es war grauenvoll, entwürdigend. Er versuchte mich auf den Fußboden zu werfen, doch ich packte einen Stuhl, entwand mich ihm und …«

»Und dann?«

»Dann sah ich den Revolver auf dem Kaminsims.«

»Ah.«

»George hatte ihn am Vormittag versehentlich dort liegen lassen, nachdem er einem verletzten Tier den Gnadenschuß gegeben hatte. Ich ergriff die Waffe, und der Mann versuchte sie mir zu entreißen. Wir rangen miteinander, und plötzlich versetzte er mir einen Stoß, damit ich hinfallen sollte. Ich taumelte zurück und stürzte, und dabei ging der Revolver los. Ich wollte ihn nicht töten …« Sie schlug die Hände vors Gesicht. »Es war grauenvoll.«

»Hatten Sie Blut an Ihrem Kleid?«

»Nur ein paar Spritzer. Das meiste ging daneben, als ich hinfiel. Als ich mich wieder aufrichtete, sah ich, daß er tot war. Es war ein Unfall«, verteidigte sie sich, »also rannte ich zum Haus zurück und bat George, die Polizei zu rufen. Aber dann erfuhr ich von ihm und Priscilla, wer der Mann war …, es war ein furchtbarer Schock. Die beiden nahmen die Sache in die Hand – mit meiner vollen Zustimmung. Der Mann war ein Schurke. Niemandem würde ein Schaden entstehen, wenn man seine Identität verschleierte. Wie ich das Ganze überstanden habe, weiß ich nicht.« Ihre Stimme zitterte, und die Hände in ihrem Schoß bewegten sich unablässig.

»Sie kommt natürlich davon«, sagte Egbert, nachdem Cobbold Laura formell verhaftet hatte. »Kein Geschworenengericht würde sie daraufhin schuldig sprechen.« Er seufzte. »Das können wir den Tabors mitteilen.«

Und Tatjana, dachte Auguste und fühlte sich zumindest in diesem Punkt erleichtert.

Betroffen schweigend hörte sich Tatjana seinen Bericht in der Stille ihres Zimmers an. Als er geendet hatte, sagte sie ruhig: »Wie unglücklich Rose gewesen wäre, wenn sie erfahren hätte, daß Tom sich so schändlich benommen hat, Auguste. Sie muß sich doch ein besseres Leben für ihn erhofft haben, auch wenn ihr eigenes eine so tragische Wendung genommen hatte. Charles Tabor nannte sie Rosa Mundi, die Rose der Welt, aber es wurde ihr verwehrt zu blühen. Ich sage dir, Auguste, die Ehe schlägt die Frauen in Ketten. Sie sind die Opfer der Männer, von denen sie erwählt wurden.«

»Oder die *sie* sich ausgesucht haben.«

»Ja, aber welche Wahl hatte Rose denn wirklich? Und Laura Tabor – hatte sie eine echte Wahl? Ihrem Liebsten waren seine Ehre und sein dummer Stolz wichtiger als sie, obwohl er vorgab, sie zu lieben. Das muß alles anders werden, Auguste.«

»Bist du mein Opfer?« fragte er.

Sie blickte ihn ernst an. »Nein, und auch nicht das Opfer der Gesellschaft. Hast du etwas dagegen?«

»Natürlich nicht.«

»Das ist gut. Ich habe mich nämlich entschlossen, Automechaniker zu werden.«

»Wie bitte?« Er starrte sie an. Tatjana zwinkerte ihm zu. »Du hast neulich gesagt, wir könnten uns ein Automobil kaufen.«

»Ich habe *was* gesagt?«

»Ich fragte, ob wir nicht eins kaufen sollten, und du hast nichts darauf erwidert. Das heißt, du warst einverstanden.«

»Ein Automobil kaufen ist eine Sache und als Automechaniker arbeiten eine andere.«

»Würdest du einen Herd kaufen und dann nicht darauf kochen?«

»Nein«, gab er zu.

»Du darfst kochen und Detektiv spielen, und ich werde Autos reparieren.«

»Wo?« Sollten sie denn ewig in Yorkshire bleiben?

»In London.«

Augustes Phantasie überschlug sich: Queen Anne's Gate? Mayfair? Buckingham Palace? Er erhob einen letzten Einwand. »Aber bisher warst du eine Prinzessin. Was wird aus deiner gesellschaftlichen Stellung?«

»Die bleibt dieselbe, ob ich nun unter einem Auto liege oder in der Oper sitze.«

»Vielleicht.«

»Also abgemacht. Ich werde mich den gesellschaftlichen Regeln erst unterordnen und sie dann beiseite schieben.«

»Und ich? Du hast gelobt, dich mir unterzuordnen. Willst du mich auch beiseite schieben?«

»*Non.* Denn du würdest mir nie befehlen, etwas zu tun, was ich nicht tun will.«

»*Ma mie,* du bist ebenso taktvoll wie vollkommen.«

»Wie die arme Rose. Wie die arme Laura. Keine von beiden hatte die Chance, ihre Liebe offen zu zeigen. Aber ich habe Glück. Ich darf das. Und ich möchte dir beweisen ...«

Vorstellungen, Gesichter, Gefühle ..., alles kam zusammen, wollte berücksichtigt werden, doch Auguste wehrte sich dagegen. Vor ihm lag die Nacht, und Tatjana war bei ihm.

Auguste schreckte aus dem Schlaf hoch. Er hatte geträumt – Traumfetzen, die immer wieder abrissen. Ein Fußpfad hatte zum Kirchhof und zu Rose Griffins Grabstein geführt. Breckles' Henne krähte laut dazwischen. Das mittlere Kind von Ediths Schwester tanzte mit einem Stück Bindfaden auf und ab. Twitch verfolgte heimlich eine grüne Elfe. Hinter ihm stolzierten zwei Tom Griffins: einer zum Friedhof von Clapham, der andere zu einem Bett, um eine nackte Dame zu bewundern, die sich darauf rekelte.

Die Teile des Puzzlespiels fügten sich zusammen. Da waren

zwei Tom Griffins: der eine war der Tom, den Blackboots gekannt hatte, der andere der gewalttätige Erpresser, wie ihn die Tabors geschildert hatten. Paßte der eine zum anderen? Nein. Es gab in Wahrheit nur einen Tom, aber welcher war der richtige?

Schließlich hatte Auguste das Gefühl, daß er wußte, was in Rose Griffin vorgegangen war. Er mußte sofort mit Egbert sprechen. Dann fiel ihm ein, daß Egbert ja über Nacht in Settle geblieben war. Er kleidete sich rasch an und ging ins Frühstückszimmer hinunter, wo er George vorfand. George starrte ihn an, als habe er vergessen, wer dieser Gast sei. Seine Antwort auf Augustes Bitte, nach Settle gefahren zu werden, war ein Achselzucken. Es hatte ganz den Anschein, als seien die Ereignisse seiner Kontrolle entglitten.

Während die Kutsche über das Moorland holperte, erinnerte sich Auguste an die Worte der alten Lady Tabor: »Alle Tabor-Frauen sind gute Schützen.« War der Schuß ins Auge, der Tom Griffin getötet hatte, wirklich ein Unfall gewesen, wie Laura behauptete?

12. Kapitel

Die alte Lady Tabor saß in ihrem hochlehnigen Sessel und blickte auf das Moor hinaus, das in der späten Nachmittagssonne glänzte. Sie rührte sich nicht, als Auguste und Egbert Rose eintraten, ihre schmale Hand ruhte auf der Armlehne, und Savage saß neben ihr. Miriam begrüßte die beiden Männer, als hätte sie deren Besuch erwartet.

»Sie haben die arme Laura freigelassen?«

»Nein, Ma'am.«

»Ich bin so froh, daß Sie mitgekommen sind, Mr. Didier.« Miriam lächelte Auguste an. »In solchen Zeiten ist es gut, wenn man Freunde hat, die einem zur Seite stehen.«

Auguste stotterte eine Antwort, doch sie unterbrach ihn: »Ich hatte wirklich keine Ahnung, Chief Inspector, daß Charles mit diesem Mädchen verheiratet war.«

»Warum haben Sie sie dann ermordet, Ma'am?« Sekundenlang verschwand der Eindruck von Gebrechlichkeit, verflog bei diesem unerwarteten Angriff, und die echten Gefühle der Miriam Tabor wurden blitzartig sichtbar. Auguste überlief ein Schauder, obwohl sie sich sogleich wieder in der Gewalt hatte.

»Habe ich das getan?« fragte sie sinnend. »Es ist alles lange her.«

»Nicht so sehr lange, Ma'am. Sie waren immerhin so stark interessiert an der Vergangenheit, daß Sie nach Dent gefahren sind und dort in den Kirchenbüchern nachgesehen haben. Wenn Sie das nicht getan hätten, hätte ich nicht geglaubt, daß Sie nichts von der Heirat wußten. Aber so begreife ich nicht, warum Sie Rose Griffin umbringen mußten.«

»Tatsächlich nicht?« Ihre Stimme wurde hart.

Savage wollte aufspringen, doch Miriam bedeutete ihr mit einer Handbewegung, sie solle sitzen bleiben.

»Körperlich bin ich eine alte Frau, Savage, aber mein Herz ist noch immer jung. Ich *weiß*, warum ich es tat. Ich habe Rose Griffin getötet, weil ich sie haßte, Chief Inspector, und ich hasse sie immer noch. Wie schlau von Ihnen, daß Ihnen die Idee gekommen ist, man könnte sie ermordet haben. Oder ist es Mr. Didier, dem ich zu danken habe?« Ihr Blick ruhte fast belustigt auf Auguste.

»*Warum* haßten Sie sie, Lady Tabor?« fragte Auguste leise. »Wo sind Sie mit ihr zusammengetroffen?«

»Ich ging eines Tages zu ihr in ihr Haus. Damals glaubte ich noch, sie sei nur die Mätresse meines Mannes. In Wahrheit aber war ich die Mätresse. Was für eine sonderbare Vorstellung!« Sie lachte, und das harte Lachen klirrte durch das stille Zimmer. »Ich sei gekommen, mit ihr Freundschaft zu schließen, sagte ich, und das törichte Mädchen glaubte mir. Ich sagte, ich wollte ihren kleinen Sohn sehen, und sie rief ihn aus dem Garten herein. Sie müsse nach Tabor Hall kommen und ihn mitbringen, sagte ich, damit er seinen kleinen Bruder George kennenlernen könne. Der Junge sah aus wie Charlie. Und Sie fragen, warum ich sie haßte!«

»Aber Charles Tabor hatte Sie geheiratet – das glaubten Sie jedenfalls. Sie hatten nichts zu fürchten, nur weil er früher einmal dieses Mädchen geliebt hatte«, sagte Auguste.

»*Früher einmal* geliebt hatte? Ich haßte sie, weil er sie immer noch liebte! Zuerst dachte ich, sie sei bloß ein Bauernmädchen, mit dem er sich amüsierte, während ich mein Baby erwartete. Eines Tages spionierte ich Charles hinterher. Er war sehr vorsichtig; er ging nicht durchs Dorf, sondern den Weg entlang, der nach Ingleton führt, und dann weiter auf einem Waldpfad. Aber als ich den Jungen erblickte, wußte ich, daß er die Schlampe schon seit Jahren kennen mußte.«

»Viele Männer haben Mätressen, Ma'am, ohne daß ihre Ehefrauen zu Mörderinnen werden«, sagte Egbert ruhig.

»Er liebte sie immer noch, obwohl er *mich* hatte. Ich konnte ihm das nicht verzeihen«, erwiderte Miriam, offenbar überrascht, daß die beiden sie nicht verstanden. »Ich ging nach Hause, und in der Nacht sagte ich ihm, ich wisse Bescheid. Er brach zusammen, der Narr, und versprach mir, er würde mir ein guter Gatte sein, aber er habe immer diese Rose geliebt und hätte sie geheiratet, wenn er gekonnt hätte. Selbst da verriet er mich. Er *hatte* sie geheiratet. Oh, nachdem das Mädchen tot war, liebte er mich ganz ohne Zweifel auf seine Art, doch selbst dann stand sie noch zwischen uns. Da war immer die Erinnerung an den Jungen. Den hatte ich auch umbringen wollen.«

Wieder überlief Auguste ein Schauder. Aus dem Gesicht, das ihm so zart erschienen war, sprachen jetzt nur eiserner Wille und Erbarmungslosigkeit, Mitleid allein mit sich selbst.

»Ich besuchte sie mehrmals. Ich nahm ihr Konfekt und Bonbons mit – alles ganz harmlos. Und dann nahm ich welche mit, die nicht harmlos waren. Sie waren mit Schierling gefüllt. Sie sollte sie mit dem Kind teilen, und dann würden beide sterben – das wollte ich. Aber der Junge war nicht da. Sie sagte, er sei bei jemand zu Besuch, und sie sah mich so triumphierend an – ich fürchte, sie erriet, was ich vorhatte. Aber sie starb trotzdem. Charlie war halb verrückt vor Schmerz. Als er sich eines Tages fortschlich, um sie zu besuchen, fand er sie tot in ihrem Waldhaus. Er kam weinend zurück. Über den Jungen brachte er nur in Erfahrung, daß kurz vor Roses Tod jemand gekommen war und ihn mitgenommen hatte. Er wurde nie gefunden.« Die Stimme, die Auguste einst so angenehm erschienen war, troff geradezu von grausamer Befriedigung.

»Bis der Junge schließlich Sie fand«, sagte Egbert, »mehr als fünfzig Jahre später. Er kam hierher und fragte nach ›Ihrer

Ladyschaft‹, und damit meinte er Sie, nicht, wie wir fälschlich annahmen, Ihre Schwiegertochter.«

»Er war genauso naiv wie seine Mutter. Ja, er sagte mir, er sei Charlies unehelicher Sohn, aber er wolle gar nichts, nur seine Verwandten kennenlernen. Er zeigte mir einen Brief seiner Mutter, in dem stand kein Wort von einer Heirat. Dann erschien George mit Priscilla und wollte wissen, was eigentlich los sei. Der Bursche erzählte es ihnen und strahlte über sein ganzes häßliches Gesicht. Sie beschlossen, ihn mit Geld abzufinden. Doch sie wußten nicht, daß ich bereits den Plan gefaßt hatte, ihn zu töten. ›Kommen Sie her, wenn das Familienfest stattfindet‹, hatte ich ihm bereits gesagt. ›Seine Majestät ist dann hier. Wir werden der Familie eine große Überraschung bereiten und Sie um Mitternacht vorstellen.‹ Der dumme Kerl wollte wissen, ob er sich fein anziehen solle, und ich sagte ihm, er solle sich keine Gedanken deswegen machen; er müsse ja über die Mauer klettern, da die Tore bewacht seien, und deshalb würde ich Sachen von Charlie für ihn bereithalten. Ich zeigte ihm am Fenster, wo der Raucherpavillon lag, und bat ihn, sich kurz vor Mitternacht dort einzufinden, dann würde ich ihn ins Herrenhaus führen und ihn dem König vorstellen. Der Idiot hielt das für eine fabelhafte Idee.«

»Sie geben also zu, daß Sie Tom Tabor umgebracht haben, Sie und nicht Ihre Tochter?«

Schweigen. Auguste empfand Übelkeit bei der Vorstellung, was sich jetzt in Miriams Hirn abspielte. Ihr Gesicht verriet Unentschlossenheit.

»Ich werde es Ihnen einfach machen, Ma'am«, fuhr Egbert fort. »*Sie* haben ihn erschossen. Ihre Tochter hat lediglich versucht, Sie zu schützen. So wie Ihre ganze übrige Familie es versucht hat, seit Sie ins Haus zurückkehrten und sicherlich Savage berichteten, was Sie getan hatten.«

Savage starrte ihn mit steinernem Gesicht an.

Miriam erwiderte nichts; sie lächelte nur.

»Wir wissen jetzt, daß Ihre Tochter uns über die Vorgänge in jener Nacht belogen hat. Mr. Didier hatte an jenem Abend zu einem früheren Zeitpunkt ein Bild im Raucherpavillon betrachtet und ist bereit zu beschwören, daß keine Waffe auf dem Kaminsims lag.«

Die alte Dame blickte Rose zuerst mit unverhüllter Verachtung, dann fast belustigt an. Sie zuckte die schmalen Schultern.

»Ich mußte ihn töten«, sagte sie schließlich. »Er gehörte *ihr*, und schließlich war er mir damals nur durch Zufall entkommen. Ich verließ den Ballsaal, und statt in meine Räume hinaufzugehen, wo Savage auf mich wartete, ging ich ins Waffenzimmer, nahm den Webley und versteckte mich mit ihm im Raucherpavillon. Dann erschien der fürchterliche Mensch. Ich erschoß ihn genau um Mitternacht, ließ die Waffe fallen und kam zurück.«

»Wie sind Sie in den Pavillon und wieder ins Haus hineingekommen, Ma'am? Die Türen waren verschlossen.«

»Ich war einmal die Herrin von Tabor Hall, Chief Inspector; ich habe Schlüssel. Natürlich erzählte ich Savage, was ich getan hatte«, sie blickte sie nicht an dabei, »und Savage ließ sich nicht davon abbringen, direkt zu Priscilla zu gehen. Ich war sehr ärgerlich. Aber ich weiß ja, daß du es gut meintest«, sagte sie freundlich, zu Savage gewandt. »Ich ging zu Bett, und Priscilla und Savage heckten einen Plan aus, um die Fakten zu verschleiern. Savage weckte dann die arme Laura und scheuchte Victoria und Alfred auf. Nicht wahr, Savage?«

»Wie Sie sagen, Milady.«

»Das ist alles. Ich konnte ihn nicht leben lassen, nicht wahr?« Miriam rechnete mit dem Verständnis ihrer beiden Besucher. »Ich denke – wenn ich noch heute nacht hier schlafen könnte – morgen früh bin ich dann bereit für Sie, Chief Inspector.«

Egbert Rose sah sie ruhig an. »Gut, Ma'am. Wenn Sie es so wünschen.«

Als sie den Raum verließen, zerriß ein schreckliches Geräusch die Stille. Es kam nicht von Miriam. Es war Savages heiseres, rauhes Schluchzen.

Wieder einmal fand Auguste keinen Schlaf. Ihn fröstelte. Er zog die Vorhänge zurück, spürte die kalte Zugluft an seinem Körper und schloß schnell das Fenster. Draußen schrie eine Katze, die Bäume zeichneten sich dunkel gegen den Himmel ab, Büsche erschienen als schwarze undeutliche Gebilde. Die Katze schrie weiter. Auguste sperrte die bedrohliche Außenwelt aus, indem er die Vorhänge energisch zuzog, und stieg wieder ins Bett. Er legte den Arm um seine schlafende Frau und versank in einen unruhigen Halbschlummer. Er träumte von flüchtenden Gestalten, eine davon er selber: er schwang sich über die Kalksteinklippen von Malham. Vor ihm stand mit ausgebreiteten Armen Tatjana, hinter ihm …

Er fuhr hoch. Die Vorhänge wurden zurückgezogen, Tageslicht strömte herein, und Tatjana beugte sich im Morgenrock über ihn.

»Wach auf, Auguste. Sie ist tot. Egbert möchte dich sprechen.«

Unnötig zu fragen, wer. Er hatte Tatjana letzte Nacht alles erzählt. Unnötig zu fragen, ob Egbert das vorausgesehen hatte. Manches blieb besser unausgesprochen. Nachdem die Zutaten in der richtigen Reihenfolge in den Topf getan worden waren, hatte er die Wahrheit erkannt. Nicht Tom, sondern Rose Griffin hatte zuerst dran glauben müssen. Und nachdem das außer Frage stand, wurde Miriam offensichtlich zum Katalysator der ganzen tragischen Geschichte. Moffat hatte ihm den Hinweis geliefert, und er hatte dessen Bedeutung nicht erkannt: als man Roses Leiche fand, war der Junge spurlos verschwunden gewesen. Er konnte nicht von sich aus weggelaufen sein; Rose mußte ihn fortgeschickt haben, weil sie um sein Leben fürchtete. Amos hatte erwähnt, daß kurz vor ihrem Tod ein Fremder nach ihr gefragt hatte. Es mußte wohl Narbengesicht Nayler gewesen sein, der gekommen war, um den Jungen mitzunehmen. Und was den armen Tom betraf, wer sonst hätte ihn nach Tabor Hall einladen und ihn in ebenjener Nacht töten können, in der der König hier dinierte? Nur Miriam, die sich in ihrem maßlosen Haß gleichgültig über alle Hindernisse hinwegsetzte. Savage würde sich schon um die Details kümmern. Die Dienstboten wurden ja stets mit unangenehmen Details fertig.

Auguste zog sich rasch an und stürzte in Roses Zimmer. »Wie?« fragte er.

Egbert zuckte die Achseln. »Schlafmittel. Atemlähmung.« Und als Auguste ihn verwirrt ansah: »Glaubst du denn, Savage hätte zugelassen, daß sie vor Gericht kommt? Vielleicht ist sie auch einfach an Herzversagen gestorben. Schließlich muß es ein Schock für sie gewesen sein, als Doppelmörderin entlarvt zu werden. Der Arzt ist jetzt bei ihr. Ihr Arzt«, betonte er. »Nicht nötig, Polizeiärzte hinzuzuziehen, wenn wir nicht dazu gezwungen werden.«

Die letzte unangenehme Kleinigkeit, die die arme Savage hatte regeln müssen.

»Nun, sind Sie zufrieden mit Ihrer Arbeit, Chief Inspector?« Bleich und geschlagen trat Priscilla ins Zimmer.

»Ja, Ma'am. Zu guter Letzt haben wir die Wahrheit herausgefunden.«

»Die Wahrheit«, wiederholte Priscilla bitter. »Was ist die Wahrheit?«

»Die Tatsachen. Sie alle wußten, daß Ihre Schwiegermutter Thomas Tabor ermordet hatte; Sie alle waren bereit, sie zu schützen, und wenn Sie selber gestehen müßten, das Verbrechen begangen zu haben.« Als er sah, daß sie zögerte: »Das nur unter uns. Bisher habe ich noch keine Beweise, die mir erlaubten, Anklage zu erheben. Tom Griffins Tod ist offiziell als der eines unbekannten Mannes registriert worden, und dabei könnte es bleiben. Außer Mr. Didier und der Polizei gibt es nur einen Menschen, der es besser weiß.«

»Und wer ist das?«

»Niemand, der Ihnen Sorgen zu machen braucht, Ma'am. Ein herumziehender Schausteller namens Blackboots. Und wenn man ihm bedeuten würde, er könnte Toms Karussell wiederhaben, wäre er auch gewiß nicht allzu neugierig.«

Auguste, der Priscilla interessiert beobachtete, merkte, daß sie Blackboots sogleich beiseite schob als jemanden, um den sich zu kümmern nicht erforderlich war.

»Er wird nicht auf den Gedanken kommen, daß Leute wie Sie fähig sein könnten, einen Mord zu begehen.«

Die Ironie in seiner Stimme nahm Priscilla nicht wahr. »Danke, Chief Inspector.«

»Und nun können Sie mir vielleicht etwas verraten. Warum hat Ihr Schwiegervater Rose später nicht noch einmal geheiratet, da er doch glauben mußte, daß die Heirat von 1841 ungültig war?«

»Er wußte nicht, wo sich Rose aufhielt«, sagte Priscilla nach einigem Zögern. »Entweder sie hatte selbst beschlossen zu verschwinden, oder sein Vater hatte eingegriffen und sie in jenem Haus untergebracht. Als mein Schwiegervater sie dann in Clapham aufspürte, war er schon mit Miriam verheiratet – so glaubte er jedenfalls. Er machte seinem Vater schwere Vorwürfe, daß er ihn von Rose getrennt hatte, und es gab fürchterliche Szenen. Sein Vater sagte ihm nichts über den wahren Stand der Dinge, aber als Charles' Mutter 1849 starb, wollte sie ihr Gewissen erleichtern, und sie gestand ihm, seine Heirat mit Rose sei gültig gewesen – etwas, was er in seinem Schmerz über Roses Verlust nie nachgeprüft hatte. Wirklich eine traurige Geschichte.« Es klang erstaunt, als werde ihr das zum ersten Mal bewußt.

»Das stimmt, Ma'am.«

»Aber da erhebt sich eine zweite Frage, Lady Tabor«, sagte Auguste nachdenklich. »Wenn Ihr Schwiegervater wußte, daß seine Heirat mit Ihrer Schwiegermutter ungültig war, warum hat er sie dann nach Roses Tod nicht vor dem Gesetz geheiratet?«

»George wurde im März 1847 geboren, und Rose Griffin starb erst im Juni 1847«, sagte Priscilla unbewegt. »Also war George ein uneheliches Kind, und es war durchaus nicht sicher, daß ihn eine spätere Heirat legitimieren würde. Wenn meine Schwiegermutter keinen zweiten Sohn bekommen hätte, wäre kein Erbe dagewesen.«

»Außer dem armen Tom Griffin, wenn man ihn gefunden hätte.«

»Charles Tabor unternahm alles, um ihn zu finden. Erfolglos.«

»Aber er *wußte*, daß Tom sein legaler Erbe war?«

»Ein Besitz wie dieser und ein Haus wie dieses erfordern mehr als die Ausrichtung von Banketten und Bällen«, erwiderte Priscilla unnachgiebig. »Es gibt Verpflichtungen, die zuweilen schwer auf einem lasten. Man konnte den Jungen nicht finden,und unter dem Dach meines Schwiegervaters wuchs ein Kind auf, das die Welt für seinen legitimen Erben hielt. In seinem Testament vermachte mein Schwiegervater gewissenhaft alles, was er unabhängig von dem Familiengut vererben konnte, seinem Sohn George, da er damit rechnen mußte, daß eines Tages jemand Anspruch auf den Familienbesitz erheben könnte.«

»Und dann ist dieser legitime Erbe erschienen, Lady Tabor.«

»Wie Sie sagten: offiziell ist der Tote ein unbekannter Mann.« Irrte sich Auguste, oder klang Priscillas Stimme jetzt flehend?

»Überzeugen Sie mich«, sagte Rose grimmig.

»Hatte Tom Griffin Kinder?«

»Nicht daß wir wüßten.«

»Dann ist George sein nächster Verwandter.«

»Sein illegitimer Halbbruder. Er hat vielleicht ein Anrecht auf das bewegliche Zubehör des Besitzes. Und auf das Karussell des armen Tom. Aber der Besitz selber und der Titel würden nie auf ihn übergehen, nicht wahr?«

Priscilla wurde aschfahl. »Ja«, flüsterte sie. Es war das erste Anzeichen von Schwäche, das die beiden Männer bei ihr wahrnehmen konnten.

»Was wollen Sie also tun?«

»Seine Majestät der König ...«

»Würde sich da nie einmischen, und Sie wissen das.«

Priscilla faßte sich. »*Cui bono*, Chief Inspector? Wer gewinnt etwas, wenn wir ruiniert sind? Charles Tabors einziger Bruder hinterließ keine Söhne. Sein Vater war der einzige Sohn. Müssen wir uns noch weiter zermartern?«

»Glücklicherweise ist das nicht meine Sache, Ma'am«, sagte Rose. »Ich kläre Mordfälle auf. Hätten Sie zugelassen, daß Ihre Schwägerin wegen Mordes vor Gericht kommt?«

»Sie bestand darauf, Chief Inspector. Mit ihrer Geschichte wäre sie sicherlich freigesprochen worden, während George mit einem Todesurteil hätte rechnen müssen, wenn er die Schuld auf sich genommen hätte.«

»Alles für die Familienehre?«

»Alles für ihre Mutter, Chief Inspector.«

Für eine Mutter, die ein solches Opfer frohgemut angenommen hätte, wenn sie dadurch ungestraft davongekommen wäre, dachte Auguste ergrimmt.

»Warum haben Sie sich solche Mühe gegeben, Ihre Schwiegermutter zu schützen?« fragte er Priscilla. »Mochten Sie sie sehr?«

»Nein. Ich konnte sie nicht besonders gut leiden.«

»Ging es Ihnen um den guten Namen der Tabors?«

»Sozusagen. Es geschah für George. Man könnte sagen, Chief Inspector, George ist wie Tom Griffin. Die Familie bedeutet ihm sehr viel.«

»Es liegt natürlich kein Beweis vor, daß der Tote tatsächlich der Sohn von Rose und Charles Tabor ist«, überlegte Rose. »Jedenfalls keiner, den der Hohe Gerichtshof in London akzeptieren würde. Das ist allerdings nur meine Meinung. Juristen sind vielleicht anderer Ansicht.«

Priscillas Stimme zitterte, als sie aufstand. »Vielen Dank, Chief Inspector, Mr. Didier.«

»Sie sind eine starke Gegnerin, Lady Tabor.«

Sie neigte zustimmend den Kopf. »Ich weiß. Es ist nicht immer leicht.« Und bevor sie das Zimmer verließen, setzte sie hinzu: »Vielleicht gab es noch einen anderen Grund, warum mein Schwiegervater meine Schwiegermutter nach Roses Tod nicht noch einmal geheiratet hat. Es ist immerhin möglich, daß er es nicht *gewollt* hat.« Wieder eine Pause. »Woran ist die junge Frau denn gestorben, Chief Inspector?«

Es war Auguste, der die Antwort gab. »An Liebe, Ma'am.«

»Eine sonderbare Welt, Auguste«, knurrte Rose auf dem Weg in sein Zimmer. »Als ich hierherkam, erschien mir Priscilla Tabor wie eine Gestalt aus einem Roman von Bram Stoker, und Miriam Tabor hielt ich für das schöne Antlitz der Aristokratie. Dabei war es umgekehrt.«

Auguste ging in die Küche hinunter, um sich zu verabschieden. Morgen würden er und Tatjana nach London zurückkehren, in die Welt der *haute cuisine*, und die Quarkpasteten und Puddings von Yorkshire weit hinter sich lassen.

Breckles klopfte ihm auf den Rücken. »Hatte ich nicht recht mit meiner Prophezeiung? Das Haus hier stand unter einem bösen Stern. Unheil braucht nur einen kurzen Sommer, um zu reifen, pflegte meine Großmutter zu sagen.«

»Sie hatten recht, Mr. Breckles«, pflichtete ihm Auguste bei. »Und Ihre krähende Henne ebenfalls.«

»Vielleicht komme ich eines Tages nach London und sehe mir Ihre Küche an. Ich würde gern Mr. Escoffier kennenlernen, von dem Sie mir erzählt haben.«

»Er fühlt sich immer geehrt, die Bekanntschaft eines wahren Künstlers zu machen.«

»Eines Künstlers?« Breckles lachte schallend. »Aber nicht doch. Ich bin ein einfacher Koch.«

»Ein Künstler. Sie nehmen die besten Zutaten, und Sie machen daraus das Allerallerbeste. Das ist Kunst.«

»Mr. Didier«, sagte Breckles und drückte ihm die Hand, »ich schicke Ihnen eine echte Yorkshire-Weihnachtspastete. Das Rezept stammt von meiner Großmutter. Darin ist Pute, Waldhuhn, Rebhuhn, Taube«, er breitete die Arme aus, »Waldschnepfe, Wildgans und kein Stück von der krähenden Henne.« Seine Augen blickten glasig vor Aufregung. »Das Ganze gewürzt mit Muskatnuß, Nelken, Muskatblüte. Schmeckt köstlich.«

»Danke«, sagte Auguste gerührt. Dann fiel ihm ein, daß er noch nicht gefrühstückt hatte. »Vorerst wäre ich auch mit einem Muffin zufrieden.«

Laura Tabor stieg vor der Freitreppe von Tabor Hall aus dem Polizeiauto. Die Familie hatte sich nicht versammelt, um sie zu begrüßen. Aber Oliver Carstairs stand da.

»Laura?« Er schritt entschlossen auf sie zu.

»Ja, Oliver.« Ihr Gesicht verriet nichts von dem, was in ihr vorging.

»Was soll dieser Quatsch, den ich über dich gehört habe?«

»Sie haben die Anklage fallenlassen ...«

»Das meine ich nicht. Liebst du Mariot immer noch?«

Sie zögerte einen Augenblick. »Ja.«

»Unsinn.«

»Es ist die Wahrheit.«

»Das stimmt nicht, und du weißt es.«

»Vielleicht.«

»Warum also?«

Sie hob stolz den Kopf. »Einer aus meiner Familie hat einen Mord begangen.«

»Ich will nicht die Familie heiraten, sondern dich.«

»Oh.«

»Oder ich nehme diesen Wagen und fahre gleich ab.«

»Das ist das Polizeiauto. Mit dem kannst du nicht fahren.«

»Dann heirate ich dich.«

»Also gut, Oliver.«

»Was hast du gesagt?« fragte er verblüfft. Er hatte mindestens zwei weitere Widerreden erwartet.

»Ich habe ja gesagt!« rief sie laut.

Auguste Didier, der aus dem Fenster blickte, um festzustellen, was draußen vor sich ging, lächelte, als sich Laura und Oliver küßten. Priscilla Tabor, ebenfalls aufmerksam geworden, lächelte nicht. Etikette blieb schließlich Etikette. Gefühlsausbrüche außerhalb der imposanten Säulenhalle von Tabor Hall waren degoutant.

Oliver würde Laura heiraten, und Victoria würde Alexander heiraten, Alfred würde erwachsen werden, Gertie und Cyril würden dankbar nach Hause zurückkehren, Priscilla und George würden ihre Rollen in der Gesellschaft weiterspielen. Der Bach von Gordale würde weiter sprudeln, und alles würde sein wie zuvor. Auguste und Tatjana würden nach London zurückkehren und dort ihr Eheleben von neuem beginnen. Er mußte nicht mehr darum kämpfen, von der Gesellschaft als Gentleman akzeptiert zu werden, und niemand erwartete mehr, daß seine Frau die Rolle einer Prinzessin weiterspielte.

Er schlüpfte aus dem Zimmer, in dem Egbert mit Cobbold beschäftigt war. Er wollte allein sein, sogar ohne Tatjana. Er schlug den Weg zu Janets Höhle ein. Da traf er Gertie.

»Ach, Auguste, ich freue mich so, Sie zu sehen. Ich habe Ihnen noch nicht Lebewohl gesagt. Und das wollte ich doch gerne tun – und zwar so.« Zwei Arme schlangen sich um seinen Nacken, zwei Lippen preßten sich auf seine. Ein Gentleman – und er war ein Gentleman, dachte er stolz – konnte nichts anderes tun als den Kuß erwidern.

»Jetzt«, sagte sie ein paar Minuten später atemlos, »können wir wieder zum Haus zurückkehren.«

»Nein«, entgegnete er rasch, für den Fall, daß Tatjana im falschen Augenblick erscheinen würde. »Ich wollte mir die Felsenklippen von Gordale ansehen. Bei Mr. Wordsworth heißt es, sie seien ›so furchterregend wie das Lager, auf dem sich junge Löwen rekeln‹«, und er entwischte schnell und dankte dem Himmel für Tatjanas Reiseführer. Gertie starrte ihm verblüfft nach.

Der Wald zu beiden Seiten des Wildbachs, der zu Janets Höhle führte, erinnerte ihn an Rose Griffins Waldhaus, an die Rose der Welt, wie Charles Tabor auf ihrem Grabstein hatte einmeißeln lassen. Die schöne Rosamund, die die eifersüchtige Königin in ihrem Labyrinth vergiftet hatte. Ein Labyrinth wie die Wälder von Clapham. Hatte Charles Tabor erraten, daß Miriam seine Rose umgebracht hatte? Vielleicht hatte er es geargwöhnt, vielleicht mit dem Wissen um den Mord gelebt. Er war schwach, nicht stark. Aber für Miriam mußte es eine Tragödie gewesen sein, zu erkennen, daß der Mann, den sie so sehr liebte, die Heirat mit ihr nicht hatte legalisieren wollen.

Vor ihm, hinter einer ebenen Wiese, durch die sich der Wildbach schlängelte, rückten die riesigen Kalksteinklippen, die links und rechts von ihm aufragten, dichter zusammen, um sich schließlich zu berühren. Zu seiner Rechten schob sich ein

Kalksteinmassiv weit vor, und der Pfad wand sich um dessen Fuß. Hinter der scharfen Ecke mußten die Klamm und ihre Wasserfälle liegen. Das Tosen der Wasserfluten war jetzt über dem Rauschen des Wildbachs neben ihm deutlich zu hören. Er ging auf dem Pfad weiter und gelangte in eine riesige Höhle, der nur das Dach fehlte. Das schwindende Licht wurde noch schwächer, da die beiden Klippen jetzt zusammentrafen und an der Stelle, wo sie sich berührten, ein Wasserfall donnernd niederging, so daß nicht mehr viel vom Himmel zu sehen war. Wenn er vorwärts wollte, blieb ihm nichts anderes übrig, als neben dem Wasserfall die Felsen hochzuklettern. Der Boden unter seinen Füßen war nackter Stein, hier wuchs nichts Grünes. Wahrhaftig ein Ort, wo Löwen brüllten; auch er fühlte sich hier wie in einem Käfig und war froh, daß ein paar Schritte hinter ihm eine grüne Wiesenwelt lag, in die er sich ohne Schwierigkeiten zurückziehen konnte, wenn er das wollte.

Wie in einem Käfig gefangen, so wie sich George Tabor in London fühlte, wenn man den Worten seiner Mutter glauben wollte, so wie sich der Schäferlord gefühlt hatte, als er zurückkehrte, um sein Erbe zu fordern. Tom Griffin hingegen hatte nur ein Karussell auf einem freien Platz haben wollen; Geld und Macht hatten keine Lockung für ihn bedeutet. Wie der Schäferlord war er von seiner Mutter fortgeschickt worden, weil ihm Gefahr drohte, und später zu seiner Familie zurückgekehrt. Aber Tom hatte nicht so viel Glück gehabt wie der Lord. Er war aus einem Grund ermordet worden, der so alt war wie die Menschheit: Eifersucht.

Der Wasserfall stürzte mit solcher Kraft von dem Kalksteinsims herunter, welches die beiden Klippen miteinander verband, daß er sich rings um die gewaltige Felsplatte in der Mitte teilte. Auguste reckte den Hals und legte den Kopf zurück, um festzustellen, was sich über dem Kalksteinsims befand und woher das Wasser kam. Es schoß durch ein Loch im Felsen, doch darüber prasselte ein zweiter Wasserfall herunter, und darüber wiederum ragten die Spitzen der Felsen auf. Ihm wurde schwindlig, und plötzlich fühlte er sich sehr allein in der Dämmerung. Eine unerklärliche panische Angst ergriff ihn, und er drehte sich rasch um. Da stand ein Mann und versperrte ihm den Rückweg in sicheres Gelände. Er drohte ihm nicht, er stand nur unbeweglich da. Der Mann trug einen Anzug, so elegant geschnitten, daß er damit auf der Jermyn Street Ehre eingelegt hätte. Auguste erkannte ihn auch in diesem Aufzug. Es war Gregorin.

»Bonsoir, monsieur.« Der Russe verharrte, ohne sich zu rühren, eine zum Sprung bereite Katze, jeder Muskel straff gespannt. Eine Katze, die ihre Beute ins Auge faßte.

Jetzt, da der entscheidende Augenblick gekommen war, gab das Adrenalin Auguste Kraft. Er nickte kalt und ging mit gleichmäßigen Schritten den Pfad entlang auf Gregorin zu. Zum einzigen Ausweg hin. Notfalls konnte er rennen. Gregorin bevorzugte das Messer, nicht die Kugel.

Wie bei einem Zauberkunststück, denn die Tasche des eleganten Anzugs hatte nicht die geringste Ausbuchtung gezeigt, fuhr Gregorins Hand hoch. Sie hielt einen Revolver, kein Stilett, aber vielleicht hatte er das noch in Reserve.

»Ich hoffe, Ihr Ohr schmerzt nicht mehr, Monsieur Didier?«

»Nein.« Auguste zwang seine Stimme, ruhig zu klingen. Er blieb stehen. Wohin nun? Vorwärts? Zurück?

»Jetzt ist die Zeit gekommen«, sagte Gregorin in angenehmem Plauderton.

Auguste wollte weitergehen. Gregorin stand nur ein paar Meter von ihm entfernt. Er bluffte bloß, wollte ihn mit dieser Komödie lediglich erschrecken. Auguste machte drei Schritte vorwärts, da ging der Schuß los. Die Kugel riß ein Stück von dem Fels über seinem Kopf ab, prallte von der Wand zurück und flog dicht an ihm vorbei.

»Bitte nicht in diese Richtung. Zurück, Monsieur Didier. Bitte zurück. Sie brauchen keine Angst zu haben: Sie können sich ruhig umdrehen. Gehen Sie auf die Wasserfälle zu.«

Auguste hatte keine Wahl. Die Klippen zu beiden Seiten schlossen sich drohend über ihm, als er sich dem Wasserfall näherte; die herunterstürzenden Fluten durchnäßten ihn bis auf die Haut.

»Springen Sie über den Bach auf die andere Seite. Keine Angst: es ist naß, aber nicht gefährlich.«

Auguste gehorchte, und auch Gregorin sprang ein Stück weiter weg gewandt auf das andere Ufer. »Und jetzt werde ich Sie töten«, rief er gutgelaunt.

»Warum?« fragte Auguste mit versagender Stimme. Das Wort kam nur als schwaches Piepsen aus seinem Mund.

»Sie haben Ihren Beruf, ich habe meinen, und ebenso wie Ihrer ist auch meiner ein Vergnügen.«

»Ich bin ein Meisterkoch«, rief Auguste empört, dicht an den Fels gedrückt. Die Wasserfluten donnerten links und rechts von ihm herab.

»Ein Meisterkoch, der meine Nichte geheiratet hat. Eine Romanowa. Äußerst vermessen. Außerdem sind Sie ihr bereits untreu.«

Auguste kochte vor Haß und ohnmächtiger Wut. Er hatte nichts, nichts getan, er verdiente dieses Schicksal nicht: auf solche Weise in der Dämmerung zu sterben, eingeschlossen von Kalksteinklippen und Katarakten, und niemand in der Nähe, der ihn hören und ihm zu Hilfe eilen konnte. Sogar die Schafe, die oben auf den Berghängen grasten, würden im Kauen nicht innehalten, denn das Tosen der Wasserfälle würde den Knall des tödlichen Schusses übertönen. Er hatte nur geheiratet, die Frau, die er liebte und die ihn liebte. Es war nicht seine Schuld, daß sie eine russische Prinzessin war. Er hatte sie nicht gezwungen, ihn zu heiraten. Sie hatte es selber gewollt.

Solche nutzlosen, lächerlichen Gedanken schossen ihm durch den Kopf. Er sah Tatjana bei ihrer Hochzeit, Tatjana am Lenkrad eines Automobils, Tatjana in der Pariser Oper, Tatjana in seinen Armen – oh, niemals mehr würde er sie umschlungen halten. Wenn er nur am Leben bliebe, was für ein Liebhaber würde er sein, was für ein Ehemann! Die Pistole war auf ihn gerichtet. Er schrie, nein, er sang es halb, wie eine Tschaikowski-Arie, um sich verständlich zu machen: »Gregorin, dir kann ich's sagen, unendlich liebe ich Tatjanen …«

Die Pistole senkte sich ein paar Zentimeter. Dann lachte Gregorin. Es war ein seltsames Lachen, das von den Felswänden, die Auguste wie ein Gefängnis umschlossen, als Echo zurückgeworfen wurde. »Ich habe zwei Leidenschaften, Didier. Nein – bitte bleiben Sie, wo Sie sind. Eine ist die für Käse, obwohl ich leider keinen Käsestand habe und auch nicht mit einer Frau aus Yorkshire verheiratet bin. Meine andere Leidenschaft ist die für die Musik von Pjotr Tschaikowski. Ich nehme an, daß Sie unlängst ›Eugen Onegin‹ gesehen haben. Das stimmt mich milde, trotz Ihres gräßlichen Tenors.« Er summte mit überraschend tiefer Baßstimme ein paar Takte aus derselben Arie.

Die Welt ist verrückt geworden. Auguste wurde schwindlig. *Was tun wir hier? Singen Opernarien inmitten der Gordale-Klippen,* und dabei will er mich umbringen. Oder vielleicht nicht?

»Einen Verehrer von Tschaikowski kann ich nicht kalten Blutes erschießen, Didier, und diese Pistolen sind bekanntermaßen auf einige Entfernung unzuverlässig. Ich will Ihnen eine Chance geben. Wenn Sie sich umdrehen und hoch genug klettern, während ich bis zehn zähle, kommen Sie vielleicht mit dem Leben davon.«

Auguste blickte hinauf. Er stand fast genau unter dem Wasserfall. Wenn es ihm irgendwie gelang, um den vorspringenden

Rand der Klippe herum zu entwischen, konnte er sich vielleicht aus dem Schußfeld retten. Tatsächlich gab es so etwas wie eine natürliche Treppe in dem Felsen, aber würde er sie, von Wasser überspült, steil und glitschig wie sie war, erklimmen können?

Ohne recht zu wissen, was er tat, sprang er auf die unterste Felsstufe, dann auf die nächste und die übernächste. Er glitt aus und suchte verzweifelt nach einem Halt, während Gregorin eine Arie aus der »Pique Dame« anstimmte und nur innehielt, um zu zählen. Höher, höher hinauf. Wo war die nächste Stufe? Es gab keine. Er stand da, an die Felswand gedrückt. In ihm kämpfte Todesangst mit physischem Schmerz.

Gregorin, unter ihm stehend, lachte. Das Lachen bewirkte, daß Auguste einen Entschluß faßte: er, Auguste Didier, würde nicht auf diese Weise sterben.

»Ich klettere nicht weiter«, schrie er über dem tosenden Wasser hinunter. »Erschießen Sie mich Auge in Auge. Ich möchte nicht wie ein verängstigtes Huhn krepieren.«

Gregorin zuckte die Achseln. »Ich habe gar keine Lust, jemand umzubringen, vor dem ich jetzt ein ganz klein wenig Respekt empfinde, aber ich fürchte, es ist wirklich nötig«, sagte er bedauernd. Wie eine Katze kauerte er sich hin, und seine Katzenaugen funkelten, während er sein Opfer quälte: erst zielte er auf Auguste, dann senkte er die Pistole und hob sie von neuem.

Wenn er sterben sollte, so wollte er als echter Franzose sterben, beschloß Auguste. »Ich bitte Sie, Gregorin, Tatjana zu berichten, wie mein Ende war, und daß ich sie liebe.«

Die Worte klangen sonderbar, wie in einem Schauspiel, das trotz des heulenden Windes und des tosenden Wassers aufgeführt wurde. Wenn er jetzt losließ, würde ihn die Gewalt der Fluten auf die Felsen unter ihm schleudern und ihn vermutlich ohnehin töten.

Den Finger am Abzug, rief Gregorin heiter: »Ihrer Witwe, Didier!«

»Ehefrau, Gregorin«, sagte eine beinahe freundliche Stimme, und ein gutgezielter Stein schlug Gregorin die Waffe aus der Hand und ließ ihn taumeln.

»Egbert?« stieß Auguste heiser hervor. Sein Blick war so fest auf den drei Meter unter ihm lauernden Tod gerichtet gewesen, daß er den sich langsam anschleichenden Rose nicht bemerkt hatte. Auch nicht die vier Konstabler, die nun zu seiner Rettung um die Felskante stapften, während Egbert rasch nach der Pistole langte.

Gregorin reagierte blitzschnell wie eine Katze, fuhr herum, kletterte hoch, an Auguste vorbei, und versetzte ihm tückisch einen Stoß, so daß er das Gleichgewicht verlor, ausglitt und an der Felswand hinunterstürzte. Gregorin, elastisch und gut trainiert, schien beinahe ohne Anstrengung dicht neben den Wasserfällen den Fels hinaufzutanzen.

Auguste schlug auf dem Boden auf und lag, betäubt und mit schmerzenden Gliedern, halb auf den Steinen und halb im Wildbach. Hoch über sich sah er oberhalb der Wasserfälle das freie Stück Himmel und davor die sich scharf abzeichnende Silhouette eines Mannes, der kurz stehen blieb, den Männern unten zuwinkte und in der nächsten Sekunde verschwunden war.

Egbert Rose war bei ihm und half ihm, als er sich mit schmerzenden Gliedern aufzurichten versuchte. Mit klangloser Stimme sagte Rose: »Du verdammter Idiot bist weggegangen, ohne mir etwas zu sagen. Wir hatten jemand auf Gregorin angesetzt, aber unser Mann hatte seine Spur verloren und kam zurückgerannt, um mir das mitzuteilen. Du hast gewaltiges Glück gehabt, daß Mrs. Gertie dir einen Abschiedskuß geben wollte und wußte, wohin du gegangen bist. Du hast ihr viel zu verdanken.«

»Und dir auch, Egbert«, stieß Auguste hervor, als Rose ihn auf die Füße stellte.

Rose dachte an ihre lange Verbindung und wieviel sie ihm bedeutete, wieviel Auguste ihm bedeutete. Er hätte eine Menge erwidern können, doch er sagte nichts.

Er war schließlich Engländer.